MURIEL ZAGHA

Ein Prinz für die Köchin

MURIEL ZAGHA

# Ein Prinz für die Köchin

ROMAN

Aus dem Englischen
von Marie-Luise Bezzenberger

Wiedbraud

MANHATTAN

Die Originalausgabe erschien 2011 unter dem Titel
»A Valentine's Kiss« unter dem Pseudonym Lucie Hart
bei Ebury Press, an imprint of Ebury Publishing
A Random House Group Company

MIX
Papier aus verantwortungsvollen Quellen
FSC® C014496

Verlagsgruppe Random House FSC-DEU-0100
Das für dieses Buch verwendete FSC®-zertifizierte Papier
*Super Snowbright* liefert Hellefoss AS, Hokksund, Norwegen.

Manhattan Bücher erscheinen im
Wilhelm Goldmann Verlag, München,
einem Unternehmen der Verlagsgruppe Random House GmbH

1. Auflage
Deutsche Erstveröffentlichung August 2011

Satz: Uhl + Massopust, Aalen
Druck und Bindung: GGP Media GmbH, Pößneck
Printed in Germany
ISBN 978-3-442-54694-7

www.manhattan-verlag.de

*Für Robert und Hector*

*Er küsse mich mit den Küssen seines Mundes.*
*Denn deine Liebe ist köstlicher als Wein.*
Das Hohelied Salomos

# 1

*Januar*

Nie, nie wieder würde sie einen Tramper mitnehmen, dachte Imogen, während sie mit starrer Miene auf die Straße blickte, die Hände ums Lenkrad geklammert. Und schon gar keinen Franzosen. Verstohlen warf sie einen raschen Blick auf den jungen Mann, der sich missmutig auf dem Beifahrersitz lümmelte. Ohne jeden Zweifel war er der fürchterlichste Mensch, der ihr je begegnet war. Zunächst einmal war er ohne ein Dankeschön in ihr Auto gestiegen. Und dann war er auch noch frech und unverschämt geworden.

An allem war wohl das für Anfang Januar ungewöhnlich milde Wetter schuld. Irgendetwas an dem Anblick von Palmen vor einem strahlend blauen Himmel machte einen an der Riviera zu einem anderen Menschen. Sie hatte ihre Reise vor zwei Tagen im bitterkalten London begonnen, in den bequemen, praktischen Klamotten, die sie immer trug – Cargohose, Turnschuhe, ihrer Lieblings-Fleecejacke, die vom vielen Waschen ein bisschen pillte, sowie ein Regenmantel mit Kapuze. Doch je näher sie dem Süden Frankreichs gekommen war, desto weniger hatte sie anziehen müssen. Jetzt hatte sie die Cargohose bis zu den Knien hochgekrempelt und die Fleecejacke ausgezogen, unter der ein weites T-Shirt zum Vorschein gekommen war.

Irgendwie hatte sie – für gewöhnlich die Umsicht und Besonnenheit in Person – dabei auch etwas von ihrer britischen Zurückhaltung aufgegeben. Sogar Monty, dachte sie und warf einen raschen Blick auf ihren auf dem Rücksitz ausgestreckten schwarzen Scotchterrier, war vom Sonnenschein wie besoffen und schien fast zu lächeln, obwohl sein Mienenspiel normalerweise nur feierliches Missfallen ausdrückte. Er hatte nicht einmal ein verdrossenes *Wuff* von sich gegeben, als seine Herrin angehalten und diesen Dimitri mitgenommen hatte. Sowohl der Hund als auch die junge Frau verhielten sich heute höchst untypisch.

Imogen und Monty waren durch einen der vielen reizenden kleinen Orte entlang der Côte d'Azur gefahren, irgendwo zwischen St. Tropez und Menton, als ihr ein junger Mann aufgefallen war, der mit einer Reisetasche über der Schulter vor einem verlassenen Busbahnhof stand. Er reckte den Daumen, und sie trat auf die Bremse.

Warum nicht?, hatte Imogen mit einem höchst erbaulichen rebellischen Gefühl gedacht. So etwas hätte sie in London niemals getan, in tausend Jahren nicht! Sie wäre überhaupt nicht auf die Idee gekommen. Zu Hause hatte sie gern alles so sicher und vertraut wie nur möglich; allein bei dem Gedanken, einen Wildfremden in ihr Auto zu lassen, hätte sie ziemlich Fracksausen bekommen. Hier in Frankreich jedoch hatte sie das Gefühl, sich an keinerlei Regeln halten zu müssen. Niemand war da, um ihr etwas vorzuschreiben oder etwas zu missbilligen. Sie war allein und konnte tun und lassen, was sie wollte – warum also nicht einmal ein bisschen die Grenzen austesten? Ihr war einigermaßen schwindelig von ihrem eigenen Wagemut, als sie sich über den Beifahrersitz beugte. »*Où* … äh … *vouz allez?*«, fragte sie den Tramper stockend und fügte dann hinzu: »Wo wollen Sie hin?«

»Saint-Jean-les-Cassis«, hatte er geantwortet.

»*Oh oui, d'accord!* Ich auch!«, hatte sie erwidert und dabei enthusiastisch mit dem Finger auf sich gezeigt. Sie war sich wie eine *typische* Ausländerin vorgekommen, und außerdem ein bisschen albern. »Ich kann Sie mitnehmen. Steigen Sie ein.«

Er hatte neben ihr Platz genommen und dabei irgendetwas genuschelt, das wie »*merci*« klang. Und dann saß er eine ganze Weile schweigend da und schaute mürrisch aus dem Fenster. Alles, was sie anfangs von ihm mitbekam, war, dass er groß und hager war und ziemlich schäbige Jeans und ein schwarzes T-Shirt anhatte. Er trug eine Sonnenbrille, die er beim Einsteigen nicht abnahm.

»Äh ... *Je m'appelle Imogen*«, sagte Imogen nach zehn Minuten Fahrt. »*Et vous?*«

»Dimitri«, antwortete er.

»Machen Sie hier Urlaub?«, erkundigte sie sich auf Englisch.

»*Non.*«

*Okay, du großer Kommunikator,* hatte Imogen gedacht, während die gute Laune, die ihr die Rivierasonne beschert hatte, angesichts der Einsilbigkeit dieses Fremden verflog, *brich dir meinetwegen bloß keinen ab. Ich bin ja nur die Chauffeuse.*

Während sie weiterfuhren, konzentrierte sie sich darauf, auf der rechten Seite der Straße zu bleiben. Es herrschte nicht viel Verkehr, was es noch schwerer machte, nicht automatisch nach links hinüberzugleiten, so wie sie es in England gewohnt war. Sie merkte, wie ihr Fahrgast auf seinem Sitz herumrückte; er schien in seinen Taschen nach irgendetwas zu suchen. Dann wurde ein Streichholz angerissen, und er zündete sich eine Zigarette an. Einfach so, ohne sich die Mühe zu machen, sie um Erlaubnis zu fragen! Imogen biss die Zähne zusammen. Es war ihr Auto, und ja, es machte ihr etwas aus.

»Entschuldigung«, meldete sie sich zu Wort, »aber es wäre mir lieber, wenn Sie nicht rauchen.«

Jetzt hörte sie sich an wie ein Taxifahrer. Das war doch lächerlich. Sich in Frankreich als Freigeist zu geben erwies sich als schwieriger, als sie gedacht hatte. Dimitri beugte sich in einer übertriebenen Pantomime aus dem Fenster, um den Rauch von seiner Fahrerin wegzublasen, und drückte dann seine Zigarette aus. »Okay, okay. Typisch Engländer«, knurrte er vor sich hin.

Daraufhin schürzte Imogen die Lippen. Dimitri nahm gelassen die Sonnenbrille ab, um sie unverwandt zu mustern. Er hatte graue Augen und ausgeprägte Wangenknochen und sah mit dem recht langen, lockigen dunklen Haar und dem Stoppelbart wie ein Musketier aus.

»Absolut typisch, dass Sie was gegen das Rauchen haben«, fuhr er unverschämt in makellosem Englisch fort, wenngleich mit deutlichem Akzent. »Weil die Engländer nämlich Puritaner sind. Die haben was gegen das Vergnügen, das weiß doch jeder.«

»Ich weiß ja nicht, wo Sie das herhaben, aber das ist bloß ein albernes Klischee«, entgegnete Imogen so geduldig wie möglich. Schließlich war es wichtig, stets gute Manieren an den Tag zu legen, besonders im Ausland. »Das stimmt überhaupt nicht.«

»Manchmal ist ein Klischee wahr. Ihr seid Puritaner, und deswegen ist das englische Essen auch so schlecht.«

»Ach wirklich?« Imogen lachte ein bisschen. Es war besonders ärgerlich, dass sein Englisch so viel besser war als ihr Schulfranzösisch.

»Ja. Ich hab's probiert. Fett, schwer und nicht besonders gut.«

Damit traf er einen wunden Punkt, und wie. Doch ehe Imogen erklären konnte, warum sie nach Saint-Jean-les-Cassis fuhr, wechselte ihr Mitfahrer das Thema.

»Sie haben wirklich tolles Ar«, stellte er fest.

Tolles Ar? Eine tolle Art? Also, das war jetzt ein wenig kryptisch. Imogen überlegte kurz, was für eine besondere Art sie wohl hatte. Sie hoffte, dass sie kompetent wirkte, oder gelassen und zuversichtlich, passend zu der Tatsache, dass sie unterwegs war, um einen neuen Job anzutreten. Besagter Job war absolut toll, und sie freute sich wirklich darauf, in dieser wunderschönen Gegend ein neues Leben zu beginnen. Natürlich war sie zum ersten Mal von zu Hause weg, und unwillkürlich empfand sie neuen Gesichtern und unbekannten Orten gegenüber ziemliche Scheu. Es war durchaus denkbar, dass sie ängstlich wirkte, sogar ein wenig gehetzt. Denn wenn man es recht bedachte, fühlte sie sich zu Hause in London sehr oft so, wenn sie von ihrer Familie herumkommandiert wurde. Strahlte sie also in Wirklichkeit gar keine Zuversicht aus, sondern das genaue Gegenteil? Unsicher runzelte Imogen die Stirn.

Dann streckte der Franzose die Hand aus und strich ihr eine verirrte Locke aus dem Gesicht.

»Oh!« Imogen nickte energisch, um ein ganz leichtes Erschrecken zu kaschieren; sie war nicht unter besonders anfassfreudigen Menschen aufgewachsen. Sie fühlte sich ein wenig unbehaglich dabei, dass Dimitri sie berührte und ihr Haar so intensiv zur Kenntnis nahm; normalerweise diente es als Vorhang, hinter dem sie sich versteckte. »Ich verstehe«, fügte sie hinzu, um zu zeigen, dass sie tatsächlich begriffen hatte. Die Franzosen taten sich immer schwer mit dem H, das wusste sie.

»Was ist das für eine Farbe?«, verlangte Dimitri mit gefurchter Stirn zu wissen. »Braun?«

»Also, Dunkelrotbraun, glaube ich«, erwiderte Imogen ein wenig defensiv. »Mit ein bisschen Goldbraun drin.« Sie verschwieg, dass ihre Haarfarbe bei ihrer Familie immer als Englisches Straßenköterbraun bekannt gewesen war.

Er nickte und verinnerlichte diese Antwort, dann zeigte er auf ihr Gesicht.

»Die da gefallen mir auch.«

»Ach, meine Sommersprossen! Ja, davon habe ich jede Menge.«

»Haben Sie die überall?«, erkundigte er sich im Plauderton.

Imogen fuhr zurück und starrte ihn an. Er erwiderte ihren Blick mit unerschütterlicher Ruhe. Offensichtlich konnte er sich gut vorstellen, wie sie ohne Kleider aussah. Sie lief rot an. Das war ja mal wieder typisch, dass sie einen Tramper aufsammelte, der sich als Sex-Freak entpuppte. Sie hatte es einfach zu eilig gehabt, Neuland zu erkunden, das war alles. *Erst denken, dann handeln,* befahl sie sich im Stillen energisch. *Mach den zweiten Schritt nicht vor dem ersten.*

»Sind wir bald da?«, fragte er und schaute lächelnd weg.

»Ich glaube schon«, erwiderte sie schroff. In wenigen Augenblicken würde sie ihn absetzen, und das wär's dann, Gott sei Dank.

»Vielleicht«, meinte er, als hätte er ihre Gedanken gelesen, »können wir uns ja mal treffen und in Saint-Jean was trinken gehen. Geben Sie mir Ihre Handynummer?«

»Nein, danke. Leuten, die ich nicht kenne, gebe ich meine Nummer nicht«, wehrte Imogen steif ab. So was Arrogantes! Es stimmte, was man über Franzosen sagte. Denen musste man wirklich klarmachen, wo es langging.

»Ach? Wie finden Sie dann Freunde?«

»Ich habe reichlich Freunde, vielen Dank auch«, gab Imogen zurück. Das stimmte eigentlich nicht, denn sie kannte in Frankreich noch niemanden, doch das würde sie ihm nicht auf die Nase binden. Erleichtert erblickte sie das Schild, das Saint-Jean-les-Cassis ankündigte, und blinkte rechts. Nachdem sie an ein paar bescheidenen Strandcafés vorbeigefahren waren, kamen sie auf einer Straße heraus, die anscheinend die Hauptstraße war, eine Vision in Rosa und Weiß, abwechselnd von Modeboutiquen und Eisdielen gesäumt. An ihrem Ende war ein von Pinien überschatteter Platz, auf dem eine Gruppe Männer mit einem Boule-Spiel beschäftigt war (wenn »beschäftigt« denn das richtige Wort war). Imogen parkte unter einem Baum und wartete schweigend darauf, dass Dimitri seiner Wege ging.

»Danke fürs Mitnehmen. Es war sehr interessant«, meinte er, die Hand am Türgriff.

Imogen nickte, ohne ihn anzusehen.

»*Salut*«, sagte er und stieg aus. »*Et… bonne Année!*«

»Ja, Wiedersehen – und gleichfalls frohes neues Jahr«, murmelte Imogen. Sie sah, wie er über den Platz ging, die Tasche abermals über der Schulter. Sogar sein Gang hatte etwas Arrogantes an sich, als wüsste er, dass sie ihm nachsah. Er bog in eine Seitenstraße ein und verschwand. Gut. Über den brauchte sie sich keine Gedanken mehr zu machen.

Sie drehte sich zu Monty um, der auf dem Rücksitz schlief, und stieg aus dem Wagen, um sich umzusehen. Es war früher Abend.

Auf dem Platz gab es ein Café, wo ein paar Leute saßen, an Aperitifs nippten und sich unterhielten. Dahinter konnte sie die glitzernde Weite des Mittelmeers sehen, das sich unter einem mittlerweile opal- und fliederfarbenen Himmel erstreckte. Ein Mädchen knatterte ohne Helm auf einem roten Motorroller vorüber, dann stieg abermals das Geräusch zirpender Grillen in die Luft empor, die nach Piniennadeln und Salz roch.

Imogen fühlte, wie eine Woge freudiger Erregung über sie hinwegflutete, und hätte sich beinahe gekniffen, um sich zu vergewissern, dass sie nicht träumte, sondern wirklich und wahrhaftig hier war. Im Auto erwachte Monty plötzlich und kläffte verdrießlich. Sie ließ ihn aus dem Wagen und goss ihm aus einer Plastikflasche Wasser in seine Schüssel.

Jetzt galt es, das bescheidene Hotel zu finden, in dem sie für heute Nacht ein Zimmer gebucht hatte. Morgen würde sie ihre Stelle antreten, und ihr neues Leben würde beginnen. Imogen lächelte. Sie war in Südfrankreich! Das Grau Londons, ihr Job im Kindergarten, ihre nervige Familie, die lästigen täglichen Pflichten – all das war in weiter Ferne verschwunden.

# 2

## *Im Sommer davor*

Vor sechs Monaten hatte ein entrüsteter Aufschrei Imogen aus ihren Tagträumen auffahren lassen, als sie eines Samstagmorgens in der Badewanne lag.

»Imo! Kommst du jetzt da raus, oder was?«

Es war Hildegards Stimme, die gekonnt modulierte, selbstbewusste Stimme einer Schauspielerin, die da aus dem »Schlafsaal« auf der anderen Seite des Flurs ertönte. Zwei Räume, die einst (zu König Edwards Zeiten) als Kinderzimmer geplant gewesen waren, beherbergten jetzt alle fünf Sprösslinge der Familie Peach. Die Jungen wohnten in einem Zimmer und die Mädchen in dem anderen; ungünstigerweise mussten die Mädchen jedes Mal durchs Jungenzimmer, wenn sie hinauswollten. Schuldbewusst setzte Imogen sich auf. Ohne auf einen erneuten Ruf ihrer Schwester zu warten, sprang sie aus der Wanne, trocknete sich notdürftig ab, warf ihren Bademantel über und eilte über den Flur.

Beim Eintreten wäre sie fast gegen eine offene Schranktür gelaufen. Dahinter stand ihr sechzehnjähriger Bruder George, starrte in den Spiegel und rasierte sorgsam einen fast unsichtbaren Schnurrbart. Die vierzehn Jahre alte Thea stand hinter ihm, das Haar zu einem winzigen Knoten aufgesteckt und ein Paar Ballettschuhe unter dem Arm.

»Hey, pass gefälligst auf, ja?«, knurrte George gereizt.

»Entschuldigung«, quiekte Imogen, wich aus und strebte auf das Zimmer zu, das sie sich mit ihren beiden Schwestern teilte.

»Ich weiß nicht, warum du dir überhaupt die ganze Mühe machst.« Thea zog abfällig die Luft durch die Nase. »Du brauchst dich doch gar nicht zu rasieren.«

»Ich übe, du Pfeife«, erwiderte George. »Für später, wenn's nötig wird.«

»Und dieses Stinkzeug von Dior, mit dem du dich ständig einnebelst.« Thea rümpfte die Nase. »Voll eklig!«

»Sei still, Küken. Aaah! Jetzt hab ich mich geschnitten!«

Thea lächelte süß, drehte sich auf dem Absatz um und ging nach nebenan zu ihrem Bett, über dem ein großes Darcey-Bussell-Ballerina-Poster hing.

»Da *bist* du ja, Imo«, stellte Hildegard verdrossen fest, als sie wie ein Racheengel hinter dem Bücherregal auftauchte, das ihr Bett von denen ihrer Schwestern trennte. In der einen Hand hielt sie eine verbrannte Scheibe Toast, in der anderen einen rosa Beutel. Thea trat hinter sie, hob sich mit ausgestreckten Armen auf die Zehenspitzen und warf sich in Pose.

»Was ist denn heute Morgen los mit dir?«, verlangte Hildegard mit der gestrengen Autorität zu wissen, die ihr als Ältestes der Peach-Kinder zustand. Obwohl sie mit vierundzwanzig immer noch zu Hause wohnte, betrachtete Hildegard die um zwei Jahre jüngere Imogen herablassend als hilfloses Kind, dem man alles sagen musste.

»Entschuldige, Hil.« Imogen stand auf einem Bein und zerrte mit einer Hand hastig ihren Schlüpfer hoch, während sie mit der anderen züchtig ihren Bademantel zusammenhielt. »Ich habe nicht auf die Uhr geschaut. Ich muss mir nur noch die Haare trocknen, dann können wir los.«

»Bemüh dich nicht«, erwiderte Hildegard mit einem dramatischen Seufzer. »Es *geht* schon. Dann fahre *ich* eben die Gören zum Musikunterricht.«

»Macht es dir auch ganz bestimmt nichts aus?«, fragte Imogen beklommen. Sie war inzwischen in ihre Jeans gestiegen und rammte die Arme in die Ärmel einer grauen Sweatshirtjacke, während sie wieder ins Jungenzimmer hinüberging. Als sie den zehnjährigen Gus erblickte, der mit halb angezogener Strickjacke verträumt mitten im Zimmer stand, half sie ihm in den anderen Ärmel und reichte ihm dann seinen Geigenkasten.

»Danach fahre ich gleich ins Theater, aber zum Rollenlesen schaffe ich es auf gar keinen Fall mehr. Eigentlich dachte ich ja, ich hätte erzählt, dass wir mit einem neuen Stück anfangen. Weißt du, manche Leute haben echte Verpflichtungen. Du brauchst heute nur mit deinem Hund spazieren zu gehen.«

»Ja, natürlich«, pflichtete Imogen ihr bei. »Es tut mir wirklich leid. Sag Stephen, es war ganz allein meine Schuld.«

»Und *ich* musste mir selber die Haare machen, weil du nicht da warst«, legte Thea mit strengem Blick nach.

»Wo ist Mum?«, fragte Gus über Theas Schulter hinweg.

»Im Atelier«, antwortete Hildegard. Sie begutachtete ihren Toast und warf ihn dann in den Papierkorb. »Ich glaube, sie hat sogar dort geschlafen. Du weißt doch, sie arbeitet an etwas ganz Großem.«

Gus nickte und ging die Treppe hinunter, gefolgt von der hüpfenden Thea.

»Bist du nachher da, Imo?«, erkundigte sich Hildegard im Hinausgehen. »Vergiss nicht, du musst mir noch das Kleid enger machen.«

»Ja, natürlich«, versicherte Imogen fügsam. Nach einer winzigen Pause setzte sie hinzu: »Das mache ich, wenn ich von Di zurückkomme. Sie findet *Große Erwartungen* wirklich toll.«

Ihre Stimme zitterte so gut wie gar nicht. Nachdem sie so viele Jahre lang regelmäßige Lesestunden bei der älteren Dame nebenan vorgetäuscht hatte, glaubte sie inzwischen fast selbst daran.

Hildegard nickte; sie hatte anderes im Kopf. Niemand in Imogens Familie machte sich jemals die Mühe, sich ihre Termine zu merken. Sie gingen einfach davon aus, dass sie jederzeit verfügbar war, wenn sie sie brauchten.

Nachdem sie ihre Haare getrocknet hatte und von George beinahe umgerannt worden wäre, der auf dem Weg zu seinem Mosaik-Kurs wie eine Rakete aus dem Zimmer geschossen kam, räumte Imogen automatisch die Habseligkeiten ihrer Brüder und Schwestern weg und machte sämtliche Betten.

Danach ging sie nach unten in die Küche, in der wie immer nichts darauf hinwies, dass dort Essen zubereitet würde. Einen Augenblick stand sie da und schaute in den Garten hinaus, wo Monty sich höchst würdevoll mit seinem Lieblings-Quietschspielzeug vergnügte. Hinter ihm erhob sich der große Gartenschuppen, der das Atelier ihrer Mutter beherbergte. Ganz bestimmt saß Elsa Peach dort drin in ihrer Latzhose auf dem Boden, die Haare unter einen Turban gestopft, und spritzte voller Begeisterung Farbe auf eine gewaltige Leinwand. Der Himmel war von einem bedrohlichen Grau, und es war ziemlich kalt. Richtiges Sommerwetter erwies sich wie üblich als ein flüchtig Ding. Imogen seufzte und zog den Reißverschluss ihrer Kapuzenjacke hoch.

Da erblickte sie aus den Augenwinkeln ein leuchtend buntes Objekt, das wie wild über der Gartenmauer tanzte. Es war Di, die auf einer Leiter stand und mit einem roten Halstuch winkte – ihr verabredetes Signal für einen akuten Notfall. Imogen fuhr hoch und stürzte nach nebenan.

»Gott sei Dank, dass du da bist!«, stieß Di hervor, als sie die Tür öffnete. Sie sah ganz aufgeregt aus. Über der üblichen Stoffhose und Rüschenbluse trug sie eine lange, gestreifte Schürze. Imogen folgte ihr in die Küche.

»Diesmal mache ich mir wirklich Sorgen«, sagte Di. »Das war nämlich ein Sonderauftrag von unserer Bezirksabgeordneten. Sie hat mir sehr genaue Anweisungen gegeben. Und jetzt ist alles danebengegangen. Oh, Hilfe! Das wird mir das Genick brechen.«

»Di, hör auf«, entgegnete Imogen besonnen. »Du weißt doch, du bist die beste …«, fuhr sie fort, während sie das, was auf dem Küchentresen stand, kritisch in Augenschein nahm. »Er sieht toll aus – wirklich. Es ist nur … das, äh …«

»Ich weiß, ich weiß«, jammerte Di. »Das Brusthaar ist *völlig* missraten, nicht wahr?«

»Ja«, gab Imogen zu. »Zu stachelig. Wie ein Igel oder wie eine Punkfrisur.«

»Ogottogott! Das geht doch nicht. Sollen wir einfach alles rausrupfen?«

»Ich glaube schon«, sagte Imogen entschlossen.

Das Brusthaar war in der Tat missraten. Und das war ein ernstes Problem, da die fragliche Behaarung zu Tom Jones gehörte, der in seiner ganzen Marzipanpracht auf einer großen Geburtstagstorte stand.

»Aber du hast das wirklich ganz toll gemacht«, stellte Imogen aufmunternd fest. »Die Schlüpfer sind klasse!«

Besagte Schlüpfer, mit Rüschen und aus rosafarbenem, rotem und blauem Zuckerguss gefertigt, waren kunstvoll auf dem Rock'n' Roll-Podium aus Biskuitteig und Buttercreme verteilt.

»Und was ist das?«, fragte Imogen und deutete auf einen kugelförmigen schwarzen Gegenstand zu Füßen des Sängers.

Di schaute kurz hin. »Na, das ist eine Marzipan-Sexbombe, Liebes. Fehlt nur noch die Zündschnur.«

Liebevoll betrachtete Imogen ihre Freundin. Wie immer strahlte sie mit ihrer schneeweißen ordentlichen Topffrisur, den wachen, schlauen Augen und dem von jahrzehntelangem Gärtnern tief gebräunten Gesicht etwas Zuversichtliches aus. Als Imogen den Blick wieder auf die nunmehr haarlose Brust des Sängers richtete, hatte sie plötzlich eine Eingebung. »Ich hab's! Wie wär's, wenn wir schwarzen Zuckerguss durch eine Knoblauchpresse drücken?«

»Du bist fantastisch! Das ist es!«

Augenblicke später stellte der Welsh Wizard im weit geöffneten Hemd aus essbarem Goldlamé einen erstaunlich lebensechten lockigen Brustpelz zur Schau.

»Puh!« Di presste den Handrücken gegen die Stirn. »Wieder eine Katastrophe abgewendet. Setz dich doch, Liebes. Erzähl mir, was es bei dir Neues gibt.«

»Gar nichts«, antwortete Imogen verdutzt.

»Nein«, meinte Di trocken und sah ihre junge Freundin an. »Hab ich auch nicht erwartet. Aber ich habe Neuigkeiten für dich.«

Und dann ließ Imogens Nachbarin die Bombe platzen.

# 3

Vor zehn Jahren, als Imogen zwölf gewesen war, hatte ihre Mutter ein metaphorisches »Geschlossen«-Schild an die Küchentür gehängt und das Kochen für alle Zeit aus dem Haushalt der Peaches verbannt.

Wenn irgendeine unerschrockene Seele (für gewöhnlich jemand, der neu im Zirkel der Peaches war) sie darauf ansprach, pflegte Elsa sich zu ihrer vollen Größe aufzurichten, die blassblauen Augen zusammenzukneifen und zu verkünden, dass keine intelligente Frau ihre Zeit mit Fronarbeit vergeuden sollte. Dann drehte sie ihr blondes Haar zu einem behelfsmäßigen Knoten zusammen, steckte ihn mit einem Malerpinsel fest und fuhr fort, all dieses endlose Geschnippel und Gestopfe hungriger Mäuler sei doch eine geradezu tragische Zeitverschwendung. Man sollte frei sein – frei, um nach Schönheit, Kreativität und Wahrheit zu streben.

Hier verließ sie normalerweise das Zimmer, nur um gleich darauf zurückzukehren, den zarten Kiefer nunmehr angespannt und die Zähne entblößt. Ob man sich *irgendetwas* Vulgäreres vorstellen könne als diese grotesken Werbespots, bei denen eine widerlich heiser-rauchige Stimme lustvoll von Gerichten schwärmt, fragte sie, an niemand Bestimmten gewandt. Das Fernsehen war natürlich ein weiteres Hindernis auf dem Weg zu Schönheit, Kreativität und Wahrheit, und obwohl es im Hause einen Fernseher gab, wurden die Peach-Kinder nachdrücklich angehalten, ihn nicht einzuschalten. Dann folgte fast unvermeidlich das Finale des Monologs, in dem Elsa sich über die Person ereiferte, die ihr absolut verhasst war – und die sie nur als *»diese grauenvolle Fingerleckerin«* bezeichnete.

Wie niederschmetternd diese (gut eingeübte) Vorstellung auch für denjenigen sein mochte, der die Frage gestellt hatte, sie erheiterte die Peach-Sprösslinge doch immer wieder, die stolz auf die exzentrische Art ihrer Mutter waren. George hatte sogar ein Konterfei der unglücklichen Fernsehköchin Nigella Lawson (denn sie war die grauenvolle Fingerleckerin) im Atelier seiner Mutter aufgehängt, wo es während der Malpausen als Dartboard diente.

Aber es gab noch einen anderen Grund. Kurz bevor ihre Mutter die Küche endgültig geschlossen hatte, erinnerte sich Imogen, hatte sie sie einmal dort im Halbdunkel vorgefunden. Gedankenverloren saß Elsa auf dem Boden und stillte den kleinen Gus. Mit geröteten Augen hatte sie zu ihrer zwölfjährigen Tochter aufgeblickt und gesagt: »Merk dir eins, Liebling. Lieber spitze im Bett als eine gute Köchin.«

Damals hatte Imogen nichts damit anfangen können, doch im Laufe der Jahre hatte sie besser verstanden, was ihre Mutter damit gemeint hatte. Kurz nach Gus' Geburt hatte sich nämlich Elsas Ehemann mit einer anderen, viel jüngeren Frau abgesetzt, die, wie sich herausstellte, wenig vom Kochen hielt. Und so blieb auch bei Elsa, die eine ganz passable Köchin war, fortan die Küche kalt. Es gab zu viele Erinnerungen an sorgsam zubereitete Mahlzeiten, die nie verzehrt wurden, wenn ihr Mann anderweitig beschäftigt gewesen und nicht nach Hause gekommen war. Kochen war für Elsa zum Emblem ihres Verlassenseins geworden. Und Nigella Lawson – nun, die verkörperte für Elsa schlicht jene verhasste Mischung aus erdverbundener Erotik und unwiderstehlichem Essen, von der sie glaubte, dass sie sie nicht hatte bieten können.

Die Peach-Kinder trafen sich hin und wieder mit ihrem Vater, doch ihre Mutter wollte niemals auch nur ein einziges Wort über ihre Unternehmungen mit ihm hören. Elsa hatte ihren Mann aus ihrem Leben gestrichen und dieses Leben so arrangiert, dass es sich ausschließlich um sie drehte. Sie zog sich in ihr Atelier zurück und widmete sich ganz ihrer Kunst. Und obgleich die auf ihre kühle Art wunderschöne und nunmehr anhangslose Elsa Peach etliche glühende Bewunderer angezogen hatte, war es nach dem Wissen ihrer Kinder keinem von ihnen jemals gestattet worden, ihr nahezukommen.

Seit der Scheidung war die Küche zu einem zusätzlichen Lagerraum für Elsas Farben, Pinsel und Leinwände geworden und roch dementsprechend nach Terpentin. Der Kühlschrank stand in der Garage. Der Herd war seit dem Auszug ihres Mannes nicht mehr angestellt worden.

Nach und nach hatte sich im Hause Peach ein neuer Ess-Stil herausgebildet. Die Nahrungsmittelversorgung war mehr oder weniger zum Erliegen gekommen. Elsa selbst ernährte sich inzwischen fast ausschließlich von Milchpulver, Instant-Kaffee, Gemüsebrühe und einem gelegentlichen Beutelchen Vitamin-C-Pulver, wenn sie es wirklich krachen lassen wollte. Familienmahlzeiten gab es nicht mehr. Stattdessen hortete jeder etwas Essbares für sich. Die Kinder hatten einen Toaster und einen Wasserkessel in ihrem »Schlafsaal« und lebten im Wesentlichen von Frühstücksflocken und dem Schulessen.

Im Großen und Ganzen machte es ihnen nichts aus. Ihre Interessen waren anders gelagert. Nach der Schauspielschule hatte Hildegard mit ihrem Freund Stephen eine kleine, unabhängige Theatertruppe gegründet. George und sein kleiner Bruder Gus spielten jeweils Cello und Geige und waren ständig bei irgendwelchen Proben für diverse Schulkonzerte oder dergleichen. Teenager Thea war eine fanatische Ballettratte und warf sich andauernd überall im ganzen Haus in Schwanenpose. Es war, als hätten sie sich alle einfach vom Essen abgekoppelt.

Das heißt, alle außer Imogen.

Ihre Leidenschaft hatte schon im Kleinkindalter begonnen. Wenn sie mit ihren Teddybären Teepartys abhielt, hatte sie stets reichlich von den unterschiedlichsten Fantasiespeisen aufgetischt: Biskuittorte, Mandelkuchen, Vanille-Schichtpudding mit Himbeeren …

Als ihre Brüder und Schwestern das Interesse an derlei kindischen Freuden verloren, hatte sie eben gelernt, Spiele, bei denen es ums Essen ging, allein zu spielen. Sie mochte ja die dürftigen Mahlzeiten der anderen teilen, die aus Fertigsuppe oder Kochbeutelreis und – wenn sie Glück hatte – dem einen oder anderen Stückchen Orange bestanden, ihre Stofftiere jedoch genossen weiterhin die köstlichsten Leckereien.

Später gewöhnte sie sich an, die Sonntagszeitung aus dem Altpapierstapel zu kramen, um die Rezepte auszuschneiden und sie in ein Tagebuch zu kleben, das sie ganz hinten in ihrem Kleiderschrank aufbewahrte. Nachts, wenn sie im Bett lag und kurz vorm Einschlafen war, trieb sie in eine eigene Welt davon. Vor ihrem geistigen Auge sah sie eine Tafel. Darauf schrieb eine Hand mit weißer Kreide das verheißungsvolle Wort »Tageskarte«. Während sie sich bequemer zurechtkuschelte, machte Imogen sich daran, das perfekte Menü zu kreieren. Muschel- und Zucchini-Quiche vielleicht. Tomatentarte mit Estragon und Mascarpone. Oder Zwiebelkuchen mit Pancettawürfeln. Nein, nicht Zwiebeln, Lauch – Lauch war so viel schmackhafter. Sie wurde sanft eingelullt von den verlockenden Aromen klein gehackter Kräuter und reifer Strauchtomaten, von Miesmuscheln und Weißwein und karamellisiertem Schinken, Düften, die sie allesamt im Geiste heraufbeschwor. Und während sie so langsam in den Schlaf hinübertrieb, bewegten sich ihre Hände unbewusst auf der Bettdecke und arbeiteten rasch ein Stück kalte Butter in einen Teig ein. Sie drehte das Rechteck im Uhrzeigersinn und faltete es, drehte und faltete es abermals, drehte und faltete es …

Auf diese Weise vergingen zwei Jahre.

Imogen war vierzehn, als eine neue Nachbarin in das leer stehende Haus nebenan zog, eine ältere Frau namens Di Blanding. Eines Tages kickte George versehentlich seinen Fußball über den Gartenzaun, und Imogen, die ihre Geschwister zur Gehilfin und Dienstmagd gemacht hatten, wurde losgeschickt, um den Ball zurückzuholen. Eine grauhaarige und etwas forsche Lady Mitte fünfzig kam an die Tür und erlaubte Imogen, den Ball in ihren eigenen Garten zurückzuwerfen. Die Frau trug eine Schürze, und ihre Stimme klang fast genauso wie die der Queen.

Als sie danach durch den Flur zur Haustür zurückgingen, blieb Imogen wie angewurzelt stehen und fragte, was denn das für ein wunderbarer Geruch sei. »Ich backe gerade«, antwortete Di. »Magst du Bananen-Teekuchen?«

»Äh … also, ich weiß nicht«, antwortete Imogen. »Bei uns zu Hause essen wir nie Kuchen.«

»Ich verstehe«, meinte Di mit neutraler Stimme. »Nun ja, hättest du Lust, mir zu helfen?« Während sie in die Küche vorausging, schaute sie sich nach Imogen um und fügte hinzu: »Ich glaube, wir machen vielleicht lieber auch noch ein bisschen Teegebäck.«

Imogen konnte sich noch immer an die Freude erinnern, als sie ihr Gemeinschaftswerk aus dem Ofen holten, ein Blech voller goldener Scones mit Johannisbeeren drin. Sie und Di hatten in der warmen, süß duftenden Küche gesessen, Tee getrunken und die köstlichen Teeküchlein verspeist, dann war Imogen mit einem Teller voller Scones nach Hause gehüpft.

Der Empfang, der diesen zuteilwurde, war enttäuschend. »Oh, danke«, brummte George nur und nahm geistesabwesend einen Bissen.

»Die habe ich selbst gemacht«, verkündete Imogen stolz. »Mit der Frau von nebenan.«

»Mm-hmm«, knurrte Hildegard und blickte kaum von ihrem Buch auf.

Mittlerweile ging George, der das Gebäckstück weggelegt und völlig vergessen hatte, zum Spielen nach oben. Dann kam ihre Mutter herein. Ohne zu lächeln bedachte sie Imogen mit einem Kopfschütteln, fragte: »Hast du keine Hausaufgaben, Liebling?« und ging wieder in ihr Atelier.

Die Teeküchlein lagen etliche Tage da, unbegehrt und ungelobt, bis sie ziemlich trocken wurden. Dann sagte Elsa eines Morgens: »Ach, jetzt schmeiß die Dinger doch *endlich* weg, Schatz, ja?«, und eine geknickte Imogen hatte gehorsam die Reste ihres ersten Backversuchs entsorgt.

Viele ähnliche Vorkommnisse – zum Beispiel, dass ihr Geburtstag gefeiert wurde, indem man eine kleine Kerze lieblos in ein Stück Obst rammte – hatten Imogen schließlich in eine Rebellin verwandelt. Bisher war Essen lediglich Teil ihrer Traumwelt gewesen, wie sprechende Tiere oder Prinzessinnen und Drachen. Jetzt war es ein Grund, sich von ihrer Familie abzusetzen und heimlich ihrer eigenen Wege zu gehen.

Sie fand eine unschätzbare Verbündete in Di – jemanden, der wie sie Essen liebte und seinen Lebensunterhalt damit verdiente, ausgefallene Kuchen und Torten zu backen. Sooft sie konnte, flüchtete sich Imogen ins Haus ihrer Nachbarin und verbrachte dort viele glückliche Stunden mit Kochen und Backen – und mit Essen.

Di sei ziemlich einsam, berichtete sie ihrer Familie höchst unwahrheitsgemäß. Ebenso wenig hatten Di und Imogen, wie sie daheim erzählte, zusammen die Romane von Jane Austen, Trollope, Thackeray sowie das meiste von Charles Dickens gelesen, mit gelegentlichen Vorstößen in die Werke von Balzac. Stattdessen hatten sie sich fröhlich durch die Bücher englischer Starköche hindurchgearbeitet. Zuletzt erst hatten sie sich kurz, aber heftig mit Heston Blumenthals »Molekularer Küche« beschäftigt und mit großem Vergnügen Gelees und Schaumsüppchen aus den unwahrscheinlichsten Rohmaterialien gezaubert.

Mit den Jahren hatte Imogen aber noch eine weitere heimliche literarische Leidenschaft entwickelt. Von den Märchen ihrer Kinderzeit – besonders *Aschenputtel, Dornröschen* und *Die kleine Meerjungfrau* – war sie zu Liebesromanen übergegangen, zum Teil vielleicht, weil sie genau wusste, wie sehr diese ihrer desillusionierten Mutter missfallen würden. Ihr absolutes Lieblingsbuch, das sie wieder und wieder las, war Georgette Heyers *Venetia und der Wüstling*. Es war etwas unvorstellbar Aufregendes an der Szene, in der die Heldin urplötzlich von einem schneidigen Fremden geküsst wurde, der ihr Herz im Sturm eroberte. Und dann verliebte Venetia sich nach und nach in ihn, und Damerel – zynischer Schwerenöter, der er war – auch in sie. Es war *wundervoll*, und Imogen versteckte ihr eselsohriges Exemplar hinten im Kleiderschrank, gleich neben dem Tagebuch mit den Rezepten. Natürlich wusste sie, dass es nur eine erfundene Geschichte war, aber eine, die erahnen ließ, dass Liebe auf genauso köstliche Weise zufriedenstellen konnte wie ein perfekt gelungenes, zartschmelzendes Schokoladensoufflé.

Mitten im Aufräumen, Putzen oder Nähen für ihre Geschwister ertappte sie sich oft bei Tagträumen über diese Art von Liebesgeschichten. Dann schreckte sie auf und dachte an ihren Vater. Männern konnte man nicht trauen. Sie ließen einen sitzen. Wahrscheinlich war es das Beste, sich von ihnen fernzuhalten und so unabhängig wie möglich zu bleiben; das war bei Weitem das Sicherste.

Ungeachtet dieser Vorbehalte ging Imogen heimlich, aber regelmäßig in die Bibliothek, um sich mehr und mehr Liebesromane auszuleihen. Im Laufe der Zeit hatte sie sich mit einer der Bibliothekarinnen angefreundet, einer zuvorkommenden jungen Frau namens Jo, die eine Brille trug und sie stets auf neu eingetroffene Liebesgeschichten hinwies, wie ein freundlicher Metzger, der seinen Stammkunden die besten Fleischstücke aufhebt.

Bis vor ungefähr einem Jahr hatte Elsa, die nur ihre Kunst im Kopf hatte, wenig Interesse an Imogens Aktivitäten gezeigt. Dann hatte sie sich urplötzlich an die Existenz ihrer mittleren Tochter erinnert, und die Frage *Was machen wir mit Imogen?* war zu einem lästigen, aber hartnäckigen Thema geworden. Es war schon schlimm genug, dass die kleinere, üppigere und dunkeläugige Imogen mit ihrem wilden braunen Lockenschopf das absolute Ebenbild ihres pflichtvergessenen Vaters war – anders als ihre vier Geschwister, die genauso aussahen wie Elsa selbst: hochgewachsen und androgyn, mit heller Haut und blondem Haar. Das eigentliche Problem jedoch war Imogens Mangel an künstlerischer Begabung. Sie hatte Zeichen- und Klavierunterricht gehabt, hatte Töpfer- und Stickereikurse besucht, sogar einen Crashkurs im Weben, doch es hatte alles nichts genützt. In Elsas Augen *versuchte* Imogen nicht einmal, etwas zu lernen.

Ihre Mutter wusste sich keinen Rat mehr, und so schleifte sie ihr Problemkind zu einem Montessori-Kindergarten in der Nähe. Zu ihrer Überraschung hatte Imogen sich nicht nur bereit erklärt, dort ein Praktikum zu machen, sondern in dem Laden anschließend sogar einen Job ergattert.

Elsa, nicht eben die Scharfsinnigste aller Mütter, hatte keine blasse Ahnung, was der wahre Grund dafür war, dass Imogen sich darum riss, in dem Kindergarten zu arbeiten – nämlich die große Edelstahlküche, in der die Mitarbeiter abwechselnd das Mittagessen für die Kinder kochten.

# 4

»Mein liebes Mädchen«, hatte Di am Tag der Knoblauchpresse-Brusthaar-Kreation gefragt, »wie alt bist du?«

»Äh, zweiundzwanzig.«

Eigentlich sollte Di das wissen. Sie hatte schließlich den Geburtstagskuchen gebacken, den sie sich vor ein paar Wochen geteilt hatten – eine 3D-Nachbildung des grinsenden Monty, mit Schottenkaro-Halsband und allem Drum und Dran.

»Zweiundzwanzig Jahre! Liebes! Und bist du glücklich? Macht dir das Leben Spaß?«

Imogen dachte kurz nach. »Es ist ganz okay«, meinte sie und quetschte noch ein bisschen Zuckerguss auf Toms Brust. »Im Kindergarten läuft eigentlich alles ganz gut. Und ich finde es schön, wenn ich hier bei dir bin.«

»Ja, das weiß ich, Liebes«, erwiderte Di mit einem Hauch von Ungeduld. Sie setzte sich an den Küchentisch und bedeutete Imogen, dasselbe zu tun. »Aber ist das genauso aufregend, wie es zum Beispiel wäre … in einem richtigen Restaurant zu arbeiten?«

Imogen stutzte und blickte auf. »Na ja … vielleicht nicht. Nein«, gab sie schließlich zu.

»Nein. Und wenn das fragliche Restaurant … am Meer liegen würde? Zum Beispiel in Südfrankreich?«

Imogen lachte laut heraus. »Das wäre *wirklich* toll«, sagte sie. *Aber,* fügte sie im Stillen hinzu, *auf dem Rücken eines Mutantenschweins zum Mond zu fliegen, wäre auch prima.*

»Hab ich mir doch gedacht, dass du genau das sagen wirst«, fuhr Di behaglich fort. »Du kannst im Januar anfangen, und sie haben sich bereit erklärt, dich für sechs Monate einzustellen. Ich *weiß*«, fuhr sie fort, als Imogen die Kinnlade herunterfiel, »das ist nicht besonders lange, aber es ist immerhin ein Anfang, oder? Wann möchtest du abreisen?«

»Wovon redest du eigentlich?«, stammelte Imogen.

»Habe ich dir je von meiner jüngeren Schwester Daphne erzählt?«

Imogens Blick huschte zu dem gerahmten Foto an der Wand hinüber, auf dem zwei kleine Mädchen mit Sonnenhüten an einem Strand zu sehen waren. Das ältere, das praktisch veranlagter aussah und in die Kamera starrte, war Di; das verträumte jüngere, das aufs Meer hinausblickte, war Daphne.

»Ja.« Ihr fiel wieder ein, was Di ihr erzählt hatte. »Ich glaube, du hast gesagt, sie ist weggezogen, nach …«

»Nach Frankreich, ja. Sie war schon immer die Abenteuerlustigere von uns beiden. Sie hat eine Konditorei in einem kleinen Ort im Midi. Eulen nach Athen, aber anscheinend gefällt es ihr dort. Der Ort heißt Saint-Jean-de-irgendwas.«

»Doch nicht etwa Saint-Jean-les-Cassis?«, schoss es Imogen durch den Kopf.

»Genau. Ich weiß, was du denkst. Das ist tatsächlich da, wo der berühmte Michel Boudin sein Restaurant hat. Weißt du noch, den Bericht, den wir neulich im *Observer Food Monthly* gesehen haben? Wie heißt sein Restaurant gleich noch?«

»Boustifaille«, antwortete Imogen mit ganz leiser, staunender Stimme. Sie war zwar geschlagen mit jener Art selektivem Erinnerungsvermögen, das schulische Erfolge erschwert hatte, doch gastronomische Informationen konnte sie sich problemlos merken.

»Und genau da fährst du hin. Daphne hat es arrangiert. Wie sich herausstellt, sind sie und Boudin befreundet.«

In Imogens Verstand wirbelte alles durcheinander. Südfrankreich. Allein. Die Freiheit zu tun, was sie liebte. Endlich würde sie entkommen, wie … Aschenputtel! Ihr Herz wurde weit und zog sich dann wieder zusammen, als sie an die Missbilligung ihrer Mutter dachte, an Hildegards zornigen Unglauben, an ihr eigenes Verantwortungsgefühl ihren jüngeren Geschwistern gegenüber. Bedauernd schüttelte sie den Kopf. Es war ein wunderbarer Traum, aber ihre Familie würde niemals zulassen, dass er Wirklichkeit wurde.

»Ach, Di, das hört sich toll an, aber …« Sie seufzte. »Daraus wird ganz bestimmt nichts.«

»Was für ein kompletter Unsinn! Natürlich wird etwas daraus! Welcher Teil gefällt dir nicht? In Südfrankreich zu wohnen? In einem fantastischen Restaurant zu kochen?«

Inzwischen surfte Imogen auf einer gewaltigen Woge der Panik dahin. »Ja, das ist super, aber was ist mit Monty?«, griff sie krampfhaft nach dem ersten Gedanken, der ihr in den Kopf kam.

»Sei doch nicht albern, Liebes. Monty wird es am Meer wunderbar finden«, entgegnete Di forsch.

»Aber ich brauche einen Pass und all so was«, wandte Imogen ein und kaute auf ihren Fingernägeln herum. »Es wird Monate dauern, das alles zu organisieren.«

»Du hast ja auch so lange Zeit, Liebes. Es ist doch erst Juli. Und ich habe dir schon sämtliche Formulare aus dem Internet heruntergeladen. Also, ich glaube, es wäre am besten, wenn du mit dem Auto fährst. Du kannst meinen Wagen haben.« Di lächelte. »Ich habe sowieso vor, mir einen neuen zu kaufen, mir gefällt der Gedanke eigentlich, die alte Kiste auf dem Kontinent in Rente zu schicken. Die Versicherung müssen wir regeln, aber das sollte ganz einfach gehen. Also, lass mal sehen … Das Restaurant zahlt dir einen Hungerlohn, Daphne meinte jedoch, zu dem Job gehört auch ein Zimmer. Natürlich wirst du ein bisschen Geld brauchen, um dich über Wasser zu halten. Da kann ich dir auch helfen.«

»Oh nein, ich kann doch nicht –«

»Unfug«, wehrte Di entschieden ab. »Du weißt doch, ich habe keine Kinder. Wenn ich etwas von meinem Ersparten dafür verwenden will, dich auf diese Reise zu schicken, dann werde ich genau das tun.«

Imogen umarmte ihre Freundin stürmisch, die gefasst fortfuhr: »Ausgezeichnet. Und jetzt zum komplizierten Teil – deine Mutter. Vielleicht sollte *ich* mit ihr reden.«

»*Nein!*«, rief Imogen entgeistert. »Oh nein, bitte nicht!« Nachdenklich nagte sie einen Moment lang an ihrer Unterlippe, dann setzte sie hinzu: »Was genau würdest du denn sagen?«

Di schüttelte den Kopf und behielt für sich, was sie *wirklich* gern zu Elsa Peach sagen würde. »Ich werde sagen, dass du über achtzehn bist und selbst entscheiden kannst. Es ist ein anständiger Job. Dagegen kann sie doch bestimmt nichts einzuwenden haben!«

»Sie kann und sie wird«, erwiderte Imogen traurig. »Es wird einen fürchterlichen Krach geben. Ach Di, sie wird so enttäuscht von mir sein. Das halte ich nicht aus.«

Mit zusammengekniffenen Augen betrachtete Di ihren Schützling. Sie war sich sicher, dass Imogen ihr Dasein als ewig Benachteiligte verhasst war und dass sich unter diesem zahmen, verträglichen Äußeren eine leidenschaftliche junge Frau verbarg. Tatsächlich war dies in mancherlei Hinsicht in Imogens dunklen Augen zu lesen, in ihren vollen Lippen und in der Art und Weise, wie ihr oft das Blut ins Gesicht schoss und unter der blassen, durchsichtigen Haut pochte. Kochen tat das Mädchen auf jeden Fall voller Leidenschaft. Und doch hatte Imogen, vielleicht weil ihr Vater sie verlassen hatte, vielleicht weil sie die Bedürfnisse ihrer Familie vor die eigenen stellte, ihre Gefühle stets vor anderen verborgen und sich viel zu sehr in ihr eigenes Schneckenhaus verkrochen. Man musste sie befreien. Tatsächlich dachte Di insgeheim, dass ein Mordskrach mit ihrer Mutter großartig wäre, doch

Imogen wäre dem sicherlich nicht gewachsen. Das Mädchen dazu zu bringen, sich gegen Elsa zu behaupten, war, als versuche man, sie davon zu überzeugen, dass sie hübsch war – ein zum Scheitern verurteiltes Unterfangen.

»Ich bestehe darauf, dass ich es deiner Mutter selbst sage«, entschied Di und tätschelte Imogens Arm. »Schließlich war es ja meine Idee, nicht wahr?« Sie erhob sich, und Imogen folgte automatisch ihrem Beispiel. »Komm mit, Liebes«, fuhr Di fort und ging ihr voran zur Haustür hinaus. »Halt dich an mich, dann wird alles gut.« Auf der Straße blieb sie kurz stehen und meinte: »Wir müssen einfach nur« – sie machte eine Hackbewegung mit der Hand – »sparsam mit der Wahrheit sein.«

In einer Trance aus Furcht und Erregung ließ Imogen sich von Di zum Atelier ihrer Mutter führen und stand neben ihrer Freundin, als diese an die Tür klopfte. Verstimmt über die Störung hieß Elsa sie nicht gerade enthusiastisch willkommen, doch ihr Schweigen gestattete es Di loszulegen. Die Hände in den Hosentaschen wiegte sich die Konditorin ein wenig auf den Fersen vor und zurück und erklärte mit forscher Zuversicht, dass ihre Schwester auf der Suche nach einem Au-pair-Mädchen sei.

»Wissen Sie, Daphne lebt in Frankreich. Und ich glaube, ein Tapetenwechsel würde Imogen ungeheuer guttun«, sagte Di und trat ein paar Schritte vor, um das abstrakte Weiß-auf-Weiß-Werk besser betrachten zu können, an dem Elsa gerade arbeitete. Imogen wusste, dass ihrer Freundin eigentlich nur detaillierte, lebensechte Darstellungen von Pferden und Hunden gefielen. »Außerdem«, fuhr Di entschlossen fort, »muss man doch dafür sorgen, dass ein Mädchen mit der richtigen Kultur in Berührung kommt, damit sie ihre wahren künstlerischen Gaben entdecken kann.«

Imogen fing den Blick ihrer Nachbarin auf und unterdrückte ein Lächeln. Di sprach von Gastronomie; Elsa jedoch würde natürlich etwas völlig anderes damit verbinden. »Es gibt da auch Verbindungen zur Kunst«, fuhr Di fort, ohne auch nur einen Moment aus dem Tritt zu kommen. »Dieser Picasso hat dort ganz in der Nähe gewohnt.« Als sie das Aufglimmen von Interesse auf Elsas Zügen bemerkte, nutzte sie ihren Vorteil. »Und dann natürlich Matisse …«

Auf diese Art machte Di noch eine Weile weiter, ohne auch nur ein einziges Mal Boustifaille, Michel Boudin oder Küchenarbeit zu erwähnen. Imogen sagte klugerweise gar nichts.

»Liebling, das hört sich ja absolut himmlisch an«, meinte Elsa vage und lächelte in Richtung ihrer Tochter.

Damit erteilte sie dem Projekt ihren Segen und wandte sich wieder ihrer Leinwand zu.

Jetzt galt es, sich Imogens Geschwister vorzunehmen, die sich nicht ganz so leicht von Dis Kunstreferenzen überzeugen ließen. Als Hildegard, Thea und George schlagartig klar wurde, dass es Imogen und nicht etwa irgendeine Zaubermacht gewesen war, die all die Jahre lang die praktischen Dinge ihres Lebens erledigt hatte, stimmten sie zu einem lauten Protestchor an, doch Elsa walzte die Einsprüche einfach nieder. So sperrte sie gewissermaßen Imogens Käfig auf und händigte ihr den Schlüssel zu einem neuen Leben aus.

# 5

An ihrem zweiten Tag in Saint-Jean-les-Cassis war um Mitternacht der Abendessen-Service vorbei und das Boustifaille geschlossen. Imogen saß draußen auf dem Bordstein und weinte.

Nach dem abendlichen Debakel bestand kein Zweifel, dass die liebevolle Umgebung im Kindergarten Imogen völlig unzureichend auf ihren neuen Job vorbereitet hatte. Sie war alles andere als auf den harschen Ton in einer Profi-Küche gefasst gewesen. Wenn sie bei Di den überschwänglichen Fernsehkoch Gordon Ramsey bewundert hatte, war seine Macho-Pose für sie stets Show gewesen. Dass solche Mätzchen im wirklichen Leben hingenommen werden könnten, hatte sie niemals geglaubt.

Auch hatte sie von Daphne nicht gerade besonders detaillierte Instruktionen erhalten, als sie sie am Morgen ihres ersten Arbeitstages aufgesucht hatte. Obwohl es sie vor freudiger Erregung und Beklommenheit (schließlich würde sie Michel Boudin kennenlernen und im Boustifaille anfangen zu arbeiten) fast umhaute, war es ihr gelungen, in ihrem Hotelzimmer ein paar Stunden zu schlafen und die Begegnung mit dem ungehobelten Tramper Dimitri aus ihren Gedanken zu verdrängen.

In dem verlockenden Schaufenster von Daphne Blandings Konditorei *Le Puits d'Amour* waren ordentliche Reihen rundlicher Kaffee- und Schokoladen-*religieuses* zu sehen gewesen (die so genannt wurden, weil ihre Form der winziger Nonnen ähnelte); außerdem mit Karamell glasierte, schwindelerregend hohe Blätterteig-*millefeuilles,* zarte, von Biskuitwällen eingefasste Himbeer-Charlotte-Teilchen, scharlachrote Torteletts mit Walderdbeeren sowie die

Spezialität des Hauses, glänzende *puits d'amour* (oder »Liebesbrunnen«), gefüllt mit karamellisierter Vanillecreme.

Es fiel Imogen nicht schwer, Daphne hinter dem Ladentisch zu erkennen, denn diese war ihrer Schwester wie aus dem Gesicht geschnitten, wenngleich es deutliche Unterschiede im Styling gab: Daphnes sorgfältig geschminktes Gesicht, der modische aschblonde Bob und das schmeichelhaft geschnittene, pflaumenfarbene Kleid kündeten von französischem Schick und von einer eindeutig nicht-englischen Vorstellung davon, wie glamourös und *soignée* eine Mittfünfzigerin aussehen konnte (und sollte). Nach über zehn Jahren hatte sie sogar angefangen, Englisch mit leichtem französischem Akzent zu sprechen.

Nachdem sie Imogen auf beide Wangen geküsst und sie in Saint-Jean-les-Cassis willkommen geheißen hatte, deutete Daphne auf ein Blech mit eher flachen Blätterteigkuchen. Auf jedem prangte eine goldene Papierkrone.

»Du bist an einem guten Tag gekommen, Imogen. Wir haben gerade die ersten *galettes des rois* gebacken!« *Galettes,* erklärte sie, wurden in Frankreich traditionell zum Dreikönigsfest verzehrt. In jedem Kuchen war ein kleiner Glücksbringer versteckt, und nur darum ging es beim Essen: Wer ihn in seinem oder ihrem Stück fand, wurde für diesen Tag zum König oder zur Königin gekrönt, eine Ehre, die durch das Tragen der Papierkrone symbolisiert wurde.

Daphne musterte Monty mit lebhaftem Interesse und fragte fröhlich: »Also, junger Mann, was hältst du von einem Spaziergang mit mir, während dein Frauchen arbeiten geht?«

Monty wahrte angesichts dieses Antrags seinen feierlichen Ernst, obwohl das Wort »Spaziergang« ganz offensichtlich gut bei ihm ankam, vor allem nachdem er so lange im Auto gehockt hatte – sein Schwanz wedelte heftig.

»Oh, vielen Dank!«, sagte Imogen. »Das ist sehr nett von Ihnen. Im Restaurant wären sie bestimmt nicht besonders begeistert, wenn ich da mit ihm aufkreuzen würde.«

»Du wirst feststellen, dass die Franzosen Hunde *lieben*«, erwiderte Daphne. »Es würde mich nicht überraschen, wenn sie ihm innerhalb einer Woche einen eigenen Tisch geben, einschließlich Serviettenring mit Monogramm. Aber es ist sehr vernünftig, dass du die Dinge am ersten Tag schön langsam angehen lässt. Also, gehen wir einen Kaffee trinken? Bis später, Sandrine!«, rief Daphne ihrer freundlichen brünetten Gehilfin zu, als sie mit Monty und Imogen den Laden verließ.

Als sie sich auf einer Terrasse ganz in der Nähe niederließen, sah Imogen sich mit großen Augen um. Ihr war, als wären über ihr Leben, das bisher in Schwarzweiß gefilmt worden war, urplötzlich leuchtende Farben hereingebrochen. Fasziniert schaute sie auf die Straße hinab mit den in mediterranen Rosa- und Ockertönen gestrichenen Häusern und blickte dann auf die Bucht hinaus, die sich träge zwischen smaragdgrünen Hügeln erstreckte. Das friedliche Meer, mit weißen Segelbooten gesprenkelt, war von einem klaren Aquamarinblau und hier und dort mit dunklem Saphirblau oder leuchtendem Türkis marmoriert. Der blaue Himmel strahlte und war fast wolkenlos. Bei so vielen verschiedenen Blautönen konnte man leicht verstehen, warum die Riviera die Côte d'Azur genannt worden war, dachte Imogen. Die Blaue Küste.

Sie wandte sich wieder Daphne zu und bemerkte ihre hübsche Sonnenbräune, die einen deutlichen Kontrast zu ihrer eigenen Blässe bildete. »Also …«, erkundigte sie sich im respektvollen Tonfall des Gastronomie-Enthusiasten, »Di hat gesagt, Michel Boudin ist ein guter Freund von Ihnen. Wie ist er denn so als Chef?«

»Michel ist ein wunderbarer Freund und ein absoluter Schatz«, antwortete Daphne strahlend. »Er wird sich bestimmt ein Bein ausreißen, damit du dich bei ihm wohlfühlst. Außerdem braucht er in dieser Küche wirklich dringend eine Frau, das habe ich ihm oft gesagt.«

Imogen grinste, und ihr Herz schlug schneller. *Sie* war diese dringend benötigte Frau! Oh, es war ja so aufregend, sie konnte es gar nicht erwarten, Monsieur Boudin zu zeigen, was sie konnte! Glückselig begann sie, darüber nachzusinnen, welchen Posten er für sie wohl im Sinn hatte. Fleisch vielleicht? Oder Gemüse? Soßen? Oder sogar Desserts? Es spielte wirklich keine Rolle. Sie war eine gute Allrounderin, und jede dieser Aufgaben wäre wunderbar.

»Wie reizend!«, schnurrte Daphne, nachdem sie Monty mit der Hand über den Rücken gestrichen hatte. »Du bist ja wie eine riesige Nagelbürste!«, stellte sie an den Hund gewandt fest, ehe sie Imogen ansah und hinzufügte: »Wo wir gerade von Borsten sprechen, man hat mir gesagt, Michel kann manchmal ein bisschen, äh, explosiv sein, aber das dauert nie lange.«

»Es ist bestimmt unheimlich stressig, ein Restaurant wie das Boustifaille zu führen«, meinte Imogen mitfühlend.

»Nun ja, er nimmt das alles natürlich extrem ernst – der liebe Michel! Und in letzter Zeit war nicht alles … aber ich kann doch keinen Klatsch und Tratsch verbreiten. Du wirst es ja selbst sehen. Also, das hier«, sagte Daphne und griff in ihre elegante Basttasche, »ist der Schlüssel für dein Zimmer. Es ist gleich neben dem Restaurant.«

»Vielen Dank.« Imogen steckte den Schlüssel ein.

Daphne warf einen raschen Blick auf die Uhr. »Und jetzt solltest du dich lieber auf den Weg machen, Liebes. Das Boustifaille ist ganz leicht zu finden«, fügte sie hinzu und deutete mit einer anmutigen Geste in Richtung Strand. »Geh die Straße hinunter, dann nach rechts, und dann siehst du es schon – direkt am Hafen.«

Mit klopfendem Herzen erhob Imogen sich eilig und stieß dabei fast ihren Stuhl um. Daphne lächelte sie mit ansteckender Unbekümmertheit an. »Keine Sorge, Liebes, es geht bestimmt alles gut. Ich füttere Monty, und du kannst ihn abholen, bevor du schlafen gehst. Meine Wohnung ist über der Konditorei, und ich bleibe immer lange auf. Viel Spaß!«

Als sie fünf Minuten später das Restaurant betrat, wurde Imogen von einem geschniegelten dunkelhaarigen Mann im schwarzen Anzug begrüßt, der sich, nachdem er ihre legere Aufmachung begutachtet hatte, erkundigte, ob Madame reserviert habe? Offenkundig war er eleganter gekleidete Gäste gewöhnt. »Madame« sah sich neugierig im Speisesaal um. Sie wusste nicht genau, was sie erwartet hatte – blütenweiße Tischdecken und schimmernde Gläser in einem mediterranen, prachtvoll ländlichen Ambiente vielleicht? Dies hier war schließlich das berühmte Boustifaille, dessen Küchenchef vor nunmehr zehn Jahren der regionalen Küche – oder der *cuisine de terroir*, wie diese in Frankreich genannt wurde – seinen Stempel aufgedrückt und sie frisch und aufregend gemacht hatte.

Was sie stattdessen erblickte, waren Wände, die, genau wie der Boden, mit Spannteppich in einem unansehnlichen und ziemlich düsteren Ochsenblutrot bezogen waren, und an denen überall Bilder von traurigen Clowns hingen. Während sie sich im Stillen dachte, dass dies vielleicht nicht jedermanns Geschmack sein mochte, wurde Imogen außerdem bewusst, wie extrem ruhig es hier drin war. Nur ein paar wenige Tische waren besetzt. Aber es war ja auch noch früh – gerade mal halb zwölf –, und zweifellos würde später mehr los sein.

»Nein, ich habe nicht reserviert«, sagte sie und lächelte den *maître d'* an. »Aber vielleicht können Sie mir helfen …«

»Ich werde sehen, was ich tun kann, Madame«, erwiderte der Mann. »Dürfte ich mich nach Ihrem Namen erkundigen?«

»Imogen Peach. Ich bin die neue Küchenhilfe – die neue *stagiaire.*«

Der Mann schnappte nach Luft und sagte dann in völlig anderem Tonfall: »Sie haben hier nichts zu suchen. Der Zugang fürs Personal ist hinten, durch die Küche.« Heftig schüttelte er den Kopf. »*Oh là là,* Monsieur Boudin wird gar nicht erfreut sein, nein, ganz und gar nicht. Er hatte sowieso schon keine gute Laune, und jetzt … Also, worauf warten Sie denn noch? Schnell, schnell, beeilen Sie sich!«

Nachdem sie aus dem Speisesaal gescheucht worden war, trat eine verstörte Imogen durch die Hintertür in einen hellen Raum voller verschwitzter Männer und französischem Gebrüll.

Und dann ihre erste Küchenerfahrung: eine nicht enden wollende verschwommene Abfolge schrecklicher Peinlichkeiten. Angefangen hatte es damit, dass sie sich Michel Boudin vorgestellt hatte, wobei sie versuchte, in ihrem Schulfranzösisch ihre Bewunderung für sein Restaurant auszudrücken und ihm für die wundervolle Chance zu danken, hier arbeiten zu können. Doch der *chef* – ein Riesenkerl, der unglaubliche Ähnlichkeit mit Eric Cantona hatte und vor Testosteron nur so strotzte – hatte alle Förmlichkeit ungeduldig beiseitegewischt.

»Ach ja, das neue Mädchen«, sagte er auf Englisch mit deutlichem Akzent und musterte sie abschätzig von oben bis unten. »Du schälst die Zwiebeln, ja?«

Also Gemüse. Aufgeregt fragte Imogen sich, was für Köstlichkeiten sie wohl zubereiten würde. Die rustikale provenzalische Küche war berühmt für ihre erfindungsreichen aromatischen Zucchini-, Auberginen- und Bohnengerichte … In freudiger Erwartung lief ihr das Wasser im Mund zusammen.

»Okay«, sagte sie, nachdem sie die schlecht sitzende weiße Kluft übergestreift hatte, die irgendjemand ihr in die Hand gedrückt hatte. Sie stopfte ihr Haar unter eine weiße Kappe und betrachtete einen großen Sack Zwiebeln, der auf einem Tresen lag. »Wo ist das Spülbecken?«

»Warum?«

»Es ist so«, erklärte Imogen höflich, »ich schäle Zwiebeln lieber unter dem Wasserhahn, damit mir die Augen nicht brennen.«

Monsieur Boudin baute sich vor ihr auf und starrte sie mit glitzernden dunklen Augen drohend an. »Nein, was ist denn das für ein Irrsinn? Hey, du«, brüllte er einem jungen Mann zu, der ganz in der Nähe stand und emsig an Hühnerkadavern herumsäbelte.

»*Chef?*«

»Verstehst du das? Die kleine Aushilfe, sie kann keine Zwiebeln schälen, weil ihr dann die Augen brennen. Kapierst du das?«

»Nein, *Chef!*«, antwortete der junge Mann und drehte sich halb zu ihnen um. Es war, stellte Imogen fest, niemand anderes als Dimitri, der lüsterne Tramper. Vor lauter Verlegenheit wurde ihr ganz anders. Doch noch ehe sie etwas sagen konnte, ließ Monsieur Boudins Stimme sie abermals zusammenfahren. »Worauf wartest du? Glaubst du, das hier ist ein Ferienlager? Das ist meine Küche, begreifst du das?«

»Ja, ich verstehe, aber … könnten Sie mir vielleicht ein bisschen mehr zu dem Gericht sagen?«, fragte Imogen holprig auf Französisch.

»Was denn für ein Gericht?«, donnerte Monsieur Boudin. »*Du* bist *nicht* zum Kochen hier«, verkündete er niederschmetternd. »Du bist keine Köchin, nicht wahr? Du bist hier, um auszuhelfen, zu assistieren. Also los. *Allez!*«

Entgeistert starrte Imogen ihn an. Aber das war doch ganz und gar nicht das, was Daphne ihr zu verstehen gegeben hatte! Sie war also als … als Mädchen für alles angestellt worden, mehr nicht. Schon öffnete sie den Mund, um zu widersprechen, dass sie sehr wohl Köchin sei, doch Boudin brüllte: »Geh und schäl die Zwiebeln … da drüben … sofort!«

Erschüttert begann Imogen Zwiebeln zu schälen, und bald

weinte sie dicke Krokodilstränen. Es war nicht hilfreich, dass Monsieur Boudin lange mit verschränkten Armen dastand und jede ihrer Bewegungen beobachtete. Schließlich wurde er zum anderen Ende der Küche gerufen, und sie konnte freier atmen. Als sie innehielt, um sich das Gesicht abzuwischen, schaute sie zu Dimitri hinüber. Ihre Blicke begegneten sich.

»Also du schon wieder«, bemerkte er ohne besondere Wärme.

Imogen bedachte ihn mit einem gezwungenen Lächeln. Vielleicht war er ja gestern unhöflich zu ihr gewesen, aber es war trotzdem eine Erleichterung, in dieser brutalen Umgebung ein vertrautes Gesicht zu sehen.

»Hi. Das ist ja komisch, dass du auch hier arbeitest!«

»Das ist nicht komisch«, erwiderte er. »Ich bin Koch. Und du?«

»Also, ehrlich gesagt koche ich schon seit einer Ewigkeit«, sagte Imogen und straffte die Schultern ein wenig. »Zum Vergnügen, und in dem Kindergarten in London, wo ich arbeite. Meine Fischpastete und mein marokkanisches Hühnchen sind da inzwischen nicht mehr vom Speiseplan zu streichen! Die Kinder wollen es immer wieder haben.«

»Oh!« Dimitri nickte mit übertriebener Ehrerbietung. »Du machst Mittagessen für *kleine Kinder*. In *London*. Sehr beeindruckend.«

Nach längerem Schweigen, währenddessen Imogen ihren Ärger hinunterzuschlucken versuchte, fragte sie in einigermaßen verbindlichem Tonfall: »Also, wie lautet das Rezept?«

»Was?«, knurrte Dimitri unfreundlich.

»Kannst du mir sagen, was du da zubereitest, damit ich eine Vorstellung davon habe, was hier läuft?«

»Bist du fertig mit den Zwiebeln?«

»Ja«, verkündete Imogen triumphierend.

»Dann fang mit den Karotten an. Die liegen gleich da drüben.«

»Aber ich hatte gehofft, ich könnte dir auf deinem Posten helfen«, wandte Imogen ein, erschrocken über den finsteren Unheilsblick des jungen Mannes. »Im Entbeinen bin ich echt gut. Schau mal –«

Sie griff hinüber, und Dimitri schlug ihr auf die Hand. »*Hé!* Fass ja meine Messer nicht an!«, fauchte er. »Das ist nichts für eine *gamine* wie dich.«

»Kleine Aushilfe!«, brüllte Monsieur Boudin von der anderen Seite der Küche her. »Schäl die Karotten! Und dann die Kartoffeln!«

Dimitri bedachte sie mit einem sardonischen Lächeln. »Hast du gehört? Mach schon. Zerbrich dir bloß nicht den Kopf über das Rezept für *mein* Gericht.«

Rasch sah Imogen sich um. Überall in der ganzen Küche wurden wundervolle Dinge gekocht, bei denen einem das Wasser im Munde zusammenlief, und ihr wurde nicht erlaubt, bei der *eigentlichen* Zubereitung mitzumachen. Es war zum Verrücktwerden.

Mit erheblicher Mühe gelang es ihr, sich zu beherrschen, und sie schüttelte resolut den Kopf. Ihr blieb nichts anderes übrig, als diesen Tag zu überstehen und zu sehen, was sich morgen tun ließ. Genau in diesem Moment schob sich ein anderer junger Koch an sie heran und flüsterte: »Glaubst du, nur weil du eine gute Köchin bist, hast du es nicht mehr nötig, Kartoffeln zu schälen?«

Die hatten es alle darauf angelegt, sie zu ärgern! Imogen fuhr herum und war drauf und dran zurückzugiften, doch das offene, freundliche Gesicht des jungen Mannes nahm ihr den Wind aus den Segeln. Blond und blauäugig, mit einer breiten Löwennase und leicht geröteter Haut, sah er aus wie ein unbekümmerter bretonischer Matrose. Er lächelte sie an, stellte sich als Bastien vor und kehrte wieder zu seinem Posten zurück, gegenüber dem von Dimitri. Während seine Frage in ihrem Inneren widerhallte, schüttelte Imogen den Kopf und errötete, denn tatsächlich hatte sie genau das gedacht.

»Du bist heute dran, das ist alles«, fuhr Bastien fort und wandte seine Aufmerksamkeit kleinen silbernen Fischen zu. »Wir mussten alle schon mal Kartoffeln schälen – ich, Dimitri, Monsieur Boudin, alle. Okay?«

»Okay«, murmelte Imogen.

»Gut. Ich filetiere gerade Sardinen für die *mousseuse*«, fuhr Bastien fort, der ihrem faszinierten Blick gefolgt war. »Eine von unseren Vorspeisen.«

»Klar.«

»Dann mache ich ein Püree aus den Filets, mit Spargel und Crème fraîche, und dann machen wir aus dieser Mischung eine Art *quenelle*, du weißt schon, so ähnlich wie ein Kloß.«

»Klingt echt lecker.«

»Lecker?«

»Köstlich.«

»*Gourmande, hein?*« Bastien zwinkerte ihr zu. »Das ist gut. Nachher lasse ich dich mal probieren.«

Von Bastiens Freundlichkeit (immerhin hatte er sie eine gute Köchin genannt!) ungemein ermutigt hatte Imogen den Kopf eingezogen und es geschafft, ihren Schälmarathon zu Ende zu bringen, wobei sie Dimitri entschlossen ignorierte.

Nach einer Pause, die der erschöpften Imogen unglaublich kurz vorkam, hatte sich die Küche erneut gerüstet, diesmal fürs Abendessen. Sie hatte auch das durchgestanden, war Monsieur Boudin aus dem Weg gegangen und hatte sich alle Mühe gegeben, nicht zu viel Aufmerksamkeit zu erregen.

Als der Betrieb allmählich nachließ, gestattete sie sich, sich ein wenig zu entspannen – ein fataler Fehler, wie sich herausstellte. Sie schrubbte sich gerade durch einen geradezu lachhaft riesigen Haufen Töpfe und Pfannen, als sie Monsieur Boudins Gegenwart hinter sich spürte. »Das machst du später fertig, okay? Jetzt gehst du erst mal den Eimer ausleeren.«

»Verzeihung?«

Doch nach der anstrengenden Arbeit war der berühmte Küchenchef allmählich müde, so dass jeder, der auf exquisite Höflichkeit seinerseits gehofft hätte, enttäuscht worden wäre. »Los! Den Eimer ausleeren! *Geh den Eimer ausleeren!* ABER DALLI!«, schrie er, ohne zwischendurch Atem zu holen.

Bastien rettete sie abermals, indem er diskret auf einen weißen Plastikeimer deutete, der auf einem Wandbord stand. Dort hatten die Köche das ganze Fett aus ihren Pfannen hineingeschüttet. Ein unglaublich ranziger Geruch stieg daraus auf, und Imogen würgte, als sie nähertrat. Als sie danach griff, bemerkte sie eine große Pfanne, die neben dem Spülbecken stand. Die musste noch ausgeleert werden. Ein Glück, dass sie sie gesehen hatte, wirklich. Wenigstens würde ihr Boudin nicht vorwerfen können, dass sie es sich leicht machte. Vorsichtig hob sie die schwere Bratpfanne und machte sich daran, das Fett in den Eimer zu kippen.

Wie von einem Dämon besessen rutschte der Eimer nach vorne und schlug einen überraschend anmutigen Salto, ehe er mit einem grässlichen Krachen auf dem Tresen abprallte, unterwegs Fett über den ganzen Herd spritzte und den Rest seines Inhalts auf den Boden ergoss. Und zu guter Letzt schwappte ein Rest davon noch auf die Hose und die stahlkappenbewehrten Schuhe von Monsieur Boudin, der neben ihr gestanden hatte.

Imogen, die während dieses Desasters die Augen fest geschlossen hatte, öffnete sie langsam wieder. In der Küche war es vollkommen still geworden. Was würde Monsieur Boudin jetzt tun? Sie hängen, vierteilen und filetieren lassen? Nein – zu viel Fummelarbeit. Sich eins von Dimitris superscharfen Messern schnappen und sie damit um die Ecke bringen? Sie war hier schließlich in Frankreich, und wenn er das Ganze als *crime passionnel* bezeichnete, würde kein Gericht im ganzen Land ihn verurteilen. Höchstwahrscheinlich würde er sie zwingen, die Nacht in dem begehbaren Kühlschrank zu verbringen. Aber zuerst würde er natürlich die Gelegenheit nutzen, sie *schon wieder* anzubrüllen.

»Es tut mir schrecklich leid«, stieß Imogen erstickt hervor. »Ich hole schnell einen Lappen.«

»Das«, sagte Monsieur Boudin mit merkwürdig ruhiger Stimme, während er auf das verschüttete Fett hinunterblickte, »war Spezial-Gänsefett von unserem besten Lieferanten. Das hatte ich für die *pommes de terres à la sarladaise* aufgehoben, die wir morgen Mittag servieren, für eine private Veranstaltung.«

Imogen lief tiefrot an. Also hatte sie sein Spezialgericht ruiniert. Super. Fantastisch. Was für ein wundervoller Anfang.

Ohne ein weiteres Wort bedachte ihr Boss sie mit einem Blick voll unendlicher Verachtung und ging davon. Seine Schuhe quatschten beim Gehen ein wenig.

# 6

Noch immer schluchzend hörte Imogen, wie hinter ihr die Tür des Restaurants aufging und wieder zuklappte. Irgendjemand schloss für heute Abend ab.

»*Eh bien alors!*«, ließ sich eine mitfühlende Männerstimme vernehmen. »Alles okay?«

Imogen blickte auf. Durch den Tränenschleier hindurch bemerkte sie die überschwängliche Freundlichkeit der Gestalt vor ihr. Es war Bastien, jetzt in Jeans und einem dunkelblauen Pullover mit Polokragen.

»Du darfst dich nicht so fertigmachen«, meinte er und half ihr auf die Beine. »Komm, wir gehen was trinken. Ich lade dich ein.«

Imogen rieb sich das Gesicht und versuchte vergeblich, diesen schrecklichen Tag hinter sich zu lassen. »Ich muss meinen Hund abholen«, gelang es ihr, stockend auf Französisch zu erklären. »Bei Daphne Blanding.«

»Ah, die wunderschöne Madame Blanc-Dingue!«, schwärmte Bastien, während sie sich auf den Weg zu Daphnes Wohnung machten. »Weißt du, zuerst waren die Leute gar nicht sicher, was sie davon halten sollten, dass eine Engländerin eine *pâtisserie* führt. Kuchen backen ist Sache der Franzosen, verstehst du? Wir sind stolz auf diese Tradition. Aber ihre Torten sind so gut und so elegant, und sie ist so reizend. Alle mögen sie wirklich gern. Und jetzt ist sie schon so lange hier, dass sie fast eine von uns ist. Sie ist also deine Freundin?«

»Eigentlich habe ich sie erst heute Morgen kennengelernt«,

antwortete Imogen. »Ich bin mit ihrer Schwester befreundet, aber Daphne hat das mit diesem Job für mich arrangiert.«

Als sich die Wohnungstür öffnete und Monty wie eine Kanonenkugel herausgeschossen kam, um seine Herrin zu begrüßen, lächelte Daphne Bastien an. Der grinste zurück und bemerkte mit einem Kopfnicken in Richtung Imogen: »*Bonsoir, Madame*. Mir war nicht klar, dass die englische Mafia das Restaurant übernimmt.«

»Oh, genau das tun wir! Nehmt euch bloß in Acht!«, erwiderte Daphne lachend. »Wie war's, Imogen? Wie war Michel? Erzähl mir alles!«

Imogen wechselte einen Blick mit Bastien, dann formte die traumatisierte Boustifaille-Angestellte ihre Züge zu einer Maske fröhlicher Begeisterung. »Es ist alles prima gelaufen, vielen Dank.« Sie konnte doch nicht sofort anfangen, sich bei ihrer Wohltäterin auszuheulen.

»Sie ist zum Schäldienst verdonnert worden«, fügte Bastien hinzu. »Nicht gerade das, was sie sich vorgestellt hat.«

»Ach, da würde ich mir keine Sorgen machen!«, rief Daphne vergnügt. »Bald wirst du Michel mit deiner Erfahrung umhauen.«

Imogen nickte, dann stellte sie seufzend fest: »Ich glaube, ich brauche was zu trinken.«

»Ganz recht«, pflichtete Daphne ihr bei und schaute von einem zum anderen. »Geht und schließt Freundschaft, ihr zwei. Gute Nacht.«

Bastien lotste sie und Monty ins La Sirène, eine Art Bar/Café, und bestellte zwei Kir mit wenig Cassis. Monty machte sich daran, mit kühlem, wissenschaftlichem Interesse Bastiens Turnschuhe zu beschnuppern.

»So schlimm, wie du denkst, ist es gar nicht«, meinte Bastien und nahm sich eine Handvoll Pistazien aus der Schale, die vor sie hingestellt worden war. »Man gewöhnt sich daran.«

»Nein, ganz bestimmt nicht«, widersprach Imogen. Sie stützte die Ellenbogen auf den Tisch und verbarg das Gesicht in den Händen. »Ich kann doch da nicht wieder hingehen, nach dem, was passiert ist.«

»Du meinst, das mit dem Eimer? Ach komm, das war doch nichts weiter.«

»Aber Boudin hält mich bestimmt für eine Idiotin, und so wird er mich auch behandeln.«

»Na siehst du, dann hat sich doch nichts geändert«, bemerkte Bastien und lächelte, als sie lachte.

»Ich weiß, was du meinst.« Imogen nippte an ihrem Kir, ehe sie sittsam hinzufügte: »Aber trotzdem finde ich, Monsieur Boudin ist ein Faschistenschwein. Ich wünschte, ich könnte Monty auf ihn hetzen.«

Monty stellte sich auf die Hinterbeine, legte die Vorderpfoten in ihren Schoß und kläffte begeistert auf. Bastien lächelte. »Also«, sagte er und trank sein Glas aus, »du bist gelernte Köchin?«

»Nein, nicht so richtig. Ich habe bei Daphnes Schwester Di kochen gelernt. Sie ist meine Nachbarin in London.«

»Ah, sie hat ein Restaurant?«

»Nein«, gestand Imogen. »Aber sie macht Kuchen und Torten für besondere Anlässe – Geburtstage, Hochzeiten, du weißt schon.«

Bastien biss sich auf die Lippe. Seine blauen Augen glitzerten. »Dann habt also nur ihr beiden reizenden Ladys zusammen gekocht?«

»Du lachst mich aus. Genau wie Dimitri.«

»Na ja, vielleicht ein bisschen«, gab Bastien zu. »Aber nur, weil ich dich mag. Du bist *sympathique.* Und eigentlich solltest du versuchen, Dimitris Standpunkt zu verstehen.«

»Ach«, gab Imogen frostig zurück. »Und was für ein Standpunkt ist das?«

»Nun ja, er ist ungefähr in meinem Alter. Wir haben unsere Ausbildung angefangen, als wir vierzehn waren.«

Imogen schwieg und dachte darüber nach, dass *sie* mit vierzehn den ganzen Tag in der Schule gewesen war, ohne zu wissen, dass manche Leute in ihrem Alter eine Lehre machten.

»Außerdem ist es im Augenblick nicht leicht«, fuhr Bastien mit ernster Miene fort. »Weil Boudin … und weil das Restaurant nicht …« Er brach ab und schüttelte den Kopf, dann lächelte er sie an. »Monsieur Boudin ist ein fantastischer Küchenchef«, schloss er, »also wird bestimmt alles gut.«

Imogen nickte verblüfft. Sie war ja gewillt zu glauben, dass Boudin fantastisch war, aber seine aufbrausende Art heute war ihr doch aufgestoßen, und das nicht nur, weil sie selbst davon betroffen gewesen war. Als Dimitri ihm zum Beispiel ein makelloses Lammkarree präsentiert hatte, hatte Monsieur Boudin ihn zornig angefunkelt und mit kalter Stimme gesagt: *»Ah, la vache! Mais je rêve ou quoi? C'est quoi, cette merde?«* Eine Frage, die, wie Imogen später erfuhr, nicht etwa mit einer Kuh *(vache)* zu tun hatte, sondern übersetzt ungefähr so lautete: »Meine Fresse! Träume ich jetzt oder was? Was ist denn das für eine Sch …?« Dimitri hatte stumm und ungerührt dagestanden, den Blick auf nichts Bestimmtes gerichtet.

»Ich sage dir, was das ist«, hatte Boudin weitergegrollt, während er über Imogen aufragte und sie erschreckenderweise anscheinend in dieses Gespräch mit einbeziehen wollte. »Und du, kleine Aushilfe, du kannst auch gleich noch was lernen. *Das ist ein Teller voll Dreck.* Ja?«

»Ja, *Chef*«, sagte Dimitri.

»Und du, du bist ein Trottel. Ja oder nein?«

Dimitri war ihr vielleicht nicht der liebste Mensch auf Erden, aber Imogen musste zugeben, dass seine Selbstbeherrschung in diesem Moment wirklich beeindruckend war. Vielleicht hatte

Monsieur Boudin ihn sich ja deswegen vorgenommen – wegen der ruhigen Arroganz des jungen Kochs, die keine noch so schwere Beleidigung zu erschüttern schien.

Bastien schob ihr die Schale mit den Nüssen hin. »Noch einen Kir?«

Imogen schüttelte den Kopf, lächelte ihn an und wurde plötzlich von einem gewaltigen Gähnen überwältigt. Bastien gähnte seinerseits und reckte sich. »Das steckt an«, meinte er und grinste sie an.

Nach einem kurzen Abstecher, um Imogens Gepäck aus dem Hotel abzuholen, gingen sie zusammen zu den Schlafquartieren der Angestellten, einem schmalen, weiß getünchten Haus neben dem Restaurant. Wie Bastien ihr erläuterte, wohnte eine ganze Anzahl ihrer Boustifaille-Kollegen ebenfalls dort, einschließlich er selbst. Im Stillen fand Imogen, das Haus sähe eigentlich gar nicht groß genug aus, dass sie alle dort hineinpassen könnten. Sie traten in den kleinen, nichtssagenden Flur, und sie bemerkte einen durchdringenden Geruch nach Desinfektionsmitteln, der einem richtig im Hals brannte. Ihre Erwartungen wurden mit jedem Schritt kleiner, als sie und Monty Bastien ins oberste Stockwerk folgten, wo ihr neuer Freund am Ende des Flurs leichthin bemerkte: »Übrigens, ich hoffe, du leidest nicht unter Klaustrophobie.«

Als Imogen die Tür öffnete und schließlich den Lichtschalter fand, rutschte ihr das Herz in die Hose. Das Zimmer war ein fensterloses Kabuff. Eine nackte Glühbirne beleuchtete ein schmales Bett und einen Schrank, der kaum breit genug für drei Kleidungsstücke aussah. Der Desinfektionsmittelgeruch hatte alles durchtränkt. Monty ließ ein entrüstetes Gebell vom Stapel.

Bastien bückte sich und streichelte den kleinen Hund. »Ist nicht gerade super, ich weiß. Aber du kannst es dir ja ein bisschen netter machen. Ich habe Poster in meinem Zimmer, weißt du, Bilder von meiner Familie.«

»Und hat dein Zimmer auch so eine tolle Aussicht wie meins?«, fragte Imogen mit dünner, besiegter Stimme.

»Ja, man kann den Parkplatz sehen. Also werd bloß nicht neidisch. Und an den Geruch gewöhnt man sich nach einer Weile auch. Gute Nacht.« Und er ging den Flur hinunter.

# 7

Während einer fürchterlichen Nacht in ihrer stickigen Zelle bewahrte Imogen nur Montys tröstliche Gegenwart auf ihrem Bett vor dem Verzweifeln. Am Morgen stand sie so früh wie möglich auf und duschte in dem schäbigen Gemeinschaftsbad. Sie war todunglücklich und konnte es gar nicht erwarten, ins Freie zu kommen.

Nach einem Spaziergang in dem schattigen Pinienwald, wo sie vielen anderen Hunden und ihren Besitzern begegnete, die Monty allesamt ignorierten, ging sie zum Frühstücken ins La Sirène. Sie machte es sich mit einem duftenden Kaffee und einem glänzenden Croissant gemütlich und schaute die Straße hinunter, Richtung Meer. Allmählich fühlte sie sich wieder ein bisschen besser. Sie rief sich in Erinnerung, warum sie nach Frankreich gekommen war. Imogen schaute auf die Uhr; sie hatte Zeit, sich mit Saint-Jean-les-Cassis vertraut zu machen, ehe sie zur Arbeit antreten musste.

Was ihr an dem Ort am meisten auffiel, war die Tatsache, dass er für seine bescheidene Größe eine Menge Lebensmittelgeschäfte aufzuweisen hatte. Ganz offensichtlich stand Essen bei den Franzosen ganz oben auf der Liste. Ganz kurz dachte sie an die Hauptstraße ihres Viertels in London, mit den reizlosen Eckläden und den grellen Kebab-Imbissbuden. Hier zählte sie auf den beiden Hauptstraßen mindestens fünf Bäckereien und *pâtisseries*, mehrere Metzger, drei Fischläden und ebenso viele Käsegeschäfte. Sie alle schienen gut zu laufen, trotz eines Supermarktes in ihrer Mitte, und sie sah außerdem noch ein Plakat, das einen Wochenmarkt am Hafen ankündigte.

Im Vorbeigehen merkte sie sich, vor welcher Bäckerei die längste Menschenschlange stand, denn ihr war durchaus klar, dass es selbst in Frankreich eine ganz klare Hierarchie gab, von brauchbarem Brot hin zu absolut himmlischen Baguettes. Einen Augenblick lang blieb sie vor einem Käsegeschäft stehen, um dem Besitzer zuzusehen, einem Mann im grauen Kittel, der einen asketischen und recht professionellen Eindruck machte. Sie staunte darüber, wie er mit jener entspannten Autorität, die den wahren Fachmann verriet, einen unentschlossenen Kunden zu einem vollendet gereiften Ziegenkäse hindirigierte.

Imogen fühlte sich auf Anhieb wohl hier. Wenn man den irre hohen Stresspegel bei der Arbeit einmal einen Moment lang beiseiteließ, überlegte sie, dann befand sie sich jetzt zum ersten Mal in ihrem Leben in einem Umfeld, wo sie genauso war wie alle anderen. Wie die Franzosen war auch sie der Meinung, dass man gar nicht wählerisch genug sein konnte, wenn es ums Essen ging.

Ansonsten jedoch, dachte sie kläglich, war sie definitiv überfordert. Wieder und wieder fiel ihr das gepflegte Selbstvertrauen auf, das die Französinnen ausstrahlten, an denen sie auf der Straße vorbeikam. Dabei war es gar nicht so, dass all diese Frauen schön oder jung waren, doch sie waren alle wunderschön gekleidet und bewegten sich, nun ja, flink, so als wären ihre Körper ihnen keine Last. Das war das genaue Gegenteil davon, wie Imogen ihren eigenen empfand.

Versuchsweise zog sie den Reißverschluss ihrer Fleecejacke herunter und schickte sich an, sie auszuziehen – so kalt war es gar nicht. Dann schloss sie sie hastig wieder. Das weite Kleidungsstück kaschierte ihren Busen. So hatte sie es schon immer gehalten, und französischer Einfluss hin und her, daran würde sich nichts ändern.

Als Nächstes gingen sie und Monty kurz zum Strand. Voll war es dort nicht gerade; zumindest dem Datum nach war ja noch Winter, doch ein paar mahagonifarbene Leiber, von auffälligen Bikinis in allen Regenbogenfarben geziert, wurden trotzdem zur Schau gestellt. Ein paar ganz Tapfere badeten sogar. Imogen schwamm gern, fürs Sonnenbaden jedoch war sie nie zu haben gewesen – dazu musste man sich viel zu sehr entblößen. Sie saß im Sand, behielt entschlossen Fleecejacke und Cargohose an und nahm auch den praktischen Sonnenhut nicht ab. Dafür erntete sie neugierige Blicke, doch sie achtete gar nicht darauf und sah stattdessen Monty zu, der vorsichtig den äußersten Rand der Wellen erforschte. »Ich bin mir nicht sicher, was ich von diesem schwappenden, schaumigen Zeug halten soll«, schien er zu sagen, als er sich zu ihr umdrehte. Nach ein paar enthusiastischen, aber kurzen Sprints hinter vorbeifliegenden Möwen her stürzte er sich in eine wahre Buddelorgie.

Als sie am Strand entlang zurückgingen, wo niedrige weiße Apartmenthäuser ihre Balkone dicht an dicht vorstreckten, wurde Imogens Blick von einem Haus angezogen, das ihr vorher nicht aufgefallen war. Eine cremefarbene türmchenbewehrte Villa, die ein Stück von der Straße zurückgesetzt dastand und teilweise von einem verwilderten Garten verborgen war. Imogen fand, dass sie einem Dornröschenschloss nicht unähnlich war. Neugierig spähte sie durch den Zaun. Die blauen Läden der Villa waren alle geschlossen. Monty begann an seiner Leine zu zerren, und Imogen machte sich von Neuem auf den Weg in die Mitte des Ortes, während sie sich fragte, ob wohl jemand in der Villa wohnte. Und wenn ja, wer.

Der Zeitpunkt, wo sie sich im Boustifaille zum Dienst melden musste, rückte allmählich näher, und sie empfand keine besondere Begeisterung bei der Aussicht, Kartoffeln zu schälen und Töpfe zu schrubben. Wie würden ihre Mutter und ihre Geschwister lachen, wenn sie sie bei der Arbeit sehen könnten. Aber bestimmt würde sie doch nicht für alle Zeit eine einfache Arbeitssklavin bleiben?

Nach dem Kindergarten sehnte sie sich danach, zur Abwechslung einmal für anspruchsvolle Erwachsene zu kochen und das in die Praxis umzusetzen, was sie sich in Dis Küche selbst beigebracht hatte. Resolut biss sich Imogen auf die Lippe. *Irgendwie* würde sie Monsieur Boudin dazu bringen, ihr Talent anzuerkennen.

Als sie auf dem Weg zum Boustifaille in eine Seitenstraße einbog, erblickte sie ein grünes Ladenschild mit der Aufschrift Mitch's Paperback Wonderland. Allem Anschein nach eine englische Buchhandlung. Imogens Stimmung hob sich ein wenig; ein rascher Blick in die Kochbuch-Abteilung würde ihr vor ihrem nächsten Zusammentreffen mit ihrem Boss Kraft geben.

Innen war die Buchhandlung viel weiträumiger, als sie erwartet hatte – sie sah, wie sie sich vor ihren Augen immer weiter erstreckte, wie Aladdins Höhle. Die Wände schienen aus Büchern zu bestehen, alle kunterbunt durcheinander unter schrägen Dachbalken aufgestapelt, die in provenzalischen Rot- und Ockertönen gestrichen waren. Hunderte von Bildern und Fotografien standen oder hingen in und zwischen den Bücherregalen. Mehrere Bibliotheksleitern gewährten Zugang zu den oberen Rängen dieser Auslage, und außerdem standen eine Menge nicht zueinander passender Sessel umher. Der Besitzer des Paperback Wonderland hatte eindeutig nichts dagegen, dass seine Kunden in aller Ruhe stöberten.

Aber wie in aller Welt sollte man in diesem Irrgarten irgendetwas finden? Anstelle der üblichen Kategorien – Geschichte, Romane, Reisebücher – gab es hier eine Unmenge skurriler Schildchen, alle mit einer zackigen, energischen Handschrift beschrieben. Bestimmt die des Besitzers. »Das Leben ist kein Wunschkonzert« stand auf einem, und dann »Was soll *das* denn heißen?«, »Think Pink«, »Ich hab doch gesagt, ich bin krank«, »See You Later, Alligator«, *»De trop«* und »Nicht mal in Ihren wildesten Träumen.«

Verdutzt ging Imogen an einem kreisrunden, mit schäbigem

scharlachrotem Samt bezogenen Sofa vorbei, das mitten im Raum stand, und trat in einen weiteren winzigen Raum, der mit einem Wirrwarr von Büchern aller Art vollgestopft war, die eins gemeinsam hatten: blaue Buchrücken in verschiedenen Schattierungen. Drei Stufen hinunter war noch ein Zimmer, diesmal voller Bücher mit schwarzen Rücken. Außerdem waren da noch goldgerahmte Spiegel und ein Kristallkronleuchter – alles viel zu groß für den Raum, aber es ergab einen betörenden Schmuckkästchen-Effekt.

Dahinter war eine steile kleine Treppe. Auf einem Schild an der Wand stand: »Welchen Teil von ›Nur auf Einladung‹ haben Sie nicht kapiert, Sie Hohlkopf?« Verschüchtert wandte Imogen sich gerade wieder zu dem Raum mit den schwarzen Büchern um, als sie Stimmen hörte.

»Wie meinen Sie das, Sie wissen nicht, ob Sie es dahaben?«, verlangte eine britische Frauenstimme zu wissen.

»Na, genau so«, antwortete eine amerikanische Männerstimme.

»Aber es steht doch weltweit auf allen Bestsellerlisten!«

»Na und?«, fragte der Mann und kam in den Raum marschiert, wo Imogen sich instinktiv hinter ein Sofa geflüchtet hatte.

Der Mann, den Imogen vorläufig als Mitch identifizierte, den Besitzer des Wonderland, war wahrscheinlich Anfang siebzig, groß und hager, mit kurzem graumeliertem Haar und einem bleistiftstrichdünnen Errol-Flynn-Schnurrbart. Er trug ein Dinnerjackett über einem Goldlaméhemd sowie Bermudashorts mit dunklen Kniestrümpfen und schwarzen Schuhen. Eine füllige Dame in einem hummerfarbenen Hosenanzug folgte ihm dicht auf den Fersen.

»Also, könnten Sie nicht wenigstens mal im Lager nachsehen?«, quengelte sie.

»Hören Sie, Lady«, meinte Mitch gelangweilt und drehte sich zu seiner erzürnten Kundin um, »wenn es Ihnen wirklich bestimmt ist, dieses Buch zu lesen, dann gebe ich Ihnen einen Rat, hören Sie auf, danach zu suchen. Geben Sie einfach Ruhe und lassen Sie zu, dass es Sie findet.«

»Was? Was für ein Unsinn!«

»Das«, erwiderte er und strich sich geistesabwesend über den Schnurrbart, »ist lediglich Ihre persönliche Meinung.«

»Ach, vergessen Sie's«, fauchte die Frau. »Ich wusste es ja, ich hätte in den englischen Buchladen in Cannes gehen sollen.«

»Vielleicht.«

Die enttäuschte Dame stolzierte hinaus. Mitch stand einen Augenblick lang mit dem Rücken zu Imogen da und arrangierte auf einem Tisch gestapelte Bücher neu. Einen Moment später sagte er langsam: »Da sieht aber jemand *sehr* kritisch aus.«

Imogen lief rot an. »Oh nein, überhaupt nicht!«

»Na schön.« Er drehte sich zu ihr um. »Suchen Sie was Bestimmtes?«

»Die Kochbuchabteilung«, nuschelte Imogen. »Wenn Sie eine haben.«

»Ah«, antwortete er und reckte die Arme hinter dem Rücken. »Sehen Sie, hier im Paperback Wonderland glauben wir an die Pfade der Sehnsucht, und das sollten Sie auch tun, wenn Sie ein bisschen Grips haben.«

»Die Pfade der Sehnsucht?«

»Zum Teufel, ja«, bekräftigte Mitch.

»Haben Sie deshalb all diese … ungewöhnlichen Schildchen an Ihren Regalen?«

»Ja. Wissen Sie, die rütteln den Verstand auf.«

»Ich verstehe«, sagte Imogen in einem Tonfall, von dem sie hoffte, dass er intelligente Skepsis ausdrückte.

»Ihr Verstand ist wohl noch nie aufgerüttelt worden, wie?«

»Nein, ich glaube n-«

»Kann nicht behaupten, dass mich das überrascht. Sind Sie die Neue bei Boustifaille?«

»Ja, aber woher –«

»Ist 'ne kleine Stadt. Ziemlich leicht, sich auf dem Laufenden zu halten. Also, was läuft denn so? Haben die Sie schon was kochen lassen?«

»Nein, ich –«

»Hat dieser Boudin Sie schon angebrüllt?«

»Ja. Ziemlich oft.«

»Der ist Perfektionist, das ist sein Problem. Sehen Sie, ich bin nicht so, ich mach einfach mein eigenes Ding. Das war immer gut genug für mich.«

»Aber das hier ist ja auch die einzige englische Buchhandlung im ganzen Ort«, gab Imogen besonnen zu bedenken. »Boustifaille konkurriert mit einer Menge anderer Restaurants hier in der Gegend.«

»Hm.« Mitch schnitt eine Grimasse. »Konkurrenz ist was für Alpha-Männchen. Die können von mir aus gern konkurrieren.«

»Also, ich bin kein Alpha-Männchen«, begehrte Imogen auf, »aber ich würde trotzdem gern im Boustifaille kochen.«

»Na, was sagt man dazu ...« Mitch stand da und betrachtete sie einen Moment lang nicht ohne Freundlichkeit. Dann sagte er: »Die Bücher über Essen sind im Hauptraum.« Er ging ihr auf langen Beinen voraus. »Sehen Sie?«, fragte er und zeigte mit dem Finger. »Da, wo dransteht ›Quatsch mit Soße‹.«

# 8

Eine Woche war seit Imogens Ankunft in Saint-Jean-les-Cassis vergangen. An diesem Abend saß sie schweigend mit Bastien und ihren anderen Boustifaille-Kollegen im La Sirène. Monty hockte zu ihren Füßen. Vorsichtig nippte sie an einem roten Getränk namens Monaco – Granatapfelsaft mit Bier und Limo. Als Bastien ihn für sie bestellt hatte, war sie zuerst sauer gewesen, dann jedoch hatte sie gemerkt, dass das Zeug erstaunlich gut den Durst löschte. Außerdem war es ziemlich erheiternd, sich vorzustellen, wie empört ihre Mutter wäre, wenn sie sie etwas derart Vulgäres trinken sähe.

Sie betrachtete die abendliche Szenerie um sie herum. Selbst außerhalb der eigentlichen Saison war dies hier etwas ganz anderes als ihre seltenen schüchternen Ausflüge in den Pub in Archway, mit Jo, der netten, verständigen, aber ziemlich langweiligen Bibliothekarin. Hin und wieder waren auch Kate und Becky aus dem Kindergarten mitgekommen, die peinlich laut wurden, wenn sie zu viel getrunken hatten. Wenn sie mit dieser Gang unterwegs gewesen war, hatte Imogen sich immer fehl am Platze gefühlt und sich ziemlich gelangweilt. Sie war jedes Mal die Erste gewesen, die nach Hause ging.

Das hier dagegen war vollkommen anders. Ja, sie kam sich vor wie eine Touristin und wie eine Außenseiterin, und sie wünschte sich, früher im Französischunterricht besser aufgepasst zu haben. Es war eine Sache, in aller Ruhe mithilfe eines Wörterbuchs ein Rezept zu lesen, und etwas ganz anderes, das zu entschlüsseln, was ihre Kollegen jetzt auf Schnellfeuer-Französisch von sich gaben und was durch ihren südlichen Singsang noch unverständlicher wurde. Imogen konnte nur einem winzigen Bruchteil der Unterhaltung folgen und wagte nicht, sich daran zu beteiligen. Doch trotz ihrer Ängste und Unzulänglichkeiten fühlte sie sich auf stille, unauffällige Weise wohl.

La Sirène war voller Leute aus dem Ort, die sich prächtig zu amüsieren schienen – und Imogen fand diese Atmosphäre ansteckend. Der *patron*, ein gutmütiger Mann namens Bernard, scherzte hinter der Bar mit seinem Kellnerteam, während die Stereoanlage des Cafés fröhliche französische Popsongs spielte. Gleichzeitig rollte ein stetiger Strom glänzender Sportwagen draußen vorbei, ehe er nach rechts abschwenkte, auf den Pinienhain zu und daran vorbei zum kleinen Kasino des Ortes. Alles sehr glamourös und exotisch.

Um Imogen herum saß der größte Teil des Boustifaille-Personals. Außer Bastien gehörten zu ihren Küchengefährten jetzt auch der freundliche Régis, der aussah wie ein tätowierter Teddybär mit rasiertem Schädel, der dauerangespannte, wieselähnliche kleine Emmanuel (Manu genannt) und Pierrot, der groß und dürr und schrecklich mitteilsam war und einen Pferdeschwanz trug. Der Speisesaal war durch Larissa vertreten, ein hübsches, freches Mädchen aus dem Ort mit langem dunklem Haar, und außerdem durch Patrice, einen schüchternen jungen Mann mit Brille. Er kam frisch von der berühmten Ecole Hôtelière de Lausanne, einer der renommiertesten Gastronomiefachschulen der Welt.

Monty hatte Imogen anfangs schrecklich vermisst, wenn sie zur Arbeit ging, jetzt jedoch hatte er sich daran gewöhnt, dass sich Daphne um ihn kümmerte, während seine Herrin fort war. Was Imogen selbst betraf, so fand sie sich allmählich besser zurecht. Mittlerweile war sie mit dem langwierigen französischen Ritual des Händeschüttelns und der Wangenküsse – *bises* – vertraut, das vor jedem Arbeitseinsatz Pflicht war. Anfangs war es ganz schön schwierig gewesen, sich zu merken, wen es zu küssen und wem es die Hand zu schütteln galt, und Bastiens Hilfe hatte sich als unbezahlbar erwiesen. Eine vernichtend peinliche Katastrophe war eines Abends gerade noch abgewendet worden, als ihr Freund sich vielsagend geräuspert hatte, just als sie im Begriff gewesen war, Monsieur Boudin mit zwei Küssen zu beglücken. Es war Ehre genug, ihrem Boss die Hand geben zu dürfen; alles, was darüber hinausging, war bei dem großen Meister undenkbar.

Ein weiteres Ritual war, dass das Personal jeden Abend nach dem Dienst im La Sirène einfiel, um ein wenig Dampf abzulassen. Bei dieser Regel gab es Ausnahmen: Der hochmütige *maître d'* Jean-Jacques und Sidonie, die elegante Weinkellnerin, gingen normalerweise nach Hause zu ihren jeweiligen Familien. Bei diesen spätabendlichen Ausflügen waren alle durchaus nett zu Imogen, abgesehen von Larissa, die anscheinend fest entschlossen war, nichts mit ihr anfangen zu können. Andererseits, dachte Imogen im Stillen, hatte Larissas schlechte Laune vielleicht auch etwas mit der angespannten Atmosphäre in der Küche des Boustifaille zu tun.

Heute zum Beispiel war es ganz besonders stressig gewesen. Nicht einen einzigen Augenblick hatte der Druck nachgelassen. Imogen verstand inzwischen ein bisschen besser, was es hieß, einen solchen Betrieb am Laufen zu halten, und zwar nicht nur als Lieferant köstlicher Speisen, sondern auch als erfolgreiches Unternehmen.

»Das hier ist ein ziemlich kleines Restaurant«, hatte Régis zu ihr gesagt, als sie zusammen im Hof Pause gemacht hatten. »Ich habe schon in viel größeren Läden gearbeitet, mit viermal so vielen Gedecken, und das war ganz schön heftig, aber die mussten ihren Ruf nicht so verteidigen wie das Boustifaille. Die Leute warten nur darauf, dass man auf die Nase fällt. Ich glaube, der *chef* tut sich im Moment ganz schön schwer.«

Es stimmte, dachte Imogen, Monsieur Boudin sah wirklich immer völlig erschöpft und ziemlich trübsinnig aus. Nicht ein einziges Mal hatte sie ihn lächeln sehen. Auch die anderen Mitarbeiter sahen aus, als beschäftige sie irgendetwas. Hatte das etwas damit zu tun, hatte sie Bastien später mit gedämpfter Stimme gefragt, dass der Speisesaal nur selten besonders voll war?

»Na ja«, hatte er nach einem raschen ängstlichen Blick in Richtung ihres Bosses geantwortet, »die Reservierungen gehen wirklich schon seit einer ganzen Weile zurück.«

»Und was, glaubst du, ist das Problem?«

»Zum Teil die Konjunktur. Die Leute überlegen sich genau, ob sie einen Haufen Geld für ein Essen ausgeben. Aber hauptsächlich liegt es an …« Bastien war verstummt und hatte mit einer Kopfbewegung auf Monsieur Boudin gezeigt.

Manu, der gerade aus der Speisekammer zurückkam und sie gehört hatte, blieb kurz stehen und sagte leise: »Ich glaube, er hat keinen Spaß mehr an der Herausforderung. Er ist nicht mehr so scharf auf den Erfolg, wie man sein müsste, um sich ganz oben halten zu können.«

»Das kann ich einfach nicht verstehen«, hatte Dimitri schroff bemerkt und sich in ihre Runde gebeugt. »Wenn das hier *mein* Restaurant wäre –«

»Ist es aber nicht, oder?«, war Imogen ihm ins Wort gefallen. Seine Arroganz ärgerte sie.

»Nein«, hatte er entgegnet und sie unverwandt angestarrt, »aber eins ist sicher: Ich schaue mich um, was es da draußen noch so gibt.«

»Du suchst nach einem anderen Job?«, hatte Imogen empört und beeindruckt zugleich im Flüsterton hervorgestoßen. »Wirklich? Aber hier läuft doch alles prima.«

»Das kommt darauf an, was du prima nennst. Boudin weiß nicht, was ich wert bin.« Und mit diesem weiteren Arroganzbeweis hatte Dimitri ihr den Rücken gekehrt.

»Jedenfalls«, hatte Manu den Gesprächsfaden wieder aufgenommen und dabei Bastien angesehen, »wirkt sich das allmählich bei allen auf die Arbeitsmoral aus. Jean-Jacques arbeitet schon von Anfang an für Monsieur Boudin, und er sieht aus, als könnte er bald nicht mehr. Und schaut euch Larissa an. Bastien, weißt du noch, wie lustig sie immer war? Ein richtiger Sonnenschein. Jetzt lächelt sie kaum noch.«

Bastien hatte mit ernstem Gesicht genickt und die neue *stagiaire* angesehen.

»Das ist bestimmt nur ein kleiner Durchhänger.« Imogen hatte aufmunternd gelächelt. »Das wird wieder, ihr werdet schon sehen.«

Manu hatte ihr einen herablassenden Blick zugeworfen und war zu seinem Posten gegangen.

Imogen seufzte. All ihre Kollegen, selbst die freundlicheren, behandelten sie immer noch wie einen Grünschnabel, der nichts zu sagen hatte: eine *gamine*, ein kleines Mädchen, das keine Ahnung von der gehobenen französischen Küche haben konnte, erst recht nicht als Ausländerin. All das nervte gewaltig, und das Schlimmste dabei war, dass sie noch immer überhaupt nicht zum Kochen gekommen war. Es war wahnsinnig frustrierend.

Wie gewohnt behielt Imogen diese Unzufriedenheit für sich und öffnete sich nur ein wenig, wenn sie mit Di telefonierte. »Natürlich ist es toll hier«, hatte sie zu ihrer Freundin gesagt, »aber ich komme nicht weiter. Ich weiß nicht, ob Monsieur Boudin überhaupt Verwendung für mich hat.«

»Irgendwann zeigt Talent sich immer, Liebes«, hatte Di energisch erwidert. »Wenn du imstande bist, zu kochen wie ein Profi, dann wirst du es auch tun. Und sei nur nicht zu schüchtern – sag ihnen, dass du kochen kannst!«

Bei alldem kam es zu einem großen Teil auf das nötige Selbstvertrauen an, begriff Imogen. Wäre sie doch bloß mehr wie Hildegard oder ihre Mutter. Oder sogar wie Thea! Obwohl – oder vielleicht gerade weil – sie aus einer Familie parkettsicherer Selbstdarsteller kam, die alle wussten, wie man sich in den Vordergrund spielte, fiel es Imogen unglaublich schwer, sich durchzusetzen. Di hatte recht: Sie musste diesen Teil ihres Selbst freischalten. Aber wie?, fragte Imogen sich verzweifelt. Es war nicht leicht, sich zu ändern, nachdem man sich das ganze Leben lang zurückgehalten hatte.

»Nun, Liebes, du bist jetzt nicht mehr zu Hause«, hatte ihre Freundin das Gespräch entschieden beendet. »Vergiss nicht, ich helfe gern dabei, hier alles zu regeln. Mach's gut, Schatz. Oh, und *bitte*, ganz gleich, was du tust, mach dir bloß keine Gedanken wegen deiner Familie.«

Tatsächlich war Imogen seit ihrer Abreise von ihren Geschwistern mit SMS und E-Mails überschüttet worden. Sie wollten wissen, wo ihre roten Socken waren, ob Heftpflaster im Haus sei oder wie man einen Filzstiftfleck wieder herausbekam. Vor Kurzem war Di eingeschritten, und die Anfrageflut war zu einem Rinnsal geschrumpft. Jetzt brauchte Imogen nur noch aufzuhören, ein schlechtes Gewissen zu haben, weil sie nicht darauf antwortete – noch etwas, das eine grundlegende Änderung ihres Verhaltens erforderte.

Das plötzliche elektronische Getöse aus dem alten Batman-Flipperautomaten ließ sie von ihrem Glas aufblicken. Dimitri hatte das Gerät mal wieder in Beschlag genommen und sonderte sich ab, während seine Kollegen alle zusammensaßen. Typisch. Mit dem Rücken zu den anderen stand er da, schmalhüftig, in schwarzer Jeans und schwarzem T-Shirt, das Haar schweißfeucht von der Küchenhitze. Imogen sah zu, wie sein Körper zuckte und er mit fast greifbarer Aggressivität die Seiten des Geräts mit den flachen Händen bearbeitete, um die umherflitzende Kugel anzutreiben. Dabei fluchte er leise vor sich hin, ganz allein in einer Welt roboterhafter Laute und blau-weißer blinkender Lämpchen. Und dann, als sie sich mit einiger Mühe abwandte, fragte sie sich wieder einmal, warum sie den Anblick dieser Macho-Flippernummern so ungemein, nun ja, *irritierend* fand.

Nur einer im La Sirène war unerschrocken genug, ein Gespräch mit Dimitri anknüpfen zu wollen: Cheyenne, ein DJ aus dem Ort, der vor seinen Gigs in Saint-Jean und Umgebung gern hier hereinschaute. Cheyenne – dessen richtiger Name sehr viel prosaischer Stéphane lautete – war Mitte dreißig, mit schulterlangem schmuddelblondem Haar, blauen Augen mit Knitterfältchen und einer allgemeinen, sonnengeküssten Ausstrahlung von sorgloser *joie de vivre*. Normalerweise trug er übergroße Surferklamotten, bunte T-Shirts und abgeschnittene Jeans, kombiniert mit den neuesten Sportschuhen. Sein Markenzeichen war das Tuch mit dem Federbüschel, das er wie ein Indianer um den Kopf trug.

Cheyenne, hatte Bastien Imogen erklärt, war ein unverbesserlicher Frauenheld oder *dragueur*. Er versuchte es bei jedem hübschen Mädchen, das ihm begegnete, und war – wie ein Arzt – quasi *immer* im Dienst. Imogen hatte festgestellt, dass er etwas von Dr. Jekyll/Mr. Hyde hatte: Wenn er mit einem Mann sprach, war er ganz der Superstar-DJ, vollführte coole Handshakes und redete ausführlich über Gigs und Remixes. Sah er sich jedoch einer Frau gegenüber, so senkte er die Stimme zu einem leisen, liebkosenden Schnurren, während er sein nicht unbeträchtliches sonniges Charisma bis zum Anschlag hochfuhr. Dieses systematische Vorgehen zeigte recht gute Ergebnisse – der Lohn dafür, dass er nichts unversucht ließ, wie Bastien seine Schilderung mit widerwilliger Bewunderung abgeschlossen hatte.

Heute Abend kam Cheyenne nach einem kurzen Gespräch mit Dimitri an den Tisch, wo sich der Rest der Boustifaille-Mannschaft versammelt hatte. Zunächst ignorierte er sämtliche männliche Anwesende und sagte neckisch: »*Ah, Miss France. Et Miss Angleterre*«, wobei er Larissa und Imogen nacheinander tief in die

Augen sah, ehe er sie auf beide Wangen küsste. Imogen nahm dies einigermaßen anstandslos hin, obwohl sie sich eigentlich noch nie mit Cheyenne unterhalten hatte. Aber – andere Länder, andere Sitten …

Als sein Haar ihr Gesicht streifte, vernahm sie das Knistern statischer Elektrizität, und zwar nicht zum ersten Mal: Die synthetischen Haarverlängerungen des DJs konnten sich manchmal ganz schön aufladen.

»Hört mal her, Leute«, begann Cheyenne, nachdem er sich gesetzt hatte. »Nächste Woche haben wir eine Riesennummer im Koud'Soleil.« Er zog einen Packen grellbunter Flyer aus seiner gelben Schultertasche und machte sich daran, sie zu verteilen. »Meine Wenigkeit wird am Mischpult stehen. Das wird der *totale* Wahnsinn! Das wird *voll abrocken!*«

Imogen war schon ein paarmal am Koud'Soleil vorbeigekommen, einem mit Bambus und Grasmatten auf exotisch getrimmten Etablissement, war jedoch nie drin gewesen. Es sah nicht so aus, als wäre es ihr Ding. Doch da Cheyenne ihr genau gegenübersaß, betrachtete sie brav den knallorangefarbenen Flyer: Die Kleiderordnung für das angekündigte Event lautete *»Tahiti Paradise«*, für Damen war der Eintritt natürlich frei. Im Anschluss an DJ Cheyennes »megaheißen, supertropischen« Set würde außerdem eine Südsee-Show geboten werden. Hmmm. Das war ihr alles nicht ganz geheuer. Doch Monty und sie würden ohnehin schon längst in ihrer stinkenden Kemenate im Bett liegen, wenn das hier losging.

Als sie wieder aufblickte, begegneten ihre Augen denen von Dimitri, der sich wieder zu der Gruppe gesellt hatte und neben Cheyenne Platz nahm. Sie hielt seinem ernsten Blick einen Augenblick lang stand, dann schaute sie verlegen weg. Um sich irgendwie zu beschäftigen, studierte sie ihren Flyer noch einmal und sah, dass es auch ein tropisches Büffet gab.

»Ich wusste gar nicht, dass das Koud'Soleil ein Restaurant ist«, meinte sie, an Bastien gewandt.

»Ist es auch nicht«, erwiderte er. »Für solche Nummern lassen sie das Essen von einem Caterer anliefern.«

Catering, dachte Imogen, privates Catering. Sie furchte die Stirn, als eine Idee in ihrem Kopf Gestalt anzunehmen begann, zuerst zögernd und dann deutlicher. Sie wollte doch kochen, oder? Und im Augenblick bekam sie im Boustifaille keine Gelegenheit dazu. Zugegeben, ihr blieb nicht allzu viel freie Zeit, aber vielleicht ließ sich ja trotzdem etwas machen?

Also, dachte sie und richtete sich ein wenig auf, warum eigentlich nicht? Sie könnte mit Daphne darüber sprechen und sie um Rat bitten. Die *pâtissière* hatte eine zwar kleine, aber sehr anständig eingerichtete Küche in ihrer Wohnung, vielleicht würde sie Imogen ja erlauben, sie zu benutzen? Sie könnte Werbezettel in den Geschäften im Ort aushängen, könnte anbieten, kleine Feierlichkeiten auszurichten – Kinderfeste und so etwas –, und schauen, ob sich etwas ergab. Einen Versuch war es wert. Alles war besser als gar nichts! Wieder fing sie Dimitris Blick auf, und da sie in Gedanken noch immer bei ihrem Plan war, lächelte sie ihn automatisch an. Er lächelte zurück, und Imogen war verblüfft, als sie ein kleines, aber unverkennbares Kribbeln freudiger Erregung verspürte. *Oh Mann,* dachte sie verwirrt. *Was war denn das?*

# 9

Imogen stand ganz allein in der Küche des Boustifaille, in dem T-Shirt und den Boxershorts, die sie normalerweise zum Schlafen trug, als plötzlich Monsieur Boudin hereinmarschiert kam, eine lebendige, laut trötende Gans an der Leine. Als Imogen ihn verdattert anstarrte, drückte er ihr das Tier in die Arme und fauchte: »Du glaubst also, du kannst kochen? Na, dann zeig mir mal, was du draufhast. Mach mir einen *crumble de foie gras à la bergamotte*, SOFORT! Und zwar PERFEKT! ALLES PER HAND, VERSTEHT SICH!«

Was? Einen *crumble de foie gras?* Aber… das geht doch gar nicht!, dachte die zu Tode erschrockene Imogen, während ihr Blick dem der Gans begegnete.

Inzwischen begann ihr Boss ungeduldig an den Arbeitstresen entlangzurennen und mit den Fäusten darauf einzuhämmern. Das machte ein unglaubliches Getöse, und während sie noch überlegte, wie in aller Welt sie die Bergamottekonfitüre per Hand so karamellisieren sollte, dass sie genau den erforderlichen Grad an *blondeur* erreichte, von dem grauenvollen Gänseleber-Rätsel ganz zu schweigen, hastete Imogen hinter ihm her und rief: »Aufhören! Bitte hören Sie auf!« Dabei versuchte sie, sich über den Lärm hinweg verständlich zu machen, den die verängstigte Gans veranstaltete.

»Bitte, *bitte* hört doch mit dem Krach auf!«, wimmerte sie zum hundertsten Mal und öffnete die Augen. Da saß Monty, der ihr das Gesicht ableckte und sie voller Besorgnis anstarrte – hatte sie etwa im Schlaf geschrien? Und hinter ihm war der stickige Innenraum ihres Autos; alle Fenster waren hochgekurbelt.

Natürlich. Jetzt fiel es ihr wieder ein. Heute Abend war sie nach dem üblichen Abstecher ins La Sirène heimgegangen und hatte sich ziemlich mies gefühlt. Auf ihre Catering-Anzeige, die sie vor über einer Woche im Schaufenster von Daphnes Laden und am Informationsbrett des Supermarktes ausgehängt hatte, hatte bislang noch niemand reagiert. Und auch die Nächte in der Schlafbaracke waren zu einer immer größeren Prüfung geworden. Der Nachtclub gleich nebenan brachte es mit sich, dass die Wände ihres Zimmers bis in die frühen Morgenstunden im Techno-Beat wummerten. Heute Nacht schien das alles einfach zu viel zu sein, und als sie und Monty wieder einmal ihre freudlose kleine Unterkunft in Augenschein genommen hatten, war Imogen sofort wieder hinausgeeilt.

Als sie jetzt Monty in ihrem Auto verschlafen anblinzelte, empfand sie zunächst wunderbare Erleichterung, dass die *foie gras*-Kampfansage nur ein Albtraum gewesen war. Dann ging ihr auf, dass das Hämmern nicht aufgehört hatte. Es klang, als klopfe jemand ans Fenster. Hastig setzte sie sich auf und blickte schlaftrunken auf die Straße hinaus. Dort stand Daphne Blanding, flankiert von Mitch, dem Amerikaner aus der Buchhandlung. Imogen kurbelte das Fenster herunter und genoss die frische Luft, die sanft um ihr Gesicht wehte.

»Hi, Daphne«, sagte sie verlegen. »Hallo«, fügte sie an Mitch gewandt hinzu, der in einem babyblauen Kaschmirpulli, blassrosa Leinenhose und Schnür-Espadrilles wahrhaft prachtvoll aussah.

»Imogen?« Daphne sah verwirrt und besorgt aus. »Ist alles in Ordnung?«

»Ja, alles bestens.«

»Würde es dir etwas ausmachen auszusteigen, Liebes? Ich kriege von all dieser Bückerei einen ganz steifen Hals.«

Imogen entriegelte die Tür und stieg aus, gefolgt von Monty, der voll hingerissener Überraschung Mitchs Espadrilles anstarrte, ehe er sich ein wenig näher heranschob, um ihren exotischen Geruch einzusaugen.

»Hattest du etwa vor, die Nacht in deinem Auto zu verbringen?« Daphne zog die elegant gezupften Brauen hoch.

»Na ja…« Imogen scharrte ein wenig mit den Füßen. »Die Wahrheit ist, ich habe es in meinem Zimmer nicht ausgehalten. Das hier ist doch eine ruhige Straße, da habe ich halt gedacht, es wird schon niemand merken, wenn ich im Auto schlafe.«

»*Ich* habe es aber bemerkt«, sagte Mitch. »Ich habe Sie im Auto schlafen sehen, also bin ich los und habe die Herrin aller Dinge geholt.«

»Imogen, das geht doch nicht, dass du auf der Straße schläfst! Was soll denn das? Du hättest mir sagen sollen, dass es ein Problem mit deinem Zimmer gibt.«

»Ich wollte nicht rumjammern«, erwiderte Imogen beschämt. »Es war so nett von Ihnen, mir diesen Job zu besorgen, und…«

»Unfug«, wehrte Daphne ab und klang haargenau wie ihre Schwester. »Man kann über Dinge jammern, und man kann sie ganz einfach praktisch angehen. Wenn du ordentliche Arbeit machen sollst, musst du vernünftig schlafen können.«

»Und das heißt nicht im Auto, Sie kleine Stadtstreicherin«, warf Mitch mit gespielter Strenge ein.

Imogen nickte reumütig.

»Also, Imogen«, meinte Daphne, »ich kann dir mein Schlafsofa anbieten, aber ich muss dazu sagen, dass das unmöglich auf Dauer geht.«

Imogen seufzte. »Selbstverständlich.« Daphnes hübsche Wohnung hatte ungefähr die Größe eines Taschentuchs.

»Sagen Sie, sind Sie Dichterin?«, erkundigte sich Mitch unverhofft.

»Äh, nein«, antwortete Imogen verdattert. »Nur Köchin.«

»Sagen Sie mal…«, sagte er, nachdem er sich nachdenklich den schmalen Schnurrbart gestrichen hatte. »Haben Sie je einen Roman geschrieben oder vielleicht ein Theaterstück? Oder… ein politisches Pamphlet?«

Daphne lächelte. »Mitch hat ein Zimmer über der Buchhandlung«, erklärte sie. »Für Gastschriftsteller.«

»Eine Zuflucht für Schriftsteller, die auf der Durchreise zufällig hier vorbeikommen. Ich nehme nichts dafür. Dort wären Sie gut aufgehoben. Nicht so wie hier. Hört sich das gut an?«

Imogen starrte ihn an. Die Möglichkeit, ihrer lauten, übelriechenden Zelle zu entfliehen, war außerordentlich reizvoll. »Äh, ja, schon«, gab sie zu.

»Aber wenn Sie nicht schreiben, also, ich weiß nicht. Ein paar Regeln muss ich doch haben,« fuhr Mitch fort und verschränkte die Arme. Imogen gähnte. Sie war schrecklich müde, und allmählich klang das alles ein bisschen kompliziert.

»Ich hab's«, verkündete Daphne forsch. »Warum nehmen Sie sie nicht als angehende Kochbuch-Autorin auf? Du schreibst dir doch Rezepte auf, Liebes, nicht wahr?«

»Ja, manchmal, ich –«

»Genau. Mitch? Würde das Ihren anspruchsvollen Kriterien genügen?«

»Denke schon«, meinte Mitch achselzuckend.

»Dann ist das also geregelt«, verkündete Daphne und nahm Imogen am Arm. »Danke, Mitch, Sie sind ein Schatz. Sag Vielen Dank, Imogen.«

»Vielen Dank«, wiederholte Imogen. »Es ist sehr freundlich von Ihnen, dass Sie mich aufnehmen.«

Mitch knirschte theatralisch mit den Zähnen. »Schon okay.«

»Nein, wirklich, ich –«

»Lassen Sie's gut sein, ja? Ich hab's nicht so mit solchem sentimentalen Kram. Auch nach jahrelanger Therapie nicht. Na schön – dann wollen wir mal Ihren Hausstand rüberschaffen«, meinte er, an Imogen gewandt. Dann betrachtete er Monty, lächelte und fügte hinzu: »Und Ihren Wauwau auch.«

# 10

»Ein altes Ehepaar und sein verblüffend haariger Sohn – genau das sind wir«, verkündete Mitch, ohne sich umzudrehen, als Imogen und Monty zum Frühstück in die Küche kamen. Sie wohnten jetzt seit zwei Wochen bei ihm. »Mr. und Mrs. Smith – oder wollte ich eigentlich S'Mitch sagen?«

»Guten Morgen«, sagte Imogen lächelnd zu seinem in einen Paisley-Morgenmantel gehüllten Rücken.

»Dito.«

Während sie den Brotkasten öffnete und ihm einen Laib Rosinenbrot in die wartende Hand drückte, griff er wortlos über ihren Kopf hinweg nach den Rice Krispies, die sie brauchte. Nach einer anfänglichen Orgie hatte Imogen festgestellt, dass sie Croissants, so sehr sie sie auch liebte, einfach nicht jeden Tag essen konnte. Also hatte sie beschlossen, wie die meisten Franzosen auf Cornflakes oder Ähnliches umzusteigen. Sie gab Monty einen Hundekuchen und trat automatisch einen Schritt zurück, um Mitch an die elektrische Saftpresse zu lassen. Während er genug Orangen für einen gigantischen Safthumpen (für sich selbst) und ein normales Glas (für sie) auspresste, deckte sie den Tisch und holte zwei Joghurts aus dem Kühlschrank. Woraufhin sie Seite an Seite Platz nahmen und zu essen begannen.

Imogen und Monty hatten sich mittlerweile in der Buchhandlung häuslich eingerichtet. Ihr Zimmer war groß und luftig und mit Büchern an den Wänden sowie einem alten Rollpult und einem opulenten Messingbett ausgestattet. Bunte Kelims lagen auf dem Terrakottaboden, und außerdem gab es dort ein gemütliches, ziemlich mitgenommenes Sofa, Montys erklärter Lieblingsplatz. Das Fenster ging auf ein paar Orangenbäume hinaus, die so dicht davor wuchsen, dass Imogen nur die Hand auszustrecken brauchte, um sie zu berühren.

Endlich ein schönes eigenes Zimmer – das war schon besser. Imogen kam sich vor, als wäre sie aus dem Gefängnis entlassen worden, nachdem sie aus ihrem stickigen, miefigen Schlafquartier in der Boustifaille-Baracke ausgezogen war. Und, was noch wunderbarer war, auch der »Schlafsaal«, den sie sich zu Hause so viele Jahre mit den anderen geteilt hatte, war plötzlich ganz weit weg. Hier brauchte sie sich die Streitereien ihrer Geschwister nicht mehr anzuhören – oder sich gar von ihnen herumkommandieren zu lassen.

Über dem Paperback Wonderland konnte Imogen ausspannen, mit Monty schwatzen, sich neue Rezepte ausdenken, die sie sodann in Mitchs Küche ausprobierte, und ganz einfach sie selbst sein. Außerdem hatte sie angefangen, sämtliche Kochbücher in der Buchhandlung durchzulesen, die genauso verschroben war wie alles dort. Zwischendurch las sie französische Ausgaben von Georgette Heyer, in der Hoffnung, so ihr Vokabular zu erweitern. Bisher hatte sie *Quadrille de l'Amour (Serena und das Ungeheuer)* und *Adorable Sophie (Die drei Ehen der Grand Sophy)* bewältigt, wobei es eine große Hilfe gewesen war, dass sie die Handlung bereits kannte. Das war ja das Tolle an Liebesromanen, dachte Imogen. Egal, wie sicher man sein konnte, dass es ein Happy End geben würde – den verschlungenen Wegen dorthin zu folgen, war immer wieder wunderbar. Als Nächstes stand nun *Venetia und der Wüstling*, ihr absoluter Favorit, auf ihrer *en français*-Lektüreliste.

Und was Mitch anging, den musste man in der Tat so nehmen, wie er war – er neigte *wirklich* zu spektakulären Wutanfällen und Stimmungsumschwüngen. Nicht ohne Grund bezeichnete er sein Zimmer, das ein Stockwerk tiefer lag als ihres, als sein *bou-*

*doir.* Dieses Wort, erläuterte er, leitete sich von dem französischen Verb *bouder,* »schmollen« ab. Seit sie und Monty eingezogen waren, hatte es ein paar »Oh-oh, lass mich *bloß* in Ruhe«-Tage gegeben, als er mit einer dunklen Sonnenbrille im Haus herumgelaufen war, aber das war in Ordnung. Imogen hatte jahrelange Übung im Unauffälligsein.

Andererseits achtete Mitch peinlich genau darauf, die Privatsphäre seines jungen Gastes nicht zu stören, und obgleich er ihre höflichen Bemühungen, im Haushalt zu helfen, auf seine süffisante Weise lobte, unternahm er keinerlei Versuche, sie zum Dienstmädchen zu machen. Für Imogen war das eine höchst ungewöhnliche Erfahrung.

Was für sie jedoch endgültig den Ausschlag gegeben hatte, war Montys Reaktion auf den Umzug gewesen. Nach ausgiebigem feierlichen Schnuppern hatte der kleine Hund deutlich zu verstehen gegeben, dass er sich hier zu Hause fühlte. Und obwohl ihnen beiden eine gewisse Stacheligkeit zu eigen war, hatten Mitch und Monty wirklich Gefallen aneinander gefunden. »Wir haben Diva-Respekt voreinander«, pflegte Mitch es auszudrücken. »Er ist eine Diva. Ich bin eine Diva. Wir konkurrieren nicht darum, im Mittelpunkt zu stehen.« Mitch hatte es übernommen, sich um Monty zu kümmern, wenn Imogen bei der Arbeit war; das hieß jeden Tag außer Mittwoch, wenn das Restaurant geschlossen war.

Imogen hatte ein bisschen mehr über Mitch in Erfahrung gebracht, der beim Frühstück stets lange Volksreden hielt. Es wurde allmählich leichter, seinen Yankee-Akzent zu verstehen, den er im Laufe der Jahre betont gepflegt hatte, da ihm die Rolle des Vorzeige-Amerikaners von Saint-Jean zugefallen war. Knochentrockene Bemerkungen wie »Sag Boudin einfach, er kann dich kreuzweise« (als Antwort auf eine ihrer Jammerattacken) machten ihr nichts mehr aus.

Mitch stammte ursprünglich aus einer Stadt namens »Noo

Yawk Ciddee« – was, wie Imogen recht bald begriff, ein Synonym für New York war –, lebte aber schon so lange an der Riviera, dass er sich inzwischen fast als Einheimischer fühlte. »Damals, als ich hergekommen bin«, hatte er einmal in Erinnerungen geschwelgt, »das war mit einem lieben Freund, als ich noch ein sehr junger Mann war. Er war viel älter als ich und kannte *alle und jeden*. Das hier war das Schönste, was ich je gesehen hatte.«

Mitch ließ sich nicht dazu herab, mit den Namen irgendwelcher Berühmtheiten anzugeben – das war nicht nötig. Inzwischen hatte Imogen Gelegenheit gehabt, die Schwarzweißfotos zu betrachten, die in der Buchhandlung hingen, und hatte einen schlaksigen, verwegenen Mitch im Ringelpullover darauf entdeckt, der auf Segelbooten oder irgendwelchen Terrassen saß – und zwar in umwerfend glamouröser Gesellschaft, zu der zum Beispiel Gary Cooper und Picasso gehörten oder Brigitte Bardot und Sophia Loren.

»Und dann, weißt du, ist er – mein Freund – gestorben.«

»Wirklich?«, hatte Imogen erschrocken gefragt. »Das ist ja schrecklich. Tut mir leid.«

Mitch hatte weggeschaut und ihre Worte mit einem energischen Kopfschütteln abgetan. »*Shit happens*. Aber ich bin hiergeblieben. Damals hab ich mich für einen Beat-Poeten gehalten und angefangen, Bücher zu kaufen. Außerdem hatte mein Freund mir seine Bibliothek hinterlassen, also hatte ich ziemlich bald eine ganz schöne Sammlung. Dann habe ich den Laden gekauft – hab zuerst nur Taschenbücher verkauft und dann das Sortiment erweitert, aber der Name ist irgendwie hängen geblieben. Ich habe mich wieder mit jemandem zusammengetan und war wohl das, was man … glücklich nennen würde. Doch dann, ich weiß auch nicht, ich konnte nicht anders, und ich hab einfach …« Seine Miene hatte sich verdüstert, er war verstummt und hatte die Wand über Imogens Kopf angestarrt.

Seit er ihre Vorliebe für Georgette Heyer entdeckt hatte, hatte

Mitch sich unverhohlen vernichtend über Imogens Literaturgeschmack geäußert, und sie hatte das auf seine sehr viel höhere Bildung geschoben – er schien fast nichts anderes zu lesen als obskure Gedichte und politische Biografien. Jetzt jedoch dämmerte ihr, dass seine pauschale Verweigerungshaltung Liebesgeschichten gegenüber vielleicht mit seiner schwierigen privaten Vergangenheit zusammenhing.

Nach seinen Eröffnungen hatte Mitch schließlich wieder Imogen angesehen. Er hatte gelächelt und selbstbewusst verkündet: »Und *danach* habe ich dann meine Froschkönigin-Seite entdeckt.«

»Was ist denn eine Froschkönigin?«, hatte sie sich neugierig erkundigt.

»Na ja…«, hatte Mitch geantwortet und sich den Schnurrbart gestrichen, »… das ist ein Mann, der die Gesellschaft anderer Männer schätzt, besonders wenn es Franzosen sind… Wassnlos?«, hatte er mit unverkennbar New Yorker Zungenschlag gefragt.

»Oh, gar nichts ist los!« Imogen hatte sehr genau gewusst, dass sie knallrot geworden war. Doch sie hatte Mitch gegenüber nicht zugeben wollen, dass sie sich bei Gesprächen über Sex immer ein wenig unbehaglich fühlte. Vielleicht weil das Ganze für sie noch immer eine Art Buch mit sieben Siegeln war.

Mitch hatte die Brauen wie zwei Zirkumflexe hochgezogen. Und dann hatte er mit einem beängstigenden Instinkt dafür, genau das Thema auszusuchen, das sie am dringendsten meiden wollte, angefangen, sie über ihr Liebesleben auszuquetschen. Viel gab es da nicht zu erzählen: In der Schule war sie die Unsichtbare gewesen und hatte es auf eine beachtliche Anzahl unerwiderter Schwärmereien für unerreichbar tolle Jungen gebracht. Die sehr wenigen Beziehungen, die sie tatsächlich gehabt hatte, waren von einem deutlichen Mangel an Enthusiasmus auf beiden Seiten geprägt gewesen. Die längste war die mit Benji gewesen, einem leicht übergewichtigen, einsilbigen Spätstudenten, der an den Wochenenden im Feinkostladen ihres Viertels arbeitete. Und später dann Phil, ein wohlmeinender, aber unrettbar langweiliger Bibliothekar, den sie durch ihre Freundin Jo kennengelernt hatte. Der Sex war gelinde gesagt farblos gewesen. Wenigstens hatten Benji und Phil ihre Kochkünste geschätzt, doch das hatte nicht ausgereicht, um zu verhindern, dass beide Beziehungen sich nach ein paar Monaten totgelaufen hatten.

Die Wahrheit war, dass Kochen ihr stets sehr viel mehr Befriedigung verschafft hatte als irgendwelche Männer. Bei Essen wusste man wenigstens, woran man war – es war auf tröstliche Weise real. Romantik war in Büchern ja ganz schön, wenn man dergleichen jedoch selbst erlebte, stellte sich nur allzu oft heraus, dass sie voller trügerischer Illusionen war – eine Tatsache, die durch die Geschichte mit Adrian nachhaltig belegt worden war, und je weniger *darüber* gesagt wurde, desto besser.

»Im Augenblick bin ich Single«, hatte sie Mitchs Fragen knapp beantwortet. »Das ist alles.«

Mitch betrachtete sie mitfühlend. Als schwuler Mann eines gewissen Alters erkannte er Tarnung auf den ersten Blick. Es war offenkundig, dass Imogen ein reizendes Mädchen mit null sexuellem Selbstbewusstsein war, das sich alle Mühe gab, hinter den grauenvollsten Klamotten zu verschwinden, die er seit langem zu Gesicht bekommen hatte. Aber *irgendetwas* hatte dieses Mädchen an sich, etwas, das entfesselt werden wollte, jedoch nicht recht wusste, wie. Zumindest jetzt noch nicht. Auch das erkannte er.

Als sie an diesem Morgen ihre Rice Krispies aß, merkte Imogen, dass Mitch missbilligend in ihre Richtung starrte.

»Was ist denn los?«

»*Irgendjemand* muss hier mal geschoren werden. Und zwar bald. Weißt du, was ich meine?«

Imogen wäre am liebsten im Boden versunken. Sie hatte es mit dem Beinerasieren nie besonders genau genommen – na und? Und wie konnte Mitch das durch den Tisch hindurch überhaupt bemerkt haben?

»Hast du etwa einen Röntgenblick wie Superman?«, wollte sie wissen.

»Was? Ach, du doch nicht, du kleiner Hohlkopf. Ich meine *ihn*.«

Imogen sah Monty an, der durch üppige, buschige Augenbrauen zurückblinzelte.

»Es gibt da einen kleinen Hundesalon, heißt ›Bonjour les Toutous‹«, verfolgte Mitch sein Anliegen zwischen kleinen Schlucken Kaffee weiter. »Übersetzt heißt das wohl ›Hello Doggy‹ oder so was. Jedenfalls, die Besitzerin heißt Faustina. Sie ist super – eine Sahneschnitte im Taschenformat. Kommt aus Korsika, wie Bonaparte, und Mann, das merkt man vielleicht! Geh zu ihr – sie kennt sich mit Hunden aus.«

# 11

Obwohl sie inzwischen mit einer ganzen Menge Hundebesitzer aus dem Ort Lächel- und Nickbekanntschaft geschlossen hatte, kam sich Imogen unter ihnen in einem wesentlichem Punkt noch immer vor wie eine Außenseiterin. Die Hunde von Saint-Jean wurden nicht aus-, sondern *vor*geführt, und noch hatte sie nicht ein einziges struppiges Exemplar gesehen. Die Hunde von Saint-Jean begannen den Tag damit, dass sie geschäftig neben ihren ranken, schlanken Frauchen hertrabten, die vor dem Frühstück auf der Promenade joggten, wenn der Himmel über dem Meer noch fahl war. Sie beendeten ihn als Vollmitglieder der Cocktail-Crew, in den Schein der Neonleuchten gebadet und oft von einem kecken Halstuch geziert, das farblich zu den blanken pastellfarbenen Harley-Davidsons ihrer Herrchen passte. Imogen dagegen führte Monty nur aus, um ihm Bewegung zu verschaffen.

Nun, vielleicht war es wirklich an der Zeit, dass dem Scotchterrier eine Côte d'Azur-Generalüberholung zuteilwurde. Was seine Besitzerin betraf, redete sich Imogen entschlossen ein, konnte hingegen alles getrost beim Alten bleiben.

Was nicht heißen sollte, dass ihr nicht immer wieder auffiel, wie unbekümmert die Französinnen auftraten; viele von ihnen gingen ganz spielerisch und selbstbewusst mit ihrer Weiblichkeit um, doch Imogen wusste nur zu gut, dass sie sich sowieso nie so geben könnte.

Als sie die weiße Tür von Bonjour les Toutous aufdrückte, fragte sich Imogen kurz, wie Faustina es wohl schaffte, ihre vierbeinigen Kunden daran zu hindern, dem berauschenden Lockruf der Metzgerei nebenan zu folgen. Die Kunden standen bereitwillig eine Ewigkeit vor der *boucherie* Ponceau an, und waren sie erst einmal drin, nickten sie folgsam zu Madame Ponceaus lebhaften Monologen über die Lage der Nation, um sich etwas von ihrem berühmten köstlichen Brathühnchen zu sichern.

Doch sobald sie Bonjour les Toutous – eine klimatisierte Kapsel, in der es ausschließlich nach Shampoo roch – betreten hatte, waren jegliche Gedanken an Hühnchen schlagartig verflogen. Das Innere des Salons war vom Boden bis zur Decke mit weißem Gummi bezogen; zwei weiße Kabinen waren mit Trimmtischen und Schläuchen ausgestattet. Mitten in all dem Weiß sah der lakritzfarbene Monty aus wie ein Punkt auf einer leeren Seite.

Beruhigende elektronische Trance-Musik spielte im Hintergrund. Beeindruckt von dieser monochromen Eleganz blickte Imogen sich um. In ihren üblichen schlammfarbenen Cargohosen und dem schlabberigen T-Shirt kam sie sich plötzlich schäbig und deplatziert vor. Wieder überlegte sie flüchtig, wie es sich wohl anfühlen würde, so gepflegt und feminin zu sein wie die jungen Frauen von Saint-Jean, dann schob sie den Gedanken mit einem Achselzucken beiseite. So etwas war einfach nicht ihr Stil. Hauptsache praktisch.

Eine junge Frau, ein paar Jahre älter als sie, kam hinter einem Tresen hervor. Passend zum Dekor war sie in makelloses Weiß gekleidet: Kittel, Hose und Clogs, bei denen Imogen an eine glamouröse Zahnärztin denken musste – unwillkürlich hielt sie Ausschau nach einem Bohrer, sah jedoch keinen. Das schwarze Haar trug sie in der Mitte gescheitelt und zu einem strengen Knoten zurückgezurrt. Sie hatte ein herzförmiges Gesicht und große grünbraune Augen, über denen sich ausdrucksvolle dunkle Brauen wölbten, außerdem ein kleines Mopsnäschen und einen vollen Mund, der in knalligem Rot glänzte. All dies vereinte sich zu dem Gesamteindruck einer abweisenden mediterranen Schönheit. Mitch hatte recht gehabt, Faustina als »Sahneschnitte im Taschenformat« zu bezeichnen – winzig war sie vielleicht, doch sie trat mit einem solchen Selbstbewusstsein auf, dass Imogen wusste, hier stand ihr jemand mit unzweifelhaft majestätischem Charisma gegenüber.

»*Bonjour*«, sagte die Salonbesitzerin, wobei sie Monty ansah und Imogen ignorierte. Monty, der nicht leicht einzuschüchtern war, erwiderte ihren festen Blick. Er schnüffelte und bellte dann herausfordernd.

»*Bonjour*«, erwiderte Imogen nervös. Woraufhin sie in Ermangelung des nötigen Vokabulars auf Monty zeigte und mit beiden Händen Scherenbewegungen mit den Fingern machte. Herrgott, Französisch war aber auch eine schwere Sprache.

»Aber natürlich. Und vielleicht braucht *Montee* ja auch ein Bad?«

»Ja, bitte«, antwortete Imogen automatisch, ehe sie verblüfft blinzelte und fragte: »Aber woher kennen Sie denn seinen Namen?«

»Das hier ist eine Kleinstadt«, erklärte Faustina mit einem winzigen Lächeln. »Wissen Sie, die meisten Leute hier nennen Sie ›das Mädchen mit dem kleinen schwarzen Hund‹. Ich habe Sie auch auf der Promenade gesehen, aber Mitch hat mir verraten, wie Sie beide heißen.«

»Oh.«

»Normalerweise kann ich Amerikaner ja nicht ausstehen«, bemerkte Faustina kühl, »aber Mitch ist *sympa*. Er bringt mich zum Lachen. Okay. Sie können weggehen und später wiederkommen, wenn Sie möchten. Oder Sie warten hier, wenn Ihnen das lieber ist.« Sie zeigte auf ein paar Sitzsäcke aus weißem Leder, neben denen ein Stapel Frauenzeitschriften auf einem Regal aus durchsichtigem Plexiglas lag. »Holen Sie sich ruhig etwas aus der Küche. Im rechten Schränkchen ist Kräutertee.«

Imogen machte einen Schritt auf die kompakte Küchenzeile zu, dann hielt sie inne und biss sich auf die Lippe. Dies war der Punkt, wo es meistens unerfreulich wurde.

»Ich sollte Sie wohl warnen; Monty findet Trimmen immer schrecklich. Und das mit dem Baden hasst er besonders. Vielleicht sollte ich lieber mitkommen und helfen, ihn festzuhalten.«

Faustina zog einen Schmollmund und kniff die Augen zusammen. »Nein, nein, das ist mein Job. Keine Sorge.« Sie bückte sich, löste furchtlos Montys Halsband und reichte Imogen die Leine. Dann ging sie auf die Waschkabine zu.

*»Tu viens, Montee?«*, fragte sie in einem entspannten Singsangton, ohne sich auch nur umzudrehen.

Imogen zog die Schultern bis zu den Ohren hoch, schloss die Augen und wartete auf den üblichen Ausbruch zorniger Terrier-Empörung, doch nichts geschah. Nach ungefähr einer Minute öffnete sie die Augen wieder und sah erstaunt zu, wie Monty sich von Faustina in die Wanne heben ließ.

»Braver Junge, Monty«, murmelte Imogen vor sich hin, während sie eine Ausgabe von Escoffiers *Ma Cuisine* aufschlug und sich in ein Rezept für ein komplexes Hühnergericht namens *suprêmes de volailles Jeannette* vertiefte.

Von Zeit zu Zeit blickte sie besorgt auf, war jedoch erfreut zu sehen, wie Monty fügsam den Kopf für die Schlinge des Haltearms hinhielt, während Faustina leise und beruhigend auf ihn einredete (in korsischem Dialekt, wie sie später erfuhr). Dann ließ er sich bürsten, kämmen und trimmen. Als er den Blick seiner Herrin auffing, gab er ein seltsames kleines Freudenquietschen von sich, als wolle er sagen: *»Die gefällt mir!«*

Eine völlig gebannte Imogen hatte fast alles über *nymphes à l'aurore* gelesen (ein Gericht mit Froschschenkeln, serviert in einem Champagnergelee mit Kerbel und Estragonblättern, die als poetische Wasserpflanzen-Imitate dienten), als Faustina *»voilà!«* sagte. Monty, dessen Fell geradezu umwerfend maßgeschneidert aussah, trabte, ganz der Côte-d'Azur-Dandy in Hundegestalt, zurück in die Arme seiner Herrin.

*Oh, Monty, du siehst wirklich klasse aus!*, dachte Imogen, ehe sie auf ihre zerschrammten Turnschuhe hinabblickte und innerlich hinzufügte: *Im Gegensatz zu mir.*

# 12

Der ultraelegante, frisch überholte Monty zog auf der Promenade zahlreiche wohlwollende Blicke auf sich. *Willkommen im Club,* schienen andere Hundebesitzer zu sagen, während sie Imogen grüßten und die Hunde demselben Gefühl durch ausführliches Schnüffeln Ausdruck verliehen. Sie und Monty waren auf dem Rückweg in den Ort, als Imogens Handy klingelte. Es war eine unbekannte Nummer, und die Stimme, die sich meldete, war die einer Frau. Einer Amerikanerin, und zwar einer ziemlich jungen.

»Entschuldigung«, sagte die Anruferin in trägem, gedehntem Tonfall, »spreche ich mit Imogen Peach?«

»Ja.«

»Mein Name ist Bunny. Bunny Doucet.« Imogen kniff die Augen ein wenig zusammen – sie hatte noch nie jemanden so *extrem langsam* sprechen und dabei jede Silbe in die Länge ziehen hören. »Ich dachte daran, bei mir zu Hause vielleicht eine Party zu geben«, fuhr Bunny fort, »und Ihre Anzeige ist mir aufgefallen. Und da habe ich mir überlegt, ob es Ihnen vielleicht möglich wäre, mir mit dem Catering zu helfen.«

»Selbstverständlich!«, beteuerte Imogen, während ihr Herz einen begeisterten Satz machte. Eine Kundin – hurra! »Wann findet Ihre Party denn statt?«

»Am Valentinstag. In zwei Wochen.«

Imogen stieß langsam die Luft aus. Sie musste aufpassen, dass sie sich nicht übernahm – und das hier klang nach etwas Größerem als einem Kinderfest. Dann dachte sie an Daphne – bestimmt würde Daphne ihr helfen.

»Dürfte ich fragen, wie viel Erfahrung Sie mit so etwas haben?«, erkundigte sich Bunny Doucet.

Hmmm. Eine etwas knifflige Frage, denn tatsächlich hatte Imogen noch nie für ein solches Event gekocht. Doch es war das Beste, ganz ehrlich zu sein.

»Na ja«, begann sie zögernd, »die Grundlagen habe ich bei einer Freundin in London gelernt, die Torten für besondere Anlässe bäckt … Und außerdem habe ich früher in einem Kindergarten in London für die Kinder gekocht …«

»London?«, unterbrach sie die junge Amerikanerin. »Hey, Augenblick mal. Sind Sie Engländerin?«

»Ja.«

»Oh, ich liebe die Engländer!« Irgendwie gelang es Bunny, dies begeistert hervorzustoßen, ohne ihren trägen Sprachrhythmus zu verändern. »Ich liebe alles, was britisch ist! Und ich liebe eure Queen – sie ist einfach reizend, so richtig vornehm, mit ganz viel Klasse.«

Damit schien alles geregelt. Nachdem Imogens nationale Referenzen solcherart festgestellt worden waren, gab Bunny Doucet ihr ihre Adresse, und während sie der Wegbeschreibung der Amerikanerin lauschte, ging Imogen allmählich auf, wo genau ihre künftige Kundin wohnte. Und das, dachte sie bei sich, war ziemlich spannend.

Als Imogen und Monty sich am nächsten Tag am Tor der geheimnisvollen Türmchenvilla am Meer meldeten, waren die blauen Fensterläden geöffnet. Bunny kam den überwucherten Gartenpfad herunter, um sie zu begrüßen, und Imogen sah ein freundliches Gesicht mit großen Augen und ein Lächeln, das eine Lücke zwischen den Schneidezähnen zeigte. Außerdem einen ordentlichen, glänzenden blonden Bob, gebändigt von einem grob gerippten Haarband in Pink und Grün. Tadellos in Jeans und eine frische

Streifenbluse gekleidet, wirkte die junge Amerikanerin unglaublich munter. *Also wohnt in der verlassenen Villa tatsächlich ein Dornröschen,* dachte Imogen, *aber schlafen tut es ganz bestimmt nicht.*

Bunny gab Imogen die Hand, dann kniete sie sich vor Monty hin und sagte: »Hallo, mein Guter.« Monty betrachtete sie gefasst und legte dann, unfähig, ihrem sonnigen Charme zu widerstehen, die Pfote in ihre Hand.

»Was für ein *entzückender* kleiner Hund«, meinte Bunny, während sie auf das Haus zugingen. »Er ist bestimmt Ihre große Liebe.«

»Auf jeden Fall«, pflichtete Imogen ihr mit belustigter Wehmut bei. »Bis jetzt.«

Bei einem Glas gesüßten Eistee – Bunny schien sich nicht darüber im Klaren zu sein, dass es Winter war, wie mild auch immer, und dass Imogen vielleicht gern etwas Wärmeres getrunken hätte – erklärte die junge Frau, dass sie nach Frankreich gekommen sei, um sich fern von den Einschränkungen durch ihre Familie selbst zu finden.

»Wissen Sie, ich *liebe* meine Mom von ganzem Herzen, und meinen Daddy auch«, erklärte sie, streifte ihre Segelschuhe ab und begutachtete mit offenkundigem Wohlgefallen den zartrosa Nagellack auf ihren Zehennägeln. »Aber sie sind sehr traditionell, und ich bin ein Freigeist. Ich möchte etwas wirklich Unkonventionelles machen.« Sie hielt inne und spielte mit ihrer Perlenkette, dann setzte sie hinzu: »Wissen Sie, Daddy hatte eigentlich etwas viel Größeres ausgesucht, aber ich hab gesagt, *nein,* Daddy, *dieses* Haus hier, weil, ich dachte, es wäre wirklich gut für mich, mal in einem so einfachen kleinen Haus zu wohnen.«

Eine merkwürdige Bemerkung, dachte Imogen im Stillen, während sie einen verstohlenen Blick auf die durch und durch bürgerliche Villa warf, die hinter ihnen stand – Bunny hatte wahrlich nicht beschlossen, in eine Bretterbude zu ziehen.

»Ich bin gerade erst angekommen, wissen Sie? Das Haus war ein bisschen kahl – da fehlten noch ein paar hübsche Sachen. Ich habe in allen möglichen reizenden kleinen Orten nach Antiquitäten gestöbert. In der Zwischenzeit habe ich in diesem kleinen Hotel da oben in den Hügeln gewohnt«, berichtete sie und zeigte mit einer Geste nach oben. Damit, das wusste Imogen, war das luxuriöse Hôtel de la Plage gemeint, wo viele Filmstars aus Hollywood während der Filmfestspiele in Cannes zu logieren pflegten. Es war für seinen dezenten Barfuß-Chic bekannt, war aber ebenfalls wohl kaum eine Bruchbude. Bunnys Vater musste ein Mann von erheblichem Vermögen sein.

»Ich bin hergekommen, um ein einfaches Leben zu führen«, sagte die junge Amerikanerin gerade. »Und wissen Sie, ich sage immer, das Wichtigste sind jede Menge Blumen überall. Die sind ja so entscheidend für ein kultiviertes Leben.«

Imogen nickte höflich und dachte bei sich, dass Bunny ja fürchterlich verwöhnt und oberflächlich sein mochte, aber Kunde war Kunde. Laut sagte sie: »Also … was genau schwebt Ihnen denn vor? Ein klassisches französisches Büffet? Oder etwas anderes, etwas ein bisschen Mediterraneres? Vielleicht italienisches Essen? Oder spanisches? Oder marokkanisches? Oder möchten Sie ein richtiges Valentinstag-Thema, mit allem Drum und Dran?«

Sie wappnete sich ein wenig für den Fall, dass Bunny auf ausschließlich herzförmigen Speisen bestehen sollte. Das bedeutete, dass sie sich irgendwie ein ganzes Arsenal von Back- und Gussformen besorgen müsste. Die Amerikanerin setzte sich auf ihrem Gartenstuhl kerzengerade auf und öffnete einen pinkfarbenen Plastik-Aktenordner, den sie auf demselben Tablett gebracht hatte wie die Getränke. Er war vollgestopft mit Listen, Zeichnungen und herausgerissenen Zeitschriftenseiten.

»Ich sehe, Sie haben schon ein bisschen geplant«, bemerkte Imogen.

»Aber ja«, antwortete Bunny ernst. »Mom sagt immer, es hat keinen Sinn, Gäste einzuladen, wenn man sich nicht ein bisschen anstrengt! Aaalso«, fuhr sie fort und blätterte eine Seite um. »Das hier ist meine klitzekleine Gästeliste. Es kommt eine ganze Armee Amerikaner! Und das hier ist die Broschüre vom Kostümverleih. Oh, ich *liebe* Kostümfeste, Sie nicht auch? Ich finde so etwas einfach… zauberhaft! Damit wird meine Valentinstags-Party zu etwas ganz, ganz Besonderem, das weiß ich einfach! Schauen Sie doch mal hier, ist das nicht reizend?« Sie schlug einen Katalog auf und hielt ihn hoch. Imogen beugte sich vor und betrachtete Bilder von Kleidern mit weit ausgestellten Reifröcken, Kniebundhosen und Reitröcken.

»Oh, Sie planen eine Party mit Kostümen aus dem 18. Jahrhundert?«, fragte sie.

»Ja. Die sind ja so hübsch, und so romantisch!« Hier schweifte Bunny ausführlich zu einem Film mit dem Titel *Valmont* ab, in dem Colin Firth die Hauptrolle gespielt und sie offenkundig ungemein beeindruckt hatte. Der Film spielte in genau der Zeit, die ihr für ihre Party vorschwebte. »Da, wo ich herkomme, im Süden«, fuhr sie träge fort, »da haben wir wirklich eine Schwäche dafür, historische Ereignisse nachzustellen. Ich weiß gar nicht, wie oft ich schon als Scarlett O'Hara auf irgendwelchen Bällen war. Aber ich wollte, dass das hier anders wird – richtig *französisch*. Die Franzosen verstehen doch etwas von Romantik, nicht wahr? Und die Sache ist die, ich habe französische Vorfahren – unser Name wurde früher mal d'-O-u-s-s-e-y geschrieben. Finden Sie das nicht fantastisch?«

Diese junge Frau war wirklich unglaublich töricht, dachte Imogen. Laut sagte sie: »Auf jeden Fall« und setzte energisch hinzu: »Reden wir doch mal über das Essen.« Sie hoffte, dass ihre Gastgeberin wieder zur Sache kommen würde.

»Also, Imogen, es ist mir vollkommen egal, wenn es kein *authen-*

*tisches* Essen aus dem 18. Jahrhundert ist«, erklärte Bunny und sah sie mit ernster Miene an. »Alles, was ich will, ist jede Menge Pink, Sie wissen schon, wegen dem Valentinstag. Und Grün. Ich liebe Pink und Grün als Farbkombination.«

Nachdem sie es geschafft hatte, Bunny ein paar Minuten lang dazu zu bringen, über praktische Dinge wie zum Beispiel die Anzahl der Gäste oder ihr Budget zu reden, versprach Imogen, ihr in den nächsten Tagen einen Kostenvoranschlag zukommen zu lassen, und verabschiedete sich.

»Wenn Sie das nächste Mal kommen, zeige ich Ihnen mein Atelier«, versprach Bunny, als sie sich am Tor die Hand gaben. »Von da hat man einen ganz reizenden Blick auf die Bucht.«

»Sind Sie Künstlerin?«

Imogen konnte sich vorstellen, was jemand wie Bunny malen würde – höchstwahrscheinlich sentimentale Landschaften, oder Bilder von »ganz reizenden« Tieren.

»Oh ja«, erwiderte Bunny keck. »Deswegen bin ich eigentlich hier. Meine Familie findet Kunst *wunderbar,* doch gleichzeitig mögen sie Künstler nicht besonders, also habe ich wohl ein bisschen geflunkert, fürchte ich. Ich weiß ja, dass das nicht richtig ist, aber sonst hätte ich mich nie nach Europa absetzen können.« Sie beugte sich verschwörerisch zu Imogen vor. »Meine Mom hält viel von Ahnenforschung, also habe ich gesagt, ich wollte etwas über unsere französischen Vorfahren herausfinden.«

»Wie merkwürdig«, meinte Imogen nachdenklich und begann, ihre eigene Familienproblematik zu schildern, besonders was ihre Mutter anging.

»Also, ich glaub's ja nicht! Wir gleichen uns ja wie ein Ei dem anderen!«, rief Bunny und drückte Imogens Hand.

*Bis zu einem gewissen Punkt,* dachte Imogen nüchtern, sprach es aber nicht laut aus.

# 13

»Hier, probier mal«, sagte Bastien am nächsten Morgen und reichte Imogen ein kleines Stück Brot mit frischer Tapenade, einer Paste aus schwarzen Oliven.

»Das ist super«, sagte sie, während sie den Bissen hinunterschlang. »Danke.«

Es war erst halb sechs, und sie war dankbar für etwas Nahrhaftes. Andererseits hätte sie schon die Atmosphäre auf dem Großmarkt mit frischer Energie aufgeladen, denn diese erzeugte ein Gefühl pulsierender, fieberhafter Erregung. Imogen hatte Interesse an den Zulieferern des Boustifaille geäußert, und Bastien hatte sie eingeladen mitzukommen. Völlig hingerissen stand sie wie angewurzelt da und weidete sich am Anblick enormer Obst- und Gemüseberge, an Kisten voller tiefblauer Hummer und glitzernder Fische – riesige silberne Seebarsche, Petersfische, exotische orangerote Skorpionsfische.

»*Ça va?*«, fragte Bastien und schüttelte dem Fischhändler die Hand. »*Des écrevisses, s'il vous plaît.*« Als der Mann ihm vorsichtig zwei Kisten mit lebenden Hummern in die Arme legte, fügte Bastien an Imogen gewandt hinzu: »Die sind für eine tolle Vorspeise. Sieht aus wie eine Blume; dunkelrote Blütenblätter aus roten Beeten um ein Stück Hummer.«

Beflügelt vom berauschenden Einfluss ihrer Umgebung ertappte Imogen sich dabei, wie sie ihre Schüchternheit überwand und – zunächst stockend, dann jedoch immer lebhafter – eine Diskussion mit dem Fischhändler über die Vorzüge von Mittelmeeraustern gegenüber jenen aus der Bretagne, der Normandie oder der Bucht von Arcachon begann. Dazu gehörte es, ziemlich oft das Wort *huître* zu benutzen – eine ganz schöne Herausforderung, mit diesem seltsamen R-Laut und den kniffeligen Vokalen. Doch sie ließ sich nicht beirren. Wen interessierte es schon, ob ihre Aussprache korrekt war? Sie fühlte sich in ihrem Element und kam sich vor wie eine Köchin, die sich mit einem Lieferanten unterhält. Was für ein berauschendes Gefühl!

»Die ist für Sie«, verkündete der Fischhändler, öffnete resolut eine Auster und reichte sie ihr mit einem Lächeln.

Imogen dankte ihm, kippte sich den Inhalt der Schale in den Mund und lächelte ihrerseits – sie spürte schlicht und einfach den Geschmack des Meeres auf der Zunge. Plötzlich kam ihr der Gedanke, dass es wirklich dämlich war, dass sie seit ihrer Ankunft noch nie schwimmen gewesen war. Für ein bisschen Sport konnte sie doch bestimmt Zeit finden.

Später, als Imogen Bastien in die Sauna-Atmosphäre der Gewächshäuser des Marktes folgte, zog sie ihre Fleecejacke aus und band sie sich um die Taille. Herrgott, war das heiß, dachte sie und fächelte sich diskret und wirkungslos mit dem Blusensaum Luft zu.

»Das ist es … das einzig Wahre«, verkündete Bastien begeistert und legte behutsam etwas in ihre ausgestreckte Hand, das aussah wie eine große, weiche Tomate. »Eine echte Kaki aus den Hügeln oberhalb von Cannes. Im Boustifaille machen wir daraus ein Chutney mit Vanilleduft, das servieren wir zum Entenbrustfilet. Ist auch ganz toll für Tempuras, du weißt schon, mit Garnelen. Vorsicht, Imogen – nicht so fest drücken. Das Ding ist reif. Iss sie doch einfach.«

Während sie in das weiche Fruchtfleisch biss und sich süß-sauren Saft vom Kinn wischte, sann Imogen darüber nach, dass sie Bastien zwar immer vage attraktiv gefunden hatte, dass er heute jedoch *wirklich* gut aussah. Vielleicht, weil er nicht so viel lächelte wie sonst, und weil ganz klar war, dass er Essen und Lebensmittel genauso leidenschaftlich liebte wie sie. Außerdem waren seine Augen von einem wunderschönen Blau, und es war schön, wenn er so wie jetzt in dem warmen Gewächshaus sehr dicht neben ihr stand. *Ja, ja, aber er ist mein Kollege,* sagte sie sich und atmete tief durch, *und es ist wirklich unprofessionell, allzu sehr über sein gutes Aussehen nachzudenken. Das würde doch nur unser Arbeitsverhältnis beeinträchtigen.*

Nachdem sie ihre Einkäufe erledigt hatten, machten sie sich zusammen daran, den Lieferwagen zu beladen, umringt von Scharen anderer emsiger Profiköche. Während Imogen Bastien den Rücken zukehrte und überlegte, wie viele Gemüsekisten sie wohl auf einmal hochheben konnte, hörte sie ihn plötzlich fauchen: »*Oh, putain!*«

Vielleicht als Reaktion auf die Tropenatmosphäre des Gewächshauses, ganz zu schweigen von ihrem jüngsten Gedankengang, reagierte Imogen mit ungewohnter Hitzköpfigkeit. *Putain* hieß »Hure«, das wusste sie. Meinte er tatsächlich sie? Was *unterstand* er sich? Und was in aller Welt hatte sie getan? Die Franzosen waren doch wirklich so was von ungehobelt! Von einer sengenden Zorneswoge mitgerissen fuhr sie herum, tippte Bastien auf die Schulter und versetzte ihm eine schallende Ohrfeige, als er sich kurz zu ihr umdrehte.

Einen Moment lang starrte er sie mit großen Augen an und rieb sich heftig die Wange, dann lachte er laut los. »Wow! Wofür war *das* denn?«

Imogen richtete sich zu ihrer vollen Größe auf und verschränkte die Arme. »Tut mir leid, aber so lasse ich nicht mit mir reden. Das geht *gar* nicht!«

Verständnislos kniff Bastien die Augen zusammen, dann hellte sich seine Miene auf. »Aber ich habe doch gar nicht dich gemeint! Ich habe geflucht, weil mir die Hummer runtergefallen sind – schau!«

Zu seinen Füßen lag eine umgekippte Kiste mit Krustentieren.

»Oh, entschuldige«, stammelte Imogen. »Ich dachte …«

»Weißt du, das ist bloß so ein Ausdruck«, erklärte Bastien freundlich. »Das sagt man so, wenn man sauer ist. Tut mir leid, wenn ich dich schockiert habe.«

»Oh, Bastien, dein Gesicht!« Reumütig betrachtete Imogen den dunkelroten Fleck, den ihre Ohrfeige hinterlassen hatte. Noch nie hatte sie jemanden geschlagen. Was war nur in sie gefahren? Die ungewohnte Hitze? Die verlockenden Lebensmittelauslagen? Das geschäftige Treiben auf dem Markt? Oder etwas anderes, etwas, das von Bastien selbst ausging? »Warte hier, ich hole Eis von dem Fischhändler.«

Als sie nebeneinander im Lieferwagen saßen, erlaubte er ihr, einen improvisierten Eisbeutel gegen seine Wange zu drücken, und lächelte sie damit mit einem gewissen Maß an Ironie an. Sie lächelte zurück und trank einen Schluck Wasser aus der Flasche, die er ihr hinhielt.

»Heute wird ein schöner Tag«, meinte er und wischte sich mit dem Handrücken den Mund ab. »Die Sonne kommt raus.«

Imogen nickte, schielte von der Seite her auf seine bloße sonnengebräunte Schulter und dachte bei sich, dass es wirklich süß von ihm war, ihr ihren lächerlichen Wutausbruch nicht übel zu nehmen. Von dem Besuch im Gewächshaus war ihr noch immer ziemlich warm, und sie strich sich eine feuchte Haarsträhne hinters Ohr. Bastien sah ihr dabei zu, dann wandte er seine Aufmerksamkeit der kleinen Frucht zu, die er gerade mit einem scharfen Messer aufschnitt. Das hier war das Letzte auf ihrer Einkaufsliste gewesen, die Passionsfrüchte für das Dessert, das Boustifailles Markenzeichen war: *Millefeuille aux fruits de la passion* – Schichten aus papierdünnem süßem Teig und exquisitem Vanilleschaum, der mit leicht säuerlichem, knackigem Fruchtfleisch vermischt war.

Bastien puhlte mit dem Finger ein Stück heraus und kaute kritisch. »Perfekt!«, verkündete er. »Der Geschmack ist einfach unglaublich. Willst du mal probieren?«

Imogen sah zu, wie er sich noch ein Stückchen in den Mund schob, und dann, ehe sie wusste, wie ihr geschah, zog er sie an sich und küsste sie.

Ihr letzter Kuss – von diesem charmanten Heuchler Adrian – lag so lange zurück, dass sie Bastien nicht wegschob, obwohl sie ganz deutlich Alarmglocken schrillen hörte. Stattdessen erwiderte sie den Kuss, und ihr erster Gedanke war, dass die köstliche, herbe Passionsfrucht tatsächlich einen wunderbaren Nachtisch abgäbe.

»Das wollte ich schon von dem Tag an tun, als ich dich zum ersten Mal gesehen habe«, sagte Bastien zwischen zwei Küssen. »Hast du das gewusst?«

»Nein«, antwortete Imogen wahrheitsgemäß.

»Also.« Er lächelte. »*Encore?*«

»Ja«, sagte sie leise. »*Encore.*«

Sie küssten sich abermals, und Imogen war sich intensiver gemischter Gefühle bewusst. Die elektrische Spannung zwischen ihnen, die durch ihre irrtümliche Ohrfeige erzeugt worden war, hatte sie offenbar seltsam aufgewühlt. Bastiens Haut roch süß, und seine Hand, die liebkosend über ihr Schlüsselbein glitt, ließ ihre eigene Haut wunderbar kribbeln. Gleichzeitig jedoch drängten sich andere Gedanken in ihren Kopf, gaben missbilligende Geräusche von sich und verlangten, dass sie sofort mit diesem Unsinn aufhörte. Was machst du da eigentlich, dich mit jemandem von der Arbeit einzulassen?, zischte eine Stimme entrüstet. Willst du dir etwa alle Chancen verbauen, es in dem Restaurant jemals zu etwas zu bringen? Du *kennst* ihn doch gar nicht, betonte eine andere. Okay, vielleicht teilt ihr die Liebe zu gutem Essen, aber habt ihr sonst noch etwas gemeinsam? *Bitte* sei nicht blöd und lass dich wieder von einem hübschen Gesicht ködern, flehte eine dritte. Denk an Adrian und daran, was *der* am Ende für eine absolut grauenvolle Enttäuschung war.

Mitten im Kuss kam Imogen wieder zur Besinnung. Sie stemmte Bastien die flachen Hände gegen die Brust und schob kräftig. Er wich zurück und sah sie fragend an.

»Sollten wir nicht langsam zurückfahren?«, fragte sie. »Die fragen sich bestimmt schon, wo wir bleiben.«

Er warf einen Blick auf die Uhr, zog die Brauen hoch und ließ den Motor an, während er *»Merde, merde, merde«* vor sich hin brummelte.

Als sie schneller wurden, legte er einen Arm um ihre Schultern und zog sie an sich. Er schien nicht reden zu wollen, also saß Imogen, erleichtert und gleichzeitig nicht gerade übermäßig entspannt, den ganzen Heimweg über schweigend in seinem Arm. Ihre Miene drückte nichts anderes aus als extreme Verblüffung über ihr eigenes, noch nie da gewesenes Verhalten.

# 14

*»Bonjour, Montee«*, hörte Imogen jemanden hinter sich sagen, als sie im Supermarkt vor dem Hundefutter stand. Sie drehte sich um und starrte die fremde junge Frau an, die ihren Hund angesprochen hatte.

»Hallo?«, sagte sie unsicher, während sie eine voluminöse schwarze Lockenmähne, ein Gesicht voller Make-up sowie ein extrem knappes Outfit betrachtete, dessen grelle Farben – Orange, Neonpink und Gold – wie wild vor ihren Augen flammten und knisterten. Ein Paar riesige, mit Türkisen besetzte Kreolen rundeten das Ganze ab.

»Hi, Imogen«, sagte Faustina, die Hundetrimmerin, und trat beiseite, worauf ein großer Dobermann sichtbar wurde, der Monty neugierig musterte. »Das hier ist Cristiana. Mein Hund. Suchen Sie etwas für Montee?«

»Ach, nur ein paar Leckerli«, antwortete Imogen und gab sich alle Mühe, sie nicht anzuglotzen. Ohne ihre schicke, minimalistische Arbeitskluft sah Faustina aus wie ein völlig anderer Mensch, und Imogen wusste ganz genau, wie das Urteil ihrer Mutter angesichts einer so vulgären Aufmachung lauten würde – der pseudolateinische Familienterminus *commonus nuttus*. »Irgendetwas mit Knochenmark vielleicht«, beendete sie ihren Satz halblaut.

»Die da sind gut«, sagte Faustina, griff nach einem Beutel und reichte ihn ihr. »Cristiana steht unheimlich darauf.«

»Danke. Und wie geht's Ihnen so?«

»Echt gut. Wenn ich hier fertig bin, gehe ich ins Solarium. Und dann hab ich eine Pediküre.«

Imogen nickte und dachte bei sich, dass Faustina wirklich ihren Horizont ein bisschen erweitern sollte. Es gab doch noch mehr im Leben als Körperpflege.

»Und was macht Ihr Job im Boustifaille?«, erkundigte sich Faustina, als sie zusammen den Gang zwischen den Regalen hinuntergingen. »Wird's ein bisschen langweilig?«

»Wieso denn langweilig?«, fragte Imogen mit dem beklemmenden Gefühl, dass hier gerade der Spieß umgedreht worden war.

»Ich finde Kochen *so was* von langweilig. Bin viel zu faul dazu. Ich meine, wir müssen essen, sicher, aber es gibt doch noch so viel mehr im Leben.« Als Antwort auf Imogens fragenden Blick überlegte Faustina kurz, ehe sie an den Fingern abzuzählen begann. »Tanzen. Und dann noch Shoppen und Urlaub machen. Und Sex natürlich«, stellte sie mit einer abgebrühten Offenherzigkeit fest, die Imogen eindeutig französisch fand. »*Das* wird mir nie langweilig.«

Auf dem Heimweg war Imogen recht nachdenklich gestimmt. Natürlich gab es mehr im Leben als Essen – und obgleich sie persönlich sich nie groß Gedanken um die Lebenswichtigkeit von Tanzen, Shoppen und Urlaub gemacht hatte, wurde ihr klar, dass Faustina in Bezug auf Sex bestimmt recht hatte. Aber nur theoretisch. Denn für Imogen hatte sich keine sexuelle Begegnung jemals wirklich, *wirklich* richtig angefühlt. Bestenfalls war ihr Sex vorgekommen wie eine recht anstrengende Leibesübung, die … nirgendwo hinführte. Vielleicht interessierte sie sich ganz einfach nicht für die sexuelle Seite der Dinge. Wenn sie recht darüber nachdachte, dann rührten die einzigen lustvollen Erlebnisse, die sie jemals gehabt hatte, vom Genuss essbarer Dinge her.

Monty bellte und kratzte mit der Pfote an ihrer Einkaufstasche. Nachdem sie ihm ein Hundeleckerli mit Knochenmarkfüllung ins Maul geschoben hatte, lächelte Imogen dieses ernste, borstige und schnauzbärtige kleine Geschöpf liebevoll an, das in der Tat ihre große Liebe war.

Im Schaufenster eines Zeitungsladens sah sie ein Foto von Brigitte Bardot auf der Titelseite einer Zeitschrift, neben einer Schlagzeile über Tierschutz. Vielleicht würde sie ihren Lebensabend genauso verbringen wie der menschenscheue Filmstar, der gar nicht weit entfernt in Saint Tropez lebte, mit einer riesigen Menagerie aus Hunden, Katzen und Ponys, weil sie ihre Gesellschaft so viel lohnender fand als die der Menschen.

Sie warf einen flüchtigen Blick auf ihr Spiegelbild und seufzte. Eine Gestalt in wuchtigen, knöchelhohen Schnürschuhen, knielangen Khaki-Bermudas und einem viel zu großen T-Shirt blickte zurück. Sie mochte ja Brigitte Bardots Tierliebe teilen, als Betthäschen jedoch hatte sie um einiges weniger zu bieten.

»Klein und groß, nicht?«, bemerkte Faustina ein paar Tage später, als Monty am Strand entlang vorantrabte und Cristiana ihm in respektvollem Abstand folgte. Imogen nickte lachend. Die beiden Hunde gaben ein ungewöhnliches Paar ab.

»Aber ich glaube, sie werden sich ganz gut verstehen«, fuhr Faustina fort, »wenn sie sich besser kennen.«

Imogen dachte bei sich, dass diese Aussage auch auf sie und Faustina zutraf. Ja, sie sahen so verschieden aus wie Tag und Nacht, genau wie ihre Hunde, aber Faustina war interessant, vielleicht gerade weil sie so anders war. Außerdem hatte die ruhige, heitere Autorität, mit der sie auftrat, etwas sehr Sympathisches an sich. Sie waren im Begriff, Freundinnen zu werden, ging es Imogen auf.

Die beiden jungen Frauen waren sich am frühen Morgen abermals begegnet, vor dem Bonjour les Toutous, und Monty und Cristiana hatten es sofort geschafft, ihre Leinen miteinander zu verheddern. Im Laufe des daraus entstehenden Gesprächs hatte Faustina sich erkundigt, ob Imogen einen Freund in London zurückgelassen habe, und Imogen hatte ihr die noch immer ungelöste Situation mit Bastien geschildert.

Nach der Kuss-Episode im Lieferwagen waren sie auf Bastiens Vorschlag hin *à deux* etwas trinken gegangen. Dabei hatten beide kaum ein vernünftiges Wort herausgebracht. Imogen hatte über das Restaurant geplappert, während sie sich innerlich fragte, wie sie das Gespräch so lenken könnte, dass sie Bastien die Wahrheit sagen konnte – es war schön gewesen, ihn zu küssen, weil er *wirklich* unheimlich lieb war, doch sie war sich nicht sicher, ob sie wollte, dass mehr daraus wurde. Bastien hatte ihren Ausführungen über das Thema Essen zugehört, ohne sie zu unterbrechen, und er hatte auch keinerlei romantische Andeutungen gemacht. Dann, als sie aufstand, um zu gehen, und sein Schweigen als unausgesprochenes Einverständnis interpretierte, dass der Kuss im Lieferwagen eine einmalige Sache gewesen war, hatte er sie plötzlich für nächsten Mittwoch ins Kino eingeladen, und Imogen war keine plausible Ausrede eingefallen.

Diese nächste Verabredung hatte die Spannung zwischen Imogen und Bastien nicht eben verringert. Bastien hatte, wahrscheinlich abgeschreckt von Imogens steifer, abweisender Körpersprache, während des ganzen Films unruhig herumgezappelt und erst den Mut aufgebracht, nach ihrer Hand zu greifen, als bereits der Abspann lief. Als Date konnte man das Ganze nicht gerade als Erfolg bezeichnen, der Film jedoch hatte Imogen zu diversen Erleuchtungen über die Einstellung der Franzosen zu Herzensangelegenheiten verholfen – und zu Sex.

Der Film war eine französische Komödie mit dem Titel *C'est compliqué, la vie!* (oder, wie Imogen es sich im Stillen übersetzte, *Das Leben ist kompliziert*). Darin hatten alle möglichen fotogenen französischen Schauspieler mitgespielt, von denen sie noch nie gehört hatte. Im Film ging es durchaus lebhaft zu, aber Imogen hatte einige Schwierigkeiten, der Handlung zu folgen, was größtenteils am Fehlen englischer Untertitel lag. Außerdem wurde ihr bei der Handlung aus verschiedenen Gründen schwindelig. Der erste war die schiere Menge an Sexszenen, oder genauer gesagt an *cinq-à-sept*-Action (ein Begriff, den Mitch ihr erklären musste, als sie an jenem Abend nach Hause kam: fünf bis sieben Uhr abends galt als beste Zeit für außerehelichen Beischlaf). Auch an freundschaftlichem Frauentausch wurde nicht gespart. Außerdem konnte sie sich nicht merken, welche Frau eigentlich zu wem gehörte, vor allem da sämtliche Schauspielerinnen reizvolle, dunkelhaarige, rehäugige Geschöpfe waren, die auf unglaublich hohen Absätzen geschäftig die Straßen von Paris hinauf- und hinunterrannten, um von einem Hotelzimmer ins nächste zu gelangen. Ehrlich gesagt war es fast unmöglich, sie auseinanderzuhalten.

Imogen fand das Ganze fürchterlich französisch, vor allem die postkoitalen philosophischen Betrachtungen. In einer Szene saß zum Beispiel ein Mann mit einer der dunkelhaarigen Frauen (vielleicht sogar seiner eigenen, Imogen war sich nicht sicher) im Bett, und während sie sich eine Zigarette teilten, sagte er salbungsvoll: »Natürlich wissen wir niemals etwas über die *Liebe* selbst – nur über die *Vorstellungen* von Liebe.«

Während sie zusah, wie sich diese atemlose Komödie der Irrungen entwickelte und schließlich ein glückliches Ende nahm, bei dem jedes Männchen sein Weibchen fand (zumindest bis zum nächsten Mal), dachte Imogen bei sich, dass dergleichen doch bestimmt keinerlei Bezug zum wirklichen Leben hatte, oder? Gewiss brauchte doch der Pfad zur wahren Liebe nicht dermaßen verschlungen zu sein? *Oder wenn doch*, schloss sie, *dann habe ich wirklich keine Chance, jemals den Weg zu finden.*

Dann, als sie und Bastien, noch immer Hand in Hand, aus dem Kino gekommen waren, hatte Imogen sich sanft gelöst und versucht, ihn so behutsam wie möglich abblitzen zu lassen. Sie brauche »Zeit zum Nachdenken«, hatte sie erklärt.

»Aber die Sache ist die, ich glaube, es ist überhaupt nichts geklärt«, beendete sie nun ihre Schilderung. »Er versucht, sich nichts anmerken zu lassen, doch er ist ziemlich geknickt. Ich hätte mich gar nicht erst von ihm küssen lassen dürfen.«

Faustina nickte und blickte starr geradeaus. »So was kann ganz schön kompliziert sein. Ich habe im Moment auch gerade Schwierigkeiten mit einem Mann. Meine Mutter sagt immer: ›*Un basgiu par fórza un vale una scorza.*‹ Auf Korsisch heißt das, ein erzwungener Kuss ist nicht mal die Schale von einer Frucht wert.«

Bastien hatte sie ganz bestimmt nicht mit Gewalt geküsst, dachte Imogen, doch sie wusste, was Faustinas Mutter meinte. Insgeheim gab sie der Marktatmosphäre die Schuld an ihrem etwas leichtfertigen Betragen: All diese köstlichen Früchte hatten ihr den Kopf verdreht. Sie hatte sich völlig untypisch verhalten, fast wie eine Art Nymphomanin in Sachen Essen. Ratlos zuckte sie die Achseln und blickte zum strahlend blauen Himmel empor. Es konnte auch sein, dass das Klima sie irgendwie veränderte. Sie kam sich hier weniger zugeknöpft vor, sowohl emotional als auch im wahrsten Sinne des Wortes. Vielleicht war diese befreiende Atmosphäre ja der Grund dafür, dass so viele Amerikaner und Briten jahraus, jahrein an die Riviera strömten.

Was Bastien anging, blieb sie dabei. Es war keine gute Idee, etwas mit einem Kollegen anzufangen, ganz gleich, wie anziehend er war, sagte sie sich, während sie die ganze Zeit versuchte, das Bild dieser Dauernervensäge Dimitri zu verscheuchen, das aus irgendeinem Grund immer wieder in ihrem Kopf auftauchte.

Imogens Privatdrama spielte sich derweil vor dem Hintergrund eines größeren beruflichen Dramas ab – der Küchentragödie im Boustifaille. Wenn sie Pause hatte, warf sie manchmal auf dem Weg in den Hof durch das Bullauge einen schnellen Blick in den Speisesaal. Nicht nur war er oft halb leer, viele der Gäste wirkten verstimmt, weil sie auf ihr Essen warten mussten. Etwas, das beim Service immer wieder auftrat, stellte Imogen fest, waren Fehler bei den Bestellungen.

Und der Grund für diesen Zustand schien Monsieur Boudin selbst zu sein, er und sein merkwürdiges Verhalten, das an Selbstsabotage grenzte. Oft verschwendete der Küchenchef kostbare Zeit damit, die Zubereitung eines Gerichts durch einen so kompetenten Mitarbeiter wie Bastien genau zu beaufsichtigen und zu kritisieren, während er eine Krise am anderen Ende der Küche unbeachtet ließ, bis es zu spät war, um einzuschreiten. Oder er beschloss plötzlich in letzter Sekunde, ein Gericht völlig anders zu servieren, wodurch die Küche in Panik geriet und die Bestellung sich verzögerte.

»Was hat er für ein Problem?«, hatte Imogen Bastien leise gefragt, nachdem sie Zeuge eines solchen Vorfalls geworden war.

»Eigentlich soll ich ja nicht darüber reden«, hatte Bastien vertraulich losgelegt, »aber Monsieur Boudin hatte in letzter Zeit ziemliches Pech. Erstens hat seine Frau Honorine ihn vor ungefähr zwei Jahren verlassen.«

»Oje. Was ist denn passiert?«

»Na ja …« Bastien seufzte. »Damals wusste niemand, warum sie abgehauen ist. Und dann hatte Monsieur Boudin letztes Jahr einen fürchterlichen Krach mit seinem Bruder Marcel. Sie waren Geschäftspartner, und Marcel hat den finanziellen Teil sehr gut gemanagt, während Boudin fürs Kreative zuständig war. Jedenfalls haben sich die beiden schon immer gestritten, aber diesmal ist es ausgeartet. Wir haben alle gehört, wie sie sich angeschrien haben. Und dann kam heraus, dass Marcel und Honorine schon seit einer ganzen Weile … du weißt schon …«

»Das ist ja schrecklich«, stieß Imogen entsetzt hervor. Man durfte nicht vergessen, dass diese ganze *cinq-à-sept*-Nummer nicht immer allen Beteiligten Spaß machte. »Der arme Monsieur Boudin!«

»Marcel und Honorine sind von hier weggezogen. Das hat Monsieur Boudin furchtbar in seinem Stolz verletzt. Und seither weigert er sich zuzugeben, dass er allein nicht klarkommt, dass es zu viel für ihn ist. Wir machen uns alle ziemlich Sorgen um ihn und um die Zukunft des Restaurants«, hatte Bastien geschlossen und ihr in die Augen geschaut.

Imogen hatte seinen Blick einen Moment lang mitfühlend erwidert; dann schaute sie weg, als sie sah, wie seine Züge weicher wurden, und ahnte, dass er sie gleich bitten würde, wieder mit ihr auszugehen. Sie machte sich wieder ans Lauchschnippeln und kam sich vor wie ein totaler Feigling.

# 15

Im Laufe der nächsten Hundespaziergänge konnte Imogen sich allmählich ein vollständigeres Bild von Faustina machen. Ihre neue Freundin, stellte Imogen fest, war eine ungewöhnliche Kombination aus praktischer und romantischer Veranlagung. Sie war in einem kleinen Dorf auf Korsika aufgewachsen. Imogen war einmal ins Fettnäpfchen getreten, indem sie Faustina als Französin bezeichnet hatte, und war scharf zurechtgewiesen worden: Faustina war Korsin und definitiv *keine* Französin. Obwohl Korsika eigentlich zu Frankreich gehörte, hatte Imogen einen ähnlichen Fehler begangen, als wenn sie einen Schotten zum Engländer gemacht hätte. Faustina war eindeutig durch ihren korsischen Hintergrund geprägt worden. Zum Beispiel glaubte sie an Geister.

»Die Toten kommen zu Besuch«, verkündete sie einmal. »Und man merkt es, wenn sie im Haus sind, weil ihre Schritte viel schwerer sind als die der Lebenden.«

Oft hatte Faustina daheim in der Küche gesessen und jenen unverwechselbaren Schritten im Obergeschoss gelauscht. »Ah – das ist bestimmt deine Tante Angelica, die sich ihr altes Zimmer ansehen möchte«, pflegte ihre Mutter dann zu sagen, während sie seelenruhig fortfuhr, das Abendessen zuzubereiten.

Die Toten freuten sich ihrerseits über gelegentliche Besuche der Lebenden, und als Kind hatte Faustina an Allerseelen regelmäßig mit ihrer Großmutter – einer verhutzelten Greisin, die wie alle alten Frauen des Dorfes stets von Kopf bis Fuß in Schwarz gekleidet war – auf den Gräbern verstorbener Angehöriger ein Picknick aus Leberwurst und Feigen abgehalten und ihnen Gesellschaft geleistet.

Außerdem hatte Imogen etwas über die merkwürdige Geschlechterpolitik erfahren, die ihre Freundin auf der Insel verinnerlicht hatte. Einerseits wurde von korsischen Mädchen eine glitzernde Rundum-Weiblichkeit erwartet, andererseits jedoch hatte diese mit einem möglichst unterkühlten, feindseligen Auftreten einherzugehen.

»Da, wo ich herkomme«, hatte Faustina energisch erläutert, »wenn man da einen Jungen in der Öffentlichkeit anlächelt, dann ist es, als würde man sagen, dass er einen auf dem Hügel flachgelegt hat.«

»Aber das ist doch lächerlich!«

»Vielleicht, aber so ist es nun mal. Also gewöhnt man sich an, Männer nicht anzulächeln – und überhaupt so wenig wie möglich zu lächeln. Das erspart einem eine Menge Ärger.«

In dieser Hinsicht war Faustinas Umzug – »auf den Kontinent«, wie sie es ausdrückte – ungeachtet ihrer sentimentalen Bindungen an Korsika ungeheuer befreiend gewesen. Das einzige Problem war, wie Imogen bald herausfand, dass sie nicht allein gekommen war.

Das erste Mal begegnete Imogen Enzo nach einem ihrer morgendlichen Spaziergänge, als Faustina sie bat, im Hundesalon die Stellung zu halten, während sie nach oben rannte, um sich für ihren ersten Termin umzuziehen.

Imogen lotste Monty und Cristiana in Faustinas gefliesten Innenhof hinaus, der voller großer Töpfe mit Mimosen und Bougainvilleas war. Dann bemerkte sie, dass jemand vor dem Laden stand: ein junger Mann in Lederjacke, kunstvoll zerschlissenen Hüftjeans und Bikerstiefeln, seltsamerweise jedoch ohne Pudel.

Sie ging hin, um ihn hereinzulassen, und bekam einen kleinen Schreck, als ihr klar wurde, dass er ohne Zweifel der schönste Mann war, den sie je gesehen hatte: groß, dunkel und mit jener Art von feingeschnittenen Zügen gesegnet, die sie mit Statuen von griechischen Göttern assoziierte. Noch ehe sie sich fangen konnte, merkte sie bereits, wie sie ihn angrinste wie eine Vollidiotin. »*Ah … bonjour*«, hauchte sie schwach.

Er lächelte nicht zurück, sondern fragte stattdessen: »*Elle est là, Faustina?*«, während seine großen, schmelzenden schwarzen Augen sie unverwandt anblickten. Seine Oberlippe, stellte sie fest, war vollendet geschwungen, seine Unterlippe war ein üppiges, schwellendes Kissen. Grundgütiger. Als Imogen den Mund öffnete, um irgendetwas auf Französisch hervorzugurgeln, hörte sie Faustinas weiße Clogs die Treppe heruntergeklappert kommen.

»Ah, da bist du ja!«, sagte Imogen strahlend und drehte sich zu ihrer Freundin um.

Faustina blieb wie angewurzelt stehen, dann straffte sie sich und sagte mit schroffer, tonloser Stimme: »Enzo.«

»*Faustina – cume stai?*«

»*Va bè.*«

Das Paar stand da und starrte einander einen Moment lang schweigend und finster an, dann bedeutete Faustina Enzo mit einer winzigen Kopfbewegung, ihr in den Innenhof zu folgen, und schloss die gläserne Schiebetür hinter ihnen. Imogen beschäftigte sich damit, sich eine Tasse Tee zu machen, doch obwohl sie nicht ein einziges Wort verstehen konnte, entging ihr nicht, dass dort draußen ein leidenschaftlicher Streit im Gange war.

Enzo schien mit großer Eindringlichkeit irgendetwas zu fragen, während Faustina sich ausführlich in rebellischem Kopfschütteln erging und wiederholt mit dem Fuß aufstampfte. Schließlich hakte er einen gekrümmten Finger in die Goldkette, die sie um den Hals trug, betrachtete sie eingehend und bedachte Imogens Freundin dann mit einem triumphierenden Lächeln, ehe er die Schiebetür öffnete und den Salon verließ, ohne sich noch einmal umzudrehen.

Kurz darauf kam Faustina wieder herein.

»Alles okay?«, erkundigte sich Imogen.

»Ja, natürlich. Männer sind einfach unmöglich.«

»Mmm. Ja, das stimmt wohl.« Imogen stockte, dann fragte sie, unfähig, ihre Neugier zu zügeln: »War das dein Freund?«

»Nein. Na ja, irgendwie doch. Enzo und ich sind – waren – ein Kinderpärchen. Weißt du, wir sind im selben Dorf aufgewachsen, und er hat mich schon immer sehr gern gemocht, und er –«

»Sieht wahnsinnig gut aus!«, platzte Imogen heraus.

»Ja, sicher«, erwiderte Faustina ungeduldig. »Ich bin so an ihn gewöhnt, dass mir das gar nicht mehr auffällt. Nein, das Problem ist, er will heiraten und ich nicht.«

»Oh.« Imogen ließ das erst einmal sacken. »Wieso denn nicht? Ich meine, er ist doch *so was* von …«

»Attraktiv, ich weiß.« Faustina überlegte. »Er war schon immer ein richtiger Macho, sehr dominant … du weißt schon, im Bett«, erklärte sie mit einem flüchtigen Lächeln des Erinnerns.

Imogen nickte; ihr fiel beim besten Willen keine hinlänglich anspruchsvolle Erwiderung ein. Faustina war vielleicht nur ein paar Jahre älter als sie, in Sachen sexueller Erfahrung jedoch spielte sie in einer völlig anderen Liga, so dass Imogen sich vorkam wie ein unbedarftes, braves Dummchen.

»Und das war ja auch schön und gut«, fuhr ihre Freundin fort, während ihr Lächeln verblasste. »Aber jetzt will er auch noch über mein Leben bestimmen, und wenn wir heiraten würden, wäre das das Ende von …« Mit einer weit ausholenden Geste deutete sie auf ihren Laden. »… von alldem hier. Er würde wollen, dass wir wieder zurückgehen – nach Hause ins Dorf. Als er und ich hergekommen sind, um hier zu arbeiten, waren wir sehr jung, und ich wollte das auch, aber jetzt nicht mehr. Wir haben uns schon oft getrennt und sind dann wieder zusammengekommen … Eben hat er sich gefreut, weil er gesehen hat, dass ich noch immer das kleine Kreuz trage, das er mir geschenkt hat. Und ich liebe ihn auch, natürlich, nur nicht so, wie er es möchte.« Sie seufzte und steckte die Halskette zurück in den weißen Kittel. »Daran wird er sich gewöhnen müssen.«

Genau in diesem Moment öffnete sich die Tür des Salons, und eine Dame kam mit einem betagten Apricot-Pudel auf dem Arm herein.

*»Bonjour, Madame Verdier«*, trällerte Faustina und schaltete übergangslos auf professionell um. *»Bonjour, Coco!«*, fügte sie an den Hund gewandt munter hinzu.

»*Sag* mal«, fragte Mitch und betrachtete Imogen interessiert, als sie mit Monty ins Paperback Wonderland kam, »was ist denn mit dir passiert?«

»Gar nichts«, antwortete Imogen verblüfft.

»Du siehst anders aus als sonst … Oh, Augenblick, Moment mal.« Sein Gesicht hellte sich auf. »Ein Wort, zwei Silben: *En-zo.* Hab ich recht?«

Imogen platzte laut heraus. »Ja, du hast recht. Ich bin ihm eben gerade begegnet. Aber woher wusstest du –«

Mitch schnaubte vielsagend. »Du hast dieses gewisse Post-Enzo-Leuchten.«

»Das Post-Enzo-*was?*«

»Ach, das braucht dir nicht peinlich zu sein. So geht's jedem.«

»Er sieht *wirklich* ziemlich gut aus«, gab Imogen zu.

»Machst du Witze? Er ist *megasexy.*«

»Wenn du es sagst«, erwiderte Imogen lächelnd und ging nach oben in ihr Zimmer. Ganz hinten in ihrem Hinterkopf brodelte etwas anderes. *Adrian.* Das entzückte Erschrecken über Enzos gutes Aussehen hatte sie geradewegs zu den Anfängen ihrer bislang größten Verliebtheit zurückgeführt – in den ziemlich miefigen Raum im ersten Stock eines Pubs in London, wo sie vor etwas mehr als einem Jahr eine *Hamlet*-Aufführung von Hildegards Theatertruppe gesehen hatte.

Von seinem ersten schwarz gewandeten Auftritt an wurde Imogens Blick unwiderstehlich von dem schlanken, hellhaarigen Mann angezogen, der den Dänenprinzen spielte. Nicht nur hatte er ein ungemein schönes Gesicht, sondern auch eine faszinierende *Ausstrahlung*, wie er dort zusammengesunken über die Bühne schnürte. Er sprach seine Verse so deutlich und so schön, dass Imogen – normalerweise kein Shakespeare-Fan – glaubte, endlich zu begreifen, weshalb alle Welt so viel Aufhebens um diese Werke machte.

Ein gewisses Maß an Verdrängung war notwendig gewesen, um die dürftige Pub-Umgebung zu vergessen und sich stattdessen vorzustellen, dies sei Schloss Elsinore, doch sie war augenblicklich in Adrians Bann geraten. Hingerissen sah sie ihn an, als er durch eine Tür mit der Aufschrift *Zur Damentoilette* auftrat, um »Sein oder Nichtsein« zum Besten zu geben. Sie erschauerte, als er von »Verschmähter Liebe Pein« sprach. Die Grausamkeit seines »In ein Kloster, geh! Und das schleunig« ließ sie zusammenfahren, als hätte er sie persönlich angesprochen. Und als er sich zu Ophelias Füßen ausstreckte und grollte: »Ein schöner Gedanke, zwischen den Beinen eines Mädchens zu liegen«, war Imogen so aufgewühlt, dass sie nicht wusste, ob sie weglaufen oder auf die Bühne stürzen und ihn umarmen sollte.

Hamlet, so entnahm sie es dem Programm, war fünfundzwanzig Jahre alt und hieß Adrian Spry. Oh, in so jemanden verliebt zu sein – in einen brillanten, charismatischen Schauspieler! Als das Stück zu Ende war und fast alle tot waren, hielt es Imogen kaum noch auf ihrem Platz – sie brannte darauf, ihn kennenzulernen. Und so geschah es auch, in der Bar unten im Pub, wo er, noch immer in Maske, auftauchte, um etwas zu trinken.

»So …«, schnurrte er und musterte sie unter kajalgeränderten Lidern hervor eingehend. »Die hinreißende Hildegard hat also eine kleine Schwester. Ich hatte ja keine Ahnung.«

Imogen erinnerte sich nicht, an jenem Abend viel zu ihm gesagt zu haben. Doch er musste ihre Körpersprache richtig interpretiert haben, denn er verlor keine Zeit, sich mit ihr zu verabreden – sehr zu Hildegards verdatterter Belustigung. Fünf fast identische Dates: ein Abendessen, bei dem Adrian sich ausführlich über seine Karriere ausließ, während Imogen ihm fasziniert lauschte, gefolgt von befremdlich experimentellen Theaterstücken, in denen Freunde von ihm auftraten. Jedes Mal brachte er sie danach nach Hause und gab ihr einen heftigen Bühnenkuss, wobei er sie fast in seinen Armen zerquetschte. Verblüfft, dass sie nicht so dahinschmolz, wie sie es erwartet hatte, tröstete sich Imogen damit, dass Adrian trotzdem unleugbar ein ganz anderes Kaliber war als ihre bisherigen Liebhaber. Benji war ein unverbesserlicher Grabscher gewesen, und Phil ein anstrengender Dauerknutscher.

Am Ende ihres fünften Dates fragte er sie schließlich, ob sie mit zu ihm kommen wolle – die einzige Möglichkeit, da Imogen ihn ja schlecht nach Hause in den »Schlafsaal« mitnehmen konnte.

Endlich, dachte sie entzückt, endlich würden sie wirklich zusammen sein.

Die Nacht der Leidenschaft, von der sie geträumt hatte, lief folgendermaßen ab: In seinem Schlafzimmer angekommen zog Adrian erst sie und dann sich selbst aus und deponierte die Kleidungsstücke sorgfältig gefaltet auf einer Stuhllehne. Dann legte er sich zu ihr ins Bett und vollzog einen Geschlechtsakt von ungefähr drei Minuten Dauer – obwohl vier der Wahrheit vielleicht näher kamen. Hinterher duschte er und regte an, dass sie dasselbe tun solle. Als die sehr kleinlaute Imogen ins Schlafzimmer zurückkam, fand sie ihren Prinzen im Bett sitzend vor, nunmehr in einen Flanellpyjama gekleidet und mit einer Schlafbrille auf der Stirn. Auf seinem Schoß lag ein schmales rotes Samtkissen. Imogen stieg ins Bett und beäugte das Kissen dabei argwöhnisch. Wofür war das denn?

»Alles klar?«, erkundigte sich Adrian und bedachte sie mit einem geistesabwesenden, schläfrigen Lächeln.

»Äh, ja.«

Ihr schneidiger Lover legte sich hin, rollte sich auf die Seite, zog die Schlafbrille herunter und schob sich das Kissen zwischen die Knie.

»Anders kann ich nicht schlafen«, erklärte er und deckte sie beide mit der Daunendecke zu. »Gute Nacht.«

Das Licht ging aus. Imogen blieben vor blankem Erstaunen Mund und Augen weit offen stehen. Dann spürte sie, wie er sich neben ihr regte. Ihr Herz machte einen Satz. Jetzt würde er sie in die Arme nehmen, sie an sich drücken, jeden Teil ihres Körpers verschlingen!

»Imogen?«

»Ja!«

»Du atmest wirklich unheimlich laut. Könntest du versuchen, ein bisschen leiser zu sein?«

So hatte Imogens letzte sexuelle Begegnung geendet.

# 16

Eines Tages, als sie ihre Hunde auf der Promenade spazieren führten, wandte Faustina sich an Imogen und sagte ernst: »Du solltest mal mit mir shoppen kommen, nur ganz kurz. Du arbeitest viel – du hast eine kleine Abwechslung verdient.«

Unentschlossen furchte Imogen die Stirn. Shoppen gehörte zu Faustinas Lieblingsbeschäftigungen, sie selbst hingegen hatte nie Spaß daran. *Aber sie hat recht,* dachte Imogen, *ich könnte wirklich eine kleine Abwechslung gebrauchen.* Sie war völlig auf ihre Arbeit fixiert gewesen, hatte selbst den freien Mittwoch dazu genutzt, zu Hause zu lernen, wie man ein paar der Boustifaille-Gerichte kochte. Jetzt war sie so weit, dass sie sie von Anfang bis Ende ohne Hilfe zubereiten konnte.

Allerdings war sie mit ihren Versuchen, Monsieur Boudin dazu zu bewegen, sie ihre neu erworbenen Kenntnisse vorführen zu lassen, auf taube Ohren gestoßen. Während Bastien mit aufmunternder Miene zusah – was unter den gegebenen Umständen sehr lieb von ihm war –, hatte sie wieder und wieder zu ihrer mühsam einstudierten kleinen Selbstvermarktungsrede angesetzt. Dabei war ihr jedes Mal klar geworden, dass ihr Boss ganz andere Dinge im Kopf hatte. Der stand nur mit verschränkten Armen da und schnaubte von Zeit zu Zeit, den Blick starr auf einen Punkt über ihrer linken Schulter gerichtet. Gestern war es wieder so gewesen, und Imogen, inzwischen ziemlich verärgert, war ein bisschen laut geworden, um sich bemerkbar zu machen – etwas, was sie normalerweise nicht tat.

»Bitte, *Chef!*«, hatte sie gerufen, »Daphne Blanding findet, dass

Sie eine Frau in Ihrer Küche brauchen. Glauben Sie nicht, dass sie recht hat?«

Verblüfft über ihre eigene Verwegenheit war sie daraufhin instinktiv einen Schritt zurückgewichen, falls der erzürnte Boudin beschließen sollte, wie eine Rakete auf sie loszufahren.

»Daphne«, wiederholte Monsieur Boudin, und sein Blick schien Imogen zum ersten Mal wirklich zu erfassen. Er lächelte sie an. Eigentlich sah er ziemlich gut aus, wenn sein Gesicht sich entspannte. Doch danach setzte er wieder seine teilnahmslose, ausgelaugte Miene auf und schüttelte den Kopf. »Jetzt nicht, *petite*. Jetzt passt es nicht.«

Während sie ihre Freundin durch die Gläser einer gigantischen herzförmigen Sonnenbrille unverwandt musterte, fuhr Faustina ernst fort: »Oder wir setzen uns einfach eine Weile an den Strand. Weißt du, wenn du dich nicht bald mal in die Sonne legst, hast du am Ende noch ein braunes Gesicht und einen weißen Körper.«

Imogen zuckte die Achseln, obwohl sie in Wirklichkeit bereits die ersten Anzeichen dieses Phänomens bemerkt hatte. »Ach, das stört mich nicht. Und überhaupt, ich schwimme viel lieber, als mich in die Sonne zu legen.«

Faustina zog die kleine Nase kraus. »Mir ist das Wasser noch ein bisschen zu kalt, aber du kannst ja reingehen, wenn du meinst, dass dir das Spaß macht.«

»Das Problem ist nur, ich habe keinen Badeanzug eingepackt, als ich losgefahren bin.«

Faustina lachte ungläubig auf und deutete auf das glitzernde Meer. »Du fährst ohne Badeanzug an einen Ort wie diesen? Dann sollten wir einen kaufen gehen.«

Imogen überlegte einen Augenblick, dann nickte sie. Das wäre zweckdienliches Shoppen. Sie würde sich einen dunklen schlichten Einteiler zulegen. Und vielleicht eine Badekappe. Eine gute, stabile Schwimmbrille. Ja, das ginge durchaus.

Faustina machte auf dem Absatz kehrt und marschierte mit ihr auf eine Boutique an der Promenade zu. Imogen schaute zum Namen des Geschäfts hinauf – Ultradonna. *Ultra-Weib?* Oh, Hilfe. Das hörte sich nicht so an, als wäre es das Richtige für sie. Beklommen warf sie einen raschen Blick auf die Schaufensterpuppen, an denen kaum vorhandene Kleidungsstücke drapiert waren. Auf der Schwelle scheute sie wie ein Pferd.

»Hör mal«, sagte sie, »ich will da *wirklich* nicht rein! Das ist …« Was? Was war mit der Boutique? Zu französisch? Ja, das war es. Sie war *viel* zu französisch. »Gibt's hier denn kein ganz normales Sportgeschäft?«

»Ein Sportgeschäft?«, fragte die verdutzte Faustina. »Wozu denn? Ich dachte, du brauchst einen Badeanzug.«

»Ja, aber –«

»Ich möchte doch nur, dass du dich mal umschaust. Das hier ist das schönste Geschäft in ganz Saint-Jean, verlass dich drauf.«

*Mich auf dich verlassen?*, dachte Imogen. *Ganz bestimmt nicht, du hast einen grauenvollen Geschmack!* Laut sagte sie: »Vielleicht sollte ich irgendwann mal nach Nizza fahren – da gibt es doch bestimmt ein großes Einkaufszentrum mit einem Laden für Sportsachen? Der Laden hier ist winzig, und einen Badeanzug kaufen, das ist etwas … Privates.«

Faustina seufzte, dann meinte sie mit einem Hauch von Schärfe: »Okay, aber wenn du siehst, wenn jemand im Meer ertrinkt, dann gehst du doch auch nicht einfach weg und denkst: ›Ah ja, das ist was Privates, ich lasse die Frau da lieber in Ruhe.‹ Du springst rein und ziehst sie raus.«

Imogen brauchte einen Moment, um diesen wenig schmeichelhaften Vergleich zu entschlüsseln – offensichtlich hielt Faustina nicht viel davon, wie sie sich anzog. Das Ganze war ein Albtraum, doch sie brauchte nur den Kopf einzuziehen und keinerlei Interesse zu zeigen, dann würde ihre Freundin bald aufgeben. Die Besitzerin der Boutique kam heraus, um sie zu begrüßen.

»*Salut, ma belle!*«, sagte sie und küsste Faustina auf beide Wangen.

»*Salut, Mylène!*«

Mylène, sehr gebräunt, mit langem, leuchtend pinkrosa gefärbtem Haar und einem Fuchsgesicht, trug einen hautengen Jogginganzug aus Nickistoff, ebenfalls in Knallpink. Sie lächelte Imogen an, winkte sie herein und verschwendete keine Zeit. »Du hast 90C, nicht?«

»Ich weiß nicht, welche französische Größe ich habe. Normalerweise nehme ich Medium. Haben Sie vielleicht so etwas wie einen Einteiler, ganz schlicht? In Schwarz, einen, der …« sie legte die Hände an die Halsbasis »… ordentlich hoch geschnitten ist?«

Mylène blieb wie angewurzelt stehen, einen knappen Dreiecksbikini aus Goldlamé in den Händen. Sie und Faustina wechselten Blicke.

»Ich hab's doch gewusst – du willst einfach nicht verstehen!«, schimpfte Faustina und stampfte mit einem winzigen Fuß auf.

»Tue ich wohl!«

»Dann probier den da an. Der ist so hübsch, das sieht so toll aus, wenn man braun ist.«

»Mir sind praktische Sachen zufällig lieber«, entgegnete Imogen vorsichtig und sah niemandem in die Augen. »Wegen meiner Figur.«

Sowohl Mylène als auch Faustina zogen fragend die Augenbrauen hoch.

»Na, so toll ist die schließlich nicht«, schloss Imogen halblaut.

»Und wer hat dir das erzählt?«, verlangte Mylène zu wissen.

»Meine Mutter. Sie hat immer gesagt, ich soll mich unauffällig anziehen, ich soll nicht vulgär aussehen.«

Faustina brach in schallendes Gelächter aus. »Du meinst, weil sie deine Figur vulgär findet?«

»Ja«, antwortete Imogen betrübt. Die genauen Worte ihrer Mutter, kühl und mehr als einmal vorgebracht, hatten gelautet: *»Bitte,* Liebling, bloß nichts Ausgeschnittenes – das ist so *schrecklich* gewöhnlich« und »Es ist ja *so* ein Jammer, dass dein Hinterteil so vorsteht, Schatz.«

Mylène schwieg, und Faustina hörte auf zu lachen. »Imogen, das ist ja furchtbar«, stieß sie hervor.

»Das ist überhaupt nicht furchtbar!«, fuhr Imogen sie an. Unerklärlicherweise war ihr, als wäre sie völlig aus dem Gleichgewicht.

Faustina zog einen Flunsch und kniff die Augen zusammen. Sie schwieg, bis Imogen sich wieder gefangen hatte. »Okay, aber *gefällt* es dir denn, wie du dich anziehst?«

»Ja«, antwortete Imogen entschieden. »Ich fühle mich gern wohl in meinen Sachen.«

Faustina lächelte. »Das ist echt komisch.«

»Wieso?«

»Weil du eigentlich nie so aussiehst, als würdest du dich besonders wohlfühlen.«

Ehe Imogen Zeit hatte, das abzustreiten, meinte Mylène nachdenklich: »Ich frage mich, ob das vielleicht an der Unterwäsche liegt. Trägst du auch den richtigen BH?« Sie streckte die Hand aus und zog an Imogens T-Shirt, um einen eingehenden Blick auf ihren BH-Träger zu werfen.

»Was machen Sie denn da?«, empörte sich Imogen, just als Faustina aufkreischte: »Oh mein *Gott!* Was ist *das* denn?«

»Das geht dich überhaupt nichts an«, blaffte Imogen verdrossen. »Aber wenn du's denn unbedingt wissen musst, das ist ein Sport-BH.«

»Ein Sport-was? Warst du heute Morgen joggen? Oder bist du in den Fitnessclub eingetreten?«

»Nein – ich trage immer Sport-BHs! Die sind viel praktischer.«

Faustina barg das Gesicht in den Händen, während Mylènes Züge allmählich zu einer Maske ungläubigen Grauens erstarrten.

Imogens Stimme wurde höher. »Ich habe nie etwas anderes getragen. Die sind preiswert, und ich kaufe sie immer im Doppelpack, und –«

»Aufhören! Hör auf!«, rief Faustina. »Mehr ertrage ich nicht!«

Beschämt verstummte Imogen.

*»Bon, alors«*, sagte Mylène sanft, nachdem sie die winzigen Goldlamédreiecke wieder an ihren Platz auf dem Kleiderständer gehängt hatte. »Vielleicht versuchen wir es mal mit einem Kompromiss. Was ist denn mit dem hier?«

Sie hielt einen grün-weißen Baumwollbikini hoch. Eigentlich war er gar nicht so übel, musste Imogen sich eingestehen. Er sah sogar aus, als könnte er ihre Anatomie tatsächlich fassen.

»Ja – der ist total süß!«, beschied Faustina. »Total Bardot.«

»Okay, ich probiere ihn an«, sagte Imogen müde. Was immer nötig war, damit Faustina Ruhe gab.

In der Umkleidekabine zog sie sich rasch aus und schlüpfte in den ersten Bikini ihres Lebens. Und dann, erst dann, betrachtete sie sich in dem großen Spiegel – etwas, das sie niemals tat, wenn es sich vermeiden ließ. Ihr Busen sah nicht so unproportioniert groß aus wie sonst. Das war gut. Es war ein bisschen komisch, ihre Schenkel entblößt zu sehen, aber nicht so traumatisch, wie sie gefürchtet hatte. Sie drehte sich seitwärts: Ihr Bauch war flach, und ihre Taille sah ziemlich schmal aus. Wie ungeheuer merkwürdig.

*»Alors?«*

Mylène und Faustina streckten die Köpfe durch den Vorhang. Beide lächelten.

»Der ist super – voll *balnéaire.*« Mylène nickte beifällig.

»Was heißt das?«, fragte Imogen beunruhigt.

»Das heißt, es ist ein toller Look für die Promenade«, übersetzte Faustina. »Nur …« Sie zögerte und runzelte die Stirn.

»Unbedingt«, sagte Mylène. »Sie muss auf die Sonnenbank.«

»Ich sehe mal, ob ich heute noch was für sie kriege«, meinte Faustina und griff nach ihrem Handy.

»Halt!«, sagte Imogen. »Keine Sonnenbank.«

»Aber –«, wandte Faustina ein.

»Nein, ich mein's ernst«, verkündete Imogen durch zusammengebissene Zähne. Dann betrachtete sie sich abermals, und ihre Züge entspannten sich. »Aber den Bikini nehme ich.«

# 17

»Sehen Sie, was ich mache, sind Statements in 3-D«, erklärte Bunny Doucet mit munterem Lächeln. Sie saß mit Imogen auf dem roten Samtsofa im Paperback Wonderland. »Richtig politisch.« Nachdem sie eine große Auswahl von Imogens Kanapees gekostet hatte, hatte die junge Amerikanerin die Sichtung des vorgeschlagenen Menüs für ihre Valentinstags-Party abgeschlossen, indem sie ihre vollste Zufriedenheit bekundete. Jetzt drehte sich die Unterhaltung um Bunnys Hauptzeitvertreib – ihre Kunst, die sie in einer Galerie am Ort auszustellen hoffte.

Obgleich ihre Kundin weiterhin nicht damit herausrückte, was für Kunstobjekte sie genau kreierte, bekam Imogen allmählich einen ersten Eindruck – Bunnys Kunstwerke klangen weniger »reizend« als vielmehr reichlich seltsam. Sie hatte eine wehmütige Bewunderung für »das Shoreditch-Viertel von London« geäußert; es sei immer ihr Traum gewesen, dort zu wohnen, ganz in der Nähe der Chapman-Brothers und Tracey Emin. Imogen nickte, doch es fiel ihr schwer, jemanden, der nach außen hin so züchtig und korrekt war, mit etwas so Unordentlichem wie zum Beispiel Tracey Emins »Unmade Bed« in Verbindung zu bringen.

»Im Augenblick arbeite ich gerade an einer neuen Serie«, fuhr Bunny fort. »Aber ich bin noch in der Vorbereitungsphase, meistens fuhrwerke ich noch mit Chemikalien herum.«

»Was denn für Chemikalien?«, fragte Imogen neugierig.

»Also, wissen Sie, das ist mein kleines Geheimnis«, kicherte Bunny. »Aber wenn Sie möchten, zeige ich Ihnen die Stücke, wenn sie fertig sind.«

»Das wäre toll«, antwortete Imogen und drehte sich um, als sie Mitchs Schritte aus dem Lager zurückkehren hörte, wo er gesteckt hatte, als Bunny gekommen war. Als sie die beiden miteinander bekannt machte, merkte Imogen sofort, dass Mitch mal wieder nicht gut drauf war. Prompt nahm die Bekanntschaft zwischen ihm und Bunny keinen besonders guten Anfang.

»Entschuldigen Sie, Sir«, sagte Bunny höflich. »Sie haben wohl nicht zufällig irgendwelche Kunstbücher in Ihrer wundervollen Buchhandlung?«

»Was meinen Sie denn mit Ku-nnn-stbücher?«, ahmte Mitch die gedehnte Sprechweise seiner Kundin nach und achtete nicht auf Imogens flehende Blicke. Herrgott noch mal! Wenn er es darauf anlegte, dass sie ihren ersten Catering-Job gleich wieder los war, dann war er auf dem richtigen Weg. »Wo kommen Sie her, Kindchen?«, fragte er streng.

»Aus Charleston, South Carolina«, antwortete Bunny strahlend. »Und ich meine wohl zeitgenössische Kunst, etwas mit einem winzigen bisschen Schockwirkung, wissen Sie?«

Mitch schaute himmelwärts und brummelte: »*Un*sinn, Miss Scarlett«, ehe er auf den Raum mit den schwarzrückigen Büchern zustrebte, wo die meisten Kunstbücher untergebracht waren.

»Er ist wirklich nett«, sagte Imogen rasch, »wenn man ihn erst kennt.«

»Oh, keine Sorge. Mit dem werde ich fertig«, antwortete Bunny mit unerschütterlicher Ruhe. »Ich hatte schon öfter mit Yankees zu tun.«

Als Mitch zurückkam, klatschte er ein großes buntes Buch auf den Ladentisch und sagte: »Okay, Leute! Gilbert und George – die machen ein paar richtig *tolle* Sachen mit ihren Körpersekreten. Möchten Sie so was? Oder vielleicht wollen Sie lieber Ihre Mommy anrufen und sich Rat holen?«

Offensichtlich nahm er Bunnys professionelle Angespanntheit nicht ernst.

Die junge Amerikanerin blätterte gelassen die Illustrationen des Buches durch, dann blickte sie zu Mitch auf. »Ich möchte Ihre Freundlichkeit ja wirklich nur sehr ungern ausnutzen, Sir, aber haben Sie vielleicht irgendwelche Fotografien von Robert Mapplethorpe? Diese *wundervollen* Nahaufnahmen von Genitalien – kennen Sie die?«

Imogen lächelte ein wenig.

»Ja – ich glaube schon«, brummte Mitch und strich sich unbehaglich den schmalen Schnurrbart. »Darf's sonst noch was sein?«

»Nun ja, ja«, sagte Bunny munter. »Wissen Sie, was wirklich das Größte für mich wäre? Etwas über Jeff Koons und diese pornografischen Kunstwerke, die ihn mit seiner Frau zeigen.« Mitch sah sie mit schmalen Augen an, dann machte er auf dem Absatz kehrt, um das Verlangte herbeizuschaffen.

»Also«, meinte Bunny und sah Imogen an, die zurückgrinste. »Irgendjemand hat mir einen Flyer für eine Party morgen Abend in die Hand gedrückt, in dieser Tiki-Bar – die mit dem komischen Namen.«

»Das Koud'Soleil«, half Imogen ihr aus. »Das heißt auf Französisch Sonnenbrand.«

»Oh, das hört sich unheimlich lustig an. Ich möchte ja so gern hingehen, aber ich habe keinen Begleiter.« Mitch kam zurück und hielt ein paar Bücher hoch, und als Bunny mit reizendem Lächeln nickte, tippte er die Preise kommentarlos in die Kasse ein. »Ich würde natürlich *Sie* fragen, Sir – als *amerikanischen Landsmann*«, fuhr sie fort und sah ihn an. »Aber Sie haben ja so viel *zu tun* und so, da würde es mir nicht im Traum einfallen, noch *mehr* von Ihrer Zeit in Anspruch zu nehmen.«

»Versuchen Sie mal, mich von dieser Party fernzuhalten«, blaffte

Mitch. »Mein echtes Hawaiihemd schreit nach Ausgang.« Er hielt Bunnys stetigem Blick einen Augenblick lang stand. »Ganz schön frech, wie?«, knurrte er und kam nicht gegen den beifälligen Unterton an, der sich in seine Stimme stahl.

# 18

Dass sie mit Bunny im Schlepptau auf der Koud'Soleil-Party aufgekreuzt war, hatte Bastiens Entschlossenheit offenbar nicht gemindert, dachte Imogen im Stillen, während sie sich in dem wilden Hüfte-an-Hüfte-Gehopse auf der kleinen, brechend vollen Tanzfläche an ihm festklammerte. An den in der Dunkelheit nur schwach sichtbaren Bambuswänden hingen unter dem blauen Neonschriftzug »Tahiti Paradise« geschnitzte Masken polynesischer Götter, die mit verständlichem Spott auf sie herabschauten. Monty, der bei Daphne geblieben war, hatte Glück. Anders als Imogen machte er sich nicht zum Gespött.

Inzwischen fragte sie sich, was genau sie hier eigentlich tat. Als er sie gefragt hatte, schien es einfacher, mit Bastien zu tanzen, als ihm eine Abfuhr zu erteilen – schließlich war es viel zu laut, um sich mit ihm zu unterhalten. Und was hätte sie auch sagen können? Wieder dasselbe? Dass sie sich nicht sicher war, ob sie mehr wollte? Das war nicht das, was er hören wollte.

Jetzt steppte hier, um Mitch zu zitieren, wirklich und wahrhaftig der Bär, und der gehaltvolle Mai-Tai, den sie bei ihrer Ankunft nervös hinuntergekippt hatte, trug wenig dazu bei, sie zu beruhigen. Das Licht im Koud'Soleil war so gedämpft, dass sie kaum weiter sehen konnte als bis zu ihrer Nasenspitze, die gegenwärtig gegen Bastiens Hals gequetscht wurde. So taktvoll wie möglich löste sie ihr Gesicht von ihm und sah sich um. Die Dekoration des Clubs war turbo-tropisch.

»Findest du das nicht irre?«, hatte Mitch gefragt, als sie angekommen war. Bunny hatte er ungefähr eine Minute lang gezielt ignoriert, bevor er schwach wurde und sich lobend über das tropische Wickelkleid äußerte, das sie mutig aus einem geblümten Tischtuch gefertigt hatte. »Das ist, als wäre hier irgendein durchgeknallter Hollywood-Regisseur losgelassen worden, so Marke …« Mitch warf sich in Pose, die Hand in die Hüfte gestemmt, und fing an, mit dem Finger angelegentlich in alle Richtungen zu zeigen. »Okay, Leute, ich will *Fidschi,* und zwar *supertoll.* Wir wollen *künstliche* Palmen, Schätzchen, und die sprühen wir *golden* an. Was ist denn *das?* Cocktails in *einfachen* Kokosnussschalen? Sind wir *arm* oder was? Das ist hier doch keine minimalistische Ian-Schrager-Nummer. *Können* wir die Drinks bitte etwas *aufpeppen?* Gebt mir einen Plastiklöwen, eine Maraschinokirsche, ein Stück Ananas und eine rote Rosenknospe! Also, ich will *Fackeln,* ich will einen *Springbrunnen,* ich will *Schnitzereien! Vielen* Dank! *Jetzt* kommen wir hier langsam ins Geschäft. Oh *Gott!* Das sieht ja alles immer noch so *nackt* aus! Wo sind die *Wandgemälde?* Wo ist das Hulamädchen-Panorama, Leute? Kommt schon, kommt schon, *kommt schon!«*

Danach war die Party ernsthaft in Gang gekommen. Bunny war der Boustifaille-Truppe vorgestellt worden und tanzte jetzt mit Régis – der sich wirklich zu bewegen wusste, wie sich herausstellte. Imogen fand es ein klein wenig seltsam, dass Dimitri, sonst immer so distanziert, zur Abwechslung einmal mitmachte und mit Faustina tanzte. Ihre Freundin war Stammkundin im Koud'Soleil; ihr weißes Kleid leuchtete unter dem Stroboskop ultraviolett-blau. Und dort war der liebeskranke Enzo und sah missmutig und geradezu unverschämt gut aus.

Auf der Bühne war Cheyenne als Silhouette zu sehen; er boxte im Takt der Musik in die Luft – genau das ausgeklügelte Medley aus Afro-Disco, Bossanova und Funk, das der Flyer versprochen hatte. Larissa, das lange dunkle Haar im Hawaii-Stil mit Blumen gekrönt, stand neben ihm.

Plötzlich verstummte die Musik; alle Anwesenden wurden gebeten, die Tanzfläche zu verlassen und in den Bambusnischen rings herum Platz zu nehmen. Bastien bestellte neue Cocktails, und Imogen, die Durst hatte, trank ihren ziemlich schnell.

Dann kamen zu den Klängen polynesischer Musik neun Tänzerinnen in Kokosnuss-BHs und bis zur Hüfte geschlitzten Grasröcken auf die Tanzfläche gekreiselt und strahlten unter Kronen aus steifen grünen Blättern hervor ins Publikum. Alles begann zu klatschen, sogar Imogen fiel schließlich in den Applaus ein. Bastien stand auf und gab ihr mit einem Zeichen zu verstehen, dass er gleich wieder da wäre. Gleich darauf tauchte ein weiteres Paar in der Nische auf: Larissa mit ernster Miene und Cheyenne, der nach seinem Set zugleich erschöpft und völlig überdreht aussah.

»*Hé*, alles okay?«, erkundigte er sich, beugte sich zu Imogen herüber und drückte ihren Arm. »Gefällt dir die Show?«

Mit gefurchter Stirn sah Imogen ihn an und versuchte, ihre mangelnde Begeisterung in Worte zu fassen. »Na ja, das Ganze ist ein bisschen … sexistisch, findest du nicht?«

»Oh ja, dieser ganze tropische Vibe ist supersexy«, stimmte Cheyenne zu, der sie falsch verstanden hatte. »Schau dir doch Larissa an – sieht sie in ihrem Sarong nicht unglaublich aus?«

»Das ist doch nur eine Verkleidung«, wehrte Larissa ab und bedachte Imogen mit einem starren, kalten Blick. »Habt ihr in England etwas gegen Verkleiden?«

»Natürlich nicht«, antwortete Imogen halblaut. Es war ganz offenkundig sinnlos, zu diesen Leuten durchzudringen. »Aber ihre Kostüme …« Sie verzog ein wenig das Gesicht.

»*Hou-là!*« Cheyenne brach in schallendes Gelächter aus und hob schützend die Hände. »Du bist *féministe?* Hilfe, ich hab Angst!«

»Nein … ich weiß nicht.« Allmählich wurde Imogen sauer. Dimitris Bemerkungen über den Puritanismus der Engländer fielen ihr wieder ein. Hatte er recht gehabt? War sie ganz einfach prüde?

»Das wird mir hier alles ein bisschen zu tiefgründig«, verkündete Larissa steif und stand auf. »Ich bin hergekommen, um Spaß zu haben. Bis später.«

»Wir sehen uns später, Baby«, sagte Cheyenne und folgte ihr mit den Augen, ehe er Imogen freundlich anlächelte. »Weißt du, was dein Problem ist?«

»Nein«, gab Imogen schroff zurück und hielt seinem Blick stand. »Was ist mein Problem?«

»Du siehst immer so *ernst* aus. Du musst dich mehr amüsieren. Hat dir mein Set gefallen?«

In Wahrheit war Imogen zu sehr mit dem heiklen Gespräch beschäftigt gewesen, das sie wieder einmal mit Bastien würde führen müssen, um groß auf die Musik zu achten.

»Im Grunde bin ich ja immer noch ein totaler Funk-Freak, weißt du?«, fuhr Cheyenne fort, ohne auf eine Antwort zu warten. »Schade, dass ich meine Leuchtstäbe nicht mitgebracht habe.« Er sah ihr tief in die Augen und lächelte vielsagend. »Für die Dinger bin ich berühmt. Das ist mein Markenzeichen.«

Imogen nickte unsicher, ehe sie sich abwandte, um den Tänzerinnen zuzusehen, die jetzt in geschlossener Formation Seitwärtsschritte vollführten. Das Lied endete, und die Mädchentruppe zog brav lächelnd ab, wie die *Frauen von Stepford*. Eine beliebte Discomelodie begann und lockte alles zurück auf die Tanzfläche. Auch Bastien kehrte endlich zurück.

»Entschuldige«, sagte er und nahm ihre Hand. »Ich bin Larissa über den Weg gelaufen.«

Als Bastien sich anschickte, neben Imogen in die Nische zu rutschen, sprang Cheyenne auf und zog sie beide auf die Beine. »Nein, nicht hinsetzen, ihr fahrt die ganze Energie runter. Kommt schon, lasst uns tanzen!« Damit packte er Imogen, zog sie in die Menge und ließ Bastien stehen. Imogen schaute zurück und winkte, dann versuchte sie ohne viel Erfolg, mit den komplizierten Tanzschritten des DJs mitzuhalten. Anfangs stotterte er roboterhaft erst in die eine und dann in die andere Richtung über die Tanzfläche, dann ging es im Moonwalk vor und zurück. Jetzt stand er da und fuchtelte in weiten, fließenden Bewegungen mit Armen, Händen und Fingern.

»Schau dir das an!«, kommentierte er begeistert. »Es ist, als ob eine *Welle* durch meinen Körper läuft. Versuch's mal. Sei ganz locker.«

Imogen war überhaupt nicht locker. Während Cheyenne im Kreis um sie herumtanzte und die Brust vorreckte und wieder einzog, stapfte sie verzweifelt auf der Stelle. Sie blickte zu Bastien hinüber und hoffte auf Rettung, doch Larissa war zurückgekommen, und er war jetzt in ein Gespräch mit ihr vertieft. Die Musikauswahl war etwas für die breite Masse – eingängige Hochzeits-Discohits, bei denen sich alles auf der Tanzfläche ballte und mit den Armen in der Luft herumfuchtelte. Imogen erblickte Mitch ganz in der Nähe, er swingte mit Bunny wie ein Profi alter Schule.

»Komm schon, Imogen«, rief Cheyenne fröhlich. »Du musst dich von dem Pulsieren total reinziehen lassen.«

Direkt hinter ihrem Tanzpartner stand Dimitri. Er reckte ironisch den Daumen hoch, während seine Lippen den Text irgendeines albernen französischen Songs über Meer, Sex und Sonne mitformten. Unwillkürlich prustete Imogen los. Dimitri nutzte eine weitere komplexe Soloeinlage von Cheyenne und bedeutete ihr mit einem Winken, dass er etwas zu sagen hatte.

»Was ist?«, schrie Imogen ihm halb ins Ohr.

»Kommst du mit zum Strand?«

Imogen starrte ihn an. »Wann? Morgen?«

»Nein, jetzt.«

Mitten in der Nacht am Strand sitzen. Um diese Jahreszeit. Und ganz allein mit ihm. Was für ein lächerlicher Vorschlag. Selbstverständlich würde sie Nein sagen.

»Oder vielleicht«, meinte Dimitri mit diesem typischen Lächeln, das einen rasend machte, »möchtest du ja hierbleiben – um *total in das Pulsieren reingezogen zu werden?«*

»Nein – ich könnte ein bisschen frische Luft ganz gut gebrauchen«, erwiderte Imogen und strebte auf den Ausgang zu. Ihr war *wirklich* ein bisschen schwindelig, nachdem sie diese ungewohnten Cocktails getrunken hatte. Vielleicht lag es ja daran, dass es ihr plötzlich ungeheuer wichtig schien, Dimitri zu zeigen, dass sie keine dumme kleine Gans war.

# 19

»Ich finde, Sex wird überschätzt«, erklärte Imogen am nächsten Tag in Mitchs sonnenheller Küche. Vorhin waren sie und Faustina auf dem Rückweg von ihrem frühmorgendlichen Hundespaziergang Bunny begegnet, und Imogen hatte alle drei auf einen Kaffee eingeladen.

Monty reagierte nicht auf diese Verkündigung, sondern ratzte stattdessen weiter in seinem Korb. Bunny kicherte. Faustina verdrehte die Augen und blies eine lange Rauchfahne aus dem Mundwinkel. Mitch brummte geistesabwesend: »Hm.« Er war damit beschäftigt, zwei Töpfchen Petite Suisse auf seinen Teller zu stülpen und behutsam die Papierverpackung abzuschälen. Imogen war klug genug, ihn während dieser hochbrisanten Operation nicht zu stören. Respektvoll wartete sie, während die beiden kleinen Frischkäse-Zylinder allmählich die weichen Konturen einer Weihnachtslandschaft unter einem Puderzuckerschneesturm annahmen.

»Oh, mein Gott«, keuchte Mitch nach dem ersten Mundvoll. »Das Zeug ist echt *der Hammer.*« Dann sah er Imogen an. »Du bist also gestern Nacht zum Schuss gekommen, wie?«

»Eigentlich nicht.« Imogen krümmte sich ein wenig und versuchte, nicht zu viel an das Salz zu denken, das sie auf Dimitris Körper geschmeckt hatte. »Ich stelle lediglich eine Betrachtung an.« In der darauffolgenden erwartungsvollen Stille straffte sie sich und sagte dann: »Nur weil man sich ein bisschen zu jemandem hingezogen fühlt, braucht man doch nicht unbedingt mit ihm zu schlafen. Und übrigens, ich *weiß*, dass ihr das alle dämlich findet.«

»*Ich* finde das überhaupt nicht dämlich«, protestierte Bunny. »Es ist immer besser, auf den Richtigen zu warten.«

»Du meinst, auf den Märchenprinzen?«, fragte Faustina mit einem kühlen, spöttischen Lächeln. »Das Leben ist kein Märchen.« Sie drückte ihre Zigarette im Rand ihrer Untertasse aus.

»Ich weiß nicht recht, ob ich das auch so sehe«, erwiderte Bunny ruhig, nachdem sie an ihrem Tee genippt hatte. »An einem Happy End ist doch nichts verkehrt.«

Mitch schnaubte. »So was gibt's nicht, Baby, so was gibt's nicht.«

Faustina schlug sich mit einem Nicken auf Mitchs Seite. Imogen schwieg während dieses Wortwechsels. Als sie und Dimitri gestern Abend am Strand angekommen waren, hatte sie festgestellt, dass sie sich – möglicherweise unter Alkoholeinfluss oder weil es dunkel war oder weil sie entschlossen gewesen war, etwas zu beweisen – ziemlich untypisch verhalten hatte, sogar noch mehr als damals auf dem Markt mit Bastien.

Ohne ihn zu fragen, hatte sie sich komplett ausgezogen und war geradewegs ins Meer hineinmarschiert, wobei sie sich auf die Lippen biss, als das kalte Wasser sie nach Luft schnappen ließ. Dimitri sollte ruhig sehen, dass sie aus einigermaßen hartem Holz geschnitzt war. Außerdem, sagte sie sich resolut, war es sehr viel besser, nackt zu sein, als so ein albernes Kostüm anzuhaben wie die Tanzmädchen. Dimitri war ihrem Beispiel gefolgt und neben ihr geschwommen, aber nicht zu dicht neben ihr. Und diese kurzen Augenblicke in dem glänzenden Wasser unter den Sternen hatten sich friedlich angefühlt, was in Anbetracht ihres eher feindseligen Verhältnisses merkwürdig war. Friedlich und ziemlich magisch.

Hinterher hatte er ihr sein Hemd gereicht, damit sie sich abtrocknen konnte. Nach dem erfrischenden Bad hatte sie sich gut gefühlt – kraftvoll und belebt, wenngleich nicht besonders klar im Kopf. Also war sie ihm in sein Zimmer gefolgt, nachdem sie sich angezogen hatte, ohne allzu genau darüber nachzudenken, was sie da tat.

Erst später, als Dimitri ihr eine Tasse Kaffee reichte, sich auf seinem Stuhl zurücklehnte und sie ohne zu lächeln betrachtete, war sie wieder verlegen geworden. Dann bemerkte er ganz beiläufig: »Ich war eben echt scharf auf dich, da im Wasser.«

Sie war errötet und hatte auf den Tisch hinabgeblickt. Es war das erste Mal, dass ein Mann so direkt mit ihr sprach.

»Aber du bist ja mit Bastien zusammen, also ...«

»Ich bin nicht mit Bastien *zusammen.*«

»Nein?«

»Nein.«

Er hatte den Fuß um das Bein ihres Stuhls gehakt und sie näher herangezogen. Dann hatte er ihre Beine zwischen seinen eingeklemmt und sich so weit vorgebeugt, dass sich ihre Lippen fast berührten. Fast, aber nicht ganz.

»Also ...«, hatte er halblaut gesagt und ihr fest in die Augen gesehen, »wenn ich dich jetzt küssen würde, was würdest du dann tun?«

Imogens Augen öffneten sich mit einem Ruck, und sie sah ihre Freunde über den Küchentisch hinweg an.

Mitch starrte sie an. »Komm schon – wer war es?«

»Ehrlich gesagt, Dimitri.«

Faustina lächelte triumphierend, während Mitch mit einem entrüsteten »Tch!« einen Zehn-Euro-Schein aus der Hosentasche kramte und ihn ihr reichte.

»Welcher ist Dimitri?«, wollte Bunny wissen. Nachdem er ihr beschrieben worden war, fügte sie hinzu: »Oh, ich weiß – wirklich süß. Und hast du ihn denn gern, Imogen?«

»Ich weiß nicht.«

Sie hatte das Gefühl genossen, wie seine Hände an ihrem nackten Rücken hinauf- und hinuntergestrichen und gelegentlich unter den Gürtel ihrer Jeans geglitten waren, das stimmte. Doch es stimmte auch, dass sie während der paar Stunden, die sie auf seinem Bett verbracht und sich einigermaßen heftig geküsst hatten, jenes altbekannte Gefühl des Unbeteiligtseins empfunden hatte. Als schwebe sie über ihrem eigenen Körper und betrachte das Geschehen, ohne wirklich daran teilzuhaben.

Faustina gab ein kleines, katzenhaftes Achselzucken zum Besten. »Als ich jünger war, da hatte ich mal so eine Phase, wenn da ein Typ Interesse an mir gezeigt hat, dann bin ich todsicher mit ihm im Bett gelandet. Hat mir eine Menge sexuelle Erfahrung beschert.«

Imogen sah, wie Bunnys Gesicht ganz leicht erstarrte, als sie diese beiläufige Bemerkung hörte.

»Aber du, Imogen, du bist sensibel«, sagte Faustina und lächelte sie beschützend an. »Und deshalb ist das nichts, was ich dir empfehlen würde.«

»Oh, *ich* schon«, seufzte Mitch wehmütig. »Ich war ja *so* eine Schlampe – das waren meine besten Jahre. Ich sage, nimm so viel Action mit, wie du kriegen kannst, solange du jung und knackig bist.«

»Aber das ist ja furchtbar!«, stieß Bunny mit schockgeweiteten Augen hervor. »Man muss einen Mann doch lieben und anständig behandelt werden!«

»Allmächtiger.« Mitch ließ seinen Löffel fallen. »Bist du auf einer Zeitreise aus den Fünfzigern hier gelandet? Das würde die Stärke im Kleid erklären und warum dein Haar sich nicht bewegt.«

Bunny beehrte ihn mit einem nachsichtigen *Magnolien aus Stahl*-Lächeln. Dann wandte sie sich an Imogen. »Ich bin dazu erzogen worden, dass es wirklich wichtig ist, sich selbst zu respektieren, sonst –«

»Respektiert dich sonst niemand, blablabla. *Was* für ein Riesenhaufen Bullshit«, fuhr Mitch dazwischen. »Glaub mir, ich *weiß Bescheid*. Sobald man sich jemandem emotional öffnet, gibt es ein Riesenchaos. Es ist viel besser, eine geile Oberschlampe zu sein und das alles einfach und sauber zu handhaben.«

Mitch klang plötzlich so aufgewühlt, dass Bunny und Imogen ihn verblüfft anstarrten. Faustina legte ihm die Hand auf den Arm, doch er zog ihn heftig weg. »Und du, *untersteh* dich, auch nur ein Wort über Gene zu sagen«, fauchte er. »Über Gene redet niemand außer mir. Ist das klar?«

»Okay«, sagte Faustina beschwichtigend. »Aber weißt du, Mitch, es waren schon andere verliebt und haben sich dann getrennt. So außergewöhnlich ist das nicht.«

»Wer ist denn Jean?«, erkundigte sich Bunny zartfühlend. »War das Ihre Frau?«

Faustina prustete vor Lachen. »Nein. Gene ist eine Abkürzung von Eugene. Okay?«

Bunny lief vor Verlegenheit rosig an. »Verzeihung. Das wusste ich nicht.«

»*Jeeedenfalls* ... das ist alles schon sehr lange her. Ich bin da *so was* von drüber weg«, beteuerte Mitch nicht eben überzeugend.

»Was ich nicht verstehe«, meinte Faustina ruhig und hob die Scherben der Kaffeetasse auf, die Mitch vom Tisch gefegt hatte, »ist, warum du nicht nach ihm suchst? Du weißt doch, dass er höchstwahrscheinlich immer noch in Südfrankreich lebt.«

Mitch achtete nicht auf sie und machte sich daran, den Frühstückstisch abzuräumen.

»Kommen wir mal zum ersten Punkt auf der Agenda zurück«, sagte er, nachdem er sich wieder an den Tisch gesetzt hatte. »Imogens heiße Liebesnacht. Habt ihr beiden ordentlich rumgeknutscht?«

»Ein bisschen«, gestand Imogen widerstrebend.

Tatsächlich waren sie bis an jenen kritischen Punkt gekommen, als Dimitri über ihr gekniet hatte, die Finger in die Gürtelschlaufen ihrer offenen Jeans gehakt. Da hatte er innegehalten und gefragt: »*Alors? Oui ou non?*«

Als sie ihn nur verwirrt angestarrt hatte, versucht, Ja zu sagen, aber unsicher, was sie wirklich empfand, hatte er die Hände von ihr gelöst, sich auf die Fersen zurückgesetzt und kalt verkündet: »Ich will, dass du es sagst. Ehrlich gesagt will ich sogar, dass du mich darum *bittest.*«

»Was?«

»Ich finde, diese Befriedigung habe ich verdient«, fuhr er fort und streckte die Hand aus, um mit dem Handrücken über ihre Brüste zu streichen. »Nach all deinen albernen Kleinmädchendramen.«

Imogen setzte sich auf. »Was denn für Kleinmädchendramen? Ich habe dich doch immer *ignoriert!*«

Er platzte laut heraus. »Oh, natürlich, entschuldige! Du hast mich *ignoriert!* Hast du deswegen so getan, als würdest du mit Bastien losziehen?«

»Ich habe nicht *so getan!*«, rief sie wütend, während sie sich erhob und ihre Jeans wieder zumachte. »Ich … Das mit Bastien ist …« Mit dem Rücken zu ihm zog sie sich fertig an. »Das hat *überhaupt* nichts mit dir zu tun!«

In Mitchs Küche stand Imogen jetzt auf und suchte ihre Sachen zusammen, bevor sie sich auf den Weg zur Arbeit machte. Sie versuchte, sich ihre innere Zerrissenheit nicht anmerken zu lassen. Im grellen Licht des Tages fühlte sie sich angesichts ihres Verhaltens sehr unwohl. Es passte doch gar nicht zu ihr, sich so zu benehmen – mit zwei verschiedenen Männern herumzumachen wie ein Flittchen! In London wäre sie nie so dreist gewesen. *Aber vielleicht auch nur, weil es sich nie ergeben hat,* bemerkte eine hämische kleine Stimme in ihrem Kopf. Was geschah hier mit ihr? Und konnte sie Bastien nach dieser Geschichte jemals wieder in die Augen sehen? Wahrscheinlich würde er nie wieder mit ihr reden, und sie würde den besten Freund verlieren, den sie in der Küche des Boustifaille hatte. Wie hatte sie nur so blöd sein können?

»Die Sache ist die, ich glaube, ich mag Dimitri gar nicht besonders«, sagte sie laut. »Als Mensch.«

»Und was ist mit Bastien?«, fragte Faustina. »Also, *der* ist doch ein netter Kerl.«

»Welcher von beiden ist der bessere Koch?«, wollte Bunny wissen.

»Talentiert sind sie beide«, antwortete Imogen nach einem Augenblick des Nachdenkens. »Bastien ist netter, aber Dimitri hat die bessere Technik drauf.«

»Aber hallo!«, meinte Mitch sarkastisch. »Kapier's endlich! Du stehst nicht wirklich auf Bastien.«

»Und woher willst *du* wissen, was ich fühle?«, erkundigte sich Imogen angriffslustig, ohne hinzuzufügen, wie frustrierend sie es fand, dass sie sich nicht stärker zu dem freundlichen, sensiblen Bastien hingezogen fühlte; mehr jedenfalls als zu dem nervtötenden, widerwärtigen Dimitri.

»Ha! Du hättest dich und Bastien mal auf der Tanzfläche sehen sollen!«, gab Mitch zurück und schnaubte vor Lachen. »Als würde man zusehen, wie eine Kobra eine Ziege erdrückt!«

# 20

Imogen war aus zwei Gründen mulmig zumute gewesen, als sie ins Boustifaille gekommen war. Zum einen war da das Problem, Monsieur Boudin dazu zu bringen, ihr freizugeben, damit sie anfangen konnte, Bunnys Party vorzubereiten. Und außerdem hatte ein einziger Blick auf Bastiens düstere Miene ihre schlimmsten Befürchtungen bestätigt – Dimitri musste ihm alles erzählt haben.

Tatsächlich stand Dimitri vor einem angemessen satanischen Hintergrund aus lodernden Flammen an seinem Posten und sautierte das Fleisch für seine *médaillons de porc à la provençale.* Imogen hielt gerade lange genug inne, um sich den Kartoffelsack zu schnappen, der ihrer Aufmerksamkeit harrte, dann marschierte sie hinüber und pflanzte sich neben ihm auf. »Du mieser Dreckskerl!«, zischte sie.

Dimitri drehte sich um und sah sie mit gespielter Überraschung an. »Na, sieh mal, wer da ist«, sagte er schroff. »Was hast du denn jetzt wieder für ein Problem?«

»Dimitri, wie konntest du nur Bastien erzählen, was passiert ist! So was hätte ich nicht mal dir zugetraut! Bastien, ich *wollte* es dir sagen, ich schwör's!«, rief sie ihm zu.

»Was wolltest du mir sagen?« Bastiens Gesicht war ausdruckslos. »Dass du ihn besser findest als mich?«

Dankbar für den Krach, der sie umgab und dieses peinliche Gespräch überdeckte, bemühte sich Imogen verzweifelt, ihre Gedanken zu sammeln. »Aber so ist es doch gar nicht! Ich finde ihn nicht besser!« *Zumindest nicht, wenn ich mich sehr bemühe, die Sache vernünftig anzugehen,* sagte sie sich.

»Es war nicht Dimitri. *Ich* war es. Ich habe Bastien erzählt, was du abgezogen hast.«

Imogen fuhr herum. Direkt hinter ihr stand Larissa in ihrer förmlichen Kellnerinnenkluft. Ihr Gesicht war weiß vor Zorn. »Irgendjemand musste ihm ja sagen, was du wirklich bist, nämlich bloß eine kleine –«

»Larissa, das reicht«, fuhr Bastien entschieden dazwischen.

Imogen war empört. »Das war echt hinterhältig von dir. Und überhaupt, woher wusstest du denn davon?«

»Ich bin euch gefolgt«, antwortete Larissa triumphierend. »Ich habe euch am Strand beobachtet, und dann bin ich euch zu Dimitris Zimmer gefolgt, wo ihr *sehr* lange geblieben seid.«

»Hallo, plaudern wir hier ein bisschen?«, brüllte eine vertraute Stimme Imogen ins Ohr. Alle fuhren zusammen. »Larissa, was machst du da? Ach, du bist vielleicht gerade bei der Maniküre? Glaubst du, das hier ist ein Schönheitssalon?«

»Nein, *Chef*«, stammelte Larissa. Sie hastete zum Durchgang und raffte das halbe Dutzend Teller zusammen, das auf sie wartete.

Monsieur Boudin sah ihr nach, dann knallte er seine riesige Hand auf den Tresen. »Wo bleiben die roten Beete? Sind die fertig?«

»Ja, *Chef!*« Bastien warf einen raschen Blick auf seine Stoppuhr.

»*Chef?*«, meldete Imogen sich zögernd zu Wort. »Kann ich Sie kurz sprechen? Daphne und ich machen in ein paar Tagen das Catering für eine private Feier, und ich wollte fragen, ob –«

»Na schön.« Boudin seufzte müde. »Hör zu, kleine Aushilfe«, fuhr er sodann fort und legte ihr seine Pranke auf die Schulter. »Ich möchte, dass du mittags nicht mehr kommst.«

Wie vom Donner gerührt starrte Imogen ihn an.

»Weil«, führte Monsieur Boudin weiter aus, den Blick auf die Wand hinter ihr gerichtet, »es im Moment mittags ziemlich ruhig ist, also brauchen wir dich eigentlich nicht. So hast du reichlich Zeit, dein Partyessen zuzubereiten, okay?«

Imogen nickte ein paarmal und überlegte hektisch, ob das hier in Wirklichkeit eine Kündigung war.

»Aber«, schloss ihr Boss, »abends kommst du weiter her.«

Imogens Herz begann laut zu pochen. *Dies* war der richtige Moment. *Dies* war ihre Chance. Sie fing seinen Blick ein. »*Chef*, ich möchte wirklich gern beim Kochen helfen. Bitte darf ich?«

Boudin seufzte. »Ich weiß nicht recht.«

»Ich könnte Hilfe bei den Hummern gebrauchen, *Chef*«, bemerkte Bastien unvermittelt.

Imogen sah ihn an und schwankte zwischen Dankbarkeit und schlechtem Gewissen. Es war unglaublich großherzig von ihm, ihr derart beizustehen, nachdem sie ihn so behandelt hatte. Zögernd lächelte sie ihn an. Er schaute weg.

»Meinetwegen«, gab Boudin nach. »Nur dieses eine Mal. Lass die Kartoffeln erst mal und hilf Bastien. Du nimmst die gerösteten roten Beete und schneidest sie in sehr, *sehr* dünne Scheiben, verstanden?« Er starrte sie mit beängstigender Eindringlichkeit an und demonstrierte, wie dünn, indem er Daumen und Zeigefinger eine Haaresbreite voneinander entfernt hochhielt. Dann nahm sein Gesicht einen träumerischen Ausdruck an. »Weil du nämlich die erlesenen Blütenblätter für die Hummerblumen machst. *Allez, petite*, zeig, was du kannst«, befahl er und schob sie auf den Ofen zu, wo die gerösteten roten Beete warteten.

Als Imogen sich über die Knollen hermachte und versuchte, unter viel Fingerschlenkern die heiße Schale abzuziehen, warf Bastien ihr von Zeit zu Zeit einen scharfen Blick zu, sprach aber nicht mit ihr. Die meiste Zeit sah er Dimitri unverwandt an, der gerade ein Gericht auf Tellern anrichtete und dabei vor sich hin lächelte.

»Hey, wenn du was zu sagen hast«, sagte Bastien leise und mit einem gefährlichen Unterton, »wieso sagst du's dann nicht?«

Ohne aufzublicken, murmelte Dimitri etwas kaum Hörbares. Es klang beunruhigend wie: »Deine kleine englische Freundin konnte die Finger nicht von mir lassen, Alter.«

»Was?«

Dimitri schaute ihm direkt in die Augen. »Sie war echt ganz scharf darauf. Ist sie bei dir auch so?«

»Ach, Herrgott noch mal, Dimitri, halt doch die Klappe«, rief Imogen müde über die Schulter. »Bastien, hör nicht auf ihn.« Doch als sie aufblickte, sah sie, dass Bastien nicht mehr an seinem Posten stand. Er hatte sich auf Dimitri gestürzt, und die beiden rollten auf dem Boden herum und droschen auf das Gesicht des jeweils anderen ein. Entsetzt stürzte sie um den Tresen herum und versuchte vergeblich, sie zu trennen.

»Jungs!«, rief sie mit Tränen in den Augen. »Nicht streiten, bitte!«

Wie ein Riese in Siebenmeilenstiefeln durchquerte Monsieur Boudin mit wenigen Schritten die Küche. Ohne weitere Umstände zerrte er seine beiden *sous-chefs* am Kragen in die Höhe und stellte jeden wieder an seinen Posten.

»*An. Die. Arbeit!* Und du auch mit deinen roten Beeten!« Er hielt kurz inne, um eines von Bastiens Gemüsemessern auszuwählen. »Nimm das hier. Und sei vorsichtig – es ist scharf.«

»Kein Problem«, versicherte Imogen und gab sich alle Mühe, sich zusammenzureißen. »Ich kenne mich mit Profimessern aus.«

Sie nahm das Messer mit dem schweren Griff zur Hand und sah sich in der Küche um. Nach ein paar neugierigen Blicken in ihre Richtung hatten die anderen sich alle wieder ihrer Arbeit zugewandt. Dimitri und Bastien, beide rot im Gesicht und von ihrer Keilerei ziemlich zerzaust, schienen sich auch wieder gefangen zu haben. Imogen musste sich wie ein Profi benehmen. Sie atmete tief durch und machte sich daran, die roten Beete in möglichst dünne und gleichmäßige Scheiben zu schneiden. Sobald sie einen halbwegs ordentlichen Haufen zusammenhatte, nahm Bastien sie wortlos an sich und schnitt sie in Blütenblattform zurecht. Imogen machte weiter. Tatsächlich beruhigte das mechanische Arbeiten sie allmählich.

Sie nahm sich gerade eine der letzten roten Beete vor, als sie eine Pfütze aus hellerem roten Saft auf dem Schneidebrett bemerkte. Das war, wurde ihr mit einem wachsenden Gefühl der Unwirklichkeit klar, kein Saft, sondern Blut – ihr eigenes. Hilflos wandte sie sich zu Bastien um, dessen Augen beim Anblick ihres triefenden Fingers riesengroß wurden.

»Ich glaube«, murmelte Imogen, »ich kippe gleich um.« Und sie sank ihm in die Arme.

Es sollte noch schlimmer kommen.

Nachdem Monsieur Boudins hochgradig wirkungsvolle, wenn auch nicht eben sanfte Methode, ihr Eiswasser ins Gesicht zu kippen, sie wieder zum Leben erweckt hatte, sah Imogen zu, wie Bastien sich bemühte, das Blut zu stillen, während sie ganz vage die Bemerkungen ihrer Kollegen mitbekam:

»Mann – sieht aus, als ob das bis auf den Knochen geht«, meinte jemand.

»Ja, das muss genäht werden.«

»*Mais non, mais non*. Das ist doch bloß ein Kratzer!«

»Sie muss ins Krankenhaus.«

»*Was?* Soll das ein Witz sein?«

»Nein, *Chef!*«

»Ich wusste gar nicht, dass diese Küche jetzt eine Notaufnahme ist!«, brüllte Boudin. »Alles – ZURÜCK – AN – DIE – ARBEIT!«

Über das Getöse der unmittelbar darauf folgenden Massenpanik hinweg hörte Imogen, die mit dem Kopf in den Armen am Tresen lehnte, Boudins Stimme dicht an ihrem Ohr, forsch und sachlich. Er griff nach ihrer Hand. »*Alors*, wir machen ein Pflaster darum, ganz fest, so. Und dann einen von diesen Gummifingerlingen oben drüber, ganz eng. So. *Très bien.*« Imogen stieß einen Seufzer der Erleichterung und der Dankbarkeit aus. Jetzt würde er sie nach Hause schicken. Dem Himmel sei Dank.

»Hör zu, kleine *assistante*«, erklärte ihr Boss, »Bastien muss mit den Sardinenklößchen weitermachen, also richtest *du* alle Hummergerichte mit roten Beeten an.«

Ungläubig starte Imogen ihn an, aber Monsieur Boudin scherzte nicht. Ganz kurz fragte sie sich, ob ihr Boss noch ganz bei Trost war. Dann begegnete sie Bastiens Blick, und als sie ihn aufmunternd nicken sah, richtete sie sich auf und zwang sich, tief Luft zu holen. Sie hatte sich doch über den Mangel an Chancen in dieser Küche beklagt. Nun, hier bot sich eine! Sie würde sich der Herausforderung stellen und Boudin zeigen, wozu sie imstande war, und das mit einer verletzten Hand!

Doch sie hatte unterschätzt, wie wacklig ihr tatsächlich zumute war, und die nächsten zwanzig Minuten fühlten sich an wie ein Albtraum der allerschlimmsten Sorte – die, in denen man schreien will, aber keinen Laut hervorbringt, oder man versucht wegzulaufen, stellt aber fest, dass die Beine gummiweich geworden sind. Die Hölle war wahrscheinlich etwas Ähnliches wie das hier: bis in alle Ewigkeit Rote-Beete-Scheiben fächerförmig auf einem Teller anordnen – elegant *nicht* genau in der Mitte – und den Hummer ins Zentrum des Fächers setzen, ohne dass der Saft ihn verfärbte. Dann einen Stängel Kerbel oben drauf ausbalancieren und das Ganze mit Himbeeressig besprenkeln, so dass es aussah wie eine von einem Kleinkind gemalte Kopie eines Action-Gemäldes von Jackson Pollock. Und dann wieder von vorn. Imogen kam sich vor wie eine Zeichentrickmaus im Dauerstress.

Die Zeichentrickmaus mühte sich redlich weiter und produzierte Teller um Teller, bis ihr verletzter Finger plötzlich von Neuem zu schmerzen begann – und wie! Sie schaute hinunter und sah entsetzt, dass sowohl Pflaster als auch Fingerling verschwunden waren. Rasch wickelte sie sich ein Geschirrtuch um die Hand, bückte sich und suchte verzweifelt unter der ganzen Länge ihres Tresens. Nichts. Nein, das konnte nicht sein! Denn die einzig mögliche Erklärung war, dass Pflaster und Fingerling aus Versehen auf einem der …

Genau in diesem Moment erschien Larissa neben ihr und schnappte sich die letzten vier Teller, die sie zurechtgemacht hatte.

»Neeeeiiiin! Warte, warte, warte!«, rief Imogen.

Larissa sah gelangweilt aus. »Was denn?«, fragte sie und blieb eine Millisekunde lang stehen.

»Mir ist was ganz, ganz Schreckliches passiert«, wimmerte Imogen und erklärte die Situation.

»Vielleicht solltest du dich ja auf deine Arbeit konzentrieren, anstatt mit sämtlichen Jungs rumzuflirten«, erwiderte Larissa kühl. »Ich muss weiter.«

Imogen verließ ihren Posten und stolperte verzweifelt hinter Larissa her. »Kannst du mich wenigstens bei denen nachschauen lassen, die du gerade trägst?«

»Nein. Ich will nicht, dass du das durcheinanderbringst. Dann müsstest du es ganz neu anrichten.« Larissa drehte sich um, um mit der Schulter die Tür zum Speisesaal aufzudrücken, und bedachte Imogen mit einem kühlen, mitleidigen Blick. »Das ist *dein* Problem.«

Imogen packte Larissa am Arm. »Hör zu, du *musst* mich mitkommen lassen! Vielleicht ist es ja noch nicht zu spät!« Sie sah der jungen Frau in die Augen. »Larissa, *bitte!*«

Larissa hielt ihrem Blick stand, lächelte liebreizend und gab ein kristallklares *»Non!«* von sich, ehe sie durch die Tür verschwand.

Einen Moment stand Imogen starr vor Schreck da. Dann, nachdem sie sich vergewissert hatte, das Monsieur Boudin anderweitig beschäftigt war, ging sie zu ihrem Arbeitstisch zurück.

»Was ist denn los?«, fragte Dimitri nach einem raschen Blick in ihr Gesicht. »Du bist ja so weiß wie dein Kittel.«

Mit einiger Mühe konzentrierte Imogen sich auf ihn. Oh, wie er das hier *genießen* würde! Es gelang ihr, den Mund zu einem bitteren Lächeln zu verziehen. »Ich glaube«, sagte sie tonlos, »das *Entrée* wird in *fleur de pflaster très zäh und eklig* umbenannt werden müssen. Und wir müssen das Rezept wohl ein wenig ändern.«

Rasch griff Dimitri nach ihrer Hand, überprüfte ihren Finger und fluchte halblaut vor sich hin.

»Was soll ich tun?« Imogen kämpfte mit den Tränen.

Dimitri sah sie ernst an. »Gar nichts. Du tust gar nichts. Nimm das hier«, sagte er und reichte ihr ein sauberes Geschirrhandtuch, »und versuch, so zu tun, als wärst du unheimlich beschäftigt.«

Er ging zu Bastien hinüber, dessen feindselige Miene sich in einen Ausdruck des Unglaubens verwandelte, als er zuhörte, was Dimitri ihm ins Ohr flüsterte.

Imogen kam sich vor wie ein Stück Vieh, das vor dem Schlachthaus in der Schlange wartete. Sie sah zu, wie sich langsam abermals ein roter Fleck auf dem Handtuch ausbreitete, das ihren Finger umhüllte. Als sie wieder aufschaute, sah sie zu ihrem Entsetzen, dass Dimitri und Bastien Monsieur Boudin geholt hatten und dass alle drei auf sie zukamen. Super. Inzwischen hatte der unglückliche Empfänger des Pflasters wahrscheinlich hinlänglich aufgehört zu würgen, so dass er seinen Anwalt anrufen konnte. Nun, dachte sie wie betäubt, das war das Ende ihrer Boustifaille-Erfahrung. Und was sollte sie Daphne und Di sagen?

»Okay, *petite assistante*«, sagte Monsieur Boudin in einem etwas sanfteren Tonfall als sonst. »Die beiden Jungs hier sagen, du musst wirklich ins Krankenhaus. Einer von den beiden kann dich hinbringen, sich vergewissern, dass du okay bist, und dann *sehr* schnell zurückkommen, sonst ist er gefeuert. Verstanden?«

»Ja, *Chef!* Danke, *Chef!*«

Als Nächstes galt es zu entscheiden, welcher ihrer beiden Kollegen die Patientin mit dem Lieferwagen ins Krankenhaus fahren und wer in der Küche die Stellung halten und sich bei Bedarf mit dem Pflaster-Drama herumschlagen sollte.

»Das ist genau das Grundproblem, das wir mit dir haben«, stellte Dimitri fest und betrachtete sie mit gespieltem Ernst. »Du musst dich zwischen uns entscheiden.«

Seufzend schüttelte Imogen den Kopf. Ihr Finger pochte schmerzhaft, und ihre Beine fühlten sich nicht allzu standfest an.

»Du siehst doch, wie schwach sie ist, oder?«, sagte Bastien. »Meinst du, diese Entscheidung kann vielleicht bis morgen warten?«

Dimitri fing Imogens Blick auf und lächelte. »Oder vielleicht willst du's ja mal mit uns beiden versuchen«, sagte er in vertraulichem Tonfall und zog vielsagend eine Braue empor. »Denn damit wäre das Problem gelöst.«

Eine verlegene Pause entstand, während Imogen darüber nachsann, wie ungemein ungewöhnlich diese Situation für sie war. Sie kam sich vor wie Alice in der verrückten Spiegelwelt. War in einem wärmeren Klima wirklich alles so anders? Oder hatte sie irgendeine sonderbare Verwandlung durchgemacht? In London war es ihr stets gelungen, sich ungefährdet im Hintergrund zu halten, von Männern fast völlig unbemerkt. Hier dagegen war es, als bröckele ihre Tarnung allmählich ab und gestatte es den französischen jungen Männern, einen Blick auf … auf was zu erhaschen? Auf eine Art Verführerin, die darunter lauerte? Nein, das war doch bestimmt vollkommen lächerlich. Dimitri machte sich bloß auf seine typische, taktlose Art über sie lustig.

»Ach, halt die Klappe«, knurrte Bastien verärgert.

»Also, *ich* hab nichts dagegen, wenn *du* nichts dagegen hast«, gab Dimitri lächelnd zurück. »Warum lassen wir nicht die Dame entscheiden?«

»Ich *werde* auch entscheiden«, verkündete Imogen. »Bastien, kannst du mich bitte ins Krankenhaus fahren? Und was dich betrifft«, fuhr sie fort und funkelte Dimitri wütend an, »du bist widerlich und unverschämt.«

»Stets zu Diensten, *chérie.*«

Doch als sie in den Hof hinaustraten, verspürte Imogen Gewissenbisse. Fairerweise musste sie zugeben, dass Dimitri bei der Sache mit ihrem Finger überraschend freundlich und hilfsbereit gewesen war. Sie drehte sich um und sah ihn wieder an seinem Posten stehen, doch er schaute sie immer noch an. Stumm formte sie mit den Lippen das Wort »Danke«. Er nickte, formte mit den seinen »Kleinmädchendrama« und machte sich wieder an die Arbeit.

Nach einer schweigenden Fahrt saßen Imogen und Bastien im Wartezimmer des Krankenhauses nebeneinander, ohne sich anzusehen. Imogen war schwer versucht, nach Bastiens Hand zu greifen. Es gefiel ihr nicht, ihn traurig zu sehen. Gleichzeitig hatte sie Angst, dass er diese Geste falsch verstehen würde.

Mehrmals öffnete sie den Mund, war sich jedoch nicht recht klar darüber, was sie ihm sagen wollte.

Schließlich versuchte sie es. »Bastien …«

»Du brauchst nichts zu sagen«, wehrte er sanft ab. »Ich verstehe die Situation sehr gut.«

»Wirklich? Ich weiß nicht genau, ob *ich* sie verstehe.«

Bastien drehte sich zu ihr um, sah sie an und zuckte die Achseln. »Ich hätte nicht ausrasten sollen. Ich kenne Dimitri. Der sagt alles Mögliche, aber das meint er nicht so. Er ist stolz, und er verliert nicht gern sein Gesicht.«

»Mmm.« Im Stillen zog Imogen es in Erwägung, dass Dimitri sie auf seine verschrobene Art vielleicht doch gernhatte.

»Wahrscheinlich bleibt eine kleine Narbe zurück«, sagte die Krankenschwester später, während sie den letzten Faden abschnitt.

»Vergessen werde ich das bestimmt nicht so schnell«, meinte Imogen halblaut.

»Alle Köche haben Narben«, bemerkte Bastien und zeigte fröhlich beeindruckend geschundene Unterarme vor. »Das sind Zeichen von Tapferkeit im Einsatz. Du solltest stolz sein.«

»Ehrlich gesagt bin ich überhaupt nicht stolz«, erwiderte Imogen und sah ihn an.

Er nahm die Entschuldigung mit einem Nicken an und half ihr hoch. Später, als sie vor dem Paperback Wonderland hielten, klingelte Bastiens Handy: Es war Dimitri, mit Neuigkeiten von dem verschollenen Pflaster. Larissa hatte gerade zugegeben, dass sie es entdeckt und den verunstalteten Teller beiseitegeschafft hatte. Mit ätzender Stimme hatte sie hinzugefügt, dass es ihr Spaß gemacht hätte, *l'Anglaise* eine kleine Lektion zu erteilen. Imogen dankte ihm, blickte auf ihren verbundenen Finger hinunter und seufzte. Es wurde Zeit, ein wenig Schadensbegrenzung zu betreiben.

»Bastien, hör zu …«, setzte sie an und sah ihm in die Augen. »Ich weiß, ich habe mich angestellt wie eine Idiotin. Es tut mir sehr leid, dass ich dich gekränkt habe. Ich habe, ehrlich gesagt, keine Ahnung, was ich eigentlich tue. Alles ist so anders hier – ich komme mir vor wie ein Fisch, der aus dem Wasser gehopst ist.«

Er nickte. Einen Moment lang dachte sie, er würde sich herüberbeugen, um sie abermals zu küssen, und sie fragte sich, ob sie es vielleicht zulassen sollte. Sie mochte ihn wirklich. Er war viel netter als Dimitri. Warum sollte sie ihm nicht eine Chance geben? Doch er nutzte seinen Vorteil nicht, und als sie ins Haus ging, war sie sich sogar noch weniger im Klaren darüber, was sie tun sollte.

# 21

Am nächsten Tag bemühte sich Imogen beim Mittagessen mit Daphne im La Sirène, ihre Situation ein wenig besser zu begreifen. Sie und die *pâtissière* hatten gerade eine Last-Minute-Checkliste für Bunnys Valentinstags-Party fertiggestellt. Während ihre Freundin eine weitschweifige Anekdote zum Besten gab, die verdeutlichen sollte, dass Michel Boudin zwar ein wundervoller Koch war, aber keinerlei Ahnung von der Kunst des Backens hatte, dachte Imogen darüber nach, dass sie sich verändert hatte, seit sie das erste Mal die Luft von Saint-Jean-les-Cassis eingeatmet hatte. Genau wie Daphne, wenngleich vielleicht nicht im selben Ausmaß.

Dieser sonnige, milde Winter, die Weite des Horizonts und die Gegenwart des Meeres hatten etwas Magisches an sich. Und so hatte Imogen gemerkt, dass sie sich, wenn sie nicht in der verkrampften Atmosphäre des Boustifaille Dienst tat, nach und nach auf eine Art und Weise entspannte, wie sie es in London niemals getan hatte. Wie Monty, der sich bei jeder Gelegenheit einem Nickerchen in der Sonne hingab.

Zum einen hatte sie den Strand schätzen gelernt. Nachdem sie von ihren mittäglichen Pflichten im Boustifaille entbunden worden war, schloss sie sich Faustina an und kam mit zum Strand, um dort mit Monty Frisbee zu spielen. Und ganz allmählich gewöhnte sie sich sogar daran, im Bikini herumzustehen, ohne dass es sie besonders verlegen machte.

Auch alles andere kam ihr mittlerweile vollkommen normal vor, zum Beispiel mit Daphne zu essen und zu plaudern, während am Nebentisch ein Mann und eine Frau innig umschlungen dasaßen – die beiden küssten sich schon seit zehn Minuten mit offenen Mündern; es war ziemlich eindrucksvoll. Früher wäre Imogen ein derartiger Exhibitionismus peinlich gewesen, jetzt musste sie fast ein tolerantes Lächeln und ein französisch-gelassenes Achselzucken unterdrücken. Tief im Innern jedoch verspürte sie beim Anblick von Verliebten, die das Glück gehabt hatten, einander zu finden, auch einen wehmütigen Stich des Neides.

»Und dann«, schloss Daphne lachend, »kam er mit der Idee an, Makronen mit Gänseleberpastete zu füllen! Der liebe Michel – er ist nicht ganz bei Trost!«

»So völlig absurd ist das gar nicht«, entgegnete Imogen automatisch und betrachtete die hübschen Ballerinas, die sie sich jüngst als Ersatz für ihre Turnschuhe angeschafft hatte. Französinnen, hatte sie festgestellt, trugen Turnschuhe meistens nur beim Sport. Und in den Ballerinas fühlte sie sich so viel leichtfüßiger. »Foie gras ist doch ziemlich süß.«

»Je nun«, meinte Daphne gönnerhaft, »die Jugend hat natürlich Spaß am Experimentieren. Wie geht es denn deinem armen Finger?«

Imogen zog die Stirn kraus. Boudin hatte deutlich zu verstehen gegeben, dass sie sich in Anbetracht des Vorfalls mit dem Messer bis auf Weiteres (möglicherweise bis auf *sehr viel* Weiteres) wieder auf ihre Aushilfstätigkeiten zu beschränken hätte. Doch sie setzte trotzdem bereits zu einem neuerlichen Versuch an, ihren Boss zu beeindrucken. Die Party, zu der Monsieur Boudin ebenfalls geladen war, würde sich hoffentlich als nützliches Vorzeigeprojekt erweisen. »Es geht schon«, meinte sie. »Tut immer noch ein bisschen weh.« Sie zögerte und fuhr dann, nachdem sie sich die Sonnenbrille auf den Scheitel geschoben hatte, fort: »Daphne, kann ich Sie etwas fragen?«

»Aber selbstverständlich, Liebes.«

»Die Sache ist die, ich bin ein bisschen verwirrt.«

»Weswegen denn?«

»Na ja … bevor ich hierhergekommen bin, ist mir nie aufgefallen, dass sich die Männer irgendwie besonders für mich interessieren. Sie wissen schon, dass sie mich ansprechen und so. Aber jetzt ist es plötzlich …«

»Ein Unglück kommt selten allein?«

»Ja. Ich weiß gar nicht, warum. Denn schließlich bin ich doch immer noch ich.«

»Ja – natürlich.« Daphne schob ihren Salatteller weg und zündete sich eine Zigarette an. »Aber der Unterschied ist – und glaub mir, ich spreche aus Erfahrung –, dass du zwar du bist, aber du bist es *hier.* Verstehst du?«

»Nein.«

»Was ich meine, ist, jetzt bist du eine Ausländerin, eine Exotin, und damit ungeheuer interessant. Zu Hause bist du dir vielleicht wie etwas ganz Gewöhnliches vorgekommen, aber hier bist du eine Orchidee. Du darfst den Reiz der *petite Anglaise* nicht unterschätzen, Imogen, er ist nicht ohne. Der Akzent, abgesehen von allem anderen. Und da ist noch etwas anderes.«

»Was denn?«

»Nun ja, es ist dir vielleicht nicht klar, Liebes – sich seiner eigenen Attraktivität absolut nicht bewusst zu sein, ist eines der flüchtigen Privilegien der Jugend –, aber du hast etwas ganz Besonderes an dir. Was das ist?« Nachdenklich betrachtete Daphne ihren Schützling, ehe sie einen Rauchkringel in die Luft blies. »Ich denke, etwas *Geheimnisvolles.* Du siehst aus, als ob du etwas verborgen hältst – etwas ziemlich Aufregendes.« Belustigt zog sie die Nase kraus. »Ich kann mir auf jeden Fall vorstellen, dass die Männer das reizvoll finden.«

Verdattert schüttelte Imogen den Kopf. Daphne fand also, dass sie etwas *Geheimnisvolles* an sich hatte? Sie, die Kartoffeln schälte, mit ihrem Hund Gassi ging und gern mit ihren Freunden zusammen war, war *geheimnisvoll?* Das konnte sie nicht recht glauben, doch die Vorstellung gefiel ihr trotzdem.

»Ich glaube«, fuhr Daphne fort, »das könnte durchaus daran liegen, dass du deine Begeisterung für gutes Essen so lange geheim halten musstest. Meinst du nicht? Ja – dein Reiz hat etwas mit dieser Aura der Zurückhaltung zu tun, diesem Eindruck, dass du sehr selbstständig bist. Und außerdem damit, dass du so dunkle Augen und so eine entzückende Figur hast – die du übrigens ein bisschen mehr zeigen musst, Liebes. Die Franzosen nennen das *se mettre en valeur,* das ist ungeheuer nützlich und sehr wichtig. Es bedeutet, das Beste aus dem zu machen, was man hat. In meinem Fall gute Beine. In deinem … nun, du kommst bestimmt noch drauf.« Dann blickte sie auf Imogens Füße hinunter und setzte hinzu: »Oh, sehr schön, Liebes. Die Schuhe sind ein guter Anfang. Und jetzt arbeitest du dich immer weiter nach oben.«

# 22

Zwei Wochen waren vergangen, seit Bunny Imogen mit dem Catering für ihre Party beauftragt hatte, und in ein paar Stunden würde es losgehen. Während sie im Garten der jungen Amerikanerin stand, Monty an ihrer Seite, dachte Imogen bei sich, dass Bunny wirklich stolz sein konnte. Sie hatte so viel Zeit und Fantasie in die Planung ihrer Valentinstags-Party gesteckt, wie die meisten Leute sonst nur für ihre Hochzeitsfeier aufbringen würden. Nachdem jeder Baum mit Lichterketten mit winzigen weißen Glühbirnen geschmückt worden war, sah der Garten absolut zauberhaft aus. Mehrere lange Tische aus Platten und Böcken waren mit antikem weißem Leinen eingedeckt und erwarteten die Früchte von Imogens Mühen: genug Partyverpflegung für eine kleine Armee.

Im Laufe der letzten zwei Wochen war Bunnys Gästeliste, die sich ursprünglich auf ihre Geschwister und ein paar Freunde aus Amerika beschränkt hatte, immer länger geworden. Zu allererst waren Imogen und Daphne von Caterern zu Caterern/Gästen befördert worden. Und dann war Bunny völlig mühelos durch Saint-Jean gezogen, hatte neue Freundschaften geschlossen und Imogen täglich eine »Wir brauchen noch mehr Essen«-SMS geschickt. Mit Daphnes Hilfe war es ihr sogar gelungen, Monsieur Boudin dahingehend zu bezirzen, das Boustifaille *»pour raisons exceptionnelles«* zu schließen, damit seine Mitarbeiter dabei sein konnten. Schließlich waren sich Bunny und Imogen über die endgültige Anzahl der Gäste einig geworden, die es abzufüttern galt. Und dann hatte Imogen, die sich vorkam wie ein Champagnerkorken, der endlich knallen darf, losgelegt und ein extravagantes Festmahl kreiert.

Sie sah auf die Uhr: Bis zur Ankunft der ersten kostümierten Gäste waren es nur noch Stunden. Daphne war gerade nach Hause gegangen, um sich umzuziehen. Hektisch und beglückt eilte Imogen zurück in Bunnys kühle Küche und machte sich daran, letzte Hand an das Essen zu legen: schwindelerregende Obstpyramiden, dünn geschichtete Lachs-Sauerampfer-Terrinen und Pasteten mit Kalb- und Schweinefleisch, mit glänzendem Sauternesgelee verziert. Außerdem Heerscharen kleiner Schnapsgläser voll hellgrüner Vichyssoise oder smaragdgrünem Kräutersalat mit winzigen Speck-*Lardons*. Eine besonders spannende Herausforderung hatte sie sich selbst gestellt: Zu beweisen, dass es möglich war, etwas, das im Grunde genommen ein Riesenhaufen rosiges Fleisch war – dünn geschnittene Entenbrust, um genau zu sein – in ein wunderschönes Gebilde zu verwandeln.

Daphnes Hilfe, ihr Fachwissen und ihre unerschütterliche gute Laune waren von unschätzbarem Wert gewesen, besonders als es um das Prunkstück ihres Buffets gegangen war: eine prachtvolle Rokokotorte aus Pistazieneis, verziert mit rosa Zuckerherzen, Rosen und Schwänen – eine Torte, die Marie Antoinette entzückt hätte.

Imogen schob gerade die letzten glasierten Schinken in den Ofen, als sie hörte, wie Bunny vom anderen Ende des Hauses her nach ihr rief. Nachdem sie sich gründlich umgesehen hatte, ob auch alles gefahrlos auf ihre Rückkehr warten konnte, eilte sie, noch immer in der Küchenschürze, zum Wohnzimmer, Monty ihr dicht auf den Fersen. »Ja«, rief sie, »was ist denn? Ich hoffe nur, es ist wichtig.«

In das Zimmer zu treten war, als sei man aus Versehen auf den Set für Werbefotos einer teuren amerikanischen Sportswear-Marke gestolpert. Bunny saß auf einem der drei weichen Sofas, umgeben von einer Schar unglaublich rassiger und gepflegter junger Männer und Frauen, die alle genau wie sie wirkten: als seien sie gerade eben erst auf der Erde angekommen, völlig fertig und wie aus dem Ei gepellt.

Instinktiv zuckte Imogens Hand empor, um zu überprüfen, ob ihr eigenes Haar, das sie hastig hochgesteckt hatte, als sie mit dem Kochen angefangen hatte, nicht zu unordentlich war. Genau das war der Fall – so eine Überraschung! –, und wie! Dann machte sie einen halbherzigen Versuch, wenigstens die Schürze abzunehmen, besann sich jedoch eines Besseren. In den abgeschnittenen Jeans und dem ausgeblichenen T-Shirt, die sie darunter trug, würde sie auch nicht gepflegter aussehen. Sie straffte die Schultern. Schließlich war es ja wohl nicht schlimm, Köchin zu sein, oder?

Alle Anwesenden lächelten, als sie Bunnys Freundin aus England erblickten, und sämtliche junge Männer erhoben sich – eine ganz neue und ungemein einschüchternde Erfahrung. Unwillkürlich ertappte Imogen sich dabei, wie sie ihnen mit einer nervösen Schuldirektorinnen-Geste bedeutete, wieder Platz zu nehmen.

»Okay, ihr Lieben«, rief Bunny, nachdem sie ihre Freundin gerettet und sie genötigt hatte, sich neben sie zu setzen. »Das ist Imogen, eine wunderbare Köchin. Der vierbeinige Gentleman da heißt Monty. Und das«, fuhr sie fort und deutete auf eine hübsche Brünette mit großen blauen Augen und staunendem Zahnlückenlächeln, »ist meine Schwester Grace. Neben dir sitzt mein großer Bruder Everett, und das da ist mein kleiner Bruder Buddy, und meine Cousine Rose, und meine kleine Cousine Mary-Kate, und …«

Während Bunny fortfuhr, auch die Freunde ihrer Brüder reihum vorzustellen, schaltete Imogen irgendwann ab – Walker, Gage, Chuck, Conway, Heath – Grundgütiger. Es war hoffnungslos, sich all diese Namen merken zu wollen. Sie nickte und lächelte und wünschte sich inständig, sie wäre in der Küche geblieben. Dies hier war eine Welt, in der es von makellosen Seitenscheiteln und faltenfreien rosa Blusen nur so wimmelte. Und jeder hatte diese gleichmäßige goldene Sonnenbräune, die von strahlender Gesundheit und einer offenkundigen Liebe zum Leben an der frischen Luft zeugte.

Diese Menschen sahen alle aus wie Filmstars, und zwar in dem Sinne, dass ihr vollendetes Äußeres auf eine ganze Armee von Maskenbildnern und Garderobieren hinter den Kulissen hindeutete, die fortwährend damit beschäftigt waren, ihre glänzenden Nasen zu pudern und ihre Kleider so zurechtzurücken, dass sie perfekt saßen. Es war verblüffend – eigentlich sogar erschreckend.

»Und das ist Archer«, verkündete Bunny schließlich.

Ganz in Schwarz gekleidet stand Archer an der offenen Terrassentür und blickte in den Garten hinaus. Er schaute über die Schulter, formte mit den Lippen das Wort »Hi« und lächelte distanziert, bevor er sich wieder abwandte. Obgleich groß, war er zierlicher als die anderen, und Imogen fiel auf, dass er eine gebrochene Nase hatte, der einzige Defekt in einem Meer scheinbarer physischer Vollkommenheit.

»Wir freuen uns ja so auf dein wunderbares Essen!«, rief Bunnys Schwester Grace, die in ihrem weißen Kaschmirpulli und Faltenrock eine apart-kühle Aura hatte. *Ja – Essen,* dachte Imogen, *in der Tat.* Sie konnte es kaum erwarten, in die Küche zurückzukehren; es gab immer noch eine Menge zu tun.

»Ist es *traditionelle* französische Küche?«, erkundigte sich Bunnys Cousine Mary-Kate mit großen, neugierigen Augen.

»Ach, ich weiß nicht.« Imogen war ein wenig aus der Fassung geraten, weil sie im Mittelpunkt des allgemeinen Interesses stand. »Die französische Küche hat wohl Einfluss auf das Buffet gehabt. Aber präsentiert wird es hoffentlich etwas moderner.«

»Also, solange es nur rosa und grün ist«, warf der dunkelhaarige, blauäugige Everett ein, Bunnys älterer Bruder, und bedachte seine Schwester mit einem schiefen Blick, »dann gefällt es Bun bestimmt.«

»Es ist *alles* rosa und grün«, bestätigte Imogen und lächelte ihn an.

»Na, das freut mich aber«, meinte Everett und erwiderte ihr Lächeln voller Wärme. »Verstehst du, mit Bunny ist es so«, erklärte er, »sie ist ein Mensch, der so gut wie keine Geschmacksknospen besitzt.«

»*Everett*«, entrüstete sich Bunny mit gespielter Strenge.

»Stimmt doch, Schätzchen. Du bekommst doch nie mit, was du isst.«

»Das kommt, weil sie künstlerisch veranlagt ist«, sprang Bunnys rotwangiger jüngerer Bruder Buddy seiner Schwester bei. »Sie hat mal eine Weile gemalt und dabei ständig ihren Pinsel in ihren Eistee getaucht.«

»Ja, und dann Farbe getrunken und es nicht mal gemerkt. Genau das meine ich ja.«

Darüber lachten die Doucet-Geschwister schallend, während Imogen aus den Augenwinkeln bemerkte, dass Archer zu ihnen herübergekommen war und jetzt unweit von Grace an einem Sofa lehnte. Er sah niemanden Bestimmtes an und beteiligte sich auch nicht an der lebhaften Unterhaltung, die ein paar von Everetts Freunden über die Freuden des Segelsports führten.

Bald darauf entschuldigte sich Imogen, die brutzelnden Schinken im Kopf, die dringend ihrer Anwesenheit bedurften, und floh zurück in die Küche.

# 23

Kurz vor Beginn der Party war Bunny ganz im Stil des 18. Jahrhunderts kostümiert: Sie trug ein prachtvolles Marie-Antoinette-Kleid aus zartrosafarbenem Musselin und eine hoch aufgetürmte champagnerblonde Perücke. Letztere war unter großen Ängsten, jedoch mit beeindruckendem Ergebnis, von Madame Pignon, der Friseurin des Ortes (von der in den letzten fünfzehn Jahren selten mehr als eine Blauspülung verlangt worden war, um eine voll getakelte Spielzeugfregatte herum aufgesteckt worden. Es war eine Frisur, die zuletzt 1776 von modebewussten Französinnen getragen worden war, um einen Seesieg im amerikanischen Unabhängigkeitskrieg zu feiern. Des Weiteren war Bunnys Gesicht von Faustina fachkundig mit Puder und Rouge geschminkt worden. Und doch sah sie genauso aus wie sie selbst – eine fröhliche, naive junge Amerikanerin, wild entschlossen, die perfekte Gastgeberin zu sein.

Imogen stand mit gerunzelter Stirn vor dem Spiegel. Sie hatte sich sehr weit vorgewagt. Es war seit Jahren das erste Mal, dass sie ein Kleid trug, nachdem sie vor langer Zeit beschlossen hatte, dass Hosen einfach praktischer waren. Trotzdem war ihr Kostüm so dezent wie möglich. Außer einem von einer Perle gezierten schwarzen Samtband um den Hals trug sie keinerlei Schmuck, und ihr cremefarbenes Seidenkleid war das Schlichteste, das sie hatte finden können. Nichtsdestotrotz verwandelte es ihre Figur auf wahrhaft erstaunliche Weise. Besonders ein Teil ihrer Anatomie, genau der, den sie stets zu verbergen versucht hatte, war jetzt die Hauptattraktion.

Mitch trat neben sie, um sein eigenes Spiegelbild prüfend zu betrachten – in seinem reich mit Gold bestickten Reitrock sah er einfach fantastisch aus. Er warf ihr von der Seite her einen raschen Blick zu und verkündete dann in einem Tonfall, der selbst nach fünfzig Jahren in Frankreich noch immer ganz und gar nach New York klang: *»Oooh-là-là – il y a du monde au balcon.«*

*Auf dem Balkon steht eine große Menschenmenge*, übersetzte Imogen im Kopf. Was in aller Welt sollte das heißen?

»Das ist eine französische Redensart, meine Süße«, bemerkte er und strich sich den Schnurrbart. »Das heißt, du siehst aus, als wärst du *gut bestückt.«*

»Oh nein, nein, das Kleid hat doch so viel *Klasse«*, warf Bunny, die die aufsteigende Panik in Imogens Augen bemerkte, hastig ein. »Und auf jeden Fall passt es in die damalige Zeit! Du siehst aus wie eine britische Prinzessin! Oder eine junge Queen.«

Faustina hatte Imogen von einer Perücke abgeraten und ihr das Haar zu einer eher zurückhaltenden Frisur hochgesteckt, mit zwei langen Korkenzieherlocken, die sich zu beiden Seiten an ihren Hals schmiegten. Auch mit dem Make-up hatte sie es nicht übertrieben. Trotz ihrer anfänglichen Bedenken musste Imogen zugeben, dass ihr das Resultat gefiel, einschließlich eines kleinen schwarzen Schönheitspflästerchens, das keck dicht neben ihrem Mundwinkel appliziert worden war.

»Also, ich glaube, wir sind alle so weit«, schnurrte Faustina in einem unglaublich tief ausgeschnittenen scharlachroten Kleid. Dann warf sie einen raschen Blick auf Imogen, lächelte und setzte hinzu: »Besonders du – du siehst aus, als wärst du drauf und dran, etwas ungeheuer Unartiges anzustellen.«

Ein ganz besonders milder Abend, reichlich gutes Essen und leckere Getränke, Cheyennes clever ausgewählte Musik und natürlich der unwiderstehliche Reiz des Verkleidens (die meisten Gäste trugen Masken, von einfachen schwarzen Samtmasken bis zu reich verzierten, versilberten und vergoldeten venezianischen Stielmasken) ... all dies sorgte dafür, dass Bunnys Party fantastisch zündete und wie ein Steppenbrand die ganze Nacht lang loderte.

Imogen begegnete der Mystik des Valentinstages mit mildem Zynismus. Schließlich war es doch nur ein Tag wie jeder andere, und ihrer Erfahrung nach hatte er an der Romantikfront niemals irgendetwas Aufregendes zu bieten gehabt.

Die anderen Gäste jedoch empfanden eindeutig anders. Das Fest war so glamourös und so nicht von dieser Welt, dass es tatsächlich gelang, den Valentinstag mit seiner wahrsten und schönsten Bedeutung zu erfüllen – die weit, weit über typische Grußkarten und obligatorische rote Rosensträuße hinausging. Dies war die Nacht der Liebe, eine magische Nacht, wo alles geschehen konnte – von spontanem Sich-Verlieben bis zur lange erwarteten Erfüllung einer alten Sehnsucht. Auf jeden maskierten Gast schien eine leidenschaftliche Affäre zu warten.

Als die Dunkelheit sich herabsenkte, wurde diese betörende Atmosphäre so berauschend und ansteckend, dass Imogen, die durch die fröhliche Menge geschlendert und sich wie eine Zuschauerin vorgekommen war, wider besseres Wissen allmählich ebenfalls ein leichtes Vibrieren freudiger Erwartung zu verspüren begann.

Sie kam gerade an Cheyennes Plattenspielern vorbei, die er unter einem erleuchteten Baum aufgestellt hatte, als der DJ ihr zuwinkte und begeistert johlte: »Juu-huu, kleine Meerjungfrau! Hier drüben!« Verdutzt blieb sie stehen – kleine Meerjungfrau? Wie in dem Märchen von Hans Christian Andersen? Wieso in aller Welt nannte er sie so? Dann ging sie hin, um ihn zu begrüßen. Heute Abend sah er im weißen Rüschenhemd und schwarzen Kniebundhosen aus wie ein liebeskranker Straßenräuber, das Haar mit einem schwarzen Tuch im Piratenlook nach hinten gebunden. Er umarmte sie so stürmisch, dass sie beinahe das Gleichgewicht verloren hätte.

»Was für ein toller Abend, wie? Fühlst du die Energie? Hey, schau mal hier« sagte er, zog unvermittelt einen großen grellgrünen Leuchtstab hervor und stupste sie damit in den Bauch. »Das sieht mit deinem Kleid ja so was von cool aus! *C'est psychédélique!* Wenn ich so richtig drauf bin, kriege ich ein paar Tausend Achten hin. Du tanzt doch später mit mir, okay? Dann werde ich dir ein paar ganz tolle Moves zeigen.«

Imogen lächelte und verdrehte im Geist die Augen. Cheyenne drückte sie abermals und fügte hinzu: »Ich übergebe gleich an einen von den Amis.«

Imogen sah zu den Amerikanern hinüber, die ein weiteres beiläufig-glanzvolles Bild abgaben, wie sie sich dort alle unter einem Baum zusammendrängten. Bunnys Bruder Everett winkte ihr zu, und sie winkte zurück.

»Die wollen so eine Limbo-Nummer aus den Sechzigern abziehen, weißt du?«, berichtete Cheyenne. »Wo man so unter einer Stange durchtanzt. Das würdest du bestimmt ganz super hinkriegen. Ich komme dich dann holen, okay?«

Bunny, das altmodische Partygirl, stand auf altmodische Partyspiele. Limbotanzen hatte sie schon in ihrer Jugend in den Südstaaten nicht ausgelassen. Außerdem hatte die Gastgeberin, wie Imogen wusste, sich in den Kopf gesetzt, Blindekuh zu spielen, weil sie irgendwo gehört hatte, dass die Aristokraten des 18. Jahrhunderts Spaß an solchen Schäkerspielen gehabt hätten.

Imogen schaute zu Cheyenne auf und antwortete unbestimmt »Okay«, ohne sich allzu sehr festzulegen. Tatsächlich war es ihr sehr recht, allein zu sein. Als Bunnys Brüder sie vorhin gefragt hatten, ob sie mit ihnen tanzen wolle, hatte sie beide Male mit einem Lächeln abgelehnt und sich bei der ersten Gelegenheit davongemacht.

Ein Stück weiter blieb sie stehen, um sich mit Daphne zu unterhalten, die in einem goldbraunen, mit schwarzer Spitze eingefassten Kleid wie immer gelassen und geradezu königlich wirkte. Neben ihr musterte ein imposanter Mann in schwarzem Samt und mit einem Dreispitz auf dem Kopf eingehend das Buffet. Erst als er sich umdrehte und seine schwarze Maske abnahm, erkannte Imogen Monsieur Boudin. Ohne seine weiße Kochkluft sah er ganz anders aus, düsterer und attraktiver, aber so beängstigend wie eh und je. Er begrüßte sie mit einem steifen Nicken. »Daphne sagte mir, du hast das ganze Essen gemacht. Stimmt das?«

»Ja, *Chef*«, antwortete Imogen und warf ihrer Freundin einen raschen Blick zu. Aufmunternd riss Daphne kurz die Augen auf.

»Hm.« Boudin nahm ein mundgerechtes Stück Saltimbocca zwischen Daumen und Zeigefinger und begutachtete es ausführlich. Er roch daran und nickte, ehe er es sich in den Mund schob. Mit todernstem Gesicht begann er zu kauen. Daphne legte Imogen beruhigend die Hand auf den Arm, während sie atemlos auf sein Urteil warteten.

»Recht gut«, meinte er. »Und auch die Präsentation ist sauber und elegant. Dein Entenbrust-Wolkenkratzer gefällt mir. Gut gemacht.«

»Vielen Dank, *Chef*.«

»Aber das hier ist ja auch nur Picknickessen. Kein Restaurantessen.«

»Aber natürlich, Michel«, wandte Daphne durchaus vernünftig ein. »Imogen hat geliefert, was Bunny bestellt hat.«

»Ja – das stimmt wohl.«

»Und ich glaube, sie würde dir in deiner Küche auch das liefern, was du verlangst, wenn du ihr eine richtige Chance geben würdest.«

»Oh ja, *Chef!*«, stieß Imogen hervor und konnte sich einen kleinen Hopser einfach nicht verkneifen. »Ich koche auch zur Probe für Sie, jedes Gericht, das Sie wollen.«

»Okay, okay, *petite*«, sagte Monsieur Boudin mit einem Lächeln, das seine Züge erheblich weicher wirken ließ. »Lass mich darüber nachdenken. Und jetzt lauf und genieß die Party.«

»Danke«, sagte Imogen leise, bevor sie davonging. In ihrem Kopf wirbelte es. Es würde wirklich klappen – ihr Durchbruch im Boustifaille –, und diesmal würde sie sich nicht blamieren!

Sie hielt nach rechts und links Ausschau und war erleichtert, weder Bastien noch Dimitri irgendwo entdecken zu können. Seit sie in den feenhaft erleuchteten Garten hinausgetreten war, hatte sie sich alle Mühe gegeben, ihnen aus dem Weg zu gehen. Bastien, der in seiner roten Brigadiersuniform großartig aussah, hatte sie vorhin gesucht, um ihr Komplimente für das Catering zu machen.

»Ich bin echt beeindruckt«, hatte er gesagt und ihr ernst in die Augen geblickt. »Aber nicht im Geringsten überrascht. Ich wusste ja, dass du gut bist.«

»Danke.« Imogen war gerührt. »Daphne hat mir viel geholfen. Amüsierst du dich gut?«

»Noch nicht«, hatte er geantwortet, während sein Blick zu ihrem Mund hinabglitt. Drei Valentinskarten waren heute Morgen mit der Post gekommen: die erste, witzig, mit einem Hund drauf und in Daphnes Handschrift verfasst, hatte angeblich von Monty sein sollen, die zweite war eindeutig von Mitch, und jetzt glaubte Imogen, recht gut zu wissen, wer die dritte geschickt hatte – eine unverbrämte Erklärung zarter Zuneigung, die eine wehmütige Anspielung auf Passionsfrüchte enthielt und mit einem geheimnisvollen X unterzeichnet war. Bastien natürlich. Er lächelte sie an, und gerade als Imogen sich fragte, ob er jetzt wohl noch einmal sein Glück versuchen wollte, sah sie Larissa näherkommen und nutzte die Gelegenheit, um weiterzugehen.

Dimitri, wie immer in Schwarz gekleidet, war betrunken, und zwar auf ansteckende Art und Weise. Sobald er sie erblickte, kam er herübergetrottet, packte sie am Arm und sagte: »Komm her. Ich muss dir was Interessantes zeigen.«

»Was denn?«, fragte sie schnippisch, machte sich los und versuchte vergeblich, ihm auszuweichen.

»Verlass dich drauf – es wird dir gefallen«, sagte er und zog sie in seine Arme.

Imogen hatte versucht, keine Miene zu verziehen. »Okay, und wo ist es? Das, was so interessant ist?«

Dimitri lachte los. »Gar nicht weit von da, wo du jetzt stehst. Wahrscheinlich könntest du glatt die Hand ausstrecken und es berühren.«

Als sie zu ihm aufblickte, hätte sie beinahe das große Kichern gekriegt. Sofort ärgerte sie sich über sich selbst. Das war doch nun wirklich kein Benehmen. Die Wahrheit war, dachte sie und riss sich sofort wieder zusammen, dass sie nach der Zubereitung des Buffets ziemlich erledigt war und sich deswegen wohl ein wenig hysterisch aufführte.

Dimitri legte einen Finger auf das Schönheitspflästerchen. »Niedlich«, sagte er lächelnd. »Ich dachte, wir könnten uns vielleicht hinter die Büsche da verdrücken. Komm schon, du weißt doch, dass du es willst.«

»Bilde dir bloß nichts ein«, hatte sie zurückgegeben und war davongeschritten.

Inzwischen war dies Bunnys ganz großer Abend; sie war mit Sicherheit die Schönste auf dem Ball. Vorhin war sie auf einen Stuhl gestiegen und hatte eine reizende kleine Rede gehalten. Sie hatte allen dafür gedankt, dass sie gekommen waren, und gerade begeistert vom Leben in Saint-Jean-les-Cassis geschwärmt, als der Ehrengast seinen absolut perfekten Auftritt hinlegte – in weinroten Kniebundhosen, rosarotem Gehrock, mit Blumen bestickter weißer Satinweste und Spitzenhemd. Ein platter Reifen bei seinem Moped hatte ihn ein wenig aufgehalten.

»Du weißt doch, dass ich im Internet über die Geschichte meiner Familie recherchiert habe«, hatte Bunny Imogen ein paar Tage vor der Party atemlos erzählt. »Also, heute Morgen habe ich eine E-Mail von einem französischen Verwandten bekommen – einem Cousin, der genauso alt ist wie ich! Er klingt ja so höflich – wie ein richtiger Gentleman, und er heißt...« Sie hielt die Luft an, ehe sie hingebungsvoll verkündete: »Amaury d'Oussey. Ist das nicht wunderschön? Er ist so eine Art Historiker hier aus der Gegend, glaube ich, und er wohnt gar nicht weit weg von hier... du weißt schon – Montpellier? Also habe ich ihn eingeladen. Und er hat gesagt, er würde *sehr gern* kommen!« Bunny strahlte, ihre Augen leuchteten. »Wenn ich ihn zum ersten Mal sehe, wird er verkleidet sein. Das wird so sein, als ob man sich ein Ahnenporträt anschaut.«

»Ist er ein entfernter Cousin?«

»Oh, ja, *sehr* entfernt«, antwortete Bunny mit funkelnden Augen. »Also hoffen wir mal, dass er richtig was hermacht.«

»Richtig was hermachen« war nicht das Erste, was einem einfiel, wenn man Amaury d'Oussey zu Gesicht bekam. Akkuratere Beschreibungen hätten vielleicht – in keiner festen Reihenfolge – Formulierungen wie »blutleer« enthalten, oder »bleich«, »deutlich mehr Stirn als Kinn« und (Letzteres von Mitch und um einiges zu vernehmlich) »Oh Mann – ist das ein Mann? Eine Frau? Eine *Giraffe?*«.

Doch nichts von alledem machte Bunny auch nur das Geringste aus. Sie sah aus, als würde sie wirklich und wahrhaftig vor Entzücken in Ohnmacht sinken, als Amaury sich vorstellte und ihr mit der steifen Förmlichkeit eines Höflings aus dem 18. Jahrhundert die Hand küsste. »*Enchanté, chère cousine*«, verkündete er und bleckte liebenswürdig leicht pferdeähnliche Zähne.

»Ach, wie reizend«, stieß Bunnys Schwester Grace halblaut hervor, ehe sie eifrig ihrerseits die Hand vorstreckte.

Bunny war wahrhaftig im Glück, als sie kurze Zeit später einigermaßen beherrscht (um ihre Frisur nicht zum Kentern zu bringen) zu einem von Cheyennes wummernden Techno-Stücken umherhopste und dabei ihren französischen Verwandten festhielt.

»Hi.« Imogen hatte Faustina entdeckt und tippte ihr auf die Schulter.

Faustina fuhr zusammen und seufzte dann erleichtert. »Ach, du bist's. Ich dachte schon, es wäre Enzo. Ständig steht er neben mir – das geht mir echt auf die Nerven. Ich wusste es doch, ich hätte eine Maske aufsetzen sollen. Na ja, ich muss in Bewegung bleiben. Wir sehen uns später.«

Sie huschte davon und sah ziemlich gestresst aus, und tatsächlich dauerte es nicht lange, bis Enzo in einem granatroten Reitrock auftauchte, als würde er von der Fährte seiner Geliebten magisch angezogen. Als er Imogen erblickte, blieb er jäh stehen. »*Salut*«, sagte er und verband diese Begrüßung mit einem jener umwerfend geheimnisvollen Blicke, die sie recht gern bekam. Enzos Anziehungskraft war so stark, dass sie selbst einem ziemlich unbeteiligten Beobachter wie ihr stets einen Schlag auf den Solarplexus versetzte.

»*Salut.*« Imogen grinste (eine weitere unvermeidbare Reaktion auf seine Gegenwart). »Gefällt dir die Party?«

»Eigentlich nicht, nein.« Als Imogen mitfühlend nickte, sah er ihr eindringlich in die Augen. »Es ist wie eine schreckliche Folter.«

»Du meine Güte«, flüsterte Imogen. »Was ist denn los?«

Enzo seufzte. Imogen sah zu, wie sich seine langen dunklen Wimpern herabsenkten wie ein Theatervorhang und sich dann wieder hoben, während seine Lippen sich ein ganz klein wenig öffneten, ehe sie sich zu einem verdrossenen, grüblerischen Schmollmund verzogen und so blieben. Das Ganze schien in Zeitlupe abzulaufen. Es war wirklich erstaunlich, dass es Faustina gelang, einer solchen Vorführung zu widerstehen.

»Ich bin verliebt«, sagte Enzo und starrte sie herausfordernd an. »Verstehst du das?«

»Ja«, beteuerte Imogen und bemühte sich, normal zu atmen. »Das verstehe ich.«

»Weißt du, wie es ist, vor Verlangen fast wahnsinnig zu werden?«

»Nein«, gestand Imogen. »Eigentlich nicht.«

»Es ist wie ein Fieber. Es zerreißt einen innerlich.«

»Mein Gott. Das klingt ja ziemlich –«

»Eines Tages wirst du es verstehen«, sagte er und schob sein Gesicht ein wenig dichter an das ihre heran. Dann machte er auf dem Absatz kehrt und verschwand.

Imogen blinzelte, rieb sich heftig die Arme, auf denen sich Gänsehaut gebildet hatte, und wandte sich wieder der Villa zu. Sie würde nach Monty schauen, der in Bunnys Schlafzimmer neben Cristiana in seinem Korb geschlummert hatte, als sie ihn das letzte Mal gesehen hatte. Unterwegs stieß sie fast mit einem von Bunnys Freunden zusammen – dem Kerl mit der gebrochenen Nase.

»Entschuldigung«, sagte sie. Im Augenblick fiel ihr sein Name nicht mehr ein.

»Oh, ist schon okay«, erwiderte er. Einen Moment lang stand er da und sah aus, als würde er gleich noch etwas sagen.

Hinter seiner Schulter tauchten zwei maskierte Partygäste auf, in denen Imogen Everett und seinen kleinen Bruder Buddy erkannte. Everett hielt einen Besen in der Hand und grinste sie an, während er mit unerklärlichem Enthusiasmus damit herumfuchtelte. »Wir wollen gerade aufbauen!«, sagte Buddy aufgeregt. »Kommt ihr später nach?«

Imogen, die keine Ahnung hatte, wovon er redete, nickte höflich, ehe sie in die Küche ging, wo sie Mitch vorfand. Er saß allein am Tisch und hatte ein großzügig gefülltes Glas Bourbon in der Hand.

»Alles klar?«, erkundigte er sich und blickte auf.

»Ja.«

»Mmm«, sagte er und bedachte sie mit einem durchdringenden

Blick. »Komm mal wieder runter, Baby. Du brichst dir noch einen ab, so wie du ausflippst und dir einen tollen Abend machst.«

Imogen lächelte. Sie trieb ein zweites Glas und eine Weinflasche auf und setzte sich Mitch gegenüber.

»Fehlt dir New York eigentlich jemals?«, fragte sie.

»Nein – spinnst du? Wieso sollte ich da leben wollen? Weißt du, wie *unhöflich* die Leute in New York sind?«

Imogen zog eine Braue hoch und betrachtete Mitch vielsagend. Ohne zu blinzeln starrte er sie eine volle Minute lang finster an – etwas, das sie als Zeichen der Zuneigung zu deuten gelernt hatte. »Einmal New Yorker, immer New Yorker, stimmt's? Alles, was ich weiß, ist, *hier* ist mein Zuhause – nirgends sonst. Ich steh nun mal auf die Romantik der Riviera.« Er strich sich den Schnurrbart und seufzte.

»Ja, es ist wirklich romantisch hier«, pflichtete Imogen ihm nachdenklich bei. Sie sah Mitch an und überlegte, ob sie ihn auf die Entdeckung ansprechen sollte, die sie heute Morgen nach dem Frühstück gemacht hatte. Als sie den Mülleimer in der Küche geöffnet hatte, hatte sie – unverkennbar zwischen dem Kaffeesatz und den leeren Joghurtbechern – einen roten Briefumschlag darin entdeckt, der an Mitch adressiert gewesen war, und eine Karte mit einem großen Herz darauf. Es sah aus, als sei beides in der Mitte durchgerissen worden. Also hatte Mitch eine Valentinskarte bekommen, hatte sie gelesen und sie dann weggeworfen. Aber warum? Nun, das ging sie eigentlich wirklich nichts an.

Nach einer kurzen Pause fragte sie: »Und was ist mit … Gene?«

»Was soll mit ihm sein?«, schnappte Mitch zurück.

»Was ist passiert?«, fragte Imogen sanft.

Mitch bedeckte das Gesicht mit den Händen und gab ein Geräusch von sich wie ein fauchender Teekessel. Dann sah er Imogen durch die gespreizten Finger hindurch an. »Gene hat alles … *kompliziert* gemacht.«

»Er hat dich geliebt«, sagte Imogen.

»Ja.«

»Und du?«

»Ich habe mich benommen wie der größte Arsch der Schöpfungsgeschichte. Ich habe getan, was ich konnte, um ihn zu vertreiben.«

»Und es hat funktioniert?«

»Oh ja, Baby – es hat funktioniert. Hat aber eine Weile gedauert. Aber am Schluss habe ich ihn geschafft. Und dann – wamm! – war er weg.«

Eine Pause trat ein. Mitch schaute aus dem Fenster in den Garten hinaus.

»Wie lange ist das jetzt her?«, erkundigte sich Imogen in neutralem Tonfall.

»Zwanzig Jahre, glaube ich.«

»Und seitdem hast du …«

»Na ja, die Froschkönigin-Nummer, du weißt schon.«

»Ah, ja. Bringt das was?«

»Nein, eigentlich nicht«, erwiderte Mitch. »Und wenn du's wissen willst, in letzter Zeit schon gar nicht.«

»Mitch, jetzt bist du der Hohlkopf. Faustina hat doch gesagt, Gene wohnt noch hier in der Nähe. Warum –«

Jetzt fauchte der Teekessel abermals. »Nein. Hat keinen Sinn. Der ist damit durch.«

»Woher weißt du das?«

Mitch schnaubte ungeduldig und schenkte Imogen Wein nach. »Mach dir meinetwegen keinen Kopf, Kleines. Ich bin ein alter Mann – aber wehe, du plapperst rum, dass ich das gesagt habe! Dann trete ich dir in den Hintern! Aber warum gehst du nicht nach draußen und feierst? Wie wär's denn mit einem von diesen hinreißenden amerikanischen Jungs? Die sehen sogar von hier aus so groß und lebensfroh aus.«

»Ich weiß nicht«, sagte Imogen langsam. Sie sah aus dem Fenster. Aus irgendeinem Grund nahmen Bunnys Brüder gerade den Besen auseinander, während ihre Schwestern beifällig zusahen. Sie wandte sich wieder an Mitch. »Darauf bin ich gar nicht besonders scharf«, erklärte sie. »Ich will …« Sie schüttelte den Kopf. Daphnes Bemerkungen über ihre geheimnisvolle Ausstrahlung und ihre Wirkung auf Männer waren gut gemeint gewesen, doch Imogen glaubte kein Wort davon. »Es ist so«, fuhr sie ernst fort, »ich habe nie erlebt, wie es sich anfühlt … na ja, völlig hin und weg zu sein. Du weißt schon, ganz tief in irgendetwas Romantischem, Wildem drinzustecken. Und allmählich glaube ich, dass mir so etwas auch nie passieren wird. Männer denken einfach nicht so über mich.«

»Na klar.«

»Nein, wirklich! Sie denken, bei mir sei … immer gleich alles klar, weil ich ein bisschen … ich bin nicht sehr selbstsicher.«

»Also, mein Rat wäre ja, vielleicht mal diese Liebesschnulzen wegzulegen, auf die du so abfährst, und ein bisschen echte Romantik zu betreiben. Schon mal daran gedacht? Außerdem muss ich dir sagen – so wie du jetzt aussiehst, kannst du selbstsicher sein. Du bist der absolute Hammer.«

»Danke.«

»Keine Ursache. Ich sehe doch, dass du mir eigentlich nicht glaubst.«

»Imogen? Hi!« Bunnys Cousine Mary-Kate stand in der Tür, ihre silberne Stielmaske in der Hand. Sie begrüßte den Yankee mit vorsichtiger Höflichkeit, dann fügte sie an Imogen gewandt hinzu: »Bunny braucht dich im Garten.«

# 24

Kurz darauf stand Imogen in der Mitte eines großen Kreises aus Partygästen, die Augen verbunden und ziemlich schwindelig, nachdem sie heftig herumgewirbelt worden war. Sie hatte noch nie Blindekuh gespielt, und es war nicht ihre Absicht gewesen, heute Abend damit anzufangen, doch sie hatte sich von Bunny beschwatzen lassen, und jetzt war sie »dran«.

Verdammt. Verdammt noch mal! Das hier entsprach wirklich nicht ihrer Vorstellung von Spaß. Die anderen Gäste neckten sie, riefen ihren Namen, rannten kichernd im Kreis um sie herum, kniffen sie in die Taille, wodurch sie sie fast aus dem Gleichgewicht brachten, und blieben dabei immer knapp außer Reichweite. Wie sollte sie *jemals* hier rauskommen?

Sie war zu müde für so etwas, dachte sie, während sie ungeduldig und vergeblich herumfuchtelte. Einen Moment oder zwei hätte sie ja durchaus gern mitgespielt, aber das hier war zu viel. Nunmehr ernsthaft verärgert schürzte sie resolut die Lippen, stand einen Augenblick lang ganz still, um ihr Gleichgewicht wiederzufinden, und marschierte dann mit ausgestreckten Armen geradeaus los. Sie würde jemanden zu fassen bekommen, *irgendjemanden.*

In diesem Falle bekam irgendjemand *sie* zu fassen, bevor sie Gelegenheit dazu hatte. Sie versteifte sich überrascht, als sie spürte, wie die Hände eines Mannes liebkosend an ihren Armen hinabstrichen und ihre Hände umfassten und wie sich fast augenblicklich ein weicher, fester Mund über dem ihren schloss. Ein berauschender Gewürzgeschmack auf seiner Zunge und ein heftiger

Blutschwall, der ihr ins Gesicht schoss, in Hals und Arme und jeden einzelnen Finger, in Beine und Bauch.

Um sie herum war entzücktes Johlen zu vernehmen gewesen, gefolgt von betroffenem Schweigen, als der Kuss andauerte. Nicht dass Imogen zugehört hätte.

Es war ein Schock, eine vollkommen neue Erfahrung. Vor ihrem geistigen Auge konnte sie ihren Körper ganz deutlich sehen. Er war wie eine von diesen altmodischen Telefonzentralen. Ein Heer unsichtbarer Hände stöpselte Dutzende von Steckern in die dazugehörigen Steckdosen, stellte Hunderte von Verbindungen auf einmal her. Irgendetwas in ihrem Innern verschob sich grundlegend – zum ersten Mal in ihrem Leben war sie ganz und gar eins mit ihrem Körper. Sie seufzte tief. Sie atmete ihn ein. Sie öffnete sich dem Kuss – und er fuhr durch sie hindurch wie ein wollüstiger Donnerschlag.

Irgendwo setzte die Musik wieder ein. Vage wurde Imogen bewusst, dass sich der Kreis auflöste, dass die Leute sich plaudernd zur Tanzfläche aufmachten. Ihre Hände wurden losgelassen, und sein Mund löste sich von ihrem. Langsam öffnete sie die Lider unter der Augenbinde und streckte die Hände nach ihm aus, doch sie trafen nur auf leere Luft. Als sie sich die Binde von den Augen gerissen hatte, stand sie allein auf dem zertrampelten Gras. Er war verschwunden.

»Ich *fasse* es nicht, dass keiner von euch gesehen hat, wer es war!«, rief Imogen entrüstet. »Wo zum Teufel wart ihr denn?«

Zunächst hatte sie sich mit einem Chor wirrer und widersprüchlicher Antworten von den wenigen beschwipsten Gästen zufriedengeben müssen, die noch da gewesen waren, als sie die Augenbinde abgenommen hatte. Dazu gehörten Monsieur Morello aus dem Käsegeschäft nebst Gemahlin, die Friseurin Madame Pignon und ihr Mann, Monsieur und Madame Ponceau aus der Metzgerei, Bernard, der Besitzer des La Sirène, und Mylène vom Ultradonna, die von ihrem Bikerfreund begleitet wurde.

Alle waren sehr bemüht, ihr zu helfen. Einer schwor, dass der Mann, der sie geküsst hatte, groß und dunkel gewesen sei. Ein anderer behauptete, nein, klein und blond sei er gewesen. Auf jeden Fall im mittleren Alter, warf jemand anderes ein. Nein, nein, ganz jung, eigentlich noch ein Junge. Und sein Haar hätte man sowieso nicht sehen können, weil er einen Hut aufgehabt hätte. Er war weiß gekleidet gewesen. Augenblick mal, nein, er hätte definitiv Blau getragen. Nein, nein, Rot. Ganz in Schwarz ist er gewesen – das weiß ich noch ganz genau. Ja, er schien jeden auf der Party zu kennen. Nein, er sei allein gekommen und hätte einsam am Rand des Geschehens gestanden und sich mit niemandem unterhalten. Danach sei er ins Haus gegangen. Nein, er war in Richtung der Musik davongeschlendert. Nein, nein, Augenblick, er hatte die Party verlassen.

In einem jedoch waren sich alle einig: Der Mysteriöse hatte eine Maske getragen, passend zu seinem Kostüm. Sogar Imogen konnte das bestätigen, denn im Laufe des Kusses hatte sie ganz flüchtig Samt gespürt. Doch es lief trotzdem auf dasselbe hinaus: Niemand hatte das Gesicht des Mannes gesehen.

Nichts aus diesem Wirrwarr hinterließ einen bleibenden Eindruck bei Imogen, außer die Erwähnung von Rot und Schwarz – die Farben, die Bastien und Dimitri getragen hatten. *Natürlich.* Das Blindekuhspiel hätte ihnen die Gelegenheit geboten, auf die sie den ganzen Abend gewartet hatten. Doch welcher von beiden hatte sie genutzt, um diesen umwerfend köstlichen Kuss abzuliefern? War das Bastiens Mund auf ihrem gewesen? Wenn ja, dann musste ihre Reaktion bedeuten, dass sie mehr für ihn empfand, als ihr klar war. War es andererseits jedoch Dimitri gewesen, dann musste mehr an ihm dran sein, als auf den ersten Blick zu erkennen war. Beides waren interessante, verheißungsvolle Vorstellungen. Ganz kurz dachte Imogen an Georgette Heyers Romanheldin Venetia, deren Suche nach der Liebe ebenfalls mit einem unverhofften Kuss begonnen hatte, obwohl ihr zumindest Damerels Identität von Anfang an bekannt war. Imogen errötete. Das war ja alles ziemlich aufregend.

Sie hatte auf detaillierte Augenzeugenberichte seitens ihrer Freunde gehofft. Doch wie sich herausstellte, war Mitch in der Küche geblieben, um seinen Whiskey auszutrinken (und, wie Imogen argwöhnte, um den Verlust von Gene zu betrauern). Er jedenfalls hatte die Episode komplett verpasst. Faustina hatte jenen Teil des Abends kettenrauchend ganz hinten im Garten verbracht und sich vor Enzo versteckt. Blieb noch Bunny, die Organisatorin des Blindekuhspiels, die auf Befragen betreten zugab, dass sie sich, genau wie der Rest ihrer amerikanischen Besucher, zu den Freuden der Limbostange hatte fortlocken lassen.

Die Nachbeben des Kusses hatten es zu einer Art außerkörperlicher Erfahrung gemacht, wieder im Boustifaille zur Arbeit anzutreten. Doch Imogen war fest entschlossen, Kapital aus dem Eindruck zu schlagen, den ihr Partyessen auf Monsieur Boudin gemacht hatte. Und so blendete sie Bastien und Dimitri resolut aus ihrem Gesichtsfeld aus, als sie die Küche betrat, marschierte schnurstracks auf die massige Gestalt ihres Arbeitgebers zu und bot ihm, bevor der Mut sie verließ, ihre Dienste als *gâte-sauce* an – der junge Gehilfe eines Kochs, der ständig in Gefahr ist, die Soße zu verderben.

Monsieur Boudin drehte sich zerstreut zu ihr um. »Okay, okay, wenn du willst«, brummte er. »Du hilfst Bastien und Dimitri bei allem, wobei sie Hilfe brauchen.«

Langsam stieß Imogen die Luft aus. Grünes Licht – das war gut. Jetzt brauchte sie nur noch anzufangen. Indem sie zu Dimitri hinüberging und seinem Blick standhielt. Und dann zu Bastien hinüberschaute und *seinem* Blick begegnete. Und nichts von alldem ihre Kocherei beeinflussen ließ. Es war ganz einfach: Auf gar keinen Fall durfte sie ihr Ziel aus den Augen verlieren. Sie musste sich professionell verhalten und Boudin zeigen, was sie konnte. Mit beiden Händen strich sie ihre Schürze glatt und ging auf ihren Posten zu.

»Hi, Imogen«, sagte Bastien. »Hat es dir Spaß gebracht gestern Abend?«

Vorsichtig blickte Imogen auf. Hatte *was* Spaß gebracht? Er grinste sie an, und in seinem Gesicht war nichts zu lesen. Wenn das gespielt war, dann war er ein sehr guter Schauspieler.

»Ja, danke«, antwortete sie.

Als er ihre Gegenwart bemerkte, schnaubte Dimitri.

»Verkatert?«, fragte sie.

»Total. Komm mir bloß nicht in die Quere.«

»Also, eigentlich hat Monsieur Boudin gesagt, ich soll euch bei allem helfen, wobei ihr Hilfe braucht.«

Daraufhin drehte Dimitri sich um und lächelte zweideutig. »Bist du heute aber fügsam! Das ist ja ganz was anderes als gestern Abend – da warst du so was von schwierig.«

*Bis du mich erwischt und geküsst hast – ist es das, was du meinst?*, fragte Imogen sich im Stillen, während sie anfing, sich durch einen Haufen Karotten hindurchzuschälen. Als zuerst Bastien und dann Dimitri anfing, sie um Hilfe zu bitten, wurde das Ganze interessanter, aber auch deutlich schwieriger. Jakobsmuscheln in der Pfanne kurz anbraten und zusehen, dass die delikate Sauce aus Safran und Sahne dabei nicht vollständig zu kochen begann. Perlhühner in Rahmsauce mit einer dünnen Kruste aus Trockenfrüchten überziehen. Papierdünne Kartoffelscheiben in eine Gratinform legen, und zwar in einem vollendet symmetrischen Muster. So las sich die Liste ihrer Aufgaben, aber wo sollte sie anfangen?

»*Coucou, petite assistante!* Sind wir heute auf dem Mond?« Monsieur Boudins Stimme ließ ihr Trommelfell fast platzen. Es war, als kreiselten in ihrem Schädel irr gewordene Sixpence-Münzen.

»Nein, *Chef*, überhaupt nicht.«

»Das war eine nette Party gestern, ja? Wir fanden es natürlich alle sehr schön, aber jetzt fängt das richtige Leben wieder an.«

»Ja, *Chef*.«

Das richtige Leben … und die Party … also eigentlich, überlegte Imogen, war es vielleicht ein Fehler gewesen, die Erinnerung an den Kuss abzublocken. Sie schloss die Augen und versuchte nunmehr mit ihrer ganzen Willenskraft, sich daran zu erinnern und an den enormen Energieschwall, den er in ihr freigesetzt hatte. *Ja.*

Die Wirkung trat augenblicklich ein. Ungemein beflügelt gelang es Imogen, ihre sämtlichen Aufgaben in etwas Ähnlichem wie einer logischen Reihenfolge zu erledigen, und am Ende hatte sie sogar das Gefühl, das Ganze einigermaßen gemeistert zu haben, obgleich es eine erkleckliche Anzahl von Beinahe-Pannen und Momenten der Panik gab – etwa als sie eine Ladung zu lange gebratener, gummiartiger Jakobsmuscheln entsorgen und sich mit widerspenstigen Perlhühnern herumschlagen musste, an denen die Trockenobstkruste partout nicht kleben bleiben wollte.

Sie absolvierte ihre Schicht, und als der Service zu Ende war, fand sie, sie hätte nunmehr das Recht, ihren beiden Kuss-Kandidaten ein paar Fragen zu stellen. Zuerst versuchte sie es bei Dimitri. Er hörte sich an, was sie zu sagen hatte, dann lächelte er sie an und sagte: »Okay – ich war's. Natürlich war ich es. Hast du das denn nicht gemerkt?«

»Na ja, ich weiß nicht …«, erwiderte Imogen unsicher. Die brennende Intimität dieses Kusses war ganz und gar nicht so gewesen wie jenes lüsterne Geplänkel, das sie damals mit ihm erlebt hatte. Und doch … »Warst du es?«, fragte sie und suchte in seinem Gesicht nach Hinweisen. »Wirklich?«

Er ließ seine grauen Augen auf ihr ruhen, dann wanderte sein

Blick vielsagend an ihrem Körper hinab, und er sagte: »Weißt du, es gibt nur eine Möglichkeit, das ganz sicher herauszufinden. Warum kommst du heute Abend nicht mit auf mein Zimmer?«

Als sie nicht antwortete, zuckte er die Schultern und wandte sich wieder seiner Arbeit zu.

Auch Bastien wich ihrer Frage nach dem Kuss auf geradezu irritierende Weise aus, als sie ihn vor dem begehbaren Kühlschrank zu fassen bekam. Er hörte sich ihre Geschichte an und meinte dann mit einem Augenzwinkern: »Na ja, also, ich war *dabei.*«

Das war nun ein wenig delikat. »Wenn du dabei sagst«, fragte Imogen vorsichtig, »meinst du damit, du hast *gesehen,* wie es passiert ist, oder dass du … es *getan* hast.«

»Ach, es ist also möglich, dass ich es war? Hat es sich denn so *angefühlt,* als wenn ich es wäre?«

»N-nein«, antwortete sie schließlich. »Eher nicht.«

Bastien lehnte sich an die Tür des Kühlschranks, und sein Gesichtsausdruck wurde ernster. »Sag mir eins, *möchtest* du, dass ich es war?«

Sie blickten sich unverwandt in die Augen. Als er Imogen zögern sah, verdüsterte sich Bastiens Miene ein wenig, doch er lächelte sie weiter tapfer an. »Dann sagen wir doch einfach, ich war es *nicht.* So ist es viel einfacher, nicht wahr?«

Doch es war nicht einfach, dachte Imogen bei sich. Überhaupt nicht. Was als unerwartete romantische Episode begonnen hatte, wurde allmählich zu etwas ganz anderem: zu einem »Wer war's?«-Krimi.

# 25

»Einer von beiden *muss* es sein«, sagte Imogen ein paar Tage später, als sie mit Mitch und Faustina bei Bunny im Garten saß. »Aber welcher?«

»Richtig süß sind sie ja beide«, bemerkte Bunny gelassen. »Aber welcher ist dir denn lieber?«

»Der, der mich geküsst hat, ganz egal, welcher das ist.«

»Musik in meinen Ohren«, stellte Mitch beifällig fest. »Endlich kapierst du's – keine Gefühle, nur Sex.«

Imogen schüttelte den Kopf. »So habe ich das nicht gemeint.«

»Hör mal«, begann Faustina behutsam; sie wollte nicht die Überbringerin schlechter Neuigkeiten sein. »Meinst du nicht, dass du *vielleicht* ein bisschen zu viel aus diesem Kuss machst?« Als sie sah, dass Imogen stumm blieb und nicht übermäßig betroffen wirkte, zupfte ihre korsische Freundin die Fransen an ihren weißen Cowboystiefeln zurecht, ehe sie fortfuhr. »Ich meine … ich weiß, für dich hat es sich angefühlt wie etwas ganz Besonderes, aber für ihn war es vielleicht bloß ein kleiner Kuss, weißt du?«

Imogen sah sie an und verarbeitete diese Idee.

»Das würde auf Dimitri hindeuten«, stellte Mitch fest. »Der Junge hat die richtige Einstellung. Dem geht es nur um Action. Und das ist auch logisch, bei seiner Batman-Macke. Dieser Flipper in dem Café ist wie seine Ehefrau. Und er hat doch auch Batman-Poster in seinem Zimmer, stimmt's?«

Imogen nickte. Als sie eine Bemerkung über das mittlerweile ziemlich zerfledderte Filmplakat gemacht hatte, das über seinem Bett an die Wand gepinnt war, hatte er ihr erzählt, dass er es vor

Jahren vor einem Kino geklaut hatte. Es ging um eine Wette, bei der er betrunken gewesen war.

»Na, überleg doch mal. Wenn er auf diese ganze Geheime-Identität-Nummer abfährt, natürlich fände er es dann toll, sich zu verkleiden, eine Maske aufzusetzen, sich in die Nacht davonzuschleichen, blablabla. Das ist doch wie aus einem Batman-Film.«

»Ich weiß nicht«, entgegnete Imogen. »Er hat doch nie ein Problem damit gehabt, mich ohne Maske anzubaggern.«

»Na ja, vielleicht hat er ja gedacht, er verleiht dem Ganzen mal ein bisschen Würze.«

»Ehrlich gesagt, *ich* würde auf Bastien setzen«, sagte Bunny und lächelte Imogen an. »Auf den Netten. Ich glaube, er hat's bisher bloß nicht zugegeben, weil er überlegt, was er als Nächstes tun soll, um Eindruck bei dir zu schinden.«

Imogen lächelte zurück. Dann ließ sie den Blick durch den friedlichen Garten schweifen und dachte daran, wie dramatisch er am Abend des Valentinstages ausgesehen hatte – geheimnisvoll, feenhaft erleuchtet und voller maskierter Gäste. Sie betrachtete den Rasen und versuchte, die Stelle auszumachen, wo sie geküsst worden war. Ihr Herz schlug ein wenig schneller.

Hier draußen war es ruhiger als im Haus. Bunnys Villa war noch immer randvoll mit Freunden und Verwandten, die inzwischen größtenteils dabei waren abzureisen. Bunny warf einen raschen Blick durch die Terrassentür und winkte ihrer Schwester Grace zu, die vergnügt zurückwinkte.

»Gracie fährt heute nach Hause«, sagte Bunny und wandte sich wieder ihren Freunden zu. »Und Everett nimmt Buddy mit auf eine Art *Grand Tour*. Sie reisen durch ganz Italien und wollen sich *alles* anschauen! Aber zuerst will Everett ein paar Tage mit Archer verbringen und sich vergewissern, dass er wirklich okay ist. Wisst ihr, die beiden sind seit dem College befreundet, und Archer macht gerade wirklich schwere Zeiten durch. Er braucht einen Freund.«

»Schwere Zeiten?«, wiederholte Faustina. »Was denn für schwere Zeiten?«

»Na ja … *frisch geschiedene* schwere Zeiten eben.« Bunny senkte die Stimme, ehe sie diese Information im Bühnenflüsterton zum Besten gab. »Ich glaube, er ist im Haus, bei meinen Brüdern.«

»Frisch geschieden?«, fragte Imogen, den Blick noch immer auf den Rasen geheftet. »Oje.«

»Ja, der arme Archer. Ach, es war einfach schrecklich!«, fuhr Bunny fort. »Er hatte da so eine wunderschöne kleine Französin kennengelernt, Constance. In Paris, gleich nachdem er einen Job beim Musée d'Art Moderne bekommen hat. Es war so eine richtige Turbo-Liebesgeschichte, die beiden haben unheimlich schnell geheiratet. Archers Familie stammt zum Teil aus Frankreich, deshalb hatte man das Gefühl, das sollte alles so sein, versteht ihr? Everett war sein Trauzeuge, und er hat gesagt, die Hochzeit in Paris war das *Romantischste*, was er *jemals* erlebt hat. Und danach sind sie in so eine entzückende Wohnung gezogen, von der aus man tatsächlich den Eiffelturm sehen konnte, und eine Weile war alles prima, aber *dann* …«

Bunny seufzte und spreizte die Hände im Schoß. »Also, ich glaube, Constance ist allmählich klar geworden, dass sie doch nicht reich geheiratet hat.«

»Die Franzosen denken, alle Amerikaner sind steinreich«, bemerkte Mitch und strich sich den Schnurrbart. »Weiß gar nicht, wieso. Vielleicht sehen die uns gar nicht als richtige Menschen, sondern als irgendwelche abgefahrenen Märchenwesen.«

»Vielleicht«, meinte Bunny. »Jedenfalls, sie hat gedacht, Archer käme aus einer reichen Familie, und das stimmt einfach nicht. Also hat sie ihn verlassen, und nicht nur das, sie hat ihm auch noch gesagt, das Ganze wäre seine Schuld, weil er sie getäuscht hätte und dann gar nicht superreich gewesen wäre! Ist das nicht das Gemeinste, was ihr je gehört habt?«

»Das hört sich wirklich sehr mies an«, stellte Imogen schockiert fest.

»Letzten Endes war sie wohl doch keine echte Lady«, schloss Bunny entschieden. »Jedenfalls, hier sitzen wir nun, und jetzt ist Archer völlig am Ende und sagt, mit der Liebe ist er fertig.« Ihre Augen wurden groß vor Entsetzen. »Ist das nicht furchtbar?«

»Nein«, knurrte Mitch ziemlich düster. »Ich finde, so ist er besser dran. Sicherer. Und frei.«

»Weißt du«, erwiderte Bunny nachdenklich in ihrem gedehnten Tonfall, »ich weiß nicht, ob das stimmt. Er ist jetzt ganz in sich gekehrt und richtig verbittert und zynisch. Everett macht sich Sorgen um ihn. Jedenfalls hoffen wir alle, dass er sich hier in Südfrankreich ein neues Leben aufbauen kann. Vielleicht kann er ganz neu anfangen.«

»Na ja, *ich* habe mir hier ein neues Leben geschaffen«, sagte Faustina. »Und Mitch auch. Euer Freund wird bestimmt wieder. Aber«, fuhr sie energisch fort, »um wieder auf deinen geheimnisvollen Kuss zurückzukommen, Imogen, ich glaube, du musst da *systématique* sein. Hör nicht darauf, was Bastien und Dimitri sagen. Nein, was du tun musst, ist, sie beide noch mal küssen. Dann weißt du es ganz sicher.«

Beklommen sann Imogen über diesen radikalen Vorschlag nach. Ganz geheuer war ihr dieses Herumküssen nicht. Das war wirklich nicht ihre Art, und die Komplikationen, die ihre Halb-Beziehung mit Bastien *und* mit Dimitri mit sich gebracht hatte, waren kein Vergnügen gewesen. Bestimmt gab es eine weniger verquere Methode, den geheimnisvollen Urheber des Kusses dazu zu bringen, sich zu offenbaren? ... *Und wenn schon,* dachte sie, *sie würde doch ausschließlich um der wissenschaftlichen Recherche willen küssen, oder? Um die Wahrheit herauszufinden.* Außerdem hatte sie ja vielleicht schon beim ersten Versuch Glück und konnte es vermeiden, mehr als einen Mann zu küssen.

»Es wäre ja schön, wenn du nicht nur einen auswählen müsstest«, meinte Faustina.

»Ehrlich gesagt hat Dimitri tatsächlich mal einen flotten Dreier vorgeschlagen«, erwiderte Imogen und schüttelte ungläubig den Kopf.

»*Echt?* Und was hast du gesagt?«

»Na, *Nein* natürlich!«

»Du hast *abgelehnt?*«, donnerte Mitch. »Was ist denn mit *dir* los? Du bist *so* ein Hohlkopf!«

»Nach meiner Erfahrung«, legte Faustina nach, »ist überhaupt nichts dabei, gelegentlich mal so etwas auszuprobieren.«

Imogen war wie vor den Kopf geschlagen. »Ihr beide seid ganz einfach pervers«, verkündete sie schließlich.

»Aber Imogen, denk doch mal kurz nach«, fuhr Faustina unbeirrt fort.

»*Ja*«, pflichtete Bunny ihr bei, die in eine Art Trance verfallen zu sein schien.

Imogen warf ihrer amerikanischen Freundin einen verblüfften Blick zu, ehe sie sich wieder Faustina zuwandte. »So etwas klappt doch nie.«

»Das kann durchaus klappen, wenn dabei ein ganz klares Einverständnis herrscht. Zuerst einmal sollte es beiden Männern vorrangig um dein Vergnügen gehen.«

Imogen starrte Faustina ungläubig an. »Aber es geht doch nicht nur ums Vergnügen! Irgendjemand würde dabei doch zu Schaden kommen. Ist sogar schon passiert!« Sie wedelte mit ihrem Narbenfinger vor ihren Freunden herum. »Findet ihr nicht, dass das reicht?«

»Vielleicht solltest du aufhören, so viel an dich zu denken, Missy«, bemerkte Mitch, die Augenbrauen bis zum Anschlag hochgezogen.

Faustina folgte noch immer ihrem eigenen Gedankengang. Schließlich sagte sie: »Und zweitens muss man beiden absolut klarmachen, dass es *nur* um Sex geht. Und drittens ist es vielleicht am besten, wenn man das nur einmal macht.«

»Aber dann so lange wie möglich«, setzte Bunny hinzu, bevor sie die Hand vor den Mund schlug und knallrot anlief.

»*Bunny!* Nicht du auch noch!«, entrüstete sich Imogen. »Wie war das noch mal mit sich selbst respektieren und verliebt sein und all so was?«

»Na ja, ich gebe mir wirklich Mühe, nach diesem Kodex zu leben«, antwortete Bunny kichernd. »Es ist nur, wenn es um Männer geht, frage ich mich *manchmal*, ob es nicht mehr Spaß machen würde, gleich zur Sache zu kommen. Erst zu schießen und dann Fragen zu stellen.«

Mit verschränkten Armen sah Imogen zu, wie ihre drei Freunde in schallendes Gelächter ausbrachen. Dann fuhr sie zusammen, als sie Bunnys Bruder Everett in der offenen Terrassentür auftauchen sah.

»Hey, Schwesterchen – Telefon für dich. Jemand von der Galerie Provençale!«

»Oh, super!« Bunny sprang auf und rannte ins Haus.

»Ich glaube, Bun hat gerade etwas gefunden, wo sie ihre Arbeiten ausstellen kann«, erklärte Everett den anderen. Er ließ sich in einen Liegestuhl sinken. »Also. Was liegt an?«

»Nichts«, stammelte Imogen, von seinem fragenden Blick aus der Fassung gebracht. »Überhaupt nichts.«

# 26

Es war Mittwochabend, und Bastien und Imogen hatten in Mitchs Küche zusammen gekocht, etwas, das sie gelegentlich an dem Tag taten, an dem das Boustifaille geschlossen war. Durch ein großes Glas Rosé mutig geworden, nahm sich Imogen vor, Faustinas gewagten Vorschlag hier und jetzt in die Tat umzusetzen – nur um für Klarheit zu sorgen.

»Das verstehst du doch, nicht wahr?«, bemühte sie sich, ihre Bitte, von Bastien geküsst zu werden, vernünftig klingen zu lassen. »Ich meine, du willst mir ja partout nicht sagen, ob du das nun warst, da auf der Party!«

Bastien, der gerade dabei war, einen köstlich duftenden Fischeintopf in eine weiße Suppenterrine umzufüllen, hielt inne und lächelte sie an, nicht ohne einen Hauch von Schwermut. »Eigentlich sollte es doch gar nicht *nötig* sein, dass ich es dir sage, genau das ist doch der Punkt.«

Wie immer, wenn er etwas nur für sie gekocht hatte, sah er so sexy aus wie sonst nie, düster und angespannt, und Imogen wünschte sich wirklich, dass er ihr ihren Wunsch erfüllen würde. Denn wenn sich herausstellte, dass er wirklich derjenige war, der sie auf der Party geküsst hatte, dann würde sich alles wunderbar zusammenfügen und sich hoffentlich zu einem romantischen Erlebnis von genau der Sorte entwickeln, nach der sie sich immer gesehnt hatte.

Schweigend stellte sie die dünnen, schräg geschnittenen Croutons und das *rouille* mit Knoblaucharoma auf den Tisch, das er für ihr gemeinsames Festessen zubereitet hatte. Sie setzte sich und sah zu, wie er mit der Suppenkelle *bourride* erst in ihre und dann in seine Schale füllte.

»Nein«, verkündete Bastien und nahm ihr gegenüber Platz. »Ich werd's nicht tun.«

»Oh! Wieso denn nicht?«

Sie sahen einander an. Es war interessant, dachte Imogen bei sich, dass Bastiens friedfertiges gutes Aussehen so sehr auf ein sonniges, sorgloses Gemüt schließen ließ. Nichts war ferner von der Wahrheit. Er nahm sich alles sehr zu Herzen, und wie sich herausgestellt hatte, war er alles andere als sorglos.

»Weil ich dich wirklich gernhabe. Das weißt du doch, Imogen.«

Beschämt schlug Imogen die Augen nieder. Würde man sie zwingen, ihre Gefühle ganz ehrlich zu erforschen, so müsste sie sagen, dass sie Bastien gern mochte, mehr aber wahrscheinlich nicht. Um irgendetwas zu tun, kostete sie von seinem Fischeintopf. Er war göttlich.

»Wenn ich dich noch mal küsse, dann weil du es *willst*«, fuhr er ernst fort. »Nicht als Experiment.«

Imogen seufzte reumütig. Er hatte ja recht. Sie sollte nicht so leichtfertig mit ihm umspringen. Und doch, trotz allem …

Wie sollte sie sonst herausfinden, ob er derjenige war, nachdem er sich weigerte, es ihr freiwillig zu sagen?

»Hast du die Karte bekommen, die ich dir zum Valentinstag geschickt habe?«, erkundigte sich Bastien.

»Die, auf der von Passionsfrüchten die Rede war?«, fragte Imogen betreten. »Ich dachte mir schon, dass die bestimmt von dir war.«

»Ja. Dann weißt du ja, was ich fühle, nicht wahr? Also, falls du beschließt, dass du etwas für mich empfindest«, fuhr er fort, »und *nur* dann – dann küsse ich dich mit Vergnügen, so viel du willst.«

Bastien verstand wirklich etwas von Romantik, dachte Imogen. Seine Beredsamkeit rührte sie. Sie war schwer versucht aufzuspringen und ihn hier und jetzt zu küssen, ob er nun wollte oder nicht. Dann besann sie sich eines Besseren. Wie lautete noch mal Faustinas korsische Redensart? Ein erzwungener Kuss war keinen Pfifferling wert? Jedenfalls irgendetwas in der Art. Es stimmte. Wenn sie sich diesen Kuss von ihm stahl, war es unwahrscheinlich, dass dabei irgendetwas ans Licht kam, das sie wissen wollte. Jetzt war nicht der richtige Zeitpunkt. Sie musste warten.

Ein ähnliches Gespräch hatte im La Sirène mit Dimitri stattgefunden, wo Imogen ihm zu seinem üblichen Stehplatz gefolgt war – am Flipperautomaten – und dann unentschlossen neben ihm gestanden und auf eine Eingebung gewartet hatte. Er hatte einen Blick über die Schulter geworfen und gefragt: »Willst du auch mal?«

»Oh nein, ich weiß gar nicht, wie das geht.«

Ohne sie richtig anzusehen, hatte er sie in seine Arme gezogen, so dass sie vor ihm stand, das Gesicht dem Automaten zugewandt.

»Leg die Finger da drauf, so«, wies er sie an, positionierte ihre Hände und legte seine darüber. Dann blies er sich ihr Haar aus dem Gesicht. »Und überlass das Spielen mir.«

Das Spiel begann, und ihre Körper fingen an, wie einer vor- und zurückzuschwanken. *Also, das habe ich mir jetzt selbst eingebrockt,* dachte Imogen mit heißem Gesicht. Sie warf einen raschen Blick zu dem Tisch hinüber, wo die anderen aus dem Boustifaille saßen. Larissa musterte sie wie immer mit finsterer Miene, Bastien jedoch kehrte ihr den Rücken zu. Ein Glück. Monty sauste zwischen den Beinen des Flipperautomaten herum, völlig fasziniert von dem Piepen und Klingeln.

Dimitri erreichte wie üblich eine hohe Punktzahl, und Imogen schaffte es, sich ihm zu entwinden, als er einen Arm von ihr löste, um triumphierend in die Luft zu boxen. Sie drehte sich zu ihm um und trug stammelnd und errötend ihr Anliegen vor. Dimitri nahm ihre Vorstellung mit allen Anzeichen des Genusses zur Kenntnis und lachte dann schallend los. »Das ist ja super. Du hast also *doch* beschlossen zu betteln.«

»Ich *bettele* doch überhaupt nicht«, widersprach Imogen gereizt. Rasch pflückte sie seine andere Hand von ihrem Hintern und trat zur Seite. »Ich frage dich, ob du mir einen kleinen Gefallen tun kannst.«

»Sag ›bitte‹.«

*»Bitte«*, quetschte Imogen zwischen zusammengebissenen Zähnen hervor und fügte im Geiste hinzu »Du Drecksack!« Ja, sie stand ein bisschen auf ihn, gestand sie sich ein. Und es war ja möglich, dass er sie lieber mochte, als er es sich anmerken ließ. Aber er war auf jeden Fall der nervtötendste Kerl der Welt.

»Hey, Alter! Hey, kleine Meerjungfrau!«

Es war Cheyenne. Er küsste Imogen auf beide Wangen, ehe er einen ausführlichen, komplizierten Handschlag mit Dimitri wechselte.

»Superparty neulich Abend *chez l'Américaine!* Echt voll abgefahren!«

Imogen nickte. Dimitri zuckte mit keinem Muskel. Er sah sie an.

»Kleine Meerjungfrau, du hast mich ganz schön hängen lassen«, tadelte Cheyenne und wedelte mit dem Finger vor Imogen herum. »Du hast nicht mit mir getanzt.«

»Ach ja, stimmt«, antwortete Imogen geistesabwesend. »Entschuldige. Vielleicht nächstes Mal.«

»Kein Problem, alles cool, mach dir keinen Kopf, weil ...« Er nahm ihre Hand und küsste sie. »Ich habe nämlich *Pläne* für uns. Oh ja. Lass Cheyenne nur machen.«

Erschrocken starrte Imogen ihn mit großen Augen an. Pläne? Was denn für Pläne?

Genau in diesem Moment schnalzte Dimitri dicht vor ihrem

Gesicht mit den Fingern, um ihre Aufmerksamkeit wieder auf sich zu lenken. »Wenn ich tue, worum du mich bittest, was tust du dann für mich?«, fragte er lächelnd.

»Was?«

»Ich küsse dich, wenn du willst«, sagte er, zupfte gemächlich eine Strähne ihres Haares hervor und wand sie sich um den Finger. »Aber als Gegenleistung will ich, dass du ...«, er beugte sich vor und flüsterte ihr ein paar Worte ins Ohr, dann trat er zurück, um zu sehen, wie sie reagierte. Wortlos trat Imogen ihm mit aller Kraft vors Schienbein und ging davon, gefolgt von einem ebenso empörten Monty.

# 27

Am nächsten Tag hatte Imogen einem höchst untypischen Impuls nachgegeben und beschlossen, sich neue Wäsche zu kaufen. Irgendetwas in ihrem Innern hatte sich seit dem Valentinskuss verändert. Es war, als sei ihr Körper freimütiger geworden. Nachdem er jahrelang vernünftige und nicht im Mindesten aufregende Unterwäsche hingenommen hatte, forderte er jetzt lautstark, man solle ihm etwas Hübsches anziehen. Und so hatte sie sich dabei ertappt, dass sie, als sie mit Monty am Ultradonna vorbeigekommen war, ausgiebig ins Schaufenster gestarrt hatte, bevor sie von Mylène überschwänglich begrüßt worden war. Nach einem ausgedehnten – und verblüffend erbaulichen – Anprobier-Marathon war Imogen mit drei neuen BHs und dazu passenden Slips aus pastellfarbenem Satin in Eisblau, Nude-Pink und Hellgrün von dannen gezogen. Außerdem schmiss sie ihren vergrauten Sport-BH in den Papierkorb hinter dem Ladentisch und wurde zur Belohnung von Mylène unter Gratulationen umarmt.

In den neuen Sachen fühlte Imogen sich ganz anders, größer und aufrechter, und außerdem passten sie wirklich gut zu ihrem nunmehr blassgoldenen Hautton. Dieser wiederum ließ sie in Kombination mit ihren dunklen Augen und dem dunklen Haar völlig anders aussehen als früher – fast südländisch.

»Dazu brauchst du jetzt noch ein paar neue Klamotten«, hatte Mylène weise bemerkt, als sie Imogen zur Tür geleitete. »Das T-Shirt da ist ein paarmal zu oft gewaschen worden.« Sie hatte Imogen die Hände auf die Schultern gelegt und sie herumgedreht, so dass sie sich im nächsten großen Spiegel sehen konnte. »Und weißt du, eigentlich brauchst du solche Schlabberteile gar nicht. Du hast tolle Kurven – du solltest dich *près du corps* kleiden, so, siehst du?« Sie zerrte an dem überschüssigen Stoff von Imogens Outfit. »Jetzt kann man deine Figur sehen.« Mylène lächelte. »*Une vrai pin-up, hein?* Versprich mir, dass du eine super geschnittene Jeans und ein *knappes* T-Shirt anhast, wenn du das nächste Mal vorbeikommst – etwas richtig Süßes, okay?«

»Okay«, hatte Imogen geantwortet und zurückgelächelt. Ihrem Körper gefiel der Gedanke an neue Kleider, das spürte sie. »Vielen, vielen Dank.«

»*De rien, ma belle.*«

Jetzt saß sie nach der Abendschicht in ihrem Zimmer, sah nach ihren E-Mails und räumte ihren Posteingangsordner auf. Ein paar von den üblichen albernen Anfragen ihrer Geschwister zu häuslichen Problemen waren gekommen. Nachdem sie wiederholt und mit beträchtlichem Vergnügen auf »Löschen« geklickt hatte, schickte Imogen eine kurze Mail, in der sie alle herzlich grüßte und eine sorgsam redigierte Schilderung ihres Lebens als Daphnes fiktives Au-pair-Mädchen in Saint-Jean-les-Cassis zum Besten gab. Sie packte so viel Lokalkolorit hinein wie nur irgend möglich, um die Täuschung wettzumachen.

Danach wandten sich Imogens Gedanken Di zu. Sie hätte ihrer Freundin wirklich gern von dem Kuss erzählt und sie um Rat gefragt. Aber wie sollte sie die ungewöhnlichen »blinden« äußeren Umstände erklären? Di würde wahrscheinlich denken, sie hätte einen Sonnenstich.

Während sie noch mit diesem Problem rang, erschien plötzlich eine E-Mail im Posteingang.

Der Betreff lautete – auf Französisch – »LIES MICH, IMOGEN«.

Sie starrte die Worte an, dann bemerkte sie die Adresse des Absenders: Valentinskuss@mailenfrance.fr. Ihr Herz setzte einen Schlag aus und schaltete dann den Turbo ein. Mit angehaltenem Atem öffnete sie die Mail. Sie enthielt keinen Text, nur ein Bild.

Es war ein Schwarzweiß-Foto von einem Paar, das die Straße hinunterging und sich dabei innig küsste, anscheinend ohne aus dem Tritt zu kommen. Der Arm des Mannes war um die Schultern des Mädchens geschlungen, während der ihre herabhing und die Hand halb geöffnet ein wenig nach oben zeigte, als wolle sie … *was* andeuten? Dass er sie überrumpelt hatte? Dass sie diesen Kuss aus vollem Herzen erwiderte? Beides. Alles beides. Inmitten gleichgültiger Passanten gingen sie an einem Straßencafé vorbei. Die Stadt sah nach Paris aus.

Imogen lächelte, und ihre Finger strichen unwillkürlich über ihren Mund. Dann wurden ihre Augen schmal, als sie die E-Mail abermals nach einem möglicherweise übersehenem Text absuchte. Doch es war keiner vorhanden – nur das Bild einer Geste, die impulsiv und intim zugleich war. Ja, das traf es. Das traf es genau.

Sie stand auf, um Mitch zu rufen.

»Das ist Robert Doisneaus *Kuss vor dem Rathaus*«, stellte er nach einem Blick auf den Bildschirm fest. »Du hast recht, das ist Anfang der Fünfziger in Paris aufgenommen worden. Die Monumentalfassade da im Hintergrund ist das Rathaus von Paris – l'Hôtel de Ville.«

»Ja, ja«, antwortete Imogen. »Aber was hältst du davon?«

»Er hat Geschmack. Ich persönlich liebe Doisneau – in seinen Arbeiten steckt so viel Energie.« Nachdem er einen kurzen Blick auf sie geworfen hatte, fuhr er fort: »Oh, ich verstehe, was du meinst.« Seine Miene wurde strenger. »Also, warum *fragst* du ihn nicht?«

»Wer hätte das eher geschickt? Dimitri oder Bastien?«

Mitchs Mundwinkel senkten sich zweifelnd, dann meinte er: »Schwer zu sagen. Es ist ein unheimlich berühmtes Bild, besonders in Frankreich. Man kriegt überall Poster und Postkarten davon. Hätte beiden unterkommen können.«

»Was soll ich deiner Meinung nach dazu sagen?«

Mitchs Augenbrauen wölbten sich vielsagend empor. »Es ist deine Geschichte, Baby. Der Typ schickt dir diesen Eröffnungszug, der übrigens richtig Klasse hat – eine echt romantische Ikone. Es ist an dir zu antworten. Ich wette, der wartet am anderen Ende und kaut sich die Fingernägel ab und all so was. Ich gehe jetzt ins Bett. Lass mich wissen, wie's ausgeht, ja?«

Er drückte ihr die Schulter und verließ das Zimmer. Wieder allein klickte Imogen auf »Antworten«. Sie zögerte einen Moment lang, dann tippte sie rasch »*Qui es-tu?*« und klickte auf »Senden«.

Zu ihrem verblüfften Entzücken kam die Antwort fast augenblicklich. Mitch hatte recht gehabt. Ihr Boustifaille-Kollege hatte darauf gewartet, dass sie reagierte. Seine Nachricht lautete – auf Französisch – *»Hat es dir gefallen?«*

»Es ist wunderschön«, tippte Imogen zurück, ebenfalls auf Französisch, und fügte mit Elan hinzu: »Doisneau ist unheimlich energiegeladen.« Das würde ihm zumindest zeigen, dass sie nicht vollkommen ahnungslos war.

*»Ich bin ganz deiner Meinung, aber ich habe das Küssen gemeint.«*

Imogen sog scharf die Luft ein. »Ja, das hat mir auch gefallen«, tippte sie mit zitternden Fingern.

*»Würdest du das gern wieder tun?«*

»Warum bist du einfach so verschwunden?«

*»Ich weiß nicht. Aber das heißt nicht, dass ich dich nicht sehr gern noch einmal küssen würde.«*

»Wer bist du?«

Eine kurze Pause, dann: *»Darauf kann ich noch nicht antworten.«*

»Ich finde, ich sollte wissen, mit wem ich mich treffe.«

*»Da bin ich mir nicht so sicher. Es war doch ein Valentinskuss, nicht wahr? Geht es beim Valentinstag nicht um geheime Verehrer?«*

Damit hatte er natürlich recht. Sie hatte einen Valentin, einen geheimen Verehrer, der noch eine Weile unerkannt bleiben wollte.

»Ich glaube, ich weiß trotzdem schon recht gut, wer du bist«, tippte sie lächelnd. Sie schloss die Augen und versuchte sich vorzustellen, wer es war – Bastien oder Dimitri? Beide waren durchaus imstande, sie so auf die Folter zu spannen.

*»Kluges Mädchen. Das würde mich nicht im Geringsten überraschen. Was ist jetzt mit dem Kuss?«*

»Ich weiß nicht genau, was du meinst. Du willst mich küssen, aber deinen Namen willst du mir nicht verraten?«

*»Stimmt.«*

Imogen runzelte die Stirn, dann antwortete sie: »Aber wenn ich dich noch einmal küsse, dann würde ich doch bestimmt dein Gesicht sehen, und dann wäre das Spiel zu Ende.«

*»Das ist nicht ganz das, was mir vorschwebt. Du hast mich doch schon mal geküsst, ohne mein Gesicht zu sehen.«*

»Ja.«

*»Und es hat dir gefallen.«*

Ehrlich gesagt fand ich es *wunderbar*, dachte Imogen, während ihr das Blut ins Gesicht schoss. Ich glaube nicht, dass ich jemals irgendetwas auch nur halb so sehr genossen habe. Nicht einmal, als ich das erste Mal Hummer gekostet habe, und das will etwas heißen.

*»Siehst du?«* Er hatte ihr Schweigen richtig gedeutet.

Sehen?, dachte Imogen. Was genau soll ich sehen? Mit zusammengekniffenen Augen starrte sie auf den Bildschirm und tippte dann: »Weiß nicht recht, ob ich dich richtig verstehe, aber schlägst du eine zweite Runde …« Verzweifelt suchte sie nach dem französischen Wort für Blindekuh. Ach ja. »… *Colin-maillard* vor?«

*»Ich lasse mir etwas genauso Schönes einfallen. Gute Nacht, Imogen.«*

Und damit hatte der Austausch geendet, und Imogen saß in einem Zustand höchster Erregung da, der ganz und gar nicht unangenehm war. Endlich – endlich fand sie sich in einer wahrhaftig romantischen Situation wieder, kommunizierte mit einem Verehrer, dessen Identität ein verlockendes Geheimnis blieb, und *last but not least* fand das Ganze auch noch auf Französisch statt. Oh, das war viel, viel besser als von den historischen Abenteuern von Sophy oder Venetia zu schwärmen. Jetzt war sie, Imogen, die Romanheldin … ihre eigene Geschichte entfaltete sich … hier und jetzt. Und sie hatte keinen blassen Schimmer, wo das hinführte. Ja, dachte sie, während ein Schauer der Erregung ihren Körper durchlief, das alles lag vollkommen außerhalb ihres Erfahrungsbereichs – und war deshalb umso berauschender.

# 28

Imogen machte gerade eine dringend notwendige Pause im Innenhof des Boustifaille. Monty lag zu ihren Füßen in seinem Korb und schlief. In letzter Zeit hatte sie sich angewöhnt, ihn ab und zu »auf Besuch« zur Arbeit mitzunehmen. Daphne hatte recht damit gehabt, dass die Franzosen Hunde liebten, und ihre sämtlichen Kollegen, einschließlich Monsieur Boudin, hatten den kleinen Terrier als eine Art Maskottchen ins Herz geschlossen. Heute war der Dienst besonders stressig gewesen, dachte Imogen und strich sich das Haar aus dem Gesicht. So sprunghaft hatte sie Monsieur Boudin noch nie erlebt.

Nachdenklich betrachtete sie ihren Boss durchs Küchenfenster. Er hatte klar zu verstehen gegeben, dass ein Feierabend-Abstecher ins La Sirène für das Personal heute nicht in Frage kam. »Ich habe etwas bekannt zu geben«, hatte er gedonnert, nachdem er sich mitten in der Küche aufgepflanzt hatte. »Morgen erscheint der neue *Guide Gastronomique du Midi*. Ich möchte, dass euch allen klar ist, dass ich kein bisschen nervös bin, überhaupt nicht nervös«, fuhr er fort und wischte sich die Stirn. »Ich bin mir *ganz sicher*, dass wir unseren Goldenen Löffel behalten, aber …«

Imogen hatte die Ohren gespitzt: Die vom *Guide Gastronomique du Midi* verliehenen Goldenen Löffel waren ebenso heiß begehrt wie Michelin-Sterne.

»Aber ich glaube«, setzte Monsieur Boudin seinen Vortrag fort und sah plötzlich sehr abgespannt aus, »dass es Glück bringt, wenn wir alle zusammen etwas trinken und uns Mut machen, ja? Vielleicht habt ihr ja aber auch etwas Besseres vor, *les enfants*? Etwas Besseres, als dem Boustifaille die Stange zu halten, indem ihr mit mir trinkt?«

Finster hatte er in die Runde geblickt, und als er sah, wie sie die Köpfe schüttelten, hatte sich seine Miene ein klein wenig aufgehellt.

Als Imogen in die Küche zurückkam, bedeutete Monsieur Boudin ihr, den anderen zu folgen, die sich nach und nach im Speisesaal versammelten. Eilig streifte sie ihren Kittel ab, ehe sie sich zu ihren Kollegen gesellte, die, nunmehr in Zivil, ziemlich steif einzeln oder paarweise herumstanden, umgeben von der Galerie aus traurigen Clowns, die das Restaurant zierten.

»Also, alle zusammen«, verkündete Monsieur Boudin und sah sich im Saal um, »wir trinken jetzt miteinander, und dann weiß ich, dass alles gut geht. Und wenn es nicht gut geht, *seid ihr ALLE gefeuert!* Hahaha – war nur ein kleiner Witz. Sidonie, könnten Sie bitte den 1983er Cognac herausholen?«

»Selbstverständlich, *Chef.*«

Danach sackte Monsieur Boudin in einen Sessel und kippte mit einer Art verzweifelter Hemmungslosigkeit einen Cognac nach dem anderen hinunter. Jean-Jacques, der *maitre d'*, sah aus, als habe er das alles schon öfter mitgemacht, und ging hinter die Bar. Nach einigem Programmieren der Stereoanlage vernahmen sie die ersten Klänge von Mozarts Requiem.

»Nicht gerade besonders aufbauend«, sagte Imogen diskret zu Bastien, der neben ihr stand. Sie warf ihm einen verstohlenen Blick zu. Gleich würde sie eine kokette Bemerkung über Schwarzweiß-Fotografie machen und wie romantisch Paris sei – und würde sehen, was dann passierte.

»Ich weiß. Aber schau ihn dir an. Es gefällt ihm.«

Monsieur Boudin, der seine zerknautschte Kochmütze abgenommen hatte, so dass ein verschwitzter schwarzer Haarschopf darunter zum Vorschein kam, lächelte und nickte im feierlichen Takt der Musik. Er schenkte sich abermals nach.

»Läuft das immer so, wenn ein neuer *Guide Gastronomique* erscheint?«, flüsterte Imogen.

»Erst seit den letzten paar Jahren. Früher hat ihn das alles nie gekratzt, aber jetzt macht es ihm echt zu schaffen. Du weißt doch, er hat keinerlei Privatleben mehr.«

Imogen nickte und dachte an die traurige Geschichte, wie Monsieur Boudin von seiner Frau und seinem Bruder betrogen worden war.

»Deswegen«, fuhr Bastien fort, »bedeutet das Restaurant jetzt alles für ihn.«

»Besteht denn wirklich die Gefahr, dass das Boustifaille seinen Goldenen Löffel verliert?«

»Pst!«, zischte Bastien. »Sonst hört er dich noch!« Er zog sie ein wenig weiter von Boudin fort, dann setzte er hinzu: »Dimitri denkt schon. Aber der ist auch ein ewiger Pessimist. Er ist allerdings nicht der Einzige, der sich nach einer neuen Stelle umsieht. Pierrot und Manu denken auch darüber nach.«

Imogen war entsetzt. »Ich hatte ja keine Ahnung, dass es so schlimm ist.« Sie schaute zu Pierrot und Manu hinüber, die auf der anderen Seite des Speisesaals standen und sich gedämpft unterhielten, zweifellos über ihre Abwanderungspläne. »Und du? Hast du auch vor zu gehen?«

»Nein, überhaupt nicht«, beteuerte Bastien und sah sie ernst an. »Verstehst du, ich glaube an Boudin. Also bleibe ich natürlich. Larissa, Sidonie, Jean-Jacques und Patrice sehen das genauso.«

Alle begannen jetzt ein wenig unverkrampfter zu plaudern, und der eine oder andere wechselte sogar den Platz, ein paar zogen sich Stühle heran. Als er das sah, drehte Jean-Jacques die Musik ein wenig leiser, so dass der Geräuschpegel der Gespräche ihr Konkurrenz machte. Impulsiv marschierte Imogen zu Monsieur Boudin hinüber und hockte sich auf den Tisch neben ihm. Er sah zu ihr auf; seine dunklen Augen waren rot gerändert. *»Ah, petite as-*

*sistante*«, bemerkte er tonlos. Irgendwie war es ungeheuer traurig, eine solche Naturgewalt so niedergedrückt zu sehen.

»*Cin Cin, Monsieur*«, sagte Imogen so munter sie konnte und stieß mit ihrem Boss an.

Der Schatten eines Lächelns glitt über Monsieur Boudins Züge. »*Tu es gentille, ma petite*«, sagte er. »Ich fand immer schon, dass Daphne ein ausgezeichnetes Urteilsvermögen hat. Ich bin froh, dass sie dich ins Boustifaille geschickt hat.«

»Vielen Dank«, erwiderte Imogen lächelnd.

Etwas fröhlicher fügte Boudin hinzu: »Eine bemerkenswerte Frau, Daphne. Sehr, sehr bemerkenswert.«

»Ja, ich mag sie sehr gern.«

Jetzt wirkte er weniger niedergeschlagen, und Imogen dachte im Stillen, wie aberwitzig es war, hier zu sitzen und eine fast völlig normale Unterhaltung mit dem großen Boudin zu führen. Der, wie sich herausstellte, nicht nur ein überlebensgroßer Tornado war, sondern auch ein sensibler, nicht mehr ganz junger Mann, der Angst um sein Lebenswerk hatte. Und, du meine Güte, dieser Cocgnac hatte es in sich. Ihr war ganz schön schwindelig. Allerdings nicht schwindelig genug, um nicht auf das unheilverkündende Geräusch zu achten, das aus der Küche drang: freudiges, aufgeregtes Kläffen. *Monty!* Sie musste die Tür zum Hof angelehnt gelassen haben, und der freche Terrier, der genau wusste, dass er nicht in die Küche durfte, suchte jetzt dort nach verbotenen Leckerbissen.

Imogen sah sich im Saal um. Niemand sonst schien das Kläffen bemerkt zu haben. Nervös lächelte sie ihrem Boss zu und strebte auf die Küchentür zu. Dann vergewisserte sie sich mit einem Blick über die Schulter, dass alle munter weiterplauderten, trat durch die Schwingtür und schloss sie sorgfältig hinter sich.

»Monty!«, zischte sie im strengsten Tonfall, den sie zustande brachte. Der kleine Hund war verstummt. Wo steckte er? War er irgendwie in den begehbaren Kühlschrank gelangt? Nein, die Tür war zu schwer. Doch es war denkbar, dass es ihm gelungen war, den Knauf an der Speisekammertür zu drehen. Er war sehr geschickt mit seinen Pfoten, und es wäre nicht das erste Mal, dass er einen interessanten Schrank aufbekommen hätte. Jetzt machte Imogen sich ernstlich Sorgen: In der Speisekammer hingen etliche duftende Bayonne-Schinken, und ihr graute bei dem Gedanken daran, was geschehen würde, wenn Monty es schaffen sollte, hoch genug zu springen, um davon abzubeißen. Mit klopfendem Herzen sah sie in der Speisekammer nach. Kein Monty. Sie kauerte sich hin, um unter die Arbeitstische zu schauen. Da war auch kein Monty. Gerade wollte sie hinter den Öfen nachsehen, als plötzlich sämtliche Lampen ausgingen. Gleichzeitig bemerkte sie eine Bewegung zu ihrer Rechten. Kurz darauf vernahm sie ein kurzes Bellen.

»Monty! Komm her, du Schlingel!«

Da war er, leckte ihr die Hand und war offenkundig sehr zufrieden mit sich. Auf die eine oder andere Weise musste es ihm gelungen sein, irgendetwas Leckeres zu klauen.

»Du kleiner Vielfraß«, flüsterte sie liebevoll und kraulte ihm den Kopf.

Um sie herum war die Finsternis undurchdringlich. Monty bei Fuß tappte Imogen vorsichtig vorwärts und tastete mit den Händen nach einer Wand. Nebenan im Restaurant konnte sie jemanden über eine *panne de secteur* spekulieren hören – einen Stromausfall –, die zu beheben vielleicht eine ganze Weile dauern könnte. Inzwischen wäre es am besten, wenn sie irgendwie die Tür zum Hof ausfindig machen und ihren ungezogenen Hund hinausbugsieren könnte, bevor Monsieur Boudin Wind von dem Ganzen bekam. Doch in dem Moment ließ Monty ein aufgeregtes Gebell vom Stapel.

»Sei still, Monty!«, flehte Imogen. »Deinetwegen kriegen wir noch Ärger!«

Sie machte noch einen Schritt in die Richtung, die sie für die richtige hielt, und rempelte jäh jemanden an – ohne Zweifel einen ihrer Kollegen.

»Huch, Entschuldigung«, stieß sie hervor und kicherte nervös. »Ich bin's, Imogen. Ich wollte meinen Hund holen. Wer ist da?«

»Imogen, ich bin's«, sagte der Angerempelte sehr leise auf Französisch und nahm ihre Hand in die seine. »Hab keine Angst.«

Imogen, die plötzlich ganz erhebliche Angst verspürte, zog ihre Hand weg und trat rasch ein paar Schritte zurück. Dann bückte sie sich hastig, um ihren Hund hochzuheben. Monty war treu bis aufs Blut und würde mit Freuden auf jeden losgehen, der sie bedrohte. Doch die Gegenwart dieses Mannes schien ihn überhaupt nicht zu stören. Es war kein feindseliges Knurren zu vernehmen – nur jede Menge fröhliches Hecheln.

»Ich rufe um Hilfe«, sagte Imogen mit so fester Stimme wie möglich.

»Das ist nicht nötig«, hörte sie ihn gedämpft antworten. Dann lachte er. »Ich weiß, das hier ist nicht Blindekuh, aber … ist das okay?«

»Du?«, fragte sie ungläubig. Ihr Herz schlug noch immer schnell, nunmehr aus einem ganz anderen Grund. Sanft setzte sie Monty ab und fragte: »Wo bist du?«

»Hier drüben«, flüsterte er und bekam diesmal ihre beiden Hände zu fassen. Während sie seinem Atem und ihrem Herzschlag lauschte, wurde ihr von Neuem schwummerig – auf durchaus nicht unangenehme Art und Weise. Die Wärme seiner Berührung und das Gefühl, dass er lächelte, ließ ihre innere Anspannung allmählich ebenfalls verfliegen.

Er küsste nacheinander ihre Hände, zog sie dann sehr sanft in seine Arme und hielt sie ganz leicht umschlungen. »Möchtest du, dass ich dich in Ruhe lasse?«, sagte er ihr leise ins Ohr. »Wenn du willst, dass ich gehe, dann verschwinde ich sofort.«

Doch Imogen forderte ihn nicht auf zu gehen. Stattdessen ertappte sie sich dabei, wie sie instinktiv den Kopf auf seine Schulter sinken ließ. In diesem Moment – obgleich ihr das erst später klar wurde – verschwanden sämtliche Gedanken an Bastien oder Dimitri spurlos aus ihrem Kopf. Sie war sich nur seines Hemdes an ihrer Wange bewusst, seines Körper an dem ihren, der unmittelbaren Nähe seines unsichtbaren Gesichts. »Das ist doch verrückt«, sagte sie und lächelte ein wenig. »Ich weiß nicht einmal, wer du bist.«

»Doch. Doch, du kennst mich«, erwiderte er halblaut, ehe er ihr Gesicht zwischen seine Hände nahm und sie küsste, bis sie in einen allumfassenden, fließend-trägen Dämmerzustand sank, so dass ihre Knie beinahe nachgaben. Als sie unwillkürlich sein Gesicht berühren wollte, packte er ihre Hände und hielt sie hinter ihrem Rücken fest. Noch ein Kuss – wieder schmeckte sie diesen berauschenden Hauch von Gewürzen und fühlte, wie ihr Körper nachgab, sich auf dies hier einrichtete, eine Verbindung herstellte.

Nebenan konnte sie Stimmen hören. Irgendwer sagte etwas von einem Sicherungskasten oder von fehlenden Sicherungen oder so ähnlich. Es interessierte sie nicht besonders. Was nun folgte, lief ab wie einer jener Naturfilme, in denen Blumen binnen Sekunden aufblühen – in allen Farben.

Nach einer ganzen Weile des hungrigen Küssens – wie lange, wusste sie nicht – senkte er den Kopf und presste den Mund gegen ihren Hals. Wie im Traum und höchst verblüfft ob ihrer eigenen Kühnheit hörte sie ihre Stimme, die ihn anwies, ihre Bluse aufzuknöpfen. Wie im Traum gehorchte er und schob ihren BH herunter, ehe er eine brennende Spur aus kleinen Bissen über ihre Brüste zog. Sie ergab sich diesen Liebkosungen, solange sie es ertragen konnte, ohne aufzuschreien, dann, als das Verlangen danach unwiderstehlich wurde, drehte sie sich ein wenig zur Seite und schmiegte sich an ihn. Eine ihrer Hände war dabei frei geworden, und sie hob sie, um seinen Nacken zu berühren, seinen Hinterkopf, ehe er sie von Neuem ergriff und seine Finger zärtlich mit den ihren verschlang. Er legte die Arme um sie, und sie schloss die Augen.

»*C'est bon, j'ai trouvé des fusibles!*«, hörte sie nebenan jemanden triumphierend rufen. Während ihr Gehirn widerstrebend die Information weiterleitete, dass Ersatzsicherungen aufgetrieben worden waren, drückte er ihr einen leidenschaftlichen Kuss auf die Lippen, dann löste er binnen eines Augenblicks seine Hände von ihr und trat zurück. Sie hatte kaum Zeit zu bemerken, dass sich die Tür zum Hof öffnete und schloss und so den Abgang des Fremden bekundete, als das Licht wieder anging.

Mit einer Hand zerrte Imogen ihren BH zurecht, mit der anderen packte sie Monty am Halsband und sauste zur Tür. »Bleib!«, befahl sie. »Bleib da draußen, bis ich dich hole.« Während sie eilig ihre Bluse zuknöpfte, sah sie sich im Hof um – niemand da. Als sie wieder in die Küche trat, sah sie, dass das Rollo vor dem Fenster heruntergezogen war. Sie starrte es an. Während der Arbeit war es oben gewesen, da war sie sich sicher. *Er* musste es heruntergezogen haben, um den Verdunkelungseffekt zu verstärken.

Aber, dachte sie plötzlich, als ihr Bewusstsein mit einem scharfen Klicken wieder einrastete, wer war *er?* Nun, das war ganz einfach, dachte sie weiter, es war *definitiv* derselbe, der sie auf Bunnys Party geküsst hatte. Heftig biss sie sich auf die Lippe, ehe sie angesichts ihrer absurden Lage laut herausplatzte. Na schön – aber *wer war das?* Ihr verwirrter Verstand wandte sich Bastien und Dimitri zu, tat sein Bestes, ihre Erinnerungen daran, wie es gewesen war, die beiden zu küssen, mit dem in Einklang zu bringen, was sie gerade erlebt hatte. Zweifelnd schüttelte sie den Kopf. Nein. Das hier war etwas ganz anderes gewesen, ihre eigene Reaktion bezeugte es.

Sie ging durch die Küche und hielt vor der Schwingtür einen

Moment lang inne, um ihr Haar zu einem ordentlichen Drehknoten hochzuraffen, dann trat sie ins Restaurant. Einige ihrer Kollegen drehten sich um.

»Da bist du ja«, sagte Bastien und bedachte sie mit einem warmherzigen Lächeln. »Wir dachten schon, du wärst uns abhandengekommen.« Er drückte sie, und sie erwiderte seine Umarmung geistesabwesend. »Wo warst du denn, als das Licht ausgegangen ist?«, wollte er wissen.

»Oh, ich musste mal kurz in die Küche, etwas nachschauen«, antwortete sie so unbefangen wie möglich.

Dimitri lehnte gleich neben der Küchentür an der Wand und unterhielt sich mit Larissa. Er kam herüber, sah ihr unverwandt in die Augen und bemerkte lüstern: »Mann, du siehst wirklich zum Fressen aus. Deine Haut … Also, wenn ich's nicht besser wüsste, würde ich sagen, dich hat gerade jemand …«

»Ach, halt doch die Klappe«, wehrte sie ab und ließ ihn hastig stehen, um Zeit zum Nachdenken zu haben. Ihr Herz hämmerte. Unwillkürlich schüttelte sie den Kopf, als sie an ihr unglaublich schamloses, leichtsinniges Benehmen eben gerade in der Küche dachte. Was war nur über sie gekommen? Sie hatte sich immer für einen ziemlich vorsichtigen, vernünftigen Menschen gehalten. Ah, aber Mitch, der schon lange hier lebte, hatte doch von der überwältigenden Romantik der Riviera gesprochen, oder? Vielleicht war es ja das, was sie in sich brodeln fühlte.

Was sollte sie jetzt tun? Eins wurde ihr allmählich klar. Ein merklicher Effekt *dieser* Küsse auf ihr Gehirn bestand darin, sämtliche investigativen Fähigkeiten auszulöschen, und sogar jegliches Verlangen, etwas zu erfahren. Bei Bunnys Party war es genauso gewesen. Es war ein merkwürdiges Gefühl – und seltsam befreiend.

Aber jetzt hat das Küssen ein Ende, sagte sie sich streng, also versuch *nachzudenken*. Wer könnte er am ehesten sein? Eben hatte er Französisch gesprochen, und auch seine E-Mails waren auf Französisch gewesen. Also musste er Franzose sein.

»Dem Himmel sei Dank für Pierrot!«, verkündete Sidonie, dann bot sie Imogen einen kleinen Cognac an und unterbrach ihren Gedankenfluss. »Er war unsere Rettung.«

Als er seinen Namen hörte, kam Pierrot zu ihnen herüber.

»Na ja … eigentlich war die Taschenlampe, die wir hinter der Bar gefunden haben, unsere Rettung«, meinte er bescheiden. »Wir hätten die ganze Nacht darauf warten können, dass der Strom wieder angestellt wird – das war nicht das Problem. Als ich mir den Sicherungskasten angeschaut habe, war's eindeutig, dass irgend so ein Spaßvogel sämtliche Sicherungen rausgedreht hat, und außerdem hat er noch die Ersatzsicherungen versteckt, die wir oben auf dem Kasten liegen haben.«

Einen Augenblick lang sagte niemand etwas, dann lachte Patrice nervös. »Das muss einer von uns gewesen sein. Wer war's? Kommt schon, raus mit der Sprache!«

Bastien hob die Hände und schüttelte den Kopf. »Also, ich war's nicht.«

»Ich auch nicht«, beteuerte Manu rasch, gefolgt von allen anderen.

»Aber eine gute Idee war's schon«, bemerkte Dimitri und betrachtete Imogen neugierig, die sich mit aller Kraft bemühte, nicht verzückt zu lächeln. Wer-immer-er-auch-war hatte das Ganze inszeniert – nur damit er sie wieder küssen konnte. »Allmählich wurde das Ganze nämlich etwas anstrengend«, fuhr Dimitri fort. »Boudin hatte ernsthaft einen im Tee und wollte niemanden gehen lassen. Der Blackout hat den Bann gebrochen.«

»Auf jeden Fall«, pflichtete Bastien ihm bei. »Wir wären sonst nie vor morgen früh hier rausgekommen, und dann hätte ich ihn nach Hause schleppen und ihn ins Bett stecken müssen, genau wie letztes Jahr.«

Jeder Zoll der gewohnte furchterregende *Chef* kam Monsieur Boudin jetzt auf seine Angestellten zu und gesellte sich zu ihnen. Einen Arm hängte er Manu über die Schultern, den anderen Larissa. Beide sackten unter seinem Gewicht ein wenig ein. »Okay, *les enfants*«, dröhnte er leutselig. »Nachdem jetzt alles wieder im Lot ist, gehe ich nach Hause. Und morgen feiern wir dann alle zusammen unseren Goldenen Löffel, ja?«

»Viel Glück, *Chef!*«, antwortete Patrice unbesonnen.

»*Glück!* Boudin hat Glück nicht nötig!« Der Küchenchef lachte wenig überzeugend, ehe er davonstolzierte.

# 29

Noch einmal betrachtete Imogen eingehend die radikal veränderten Plastikenten auf ihrem Kunstrasen-Sockel. Hmmm. Sie wusste nicht recht, was sie dazu sagen sollte. Sie wandte sich ab, um sich eine Atempause zu gönnen, und sah sich einer ganzen Wand aus Glaskästen gegenüber. Diese enthielten detaillierte Hühner-Szenen – diesmal nicht aus Plastik, sondern echt. Gerupft, ohne Kopf und von der Künstlerin einbalsamiert, waren sie mit verschiedenen Aktivitäten befasst. Dieses dort zum Beispiel schob einen Einkaufswagen voller Dynamitstangen vor sich her. Das da saß am Steuer eines Spielzeugautos. Ein anderes saß in T-Shirt und Feinrippunterhosen mit Eingriff auf einem Sofa und sah fern. Ein weiteres stand in einem Hochzeitskleid vor einem Spiegel.

»Und? Was meinst du?«

Das war Bunny, wie immer wie aus dem Ei gepellt in einem gestärkten marineblauen Hemdblusenkleid. Imogen fand es höchst erstaunlich, dass dieses damenhafte Geschöpf derartige Arbeiten hervorbringen konnte. Das hatte sie beileibe nicht erwartet.

»Oh.« Verzweifelt suchte sie nach einer intelligenteren Antwort als: »Der reinste Albtraum.« »Es ist wirklich … eine Herausforderung.«

»Wirklich?« Dankbar drückte Bunny Imogen die Hand. »Vielen, vielen Dank! Glaubst du, den Leuten gefällt es?«

Imogen sah sich in dem winzigen Ausstellungsraum der Galerie um, in dem sich Faustina, Monty und Cristiana sowie Mitch und Amaury d'Oussey versammelt hatten. Letzterer war zur Vernissage aus Montpellier gekommen. Die Gäste standen neben dem Buffet und aßen die Crostini und die Mini-*pissaladières* – provenzalische Zwiebeltarte –, die Imogen zubereitet hatte. Nach einiger Überlegung hatte sie beschlossen, Bunnys ursprünglichen Vorschlag nicht aufzugreifen – Cupcakes im »Fleisch-Look«, mit »Speck« oder »Hackfleisch« aus Zuckerguss verziert, und als Hauptattraktion einen großen Kuchen in Form eines überfahrenen Igels. Obwohl das natürlich zum Grundton der Ausstellung gepasst hätte.

»Bunny, nein, das ist einfach zu grotesk«, hatte sie ihrer Freundin widersprochen.

»Aber es schmeckt doch bestimmt köstlich! Und dann haben die Leute etwas zu reden!«

»Genau«, hatte Imogen entschlossen erwidert. »Ich finde, das Essen sollte nicht von deiner Kunst ablenken.«

»Oh, ich wünschte, es wären mehr Leute da«, sagte Bunny gerade. Eine Andeutung von Furchen zeigte sich auf ihrer glatten Stirn. »Dann hätten alle mehr davon.«

Um die Augen herum sah sie ein bisschen müde aus, bemerkte Imogen. Das war nicht weiter überraschend; sie hatte die letzten Tage nonstop gearbeitet, um jedes einzelne Detail ihrer Schaukästen fertig zu bekommen.

»Na ja, heute ist erst die Eröffnung«, tröstete Imogen sie. »Die Ausstellung läuft doch noch die ganze Woche.«

»BUNNY DOUCET – ›CECI N'EST PAS UN POULET/ DAS IST KEIN HUHN‹« stand auf einem Schild draußen auf dem Gehsteig vor der Galerie Provençale. Imogen warf einen raschen Blick auf Pascale, die elegante, gepflegte Besitzerin der Galerie, die in einer Ecke saß und völlig verstört aussah. Normalerweise stellte die Galerie Provençale die Arbeiten von Kunsthandwerkern aus der Gegend aus: rustikale Töpferwaren, bunte Glaskunstwerke, hübsche Stoffe; so etwas in der Art.

»Bunny, sag mal, als du dich das erste Mal mit Pascale getroffen hast?«

»Ja?«

»Also, hast du ihr da Bilder gezeigt? Von deinen Arbeiten? Zum Beispiel von den Plastikenten mit den, äh …«

»Den Phallusköpfen?«, fragte Bunny mit fröhlichem Lächeln. »Weißt du, ich glaube nicht. Wir sind ins Plaudern gekommen, und wir haben uns sofort wunderbar verstanden!«

Es war durchaus möglich, dachte Imogen im Stillen, dass ein Gemenge aus sonnigem Wohlwollen und Enthusiasmus, verbunden mit Bunnys begrenztem Französisch und Pascales quasi nicht vorhandenem Englisch, zu einem tragischen Missverständnis geführt hatte. Sie war sich nicht ganz im Klaren darüber, was Pascale nach ihrem Gespräch mit Bunny erwartet hatte. Vermutlich war darin irgendwie Federvieh vorgekommen. Vielleicht hatte sie sich traditionelle Siebdrucke von Hühnern und Entchen in zarten Pastelltönen vorgestellt. Und hier saß die konservative Galeristin jetzt und starrte mit kaum verhohlenem Entsetzen den Glaskasten an, der ein Huhn in unzüchtiger Pose beim Pole-Dancing beherbergte. Der Kadaver war mit einem strassbesetzten Stringtanga und oberschenkelhohen Stiefeln bekleidet, alles sorgsam von der Künstlerin angefertigt.

»Na ja, jedenfalls kommt Everett später noch mit Archer«, meinte Bunny ein wenig nervös. »*Die* verstehen etwas von Kunst. Und sie haben meine Arbeiten immer gelobt.«

»Ich wusste gar nicht, dass dein Bruder immer noch an der Côte ist«, antwortete Imogen geistesabwesend.

»Ja, Buddy ist auch hier. Sie wohnen bei ihm in Menton.«

»Bei wem?«

»Bei Archer.«

»Ach ja.« Das war Everetts Freund mit der gebrochenen Nase – der, der gerade eine besonders traumatische Scheidung verarbeitete. Als sie die Worte *»Félicitations, chère cousine«* hörte, blickte Imogen auf und sah, wie Amaury d'Oussey Bunny auf beide Wangen küsste. »Deine Arbeiten sind einfach wun-der-*bar!*«

»Oh, vielen Dank«, erwiderte Bunny und senkte die Wimpern.

Imogen, der seine dezenten Manschettenknöpfe auffielen, als er sie begrüßte, dachte bei sich, dass Amaury eigentlich gar kein altertümliches Kostüm nötig hatte, um altertümlich zu wirken. Alles an seinem Stil deutete auf ein gesundes Desinteresse an der gängigen Mode hin. Ein paar von Bunnys Freunden hatten unwahrscheinlich gepflegt ausgesehen, Amaury jedoch ging in dieser Beziehung noch einen Schritt weiter. Wenn man ihn so ansah, meinte man, Elvis oder James Dean – ganz zu schweigen von den Sex Pistols – hätten niemals existiert. Als sei er einer Welt entsprungen, in der junge Männer noch immer genauso aussehen wollten wie ihre Väter, sobald sie keine kurzen Hosen mehr trugen. Und Imogen war sich nicht nur absolut sicher, dass Amaury als Junge jahrelang kurze Hosen getragen hatte. Sie konnte sich auch gut vorstellen, dass, sollte er jemals etwas so Vulgäres wie ein T-Shirt tragen, bestimmt »Tradition verbindet« draufstehen würde.

Bunny und Amaury plauderten und schienen sich blendend zu verstehen. Wahrscheinlich besaß er genug Familiensinn, um Bunny ihre unkonventionelle Kunst zu verzeihen.

Die Türglocke der Galerie Provençale bimmelte melodisch. Als sie sah, wie ein verächtliches Stirnrunzeln auf Faustinas Gesicht erschien, während Pascales Miene schlagartig von miese Laune auf ungläubiges Entzücken umschaltete, wusste Imogen, ohne sich umdrehen zu müssen, dass Enzo hereingekommen war. Er warf einen raschen Blick in Bunnys Richtung, dann fing er Imogens Blick auf und hielt ihn eine Weile mit der ihm eigenen unverwandtschwelenden Eindringlichkeit fest.

»Würdest du mich entschuldigen?«, fragte Bunny Amaury. »Ich sollte wohl meinen Gast begrüßen.«

Mit geübter Höflichkeit wandte Amaury sich sogleich Imogen zu und begann, sich über die besten Restaurants der Gegend auszulassen. Ob sie schon einmal im Le Chat Gourmand gewesen sei, oben in den Hügeln? Nein? Oh, da müsse sie unbedingt einmal hin. Und das La Rascasse an der Straße nach Saint-Paul-de-Vence? Wirklich nicht? Während Imogen behutsam erklärte, dass sie abends meistens arbeitete (ohne darauf hinzuweisen, dass sie außerdem pleite war), gesellte sich Everett zu ihnen, gefolgt von seinem Freund Archer. Amaury schüttelte den Amerikanern die Hände und verkündete, dass er sich nichts Wun-der-*bar*eres vorstellen könne als einen kleinen Gruppenausflug zu der einen oder anderen der besagten »hostelries«.

»Klingt gut«, meinte Everett und lächelte Imogen freundlich an. »Ich freue mich immer über Gelegenheiten, Bunny ein bisschen Allgemeinbildung zu verpassen – und Buddy übrigens auch. Der ist ein hoffnungsloser Fall. Kommst du auch mit?«, wandte er sich an Archer.

»Was?« Archer schreckte auf. Er hatte Bunnys Hühner betrachtet. »Klar, warum nicht?«, antwortete er dann kühl und mit wenig Begeisterung.

Imogen warf ihm einen schnellen Seitenblick zu. Sie hatte ihn als ausgesprochen distanziert in Erinnerung, und jetzt bestätigte sich dieser Eindruck. Natürlich war Archers unterkühltes Verhalten verständlicher, nachdem sie über sein katastrophales Privatleben Bescheid wusste. Allerdings fand sie, dass es ihn nicht umbringen würde, sich in Gesellschaft anderer ein bisschen mehr anzustrengen. Er hatte sie zum Beispiel kaum zur Kenntnis genommen, und Imogen dachte verdrossen, dass ein gebrochenes Herz wirklich keine Ausrede dafür war, schlichtweg unhöflich zu sein.

»Wie wäre es mit einem Mittagessen am Wochenende?«, spann Amaury seinen Faden weiter. »Überlasst ruhig alles mir – ich organisiere das schon.«

»Danke.« Everett sah erfreut aus. »Ich sage Bun Bescheid, dass wir etwas gefunden haben, womit wir ihre erste Einzelausstellung feiern können.«

Während Amaury Archer in ein Gespräch über andere Galerien in der Gegend verwickelte, überlegte Imogen, ob Everetts Freund wohl zu jenen Amerikanern gehörte, denen gutes Essen gleichgültig war. Letztlich so wie Bunny und ihrem jüngeren Bruder und auch Imogens eigener Familie. Wie konnte jemand bei dem Gedanken, im Le Chat Gourmand zu essen, keinerlei Vorfreude empfinden? Der dortige Küchenchef war ein Wunderkind Mitte zwanzig, der dafür berühmt war, Innereien auf köstlichste Weise zuzubereiten. Und was das La Rascasse betraf, sie hatte davon geträumt, das legendäre *menu dégustation* zu probieren, das Mitch, der ein paarmal dort gewesen war, mit typisch knochentrockener Begeisterung als »polymorph-perversen Elf-Gänge-Orgasmus« beschrieben hatte. Sie empfand nichts als Mitleid für jene Unglücklichen, die von dergleichen ungerührt blieben. Sie wussten ja nicht, was ihnen entging.

»Und was hältst du von den Kunstwerken?«, hörte sie Archer plötzlich fragen. Allerdings brauchte sie einen Moment, um zu begreifen, dass er mit ihr sprach.

»Ich … ich finde sie sehr interessant«, antwortete sie vorsichtig.

»Wirklich?« Seine Miene war ausdruckslos. »Inwiefern interessant?«

Misstrauisch sah sie ihn an. Er verstand eine Menge von Kunst, hatte Bunny gesagt. Nun, Imogen war mit genau solchen Menschen aufgewachsen, und sie wusste, wie viel Freude es ihnen machte, sie aufs Glatteis zu führen, um sich über ihr mangelndes Kunstverständnis zu amüsieren. Offenbar war Archer genauso.

»Einfach nur interessant, okay?«, sagte sie patzig. »Mir ist nicht ganz klar, warum ich auf einmal meine Meinung rechtfertigen muss.«

»Oh, musst du auch gar nicht«, erwiderte er und betrachtete sie mit einem halben Lächeln.

Imogen starrte entschlossen zurück und dachte dabei, dass sie nie den Mumm gehabt hatte, sich derart zu behaupten, wenn jemand aus ihrer Familie sie geärgert hatte. Nun, sie lernte schnell, und wenn sie nach Hause fuhr, dann kam es überhaupt nicht in Frage, dass sie Hildegard oder ihrer Mutter erlauben würde, so mit ihr umzuspringen wie früher.

»Fast hätte ich's vergessen!«, rief Amaury, und sie wandte sich dankbar zu ihm um. »Ich war entsetzt, als ich las, dass das Boustifaille seinen Goldenen Löffel verloren hat. Dein *Chef* ist bestimmt am Boden zerstört.«

Imogen war wie vor den Kopf geschlagen. »Nein! Das ist ja schrecklich! Ich habe noch mit niemandem aus dem Restaurant gesprochen – mein Dienst fängt erst in einer Stunde an.«

Wenn sie es recht bedachte, war sie so mit der Begegnung des vergangenen Abends beschäftigt gewesen, dass sie nicht einmal ihr Handy eingeschaltet hatte. Als sie es jetzt tat, zeigte das Display an, dass 17 SMS eingegangen waren. Alle waren von Bastien und schilderten das Debakel des Goldenen Löffels in einer Serie telegraphischer Textvignetten.

Zuerst war Monsieur Boudin an diesem Morgen in fürchterlicher Stimmung in die Küche getaumelt gekommen, eine Ausgabe des *Guide Gastronomique du Midi* in den Händen. Obwohl eindeutig völlig betrunken, hatte er darauf bestanden, mit dem Kochen anzufangen, wobei ihm sein verschrecktes Personal notgedrungen zur Hand gegangen war. Nach einer Weile hatte er sich eine Flasche Cognac geholt, sie geleert und dabei den *Guide Gastronomique* in Fetzen gerissen. Jean-Jacques und Patrice waren herbeizitiert, nach stornierten Reservierungen befragt und zu dem Geständnis genötigt worden, dass bereits etliche Absagen vorlagen. Hierzulande verbreiteten sich solche Neuigkeiten rasch. Woraufhin Monsieur Boudin drei Dutzend Eier in einer Schüssel schaumig geschlagen, der Mixtur die zerfetzten Seiten des Gastronomieführers hinzugefügt und versucht hatte, ein extra großes Omelette daraus zu bereiten. Sodann hatte er, nachdem er die brennende Pfanne gegen die Wand geschleudert hatte, sämtliche Anwesenden gefeuert, ehe er in reumütige Tränen ausgebrochen war und auf einer höchst peinlichen Gruppenumarmung bestanden hatte. Bei welcher er dann umgekippt war, woraufhin Pierrot und Manu ihn in den Lieferwagen verfrachtet und ihn nach Hause und ins Bett gebracht hatten.

Danach hatten die Angestellten gestritten, ob sie das Restaurant für heute schließen sollten. Die Nein-Stimmen, allen voran Bastien, hatten knapp gesiegt. Man durfte doch vor der Öffentlichkeit nicht das Gesicht verlieren. Sie hatten den Mittagsservice einigermaßen über die Runden gebracht, aber Jean-Jacques und Larissa hatten endlose Fragen der Kunden abwimmeln müssen, ob denn Monsieur Boudin heute in der Küche sei. Bastien fragte an, ob es Imogen etwas ausmachen würde, früher zum Dienst zu kommen. Alle Mann würden an Deck gebraucht.

Imogen entschuldigte sich bei allen in der Galerie, ließ Monty bei Mitch und hastete zum Restaurant. Als sie in den Hof trat, huschte ihr Blick zum Sicherungskasten hinüber. Pierrot hatte ihr gezeigt, wo dieser sich befand, in einer Nische am Fuß einer kleinen Treppe, gleich neben der Küchentür – der Küchentür mit dem Glasfenster. Es wäre möglich, überlegte sie, dass jemand, der im Hof gestanden hatte, sie auf der Suche nach Monty in die hell erleuchtete Küche hatte treten sehen. Tatsächlich könnte Werimmer-es-auch-war Monty auch in die Küche gelassen haben, in der Hoffnung, sie dorthin zu locken. Ja, das war durchaus möglich. Und dann, vorausgesetzt, er wusste bereits, wo der Sicherungskasten war, brauchte er nur noch die Sicherungen herauszudrehen und ... in die Küche zu schlüpfen und ... Was als Nächstes geschehen war, wusste sie sehr gut. Nur nicht, mit wem es geschehen war. Das war das Problem.

# 30

»*Chef*«, setzte Imogen am folgenden Abend an, kurz nachdem sie ins Boustifaille gekommen war, »ich wollte nur sagen, wie leid es mir tut … das mit dem *Guide*.« Sie hielt inne und traute sich nicht recht, ihrem Boss direkt ins Gesicht zu blicken. »Wenn ich noch irgendetwas helfen kann«, fuhr sie fort, »dann sagen Sie's einfach.«

»Danke, *petite*.« Boudin schüttelte den Kopf, dann sagte er betrübt: »Heute Abend kommt eine Kritikerin.«

»Oh.«

»Also ist jetzt wirklich nicht der rechte Zeitpunkt, dir mehr Verantwortung zu übertragen, verstehst du?«

»Ich verstehe, *Chef*«, beteuerte Imogen verzagt, ehe sie hinzufügte: »Aber morgen?«

»Ja, vielleicht.« Boudin sah blass und krank aus. »Und jetzt geh an deine Arbeit.«

Die Anwesenheit von Nadine Picore, der Restaurantkritikerin der Regionalzeitung *Nice-Matin*, hatte die ganze Küche in Aufruhr versetzt, und Imogen war froh zu sehen, dass Bastien und Dimitri, die jeweils für die Vorspeise und den Hauptgang der Kritikerin zuständig waren, emsig dabei waren, wahre Kunstwerke zu produzieren. Hätte Monsieur Boudin sie nur machen lassen, so wäre alles gut gegangen. Stattdessen jedoch störte er sie ständig in kritischen Augenblicken und bellte verwirrende Anweisungen, so dass Bastiens Klößchen unweigerlich verkochten und er von vorn anfangen musste, während Dimitris Sauce – eine höchst delikate Emulsion – immer wieder gerann. Dann ging noch mehr

Zeit verloren, während der Küchenchef sie für ihre Fehler zusammenstauchte.

Doch es war der unglückliche Régis, der den größten Teil von Boudins übler Laune abbekam, während er sich verzweifelt bemühte, Madame Picores Passionsfrucht-*millefeuille* zuzubereiten. Angesichts von Jean-Jacques' nervösen Berichten, dass die Kritikerin das Ganze gar nicht lustig fand – sowohl ihre Vor- als auch ihre Hauptspeise waren mit erheblicher Verzögerung serviert worden –, sah Régis ungemein beklommen aus, als er kleine Batzen *feuillant* – der Teig mit Mandelaroma, der für die Gebäckschichten benutzt wurde – mit den Fingerspitzen auf dem Backblech ausstrich. Er war fast fertig damit, als Boudin sich neben ihn schob. »Du machst zu viel daran herum. Wasch dir die Hände und fang noch mal von vorn an. Und lass das erste Blech nicht verbrennen.«

Als Régis mit seinem fertigen Blech zum Ofen ging, sah er sich Monsieur Boudin gegenüber, der ihm den Weg verstellte und auf sein Werk hinunterblickte.

»Was ist denn das?«

»Das sind die *feuillants* für –«

»Ich weiß, was das ist. Wieso sind die Teigplatten voller Löcher?«

»Aber … da sind doch gar keine Löcher drin, *Chef*.«

»*Ich* sage, da *sind* Löcher drin. Noch mal von vorn.«

»Okay«, nuschelte Régis, dem der Schweiß ausbrach.

»Und benutz doch deine Nase, Herrgott noch mal! Deine anderen Platten brennen gerade an.«

»*Trois millefeuilles!*«, rief Larissa laut und deutlich. »*Et encore deux millefeuilles!*«

»Ja, Larissa!«, rief Régis zurück, während er die verkohlten Teigplatten in den Mülleimer kippte.

»Und jetzt mach mit der *sabayon* weiter, okay?«, hörte Imogen Boudin Anweisungen geben. »Du hast keine Zeit mehr.«

»Aber … die ist doch schon fertig, *Chef*«, wandte Régis ein. »Die steht im Kühlschrank. Wir benutzen sie immer gekühlt, erinnern Sie sich? Was ich jetzt machen muss, ist das Passionsfrucht-Karamell.«

»Dz-dz-dz.« Monsieur Boudin sah ihn finster an. »Willst du mir etwa sagen, dass du es besser weißt?«

»Nein, *Chef*.« Nachdem er rasch die Teigplatten aus dem Ofen geholt und sie auf einen Abkühlrost gelegt hatte, machte Régis sich daran, Eigelb und Vanillezucker im Wasserbad zu verquirlen. »Oh Gott«, wimmerte er. »Ich glaube, das halte ich nicht mehr lange aus. Es ist, als ob er versucht, sich selbst zu sabotieren, das Restaurant, einfach alles.«

»Régis!«, rief Larissa scharf von der Durchreiche her. »Wo bleiben die *millefeuilles?* Die Gäste werden ungeduldig. Und Madame Picore sieht stocksauer aus. Ich brauche ihres, *sofort!*«

»Fünf Minuten«, rief Régis zurück, während er Monsieur Boudin auf sich zurollen sah.

»Mach das Karamell«, fauchte sein Boss und blickte über die Schulter. »Diese *sabayon* ist nicht dickflüssig genug! Wo ist der Schaum? Noch mal von vorn. Und lass dein Karamell *ja* nicht anbrennen! Oh, schau – es brennt an. *Noch mal* von vorn.«

»*Chef*«, rief Jean-Jacques respektvoll durch die Durchreiche.

»Ja, was ist?«

»Es ist zu spät. Ich fürchte, diese Tische haben alle um die Rechnung gebeten.«

»Und die Dame vom *Nice-Matin?*«, fragte Monsieur Boudin, ohne sich umzudrehen.

»Es tut mir leid, *Chef*«, antwortete Jean-Jacques. Sein Gesicht war weiß. »Sie ist gegangen.«

Régis schnappte nach Luft und schlug die Hände vors Gesicht. Geknickt sah Imogen ihren Boss an.

»Sie ist gegangen«, wiederholte Monsieur Boudin ein paarmal.

Dann, gerade als er sich abwandte, sah Imogen ganz kurz den Ausdruck auf seinem Gesicht. Unglaublicherweise sah er erleichtert aus. Nein, das konnte nicht sein – bestimmt hatte sie sich das nur eingebildet.

# 31

»Okay«, sagte Faustina forsch und warf ihre sorgfältig gestylte Lockenmähne zurück. »Fangen wir an.«

Bunny stand im Wartebereich des Hundesalons, stellte einen großen Zeichenblock auf eine Staffelei und holte ein Paket leuchtend bunter Filzstifte hervor.

»Hach, das ist ja so was von toll«, schwärmte Mitch und presste die Hände zusammen. »Genau wie bei *Cagney und Lacey.*«

»Stellt euch vor, ihr befindet euch im nebligen alten London«, sagte Bunny strahlend, »im letzten Kapitel einer Geschichte der großen Agatha Christie. Wir werden jetzt eine Brainstorming-Session abhalten, genau wie Miss Marple es tun würde.«

»Ich weiß nicht genau, ob Miss Marple den Begriff ›Brainstorming‹ benutzt hätte«, bemerkte Imogen halblaut. Sie lächelte; sie war neugierig, was bei den Bemühungen ihrer Freunde herauskommen würde – und ob überhaupt etwas dabei herauskommen würde. Jetzt, da sie sich ihrer beiden anfänglichen Verdächtigen Bastien und Dimitri nicht mehr sicher war, brauchte sie wirklich Hilfe.

»Also«, meinte Faustina, während sie rasch einen Grundriss des Boustifaille zeichnete. »Speisesaal. Küche. Hof. Imogen«, fuhr sie fort und hielt ihr einen blauen Stift hin, »komm her und zeig mir, wo alle waren, als –«

»Als der Mord begangen wurde?«, fragte Imogen ironisch.

»Tsss!«, zischte Mitch ihr ins Ohr. »Sei lieb!«

»Okay, okay, ich gebe mir Mühe.« Sie machte ein kleines blaues Kreuz. »Das ist Jean-Jacques, der *maitre d'.* Der kann es nicht gewesen sein, ich weiß, dass er während des Stromausfalls die ganze Zeit bei Larissa und Sidonie war. Sie haben an der Bar gestanden, hier. Bleibt also noch ... jeder andere Mann, der dabei war.« Damit gab sie Faustina den blauen Stift zurück.

»Hm, gehen wir mal das Küchenpersonal durch«, sagte Faustina und zählte an den Fingern ab. »Pierrot?«

»Nein«, wehrte Imogen erleichtert ab. »Der hat die Sicherungen wieder reingedreht, er war's also nicht. Er konnte ja nicht gleichzeitig an zwei Orten sein.«

»Siehst du?«, meinte Bunny aufmunternd. »Es ist gar nicht so verwirrend, wie du gedacht hast.«

»In Ordnung.« Faustina achtete nicht auf die Zwischenbemerkung. »Der Nächste. Régis?«

»Ich glaube nicht. Zu, äh, zu knuffig. Er ist ziemlich gut gepolstert, und ich glaube, ich habe da was gefühlt, so ein bisschen wie, äh ...«

»Knochen?«, fragte Mitch spitz.

Imogen lief rot an, während die anderen in rücksichtsloses Gekicher ausbrachen. »Na ja, ja, ich glaube schon«, brachte sie schließlich einigermaßen würdevoll heraus. »Schultern. Rippen. So was eben.«

»Was ist mit Manu?«

»Zu klein.«

»Wie groß ist er denn?«, erkundigte sich Bunny. »Dein ... Valentin.«

»Ich weiß nicht genau, aber definitiv größer als ich.«

Mitch furchte die Stirn. »Dieser Bengel, Jean-Jacques' Assistent – Patrice. Der ist groß genug.«

Das stimmte. Imogen schloss die Augen und überdachte ihr Verhältnis zu dem gutmütigen, zurückhaltenden Patrice, das so gut wie nicht existent war, da der junge Mann größtenteils im Schatten seines Mentors Jean-Jacques lebte.

»Patrice ist unglaublich schüchtern«, gab sie zu bedenken.

»Genau!«, rief Faustina.

»Ja. Wäre das nicht ein guter Grund, anonym zu bleiben?«

»Er … der Mann, der mich in der Küche geküsst hat, hat sich aber gar nicht schüchtern … angefühlt«, murmelte Imogen und dachte daran, wie sich seine Hände um ihre Handgelenke angefühlt hatten. Und daran, wie quälend und *extrem* gekonnt er mit den Zähnen über ihre nackte Haut gefahren war.

»Du meinst, er besaß …« Mitch hielt inne und senkte dann der zusätzlichen Betonung wegen die Stimme bis zum Bassbariton, »… *sexuelle Autorität*. Richtig?«

Imogen lächelte. »Ja, so könnte man's nennen.«

»Könnte sogar Boudin gewesen sein«, fuhr Mitch nachdenklich fort. »Also, *dem* kommt doch die Autorität zu den Ohren raus.«

Imogen war erschüttert. »*Nein!* Zum einen war der randvoll mit Cognac abgefüllt. Ich hätte doch nichts anderes geschmeckt.«

»Hahaha. Bleib locker, war doch nur ein Witz.«

»Wir verschwenden unsere Zeit«, fuhr Faustina dazwischen und betrachtete das Gewirr aus blauen Kreuzen, die sie in das ungleichmäßige Rechteck gemalt hatte, welches das Restaurant darstellte. »Konzentriert euch.« Sie verschränkte die Arme. »Weißt du, der Typ, der dich geküsst hat, könnte doch auch von der Straße aus in den Hof vom Boustifaille gekommen sein. Oder nicht?«

Imogen starrte sie an.

»Ja«, fuhr Faustina selbstbewusst fort. »Es könnte *jeder x-Beliebige* sein, der auf Bunnys Party war. Ich weiß gar nicht, wieso du dich so auf Bastien und Dimitri fixiert hast.«

Imogen schluckte. »Wahrscheinlich, weil das die beiden Einzigen sind, mit denen ich ein bisschen was gehabt habe.«

Faustina schnaubte ungeduldig. »Ja, aber nach dem, was du mir erzählt hast, hat sich der Kuss dieses Mannes *ganz anders* angefühlt. Ich meine, du bist schließlich Köchin. Du kennst dich doch mit Geschmack aus, nicht?«

Imogen nickte.

»Und?«, beharrte Faustina. »Wie hat's geschmeckt? Denk nach!«

»Oh, schaut, wir machen ein richtiges *Brainstorming!*«, verkündete Bunny entzückt.

»Lass mal sehen«, meinte Imogen, die Augen geschlossen. »Er hat süß geschmeckt, aber nicht *zu* süß... da war auch etwas Aromatisches dabei... Lorbeer vielleicht?... Und würzig... Zimt vielleicht, oder Muskat? Ach, ich weiß es wirklich nicht.«

»Nein, nein, das ist sehr gut, sehr detailliert.« Faustina nickte beifällig und unterstrich das Wort »Muskat« auf dem Block.

»Vielleicht war's ja irgendetwas, das er auf der Party gegessen hat«, sinnierte Bunny gedehnt. »Pistazieneis von der Torte?«

Faustina kritzelte »Eis« und fügte ein Frage- und ein Ausrufungszeichen hinzu. Und dann nach kurzem Überlegen ein zweites Fragezeichen.

»Moment mal. Hat sein Mund beide Male gleich geschmeckt?«, fragte Mitch.

»Ja, ehrlich gesagt schon.«

»Okay«, resümierte Faustina und strich das Wort »Eis« durch. »Dann ist es jetzt also ganz einfach. Du musst nur ein paar Leute mehr küssen, als ich zuerst gedacht habe.« Sie nahm einen roten Filzstift und zeichnete einen Mund. »So.«

Imogen starrte sie an. »Wie jetzt? Du erwartest, dass ich rumlaufe und alles und jeden abknutsche? Spinnst du?«

»Es könnte schlimmer sein«, meinte Faustina. Gelassene Anzüglichkeit funkelte in ihren Augen. »Wir reden schließlich nur von *Küssen.*«

»Also, wenn du *alle* männlichen Gäste küssen willst, die auf meiner Party waren«, bemerkte Bunny grinsend, »dann kann ich dir eine Liste geben. Wird aber eine ganze Weile dauern. Und ein paar sind auch schon wieder abgereist.«

»Ach, Schätzchen, wir können dir doch so eine kleine Kussbude bauen, dann können sie um den ganzen Block rum Schlange stehen«, schlug Mitch vor. »Die *Männer* hätten bestimmt nichts dagegen. Aber du würdest mit Sicherheit Kiefersperre kriegen.«

»Oh Gott«, stöhnte Imogen, den Kopf in den Händen.

»Ha-ha-ha. Krieg dich wieder ein, du Dummerchen. Jugend ist bei Kids echt glatte Verschwendung. Ich wünschte, ich könnte mit dir tauschen.«

»Wir müssen das Ganze eingrenzen«, stellte Bunny etwas ernster fest. Dann stand sie auf und zog die Kappe von einem grellgrünen Filzstift. »Also … männliche Gäste, männliche Gäste, männliche Gäste.« Sie schlug ihr pinkfarbenes Filofax auf der entsprechenden Seite auf und begann, Namen herunterzurattern. »Monsieur Boudin, Bastien, Dimitri – alle unwahrscheinlich, hast du doch gesagt, Imogen, oder? Okay. Also können wir alle aus dem Boustifaille streichen. *Dann* haben wir die Amerikaner. Also, da waren … Chuck.« Sie kritzelte den Namen hin. »Erinnerst du dich an Chuck, Imogen? Er ist echt süß. Und außerdem zum Brüllen komisch.«

»Nein«, antwortete Imogen müde. »Ich erinnere mich nicht an Chuck. Ich weiß, du hast mir all deine Freunde vorgestellt, aber da haben so viele von euch gesessen, und ich war so gestresst wegen der Kocherei und alldem, ehrlich gesagt bin ich mir nicht sicher, ob ich mich überhaupt noch an einen von ihnen erinnere.«

»Hm, ja. Und dann Walker, Conway, Archer, Heath, Gage …« Entschlossen kritzelte Bunny weiter. »Und natürlich meine heißgeliebten Brüder. Okay, das sind alle.«

»Ich weiß noch, dass ich mich auf der Party mit deinen Brüdern unterhalten habe«, sagte Imogen.

»Stimmt – sie waren beide ganz hin und weg von dir. *Hey,* Moment mal, Moment mal, *Moment mal!* Und wenn's nun einer von ihnen war?« Bunny umkringelte die Namen ihrer Brüder und malte einen Schwarm kleiner Herzen daneben. »Dann könnten wir Schwestern sein!«

»Ist Buddy nicht erst zwölf oder so?«, fragte Mitch streng.

»Er ist achtzehn!«, begehrte Bunny auf. »Alt genug, um zu heiraten! Und Mitch, du brauchst mich gar nicht so anzuschauen. Ich weiß genau, was du von uns Südstaatlern hältst.«

»Ich hab doch gar nichts gesagt.«

»War auch gar nicht nötig.«

»Ehrlich gesagt, ich glaube nicht, dass dein kleiner Bruder reif genug für diese Nummer ist«, meinte Faustina. »Imogen, hat es sich angefühlt, als würdest du einen Teenager küssen? Mit dem ganzen Gegrabbel und Gesabber?«

»Überhaupt nicht«, erwiderte Imogen nüchtern.

»Na schön.« Verstimmt strich Bunny Buddys Namen durch. »Aber Everett, also … Der ist achtundzwanzig. Das ist reif genug.«

»Aber derjenige, der mich geküsst hat, hat Französisch gesprochen«, wandte Imogen ein. »Ist es da nicht wahrscheinlicher, dass er auch Franzose ist?«

»Na ja, du weißt doch, Everett spricht echt gut Französisch.«

»Na gut«, lenkte Imogen ein und gestattete sich, Bunnys Bruder als möglichen Kandidaten in Erwägung zu ziehen. »Nur um der Debatte willen, wo war er zum Zeitpunkt der, äh … Begegnung? Irgendwo in meiner Nähe?«

Bunny schlug ein neues Zeichenblatt auf und fing an, eine völlig unkenntliche Zeichnung von ihrem Garten zu Papier zu bringen, frei nach Belieben mit Bäumen und niedlichen Tierchen bestückt. »Also, zuerst war er *hier* und hat mit den anderen die Limbostange klargemacht. Dann war er eine Weile bei mir, als wir dich gedreht haben, bevor wir dich in den Kreis geschickt haben. Und dann … na ja, es hat ausgesehen, als würdest du allein zurechtkommen, also haben Everett und ich uns weggeschlichen, um zu sehen, wie es mit dem Limbo läuft«, berichtete Bunny betreten und malte rosa Punkte auf das Blatt, um ihre Bewegungen zu verdeutlichen. »Mitmachen konnte ich natürlich nicht, wegen meiner Frisur«, fuhr sie fort und malte eine Stange, die von zwei Strichmännchen gehalten wurde. »Aber mitgesungen habe ich – ›Wie tief geht's noch? … Wie tief geht's noch?‹.«

»Ihr Amerikaner seid echt seltsam«, stellte Faustina gelassen fest.

»Also«, sagte Imogen geduldig. »Äh, Bunny? Um wieder auf den Kuss zurückzukommen?«

Daraufhin verbrachten die vier Freunde etliche fruchtlose Minuten damit, den genauen Zeitpunkt des Kusses festzulegen – ein schwieriges Unterfangen, da keiner von ihnen, aus Gründen der Authentizität, an besagtem Abend eine Uhr getragen hatte.

»Ach, diese ganze Rekonstruiererei ist doch bekloppt«, maulte Mitch. »Im Fernsehen sieht das immer ganz einfach aus.«

»Also, ich glaube, ich habe so ungefähr zwei Minuten Blindekuh gespielt, bevor er mich zu fassen bekommen und geküsst hat«, meinte Imogen unerbittlich. »Vielleicht auch ein bisschen länger. Bunny, war Everett da bei dir, sagen wir, zwei Minuten, nachdem ihr mit dieser Limbonummer angefangen habt?«

Bunny nickte und malte zwei weitere Strichmännchen. »Ich glaube schon … Außerdem hat Cheyenne auch mitgemacht.« Sie zeichnete ein langhaariges Männchen, das unter der Stange hindurchschlüpfte. »Also haben Everett und ein paar andere ihn an der Anlage vertreten. Er ist übrigens wirklich unheimlich gelenkig«, fügte sie bewundernd hinzu.

»Welche anderen waren das genau?«

»Ich bin mir nicht sicher.« Zwei weitere Strichmännchen erschienen neben grob skizzierten Plattenspielern. Bunnys forensische Zeichnung wirkte allmählich sehr unübersichtlich. »Viele von denen hatten Masken auf, also, weißt du, jetzt, wo ich drüber nachdenke, kann ich definitiv nicht beschwören, wer da war und wer nicht.«

»Also«, fasste Mitch zusammen, »dein Bruder Everett und möglicherweise noch zwei andere haben sich irgendwann abgesetzt, um die Musikanlage zu bedienen, was es …«

»Einem von ihnen ermöglicht hätte, zum anderen Ende des Gartens zu flitzen und mich zu küssen?«, schlug Imogen vor.

Faustina räusperte sich, dann fragte sie plötzlich die junge Amerikanerin: »Verstehst du dich gut mit deinem Bruder?« Daraufhin malte sie eine Figur im Reifrock mitten in den Garten und machte daneben ein Fragezeichen.

»Ja, sehr gut.«

»Wenn er es also getan hätte … hätte er es dir dann nicht erzählt?« Faustinas Blick hielt den von Bunny unverwandt fest, und ihre Stimme klang ein klein wenig anklagend. »Also, ich frage dich jetzt ganz ehrlich: Weißt du mehr über diese ganze Geschichte, als du uns erzählt hast?«

»Weißt du, Everett bestimmt selbst über sein Leben«, entgegnete Bunny und straffte sich. »Er braucht keine Erlaubnis von mir, um sich zu verlieben.« Sie wandte sich an Imogen. »Und er hat nichts gesagt, Ehrenwort! Ich wünschte, es wäre so!«

»Ich halte ihn mal als möglichen Kandidaten fest«, meinte Imogen. Sie nahm den blauen Filzstift und kritzelte etwas Unleserliches in eine Ecke des Blattes.

»Allerdings …«, bemerkte Bunny mit ernster Miene. »Jetzt, wo ich drüber nachdenke – *richtig* gentlemanlike war das ja nicht, mit einer Lady so Schindluder zu treiben.«

»Er *hat* nicht Schindluder mit mir getrieben«, widersprach Imogen entschieden.

»Na schön, wenn du meinst. Aber ich finde trotzdem, danach so einfach abzuhauen … anstatt sein Gesicht zu zeigen, sich vorzustellen und sich für sein Benehmen zu entschuldigen … das war ein bisschen hinterlistig.«

»Oder schüchtern.« Faustina schrieb das Wort auf eine kleine weiße Stelle dort, wo in der oberen linken Ecke von Bunnys Zeichnung noch ein bisschen Platz war.

»Oder man könnte es auch verspielt nennen«, gab Mitch zu bedenken. »Oder dramatisch. Oder schlicht und einfach klassisches Valentinstag-Benehmen.«

»Ehrlich gesagt habe ich das Gefühl, dass ihn der Kuss genauso durcheinandergebracht hat wie mich«, sagte Imogen unvermittelt. »Ich meine, die Wirkung, die das Ganze auf ihn gehabt hat. Deswegen ist er verschwunden.« Angenehm überrascht von dieser plötzlichen Einsicht grinste sie ihre Freunde an.

Die anderen sahen sie schweigend an und wechselten dann Blicke. Mitch stieß einen langen, leisen Pfiff aus.

»Was ist mit den anderen Amerikanern?«, fragte er.

Imogen schüttelte den Kopf. »Ich habe mit keinem von denen auch nur geredet, also …«

»Bunny«, mischte Faustina sich ein, »wer von denen war noch hier, als der Strom ausgefallen ist?«

»Also … *die hier«* – Bunny strich ein paar Namen von ihrer Liste – »sind kurz nach der Party wieder nach Hause gefahren, zusammen mit meiner Schwester und meinen Cousinen. Und *das hier* sind die, die noch geblieben sind, einschließlich meiner Brüder, aber die sind alle weitergereist. Keiner ist hier im Ort geblieben.«

»Ich verstehe«, meinte Imogen, die allmählich das Interesse verlor. »Und was ist mit den anderen Gästen?«

»Okay, ja, bleiben also noch die Männer aus Saint-Jean. Da wäre der Metzger, Monsieur Ponceau …«

Monty kläffte begeistert auf, als er den Namen hörte.

»Ja, Monty – *Hühnchen!*«, flüsterte Imogen, ehe sie sich wieder an Bunny wandte. »Der ist mit seiner Frau zur Party gekommen. Ich meine … hältst du ihn wirklich für einen aussichtsreichen Kandidaten?«

»Nein, du hast recht. Sehen wir den Tatsachen ins Auge. Außerdem streiche ich den Mann von meiner Friseurin – er ist ihr die ganze Zeit nicht von der Seite gewichen. Mylènes Freund kommt auch nicht infrage, die konnten doch die Hände nicht voneinander lassen.«

»Hey, was ist denn mit deinem Cousin?«, erkundigte sich Mitch. »Die menschliche Giraffe.«

»Oh, Amaury?« Bunny lächelte nachsichtig. »Habt ihr euch miteinander unterhalten, Imogen?«

»Nein, nicht so richtig«, antwortete Imogen. »Und außerdem war er doch deinetwegen da, Bunny – um dich kennenzulernen.«

»Ja, das stimmt«, pflichtete Bunny ihr mit zufriedenem Katzenlächeln bei. »Wir müssen das Ganze noch viel mehr eingrenzen. Versuch doch mal nachzudenken. Ich weiß, es war dunkel in der Küche, als ihr euch geküsst habt, aber ist dir denn sonst nichts an ihm aufgefallen? Seine Stimme zum Beispiel? Ich weiß, ihr habt nicht viel geredet, aber …«

Imogen schüttelte den Kopf. »Er hat sehr wenig gesagt, und seine Stimme war auch ganz leise, also könnte ich sie wirklich nicht wiedererkennen.« Sie bedeckte das Gesicht mit den Händen, dann stieß sie triumphierend hervor: »Oh, warte mal – er hatte kurze Haare! Ich habe seinen Nacken berührt, und es hat sich angefühlt, als wäre sein Haar da ganz kurz geschnitten – als ob man ein Kätzchen streichelt.«

»Na, wenigstens können wir *einen* Namen streichen«, stellte Faustina fest.

»Wen denn?«

»Cheyenne. Wenn du mit *den* Extensions in Berührung gekommen wärst, dann wüsstest du das. Wahrscheinlich hätte man damit den Strom wieder hochfahren können. Man hätte die Dinger einfach in den Sicherungskasten stöpseln müssen.«

»Okay, also noch mal, wir suchen nach einem ziemlich großen, kurzhaarigen Typen«, fasste Mitch gereizt zusammen. »Ach ja, und eher schweigsam. Super. Möchte vielleicht jemand raten?«

Imogen ertappte sich dabei, dass sie Faustina beklommen ansah, die gerade in einen der Spiegel schaute und sich eine rote Seidenrose hinters Ohr steckte. Damit sah sie aus wie Carmen im Taschenformat. Ein Gedanke nahm in Imogens Kopf Gestalt an, einer, auf den sie keinen besonderen Wert legte. Aber er war nun einmal da. Ein großer, kurzhaariger Mann, der nicht viele Worte machte? Enzos umwerfend schönes Gesicht blitzte jäh vor ihrem inneren Auge auf. Oh, aber das konnte doch nicht sein, oder? Er hatte sie doch nie beachtet.

Obwohl … er war auf Bunnys Party gewesen, und sie hatten im Garten miteinander gesprochen. Ja – und was genau hatte er noch mal gesagt? *Ich bin verliebt. Verstehst du das? Das ist wie eine schreckliche Folter.* Und dann: *Weißt du, wie es ist, vor Verlangen wahnsinnig zu werden? Es ist wie ein Fieber. Es zerreißt einen innerlich.* Und schließlich: *Eines Tages wirst du es verstehen.* Und dabei hatte er ihr die ganze Zeit in die Augen gesehen. Verdammt! Was sollte sie tun? Faustina war ihre Freundin! Und Enzo gehörte doch eigentlich zu ihr – ganz gleich, was sie behaupten mochte, von wegen, ihre Beziehung wäre zu Ende. Nichts sagen, beschloss Imogen, genau das sollte und würde sie tun. Das Ganze vollständig aus ihrem Kopf verdrängen.

»Alles okay, Imogen?«, erkundigte sich Bunny aufrichtig besorgt. »Du siehst aus, als hättest du ein Gespenst gesehen.«

Imogen lächelte sie zerstreut an. »Alles bestens. Ich habe nur … nachgedacht.«

Oh, aber was war, wenn es *tatsächlich* Enzo war? Nun, was wohl? Denk mal einen Augenblick ganz sachlich darüber nach. Er hatte sie also ein paarmal geküsst, und es war … ja, ja, schon gut, es war das wunderbarste, erotischste Erlebnis aller Zeiten gewesen, aber abgesehen *davon* machte er doch nicht gerade den Eindruck, als wäre er Imogens Seelengefährte, oder? Faustina hatte es doch klar ausgesprochen: Er war herrisch, wollte alles kontrollieren, war ein richtiger Macho. *So etwas* konnte doch keine Zukunft haben. Und zu haben war er eigentlich auch nicht. Höchstwahrscheinlich hatte er – wenn er denn tatsächlich derjenige welcher war – nur vorübergehend ein Auge auf Imogen geworfen, um sich von der Frau abzulenken, die er wirklich begehrte. Oder vielleicht wollte er Faustina auch nur eifersüchtig machen. Andererseits – *ich bin verliebt. Eines Tages wirst du es verstehen.* Sie, Imogen, war diejenige gewesen, zu der er all das gesagt hatte.

»Sollen wir für heute Abend Schluss machen?«, fragte Mitch, der sie beobachtet hatte. »Ich glaube, wir haben erst mal alle genug.«

»*Alors*, schlaft gut, alle miteinander«, sagte Faustina, während sie ihre Freunde mit einem kleinen Lächeln hinausbegleitete.

Als sie auf die Buchhandlung zugingen, fragte Imogen Mitch: »Nur so aus Interesse … wie läuft es denn in letzter Zeit so zwischen Faustina und Enzo?«

»Keinen blassen Dunst. Ich glaube, sie hat gesagt, seit der Party sei er viel zurückhaltender geworden.«

*Au weia.*

Imogen seufzte und rieb sich mit beiden Händen das Gesicht. »Wirklich? Dann ist sie bestimmt … erleichtert. Nicht wahr?«

»Kann man bei ihr schwer sagen. Sie trägt ihr Herz nicht gerade auf der Zunge. Aber ich nehm's doch an«, erwiderte Mitch geistesabwesend, während er die Tür aufschloss.

# 32

Am selben Abend kam eine neue E-Mail von Valentinskuss@mail-enfrance.fr mit dem Betreff VERGISS MICH NICHT auf Französisch. Da bestand ja nun wirklich keine große Gefahr. Imogen starrte die Mail einen Augenblick lang an. Mit angehaltenem Atem öffnete sie sie.

Diesmal hatte er ihr ein Gemälde geschickt. Dem Stil nach aus dem 18. Jahrhundert.

Es zeigte ein Paar, das vor einer halb offenen Tür stand, sie drinnen, er draußen. Das Licht fiel größtenteils auf das Kleid der jungen Frau – eine prachtvolle Kaskade aus kunstvoll zerknittertem cremeweißem Satin. In der einen Hand hielt sie ein Schultertuch, das sie offenbar gerade aus dem Zimmer geholt hatte. Das Handgelenk der anderen wurde von dem jungen Mann festgehalten, der unverhofft vor der Tür aufgetaucht war und sie an sich zog. Er küsste sie auf die Wange, ganz nahe an ihrem Mund.

»Na, was sagt man dazu – ein wunderbarer Fragonard«, stellte Mitch fest, nachdem er herbeizitiert worden war. »Eine gute Wahl – geistreich. Das Bild heißt übrigens *Le baiser volé.*«

*»Der geraubte Kuss?«*

»Ja. *Der heimliche Kuss.* Er macht eine klare Ansage, wie?« Mitch betrachtete sie mit liebevoller Strenge. »Wenn du genau hinschaust, dann siehst du durch die andere Tür im Hintergrund – durch die das junge Mädchen höchstwahrscheinlich gerade gekommen ist – einen Haufen Frauen im Nebenzimmer beten. Es sieht ja ein bisschen *erschrocken* aus, das arme Ding«, fuhr er schmunzelnd fort. »Aber Küssen scheint offensichtlich sehr viel mehr Spaß zu machen als Beten. Weißt du was, dein Typ ist *echt gut* – so langsam gefällt er mir immer besser.«

»Ja, es ist sehr passend«, stimmte Imogen lächelnd zu. Dann dachte sie an Enzo, und ihr Lächeln verblasste. »Und das Bild ist wirklich richtig berühmt?«

»Ziemlich«, meinte Mitch nachdenklich. »Aber, ich meine, du brauchst bloß ›Kuss‹ und ›heimlich‹ oder so was zu googeln, wenn's das ist, was einem im Kopf rumgeht, dann taucht es wahrscheinlich auf.«

Nachdem Mitch gegangen war, tippte Imogen vorsichtig eine Antwort: »Merci.«

Wieder schien er auf sie gewartet zu haben, und seine Antwort kam rasch in derselben Sprache. *»Es tut mir leid, dass ich dich so plötzlich verlassen musste.«*

Enzo? War das möglich? Imogen stieß langsam die Luft aus, dann antwortete sie: »Bitte sag mir, wer du bist.«

*»Sag mir, Imogen – wie dringend willst du das wirklich wissen?«*

Das war ja ziemlich schlau von ihm, dachte sie verdutzt. Wie konnte er nur erraten haben, dass sie nicht mehr logisch denken konnte, wenn sie ihn küsste? Vielleicht, weil es ihm genauso ging?

»Ich möchte es *wirklich* wissen«, tippte sie nach einer kurzen Pause. »Aber wenn ich mit dir zusammen bin, vergesse ich das total. Es ist seltsam.«

*»So seltsam ist das gar nicht. Wir waren beschäftigt. Würdest du es gern wieder tun?«*

Gerade als sie begeistert »Ja ja ja ja ja« tippen wollte, riss Imogen sich zusammen und starrte auf den Bildschirm. Moment. Denk nach. Was tat sie hier eigentlich? War das Enzo oder jemand ganz anderes? Es war nicht mehr Valentinstag, überlegte sie, was sie also jetzt tun sollte, wäre doch wohl, ein Treffen von Angesicht zu Angesicht zu arrangieren. Ja, genau. Während sie noch zögerte, kam eine weitere Mail. Sie enthielt ein französisches Wort, das sie zuerst nicht entschlüsseln konnte: *odorat*. Dann fiel es ihr wieder ein, das war der Name eines der fünf Sinne. Er hatte geschrieben: »*Übrigens, ich vermute, dein Geruchssinn ist sehr ausgeprägt – schließlich bist du Köchin. Ist das so?*«

Ein sonderbarer Richtungswechsel, dachte Imogen. »Ja«, tippte sie. »Warum?«

*»Das ist eine Überraschung. Ich melde mich, Imogen. Over and out.«*

Eine Überraschung. Wie wunderbar verlockend. Neugierig traf Imogen eine Abmachung mit sich selbst. Sie würde ihm erlauben, seine nächste Karte auszuspielen, und die Überraschung abwarten, und dann würde sie darauf bestehen, dass er seine Identität preisgab. Definitiv, ohne Wenn und Aber.

# 33

Nadine Picores Artikel im *Nice-Matin* war vernichtend. Zwar gab die Kritikerin ganz nebenbei zu, dass aus Boudins Küche noch immer gutes Essen kam, hauptsächlich jedoch ließ sie sich über die schleppende Bedienung und die altbackene Inneneinrichtung des Restaurants aus. Außerdem strich sie – ziemlich gemein, wie Imogen fand – den verlorenen Goldenen Löffel des Boustifaille heraus. Monsieur Boudin hatte jegliche Erwähnung oder Diskussion des Artikels seitens der Mitarbeiter rasch untersagt, ansonsten jedoch legte er eine besorgniserregende Apathie an den Tag. Nichts ließ darauf schließen, dass er an einer Strategie arbeitete, den Ruf des Boustifaille wiederherzustellen.

Die Gäste dagegen reagierten sofort – die Reservierungen waren fast auf null zurückgegangen. Touristen kamen noch immer aus Neugier ins Boustifaille, doch das Restaurant musste mehrere niederschmetternde Absagen von bekannten, wichtigen Besuchern hinnehmen. Zum ersten Mal seit Jahren beschloss der Bürgermeister von Nizza, seinen Geburtstag im La Rascasse zu feiern. Filmstars aus Hollywood, einst regelmäßig eine Zierde des Speisesaals, beschränkten sich jetzt ausschließlich auf das Restaurant des Hôtel de la Plage, das mit zwei Goldenen Löffeln aufwarten konnte.

Mittlerweile hatte Imogen nach einigen Tagen hektischer Seelenforschung beschlossen zu klären, ob Enzo an dem Valentinsmysterium beteiligt war. Sie suchte ihn an seinem Arbeitsplatz auf, einer Herrenboutique namens Les Cowboys de Minuit, in dem sich Anwärter fürs »Sehen und Gesehen Werden« für den Samstagabend einkleideten.

So oder so, sie musste es wissen, und sie war bereit, auf Faustinas Gnade zu hoffen, sollte sich herausstellen, dass Enzo tatsächlich ihr geheimnisvoller Verehrer war.

Vor ihrem Dienst im Boustifaille ging sie ein paarmal an dem Geschäft vorbei und betrachtete flüchtig die farbenfrohen Kleidungsstücke, die zwischen Plastikkakteen und anderen Wildwest-Requisiten im Schaufenster ausgestellt waren. Schließlich brachte sie doch den Mut auf einzutreten. Fast musste sie sich mit Anlauf durch die Tür stürzen, und sie landete atemlos auf einem Fuß dicht vor dem Ladentisch. Dahinter stand ein herablassender, ungemein gebräunter Knabe, von oben bis unten in nagelneue weiße Klamotten gekleidet. Er hatte ein türkisblaues Piraten-Kopftuch umgebunden.

»*Bonsoir*«, sagte er, ohne von dem Promi-Magazin aufzublicken, das er gerade studierte.

»*Bonsoir. Enzo est là?*«

Der Junge sah sie ausdruckslos an.

»Ich muss ihn nur was fragen«, fuhr sie nervös auf Französisch fort. »Es ist wichtig.«

Er deutete mit einem Achselzucken an, dass schon viele andere Frauen ähnliche Anliegen vorgebracht hätten, und sagte: »Er ist im Lager«, wobei er auf eine Tür im hinteren Teil des Ladens deutete. »Geh einfach durch.«

Im Halbdunkeln suchte Imogen sich einen Weg zwischen Regalen voller grell bedruckter T-Shirts hindurch und traute sich nicht, Enzos Namen zu rufen. Sie trat in den nächsten Gang und blieb wie angewurzelt stehen. Da war er, zog gerade ein leuchtend orangefarbenes Kapuzensweatshirt aus einem Stapel. Mein Gott, war er schön. Als er sie näherkommen hörte, drehte er sich um und starrte sie an. Er sah aus wie ein aufgeschrecktes Reh aus einem Disney-Film.

»*Salut*«, sagte Imogen und lächelte ihn an.

Er lächelte zurück – das erste Mal, dass sie ihn lächeln sah –, kam zu ihr und küsste sie auf beide Wangen. Nicht unangenehm, ganz und gar nicht. Sofort bekam sie eine Gänsehaut; er war wirklich erstaunlich gut darin, eine positive Reaktion auszulösen.

»Du suchst etwas.« Es war mehr eine Feststellung als eine Frage. Er sah ihr unverwandt in die Augen.

»Ja.« Ehe sie sich bremsen konnte, kicherte Imogen. »Ehrlich gesagt dich. Hast du zu tun, oder hast du einen Moment Zeit zum Reden?«

»Wir können reden, wenn du willst.«

»Super. Es ist so, Enzo«, begann sie zögernd, »ich wüsste gern, ob du dabei warst, als wir auf Bunnys Party dieses Spiel gespielt haben – weißt du noch?«

»Ja, natürlich, das weiß ich noch sehr gut.«

Sie sahen sich an.

»Okay«, sagte Imogen schließlich. »Und … hast du auch mitgespielt?«

»Ja«, antwortete er und lächelte sie an. »Ich habe bis zum Schluss mitgespielt.«

»Oh.« Allmählich wurde Imogen ziemlich schwummerig. »Das ist ja toll. Und dann … hat das mit den E-Mails angefangen.«

»Ja«, bestätigte er und sah verblüfft aus. »Danach habe ich die E-Mails geschickt.«

Imogen holte tief und japsend Luft. »Ich fand deine E-Mails ganz toll«, brachte sie sodann mühsam hervor. »Sie waren wunderschön. Mitch hat sie gesehen, und er fand das auch.«

»Wirklich?« Enzo runzelte die Stirn. Es sah hinreißend aus.

»Ja. Möchtest du … mir ein bisschen mehr … über das alles erzählen?«

»Ehrlich gesagt bin ich überrascht«, meinte Enzo. »Ich dachte, das ist alles ein Riesengeheimnis.«

Imogen nickte verschwörerisch und dachte daran, was er alles angestellt hatte, um den Stromausfall im Boustifaille zu inszenieren. »Oh ja, natürlich! Und Geheimnisse sind auch toll. Aber weißt du, wenn einem etwas ganz Fantastisches passiert, dann muss man einfach mit Freunden darüber reden. Das verstehst du doch, oder?«

Er starrte sie an, die schön geschwungenen Brauen noch immer leicht zusammengezogen. Großer Gott, würde er ihr jetzt wirklich Vorhaltungen machen? Faustina hatte ihn immer als Kontrollfreak beschrieben. Was jetzt? Sollte sie einfach … reinen Tisch machen und ihn küssen? Dann würde sie es genau wissen. *Also gut, los geht's.* Imogen räusperte sich und sagte dann halblaut: »Enzo, warum … kommst du nicht einfach her?«

Mit zusammengekniffenen Augen sah er sie an. »Warum denn?«

»Oh, ich glaube, das weißt du«, antwortete sie und fühlte sich dabei ziemlich unsicher. Enzo sah unglaublich gut aus, jetzt allerdings, wo es wirklich zur Sache ging, war es Imogen schier unmöglich, angemessen verführerisch aufzutreten. Hauptsächlich lag das an mangelnder Übung, aber außerdem vielleicht auch an ihren Schuldgefühlen. Das Ergebnis war, dass ihr vor Nervosität fast schlecht war und sie sich nicht gerade auf den eigentlichen Kuss freute. Das Ganze war heikel, sehr heikel, wegen Faustina, doch um herauszufinden, was sie wirklich für Enzo empfand, musste sie in den sauren Apfel beißen. Es führte kein Weg daran vorbei. Erwartungsvoll sah sie ihn an. Zu ihrem Erstaunen stürzte sich Enzo aber nicht auf sie. Er verschränkte nur die Arme und fragte: »Baggerst du mich etwa an?«

»Ich denke schon«, gab sie zurück, mit allem, was sie an Selbstbewusstsein aufbringen konnte. Wieso nicht einmal direkt sein? Schließlich war *er* es doch auch.

»Ich meine, es wäre toll, wenn du mich jetzt küssen würdest. Falls du nichts dagegen hast.«

»Du bist wirklich eine komische Freundin. Benehmen sich alle Engländerinnen so?«

Verdattert überlegte Imogen einen Moment. »Wie meinst du das?«, fragte sie dann zaghaft.

»Ich meine, deine Freundin vertraut sich dir an, und jetzt versuchst du, mich rumzukriegen.«

»Was? Meine Freundin? Wer?«

Enzo starrte sie an. »Jetzt habe *ich* keine Ahnung, wovon du redest.«

»Aber ... auf der Party hast du doch mit *mir* gespielt!«, stieß Imogen erschüttert hervor. »Du hast *mir* diese E-Mails geschickt!«

Daraufhin nickte Enzo; dann kam er zu ihr herüber und tätschelte ihr wie ein großer Bruder den Rücken. »Ah, jetzt verstehe ich. Keine Angst. Du bist doch ein nettes Mädchen. Du findest bestimmt auch noch jemanden.«

»Ich ... was?«

»Du siehst, was deine Freundin mit mir erlebt, und du willst dasselbe für dich. Das ist doch nur verständlich.«

»Dann ... hast du mich auf der Party gar nicht geküsst?«

»Nein.«

»Du hast mir keine Bilder gemailt, auf denen Leute sich küssen?«

»*Nein.*«

»Und du hast auch nicht im Restaurant die Sicherungen rausgedreht, damit du mich im Dunkeln küssen konntest?«

»Nein! Aber, mein Gott, du hast wirklich eine unglaubliche Fantasie – gratuliere.«

Imogen starrte ihn an und war nunmehr ziemlich sauer. »Nichts von alldem sind Fantasien, du Idiot! Ich habe bloß den Fehler gemacht zu denken, *du* steckst dahinter.«

Hauptsächlich weil du kurze Haare hast, fügte sie im Stillen hinzu. Was ja tatsächlich ein bisschen dürftig schien, jetzt, wo sie es recht bedachte. Ganz kurz fragte sie sich, was für ein Spiel er und Faustina wohl auf Bunnys Party gespielt hatten. Nun ja, das spielte keine Rolle.

»Also …«, fasste sie zusammen, um alle Unklarheiten zu beseitigen. »All das, was du auf der Party zu mir gesagt hast, von wegen, du wärst wahnsinnig verliebt …«

»Ja, damit habe ich sie gemeint – meine Liebste.«

»Natürlich.« Lächelnd schüttelte Imogen den Kopf. »Ich hätte es wissen müssen. Ihr beide seid füreinander geschaffen.«

»Danke. Das glaube ich auch«, sagte er und lächelte zurück. »Tut mir leid wegen dem Missverständnis.«

»Ach, das macht doch nichts.« *Mir tut es leid, dass ich versucht habe, mich dir an den Hals zu werfen. Peinlich, oberpeinlich!* »Mach's gut, Enzo.«

»Du auch.« Und damit wandte er sich wieder seinen Kartons zu.

# 34

Zurück von ihrer Pause trat Imogen in den Innenhof des Boustifaille, und wie immer huschte ihr Blick unwillkürlich zum Sicherungskasten hinüber. Mit einer Art träumerischen Dringlichkeit dachte sie an weitere Küsse, möglicherweise im Dunkeln – und daran, wann dies wohl geschehen würde. Noch nie war ihr etwas so Aufregendes passiert. Wer war er? Diese quälende Frage vibrierte in ihrem Verstand. Wenn nicht Enzo, wer konnte dann ihr Valentin sein? Und was war mit der Überraschung, die ihr versprochen worden war?

Wie dem auch sei, rief sie sich zur Ordnung, obwohl ihr Herz noch immer ziemlich heftig pochte. Doch irgendwie musste sie sich auf ihre Arbeit konzentrieren. Sie schüttelte den Kopf und wandte sich in Gedanken wieder dem kleinen Catering-Auftrag zu, den sie angenommen hatte – ein bescheidenes Buffet für den zehnten Geburtstag von Monsieur und Madame Ponceaus Tochter Nathalie. Auch hier würde die Farbe Rosa als Hauptinspiration dienen. Imogen überlegte kurz, dass Bunnys rosa glasierter »Fleisch-Look« genau zum Beruf der Eltern der Kleinen passen würde. Aber das war ja wohl kaum das Richtige für einen Kindergeburtstag, dachte sie und lächelte vor sich hin. Lieber ein Prinzessinnen-Motiv.

Sie zog die Bänder ihrer Schürze fest, marschierte zu ihrem Posten hinüber und sah etwas Cremefarbenes auf der Arbeitsplatte liegen. Dieses Etwas erwies sich als Briefumschlag, auf dem in roter Tinte der Buchstabe »I« prangte – für Imogen?

»Ist das für mich?«, rief sie und hielt den Umschlag hoch. »Diese Nachricht?«

Pierrot, der gerade in der Speisekammer gewesen war, schloss die Tür und kam zu ihr herüber. »Vielleicht hat ihn ja einer von den Gästen hingelegt«, meinte er.

»Was denn für Gäste?«

»Ein paar Leute wollten sich die Küche ansehen«, meldete sich Dimitri zu Wort.

»Ein Haufen Ausländer«, fügte Régis hinzu.

»Als du gerade Pause gemacht hast, Imogen«, erklärte Bastien und trat zu ihnen. »Boudin hätte natürlich Nein gesagt, aber ich denke, es ist in unserem eigenen Interesse, uns entgegenkommend zu zeigen, bei all dem Klatsch und Tratsch über unsere Probleme – also habe ich zugestimmt.«

»Wer hat sie denn rumgeführt?«, wollte Imogen wissen, während sie den Umschlag öffnete.

»Ich«, sagte Larissa. »Sie wollten sich bloß mal umsehen, und sie haben jedem Guten Tag gesagt. Sie waren nett – sehr höflich.«

In dem Umschlag fand Imogen einen zweimal gefalteten Briefbogen mit einer Nachricht auf Französisch in eleganter roter Blockschrift: »DAS ESSEN WAR TOLL, ABER NICHT SO TOLL, WIE DICH ZU KÜSSEN. ICH WEISS, ES IST VIELLEICHT EIN BISSCHEN VIEL VERLANGT, DOCH IRGENDWANN MÖCHTE ICH VON DIR GEFÜTTERT WERDEN – GANZ ALLEIN UND GANZ LANGSAM. UND HINTERHER DEINE FINGER ABLECKEN. ICH MELDE MICH.« Sie errötete heftig, faltete das Blatt eilig wieder zusammen und steckte es in die Brusttasche. Er war hier gewesen, in der Küche, an ihrem Posten, um das hier zu hinterlegen – ihre Überraschung. Das war absolut wunderbar, aber eins verwirrte sie: Was hatte diese Nachricht mit ihrem Geruchssinn zu tun?

»Und, war die Nachricht für dich?«, fragte Larissa neugierig und sah sie durchdringend an.

»Ja.« Wie durch ein Wunder gelang es Imogen, mit ganz ruhiger Stimme zu antworten.

»Von wem ist sie denn?«

»Na ja, ich weiß es nicht genau. Das ist so eine Art … Scherz. Wollte einer von den … Gästen mich sprechen?«

»Natürlich nicht!«, wehrte Larissa diese vermessene Frage mit gefurchter Stirn ab. »Sie wollten alle Monsieur Boudin kennenlernen, aber wir haben natürlich dafür gesorgt, dass er nicht in der Küche war, als sie reinkamen.«

»Und woher kamen sie noch mal, hast du gesagt?«

»Ich weiß nicht – sie haben Englisch gesprochen.«

»Oh«, improvisierte Imogen. »Englische Touristen? Vielleicht kannte mich ja einer von denen.«

»Das waren keine Touristen«, meinte Manu. »Das waren Geschäftsleute.«

»Mit 'nem Spesenkonto«, bestätigte Bastien. »Es waren Australier, aus Sydney. Hast du Freunde in Australien?«

Australien? Imogen war völlig verwirrt.

»*Allez*, Freunde«, hörte sie Bastien mit überzeugender Autorität rufen. »Bald geht der Abendservice los. Auf eure Posten!«

Also beendete sie das Gespräch abrupt mit einem Schulterzucken und machte sich an ihre Arbeit.

Als sie nach dem Dienst ins Paperback Wonderland kam und völlig in Gedanken versunken auf die Treppe zustrebte, hörte sie Mitch rufen: »Hey, warte! Hast du die gesehen?«

Auf dem Ladentisch lag ein riesiger Blumenstrauß, in Zellophan gewickelt und mit einer aufwändigen roten Schleife verziert. Langsam ging Imogen hin und hob ihn auf. Blumen! Bestimmt von *ihm*. Bei näherem Hinsehen entpuppte sich der Strauß als ein enormes Arrangement aus Nelken und Maßliebchen in schrillen Farben: Orange, Pink, Gelb. Das Ganze war sehr grell und ordinär und, wie Imogen unwillkürlich im Stillen dachte, ziemlich hässlich. Sie starrte den Strauß an und empfand leise Enttäuschung darüber, dass ihr geheimnisvoller Küsser so einen schlechten Geschmack hatte, wenn es um Blumen ging. Dann sah sie Mitch an, der ihr zwischen Daumen und Zeigefinger einen kleinen Briefumschlag hinhielt. Ihr Herz machte einen Satz: noch eine Nachricht! Und, dachte sie bei sich, noch eine weitere Überraschung – diesmal eine duftende.

Die Dinge entwickelten sich wirklich prächtig. Also würde er als Nächstes bestimmt persönlich in Erscheinung treten. Es war unglaublich aufregend. Sie lächelte Mitch an und zog die Karte heraus.

»Und? Sind die von ihm?«, wollte Mitch wissen.

»Ich weiß nicht.« Keine handschriftliche Botschaft in roter Tinte diesmal – nur eine anonyme schwarze Druckerzeile. Sie hielt die Karte hoch, damit Mitch sie lesen konnte: »VON DEINEM HEIMLICHEN VEREHRER.«

Dann drückte Imogen das Gesicht in die Blumen – und stellte fest, dass sie so gut wie keinen Geruch verströmten. Verwirrt sah sie Mitch an.

»Die Blumen kommen von einem großen Blumengeschäft in Cannes«, erzählte Imogen Bunny am nächsten Morgen, als sie nach Saint-Paul-de-Vence fuhren. Es war Mittwoch, ihr freier Tag. »Derjenige, der sie geschickt hat, ist in den Laden gekommen und hat bar bezahlt.« Sie zuckte die Achseln. »Also kann man seinen Namen nicht ausfindig machen.«

Bunnys Augen wurden groß vor Entzücken, während sie hochschaltete.

»Und was die Nachricht im Restaurant betrifft«, fuhr Imogen fort und küsste Monty, der auf ihrem Schoß saß, auf den borstigen Kopf, »da war auch keine Unterschrift drauf, aber ich *weiß*, dass sie von ihm war.«

»Wirklich? Woher denn?«

»Na ja…« Imogen biss sich auf die Lippe und überlegte. »Wegen … dem Tonfall.« Und der war wie? Sie schloss die Augen, um es sich zu vergegenwärtigen. Intim … zärtlich? Ja. Sie erschauerte.

»Oh mein Gott – er *wirbt* um dich«, stellte Bunny ehrfurchtsvoll fest. »Vielleicht nicht ganz auf die traditionelle Art und Weise, aber genau das tut er.«

»Kann sein«, antwortete Imogen, während sie versonnen auf die Straße hinausblickte und dachte: *Aber wenn das so ist, wo ist er dann?* Sollte er sich nicht zeigen? Sich erklären?

Hinten im Auto saß Amaury d'Oussey und schwieg diskret. Der heutige Ausflug war dazu gedacht, Bunny und Imogen gleichermaßen zu erfreuen – ein Spaziergang über das Gelände der Fondation Maegth, um die berühmte zeitgenössische Kunst zu betrachten, gefolgt von einem geruhsamen Mittagessen in einem ausgezeichneten Restaurant mit Everett, Buddy und Archer. Das Ganze war Amaurys Idee gewesen.

»Weißt du, das mit diesen australischen Geschäftsleuten, das kriege ich irgendwie nicht auf die Reihe«, meinte Bunny gerade gedehnt. »Wie passen die da rein? Weil, ich bin mir ziemlich sicher, dass die nicht auf meiner Party waren.«

»Das habe ich mich auch gefragt. Vielleicht hat er einem von ihnen die Nachricht gegeben, damit er sie an meinen Posten legt.«

»Darf ich mal einen Vorschlag machen?«, fragte Amaury und beugte sich höflich vor. »Meiner Meinung nach muss er sie selbst hinterlegt haben. Das hätte ich auf jeden Fall so gemacht. Und ich könnte doch gar nicht … Ich meine, er konnte doch gar nicht genau wissen, wo dein Arbeitsplatz ist, es sei denn, man hätte ihm die Küche gezeigt.«

Ein bisschen verblüfft darüber, dass er sich so für ihre verwirrende Lage interessierte, drehte Imogen sich um und sah den Franzosen an. »Und was glaubst du, wie das abgelaufen ist?«, fragte sie neugierig.

»Ich denke«, meinte Amaury und lächelte sie freundlich an, »er hat an einem anderen Tisch gegessen. Wahrscheinlich allein. Und nahe genug, um das mit der Küchenbesichtigung mitzubekommen.«

Imogen drehte sich wieder um. Vor ihrem geistigen Auge konnte sie eine Hand sehen, die die Sätze mit roter Tinte niederschrieb. Aber wessen Hand?

»Und glaubst du, er hat die Nachricht im Boustifaille geschrieben?«

»Nein«, antwortete Amaury, ohne auch nur einen Augenblick zu zögern. »Die hatte er schon bei sich. Männer laufen nicht mit Briefpapier in der Tasche herum. Ich glaube, er hatte vor, sie bei eurem *maître d'* zu hinterlegen. Und als sich die Gelegenheit bot, dir ein wenig näherzukommen, da hat er ... ich meine, noch einmal, wenn ich es gewesen wäre, ich hätte mich an die Gruppe drangehängt. Das ist ganz leicht, wenn man diskret vorgeht und so tut, als wüsste man genau, was man tut.«

»Wirklich?«, fragte Imogen beeindruckt. »Einfach so?«

»Aber ja, das ist ganz leicht. Genau das habe ich einmal gemacht, als ich einen ganz ent*zück*enden Palazzo in Florenz besichtigt habe. Ein paar Leute haben eine Führung durch die Privaträume bekommen, und ich bin mitgegangen. Niemand hat mich daran gehindert.«

»Das ist nicht dein Ernst!«, stieß Bunny mit weit aufgerissenen Augen hervor. »Oh, Amaury, wie ungezogen von dir!«

»Du hast natürlich vollkommen recht, *ma chère cousine*. Aber, weißt du, es war sehr lustig, denn als ich der *contessa* vorgestellt wurde, haben wir festgestellt, dass wir doch tatsächlich entfernte Verwandte waren, also war das Ganze gar nicht so unbotmäßig, wie ich gedacht hatte!« Daraufhin stieß Amaury ein kurzes, meckerndes Lachen aus, und Bunny fiel mit nachsichtigem Silberglöckchengelächter ein.

Während sie einen Moment lang schweigend weiterfuhren, ertappte Imogen sich dabei, wie sie unbehaglich darüber nachgrübelte, was Faustina ihr gestern erzählt hatte: dass Bunny vielleicht zu vertrauensselig gewesen war, als sie Amaury einfach geglaubt hatte, dass er tatsächlich mit ihr verwandt sei. Schließlich hatten sie sich im Internet kennengelernt – nicht unbedingt das zuverlässigste soziale Umfeld.

»Bunny ist sehr reich, nicht wahr?«, hatte Faustina vielsagend gefragt. »Das heißt … wenn er es richtig anstellt, könnte er doch eine sehr gute Partie machen, nicht?«

Imogen wusste nicht, was sie von Faustinas Misstrauen halten sollte. Amaury schien sehr nett zu sein, und das Ganze war absolut plausibel. Und doch, es stimmte, dass Bunny vertrauensselig war – das war einfach ihre Art; sie war ein fröhlicher Mensch, der von allen immer nur das Beste dachte. Faustina hatte ihre gemeinsame amerikanische Freundin warnen wollen, aber Imogen hatte sie gebeten, ihre Zweifel zunächst für sich zu behalten. Schließlich war, soweit sie wusste, zwischen Bunny und ihrem Cousin nichts passiert. Es war doch nicht nötig, irgendjemandem Kummer zu bereiten.

Dann schrak Imogen ein wenig zusammen, als Bunny plötzlich zu ihr sagte: »Ich überlege ja immer noch, du weißt schon, wegen …«

»Was?« Imogen warf im Rückspiegel einen raschen Blick auf Amaury.

»Wegen Everett, und ob … vielleicht …«

Imogen atmete aus und lächelte ihre Freundin an. Dieses Everett-Szenario war reines Wunschdenken von Bunny. Bunnys großer Bruder war ungemein vorzeigbar. Und charmant noch dazu – doch er kannte sie schließlich kaum. Und trotzdem – was, wenn er auf der Party beschlossen hatte, sie zu küssen? Einfach so, aus einem romantischen Impuls heraus?

Und dann der Stromausfall im Boustifaille? Sich das vorzustellen war schon schwerer, dachte Imogen und errötete ein wenig, als sie an die erotische Intensität jener Begegnung dachte. Everett wirkte so anständig, fast schon ein wenig überkorrekt, gar nicht der Typ für so etwas Verwegenes. Aber andererseits, Bunny steckte doch voller Überraschungen, oder? Warum sollte also der Gentleman Everett nicht auch manchmal seine Reserviertheit fahren lassen, besonders im Schutz der Dunkelheit, und mutig zeigen, dass er … wie hatte Mitch das noch mal genannt? … »sexuelle Autorität« besaß? Imogen konnte ein kleines Kichern über ihren gewagten Gedankengang nicht unterdrücken. »Ein Unglück kommt selten allein«, hatte Daphne gesagt. Nun, allmählich fühlte es sich wirklich so an.

»Spricht … spricht Everett manchmal von mir?«, fragte sie.

»Eigentlich nicht«, antwortete Bunny und furchte ein wenig die Stirn. »Hin und wieder fragt er, wie's dir geht. Es ist nur … wer immer dich da umwirbt, ist so erfinderisch und hat so viel Klasse. Ich wäre echt stolz, wenn mein Bruder hinter alldem stecken würde.«

»Du könntest ihn doch fragen«, meinte Amaury behutsam.

»Ja!«, entschied Bunny und drückte sanft auf die Hupe, um dem Ganzen Nachdruck zu verleihen. »Fragen wir ihn, ob er dir diesen Riesenblumenstrauß geschickt hat!«

»Mmm, ja … die Blumen«, wiederholte Imogen zögernd. »Ich weiß nicht …«

Sie ließ den Satz unvollendet. Die Blumen standen nunmehr in dem größten Stück von Mitchs heißgeliebter Porzellan-Sammlung – Vallauris aus den 50er-Jahren – auf ihrem Schreibtisch. Und sie dufteten so gut wie gar nicht. Imogen wusste einfach nicht, was sie davon halten sollte.

# 35

»Waren Sie schon im Labyrinth?«, fragte eine Stimme hinter Imogen, als diese mit Monty, Bunny und Amaury die Mosaikfische betrachtete, die am Grunde eines flachen Beckens direkt vor dem Museum schwammen.

Sie drehten sich um. Hinter ihnen stand ein eher kleiner älterer Herr in einem umwerfend gut geschnittenen Glencheck-Anzug. Er lächelte sie unter einem weichen braunen Filzhut hervor an. »Ich hoffe, ich bin nicht zu aufdringlich«, sagte er mit sanfter Stimme und amerikanischem Akzent. »Ich habe Sie Englisch sprechen hören, und es ist so schön, auf Landsleute zu treffen.«

»Ich bin allerdings Franzose«, erwiderte Amaury höflich, aber entschieden. »Aber ist es hier nicht *wun*-der-schön?«

»Mir gefällt es hier sehr«, antwortete der alte Mann lächelnd. »Ich bin sehr oft hier. Ich wohne in Vence, dort habe ich einen kleinen Laden.«

»Diese reizende junge Dame hier – *ma petite cousine d'Amérique* – ist Künstlerin«, meinte Amaury und umfasste leicht Bunnys Ellenbogen. »Ich dachte, es würde ihr Freude machen, den Giacometti-Hof zu besichtigen.«

Bunny nickte begeistert und strahlte ihren Landsmann an. »Ich wünschte, ich könnte hier *wohnen!* Stellen Sie sich doch mal vor, jeden Morgen hier draußen zu frühstücken, umgeben von all diesen klassischen Kunstwerken!«

Amaury lächelte seine Cousine an. »Es wäre sogar noch schöner, von deinen Kunstwerken umgeben zu frühstücken. Die sind so viel *zeitgemäßer.*«

Imogen sog die Wangen ein. Amaury trug ein bisschen dick auf. Könnte Faustina recht gehabt haben, war dies das Verhalten eines Mannes, der auf eine gute Partie aus war?

»Und Sie, Miss«, erkundigte sich der amerikanische Gentleman höflich, nahm den Hut ab und wandte sich an Imogen. »Woher kommen Sie? Sind Sie auch Künstlerin?«

»Ich komme aus London.« Imogen bemerkte, dass der Mann, obgleich er leicht gebeugt war und schneeweißes Haar hatte, eine Art unbezähmbare, mephistophelische Jugendlichkeit ausstrahlte, besonders seine verschmitzten blauen Augen. »Und ich bin keine Künstlerin«, setzte sie grinsend hinzu. »Bloß Köchin. Und da auch noch Anfängerin.«

»Oh, sie ist eine *tolle* Künstlerin!«, widersprach Bunny. »Sie hätten mal die Torte sehen sollen, die sie für meine Valentinstags-Party gemacht hat. Die war wie eine Skulptur.«

»Reinstes Rokoko«, bestätigte Amaury.

»Und sie arbeitet im Boustifaille!«

»Okay, Bunny«, sagte Imogen verlegen. »Vielen Dank.«

Der Amerikaner schmunzelte. »Vom Feinsten! Klingt, als wären Sie eine junge Dame, mit der man Freundschaft schließen sollte. Sagen Sie, wohnen Sie hier im Ort?«

Mittlerweile hatten sie sich alle auf den Weg durch das betörende Gartenlabyrinth gemacht, das aus niedrigen Steinmauern bestand, hier und da von Skulpturen unterbrochen. Während Imogen von Saint-Jean-les-Cassis erzählte, von dem Restaurant und von Mitchs Gastfreundschaft, schlenderten Bunny und Amaury voraus, um eine merkwürdige Statue genauer zu betrachten: glänzend rote Puppenbeine, die Knöchel überkreuzt, und darüber blaue und gelbe Rohrstücke und Maschinenteile. Monty umkreiste das Gebilde schnüffelnd, so hochmütig wie jeder zweibeinige Kunstkritiker.

»Die hier«, erläuterte ihr Begleiter und blieb davor stehen, »ist von Joan Miró – Sie wissen schon, der Spanier. Umwerfend, nicht wahr? Sie heißt *Jeune Fille S'Évadant*.«

»Junge Frau … bricht aus?«, schlug Imogen als Übersetzung vor.

»Ja, genau«, bestätigte ihr neuer amerikanischer Freund. »Sagen Sie, fühlen Sie sich hier auch so?«

»Sie meinen, als wäre ich ausgebrochen?«, fragte Imogen stirnrunzelnd.

»Nun ja, ja. Oder vielleicht sind Sie ja noch dabei auszubrechen. Ich wohne schon sehr lange hier«, fuhr er fort und legte den Hut über sein Herz, »aber ich komme mir immer noch vor wie befreit, nur weil ich hier bin und nicht … dort. Verstehen Sie?«

»J-ja, ich glaube schon«, antwortete Imogen und dachte an das Familienleben, das sie in Archway zurückgelassen hatte. Und an dem Ganzen war noch mehr dran. Allmählich fühlte sie sich wirklich wie befreit. Bestimmt hatte das etwas mit dem milden Klima zu tun, das ihr außerdem ein ganz neues Selbstvertrauen beschert hatte, was ihren Körper anging. Sie hielt sich jetzt gerader, ihre Kurven machten sie nicht mehr so verlegen. Auf Bunnys Party dieses Kleid zu tragen, hatte sich als eine Art Durchbruch erwiesen. Ihre Figur war ihr nicht mehr peinlich. Stattdessen fing sie langsam an, sich als … nun ja, als feminin anzusehen, und zwar in einem guten Sinne.

Sie und der Amerikaner tauschten ein Lächeln. »Ich bin froh, dass Sie in der Fremde ein Zuhause gefunden haben«, sagte der Mann. »Dort im … wie heißt es doch gleich?«

»Mitch's Paperback Wonderland.«

»Genau. Hört sich an, als wäre es genau das Richtige für Sie.«

Er hatte eine so gewinnende Art, dass Imogen plötzlich das dringende Bedürfnis empfand, diesem Wildfremden von ihrer misslichen Lage zu erzählen – von dem Kuss auf Bunnys Party, der Begegnung während des Stromausfalls, einfach alles. Sie wollte ihm sogar von dem Gespräch mit Enzo berichten, obwohl sie sich deswegen so ungeheuer dämlich vorkam, dass sie niemandem davon erzählt hatte – weder Mitch noch Bunny, und *erst recht nicht* Faustina. Schon öffnete sie den Mund, dann schüttelte sie ganz leicht den Kopf und besann sich eines Besseren. Warum sollte ihn das interessieren?

Der Mann stand einen Augenblick lang da und musterte sie, dann setzte er seinen Hut wieder auf und sagte sanft: »Während Sie hier sind, würde ich Ihnen einen Besuch in Menton empfehlen. Falls Sie nicht bereits dort waren. Nein? Dann fahren Sie mit Ihren netten Freunden hin und schauen Sie sich den *Salle des Mariages* im Rathaus an – dort werden Trauungen abgehalten. Unglaublich.«

»Vielen Dank, das würde ich mir sehr gern ansehen«, sagte Imogen.

»Ja, ich denke wirklich, Sie sollten hinfahren. Der Raum wurde von einem französischen Künstler namens Jean Cocteau gestaltet. An der Wand ist ein wunderschönes Gemälde, von Orpheus und Eurydike. Kennen Sie die griechische Sage? Orpheus war ein Dichter, und seine geliebte Frau Eurydike ist gestorben. Es wurde ihm gestattet, sie aus der Unterwelt zurückzuholen, unter der Bedingung, dass er sie nicht ansah. Aber er hat es doch getan, wissen Sie, er hat sich umgedreht und einmal über die Schulter geschaut, und sie ist für alle Ewigkeit verschwunden. Man verliert eine Sekunde lang den Glauben, und die Liebe ist für alle Zeit dahin – mehr ist nicht nötig.«

Imogen nickte und wusste nicht recht, was sie von dieser unverhofften Vertraulichkeit halten sollte. Der Amerikaner lächelte sie mit wissenden blauen Augen an. »Entschuldigen Sie, dass ich so morbide bin. Natürlich wollen junge Leute nichts von Tod und Verlust hören. Sagen Sie, meine Liebe, sind Sie verliebt?«

Imogen spürte, wie ihr Gesicht zu prickeln begann. Wenn sie verliebt war, dann war es eine ungeheuer seltsame Liebe, dachte sie bei sich – eine Affäre mit dem Großen Unsichtbaren. Sie lächelte und schwieg.

»Oh, ich sehe, ich hatte recht. Dann sind Sie gesegnet. Gehen Sie und schauen Sie sich den Saal in Menton an. Wissen Sie, ich habe mal mit jemandem, den *ich* geliebt habe, da drin gestanden, vor langer Zeit, und wir haben gesagt: ›Lass uns so tun, als wären wir verheiratet.‹« Jäh lachte er auf, es klang nicht fröhlich. »Dann lasse ich Sie mal den Rest Ihres Besuchs mit Ihren Freunden genießen«, sagte er und gab Imogen die Hand. »Sagen Sie ihnen Auf Wiedersehen von mir.« Und damit drehte er sich um, ging davon und war bald hinter den Bäumen verschwunden.

# 36

Nachdem sie aus dem Skulpturenlabyrinth herausgefunden hatten, waren Imogen, Bunny und Amaury in ein kostspieliges Restaurant namens Le Petit Merlu gegangen, wo drei Amerikaner auf einer schattigen Terrasse saßen und sie erwarteten. Die Doucet-Brüder sahen in ihren fast, aber nicht ganz identischen überadretten Pastell-Klamotten ultracool aus; Archer dagegen trug dunkle Jeans und ein graues Hemd.

»Na, seht ihr aber schnuckelig aus«, bemerkte Bunny mit funkelnden Augen. »Dürfen wir uns zu euch setzen, oder möchtet ihr lieber unter euch bleiben? Ich finde ja immer, Gentlemen sind unter ihresgleichen am entspanntesten.«

»Kommt drauf an«, meinte Amaury lächelnd. »Ich bin Franzose, und ich bin immer gern in weiblicher Gesellschaft.«

Belustigt schaute Imogen zu ihm hinüber, fragte sich jedoch abermals, ob er nicht ein bisschen zu dick auftrug.

»Oh, vielen Dank, lieber Cousin«, erwiderte Bunny und belohnte ihn mit einem strahlenden Lächeln. »Also, lasst mal sehen – Imogen, warum setzt du dich nicht neben Everett? Archer, macht es dir etwas aus, eins weiterzurücken? Ich danke dir. Amaury, neben mich? Und Buddyschatz, du kommst auf meine andere Seite.«

»Jetzt hörst du dich genauso an wie Mama«, bemerkte Buddy mit einer Mischung aus Bewunderung und Teenager-Groll.

Als Imogen die elegante Ausstattung des Restaurants betrachtete, war sie froh, dass sie das ebenso schlichte wie hübsche seegrüne Kleid mit dem runden Ausschnitt angezogen hatte, das sie vor Kurzem auf einer Shopping-Tour mit Bunny erstanden hatte. Es war tailliert geschnitten, so dass es sich an ihre Figur schmiegte und dabei gleichzeitig wie Wasser über ihren Körper glitt, wenn sie sich bewegte. Nie ertappte sie sich dabei, wie sie daran herumzerrte, damit es besser saß, so wie es bei ihren übergroßen Schlabberhemden immer gewesen war.

Zunächst goss sie Monty Wasser in eine Schüssel und überließ es ihren Freunden, Getränke zu bestellen. Als sie wieder unter dem Tisch hervortauchte, warf sie einen verstohlenen Blick auf Everett, der lächelte und sofort ein Gespräch über die Attraktionen von Saint-Paul-de-Vence begann.

Imogen spielte mit, während sie einem Teil ihres Verstandes gestattete, sich spielerisch mit Bunnys Theorie zu befassen. War das möglich …? Aber nein, Everett wirkte doch viel zu … zivilisiert, um sich einfach so auf eine junge Frau zu stürzen und sie zu küssen, nur weil ihm gerade danach war. Nicht einmal mit der Ausrede, dass Valentinstag war.

Imogen schüttelte den Kopf, verscheuchte sämtliche subversive Gedanken über Everett und konzentrierte sich auf das, was er ihr erzählte. Bunny zog die Wörter beim Reden ein bisschen in die Länge, ihr Bruder jedoch dehnte sie bis zum Anschlag, und ab und zu fragte Imogen sich im Stillen, ob er vielleicht den Mund voll warmer Marshmallows hatte. Wenn ja, würde sich das bestimmt nachteilig auf sein Mittagessen auswirken. Nichtsdestotrotz war er ein sehr angenehmer Gesprächspartner, und als ihr Essen kam, plauderten sie wie alte Freunde.

»Mal ganz unter uns«, sagte er gerade, als der Kellner einen silbernen Deckel anhob und Imogen einen berauschenden Duftschwall gekochter Seeigel abbekam, »mein Gefühl sagt mir, dass Bunnys künstlerische Begabung zu Hause niemals anerkannt werden wird. Ich finde, sie sollte sich hier niederlassen, oder vielleicht in London oder Paris.«

Von der üppigen Intensität ihrer Seeigel-Suppe abgelenkt, nickte Imogen und fragte sich insgeheim, ob sie sich vielleicht irgendwann einmal selbst beibringen könnte, etwas zu kochen, das auch nur annähernd so vollkommen war.

»Everett glaubt an mich, Imogen.« Bunny strahlte ihren Bruder an. »Das kommt daher, weil er auf einem College an der Ostküste war und sich ein Gefolge aus angeberischen Künstlerfreunden zugelegt hat.«

»Schönen Dank auch, Bun«, bemerkte Archer nüchtern.

»Keine Ursache, Schatz.«

Imogen warf Archer einen raschen Blick zu. Seit seiner Scheidung war er verschlossen, zynisch und verbittert – laut Bunny. Und Imogen empfand durchaus Mitgefühl für seine Situation. So wie es sich anhörte, hatte seine Exfrau ihn abscheulich behandelt. Aber musste er das an allen anderen Frauen auslassen, einschließlich ihr? Er hatte ihr mal wieder kaum Guten Tag gesagt. Und er hatte nicht einmal auch nur in ihre Richtung geschaut, seit sie Platz genommen hatte. Na gut, sie würde ihn ebenfalls ignorieren.

Everett beugte sich vor. »Weißt du, Prinzessin, ein bisschen Angeberei könnte eine große Hilfe sein, wenn es um deine Art von Kunst geht. Also, ja, schuldig im Sinne der Anklage. Und lass mein ›Gefolge‹ in Frieden«, fuhr er fort und deutete mit einem Kopfnicken auf Archer. »Das sind fromme, ehrliche Leute, und getreu.«

»Also, ich weiß nicht, Bruderherz«, stichelte Bunny. »Nur gut, dass Daddy so viel zu tun hat, denn was würde er bloß sagen, wenn er sehen würde, wie du dich mit allen möglichen komischen Vögeln an der Riviera rumtreibst? Mit Leuten aus Manhattan, die auf der falschen Seite vom Park wohnen und nicht mal einen Treuhandfonds haben! Ich meine, also *wirklich!*«

Archer schienen Bunnys Spötteleien völlig kalt zu lassen. Oder vielleicht dachte er auch an etwas anderes. Ihr fiel auf, dass er braungrüne Augen hatte und dass seine gebrochene Nase seinem

Gesicht eigentlich eine Menge Charakter verlieh. Außerdem hatte er ein paar Fältchen um die Augen. Verglichen mit Everett sah sein Freund aus, als hätte er ein wenig Leben hinter sich.

Genau in diesem Moment drehte er sich um, sah sie an und sagte: »Kocht ihr in eurem Restaurant auch solche Sachen?«

»Na ja, das ist mit Sicherheit der Standard, den wir anstreben«, antwortete sie und verspürte das Bedürfnis, den Ruf des Boustifaille zu verteidigen. Mit ungläubiger Entrüstung bemerkte sie, dass er sein Risotto kaum angerührt hatte. War ihm denn nicht klar, wie viel Sorgfalt und Mühe in diesem Gericht steckten und wie köstlich es sein musste? »Warum?«, fragte sie sarkastisch. »Magst du ›solche Sachen‹ etwa nicht?«

»Oh doch«, beteuerte er und schaute auf seinen Teller hinunter. »Ich habe heute nur keinen besonderen Hunger.«

Wenn das so ist, dachte Imogen mit einem Aufwallen des Verdrusses, warum isst du dann in einem Restaurant wie diesem hier zu Mittag? Archer war also ein Künstlertyp – genau wie ihre Mutter. Na und? Warum hatten solche Menschen nur so oft nichts mit der simplen Freude am Hut, die man bei einem guten Essen empfand?

»Alles, was Daddy interessiert«, meinte Everett gerade, »ist, dass ich kein Meeting mit *unseren* Treuhändern verpasse – und das werde ich auch nicht tun.«

Imogen schaute über den Tisch und sah, wie Amaury sich sein Risotto schmecken ließ. Ihre Blicke begegneten sich in vollendetem Einverständnis.

»*Merveilleux*«, stellte Amaury fest.

»*Oui, exactement*«, erwiderte Imogen.

Amaurys typisch französische Neigung, etwas überschwänglich zu loben, passte ausgezeichnet zu dem munteren Enthusiasmus seiner Cousine, überlegte Imogen. Und anscheinend war Bunny auch von den umfangreichen Weinkenntnissen des Franzosen entzückt gewesen, die zu einem großen Teil von langjährigen Freundschaften mit Winzern herrührten. Oberflächlich gesehen schienen sie sicher gut zusammenzupassen. Und wenn Faustina sich nun irrte und Amaury es tatsächlich ernst meinte? Dann würde Bunny gar nicht so schlecht wegkommen, Geld hin oder her.

Genau wie alle anderen hatte Imogen sich anfangs mit Amaurys äußerer Erscheinung schwergetan (zweifellos hätte ihre Mutter, die Ästhetin, ihn als »ein bisschen schnarchnasig« bezeichnet), doch zwischenzeitlich hatte sie ihre Meinung geändert und fand ihn jetzt nur noch liebenswert hässlich. Und Bunny, randvoll mit Frankophilie und Familiensinn, ging in ihrer Wertschätzung möglicherweise sogar noch weiter. Also … wäre es vielleicht am besten, Bunny von Faustinas Verdacht in Kenntnis zu setzen, nur für alle Fälle? Beklommen klinkte Imogen sich mental wieder in die Unterhaltung rings um sie her ein.

»Archer! Du hast den Job bekommen!«, rief Bunny gerade. »Oh, Schatz, wie wunderbar! Dann bleibst du also wirklich in Menton? Du gehst nicht zurück nach Paris?«

Archer räusperte sich. »Na ja, das kommt darauf an.«

»Worauf?«

»Auf eine ganze Menge Dinge, Bun.«

Menton, dachte Imogen unbestimmt, während ein weiterer silberner Deckel vor ihr angehoben wurde und diesmal ein wunderschönes Stück Seebarsch enthüllte, in Rotwein gedünstet. Der amerikanische Gentleman, dem sie heute Vormittag begegnet waren, hatte doch von Menton gesprochen und ihr geraten, sich … was war es gleich wieder gewesen? Ach ja, den Hochzeitssaal sollte sie sich ansehen.

Sie kostete einen samtigen Mundvoll Fisch, und dann verschwand Menton spurlos aus ihrem Kopf, während sie und Amaury einander abermals zulächelten. Ob Amaury nun wirklich Bunnys Cousin war oder nicht, eins war sicher. Hier, dachte sie und sah den Franzosen an, war eine verwandte Seele – jemand, der es genauso ernst meinte wie sie, wenn es um hervorragendes Essen ging.

»Archer, Schatz«, sagte Bunny leise, »ich glaube, ich habe mich gar nicht richtig dafür bedankt, dass du deinen Kritikerfreund dazu gebracht hast, meine Ausstellung zu besprechen. Es bringt schon eine Menge, ein bisschen Publicity in so etwas Hippem wie der *Artpress* zu kriegen.«

Neugierig musterte Imogen Bunny. Klimperte sie etwa mit den Wimpern? Archer hatte auf dem College mit Everett in einem Zimmer gewohnt, das wusste sie, also mussten er und Bunny sich schon seit Jahren kennen. Und jetzt, wo Bunny Künstlerin war, verkehrten sie auch beruflich in ganz ähnlichen Kreisen. Vielleicht lag sie ja falsch, was Bunny und Amaury betraf; vielleicht lief ja stattdessen hier etwas?

»Weißt du«, warf Everett ein, »Archer hat auch die Möglichkeit, dich mit der Direktorin des Museums bekannt zu machen. Sie ist sehr freundlich, und sie kennt alle und jeden an der Riviera.«

»Das wäre *super*«, schnurrte Bunny.

Archer, der mit Monty gespielt hatte, schaute auf und grinste die Schwester seines Freundes an. »Jederzeit, Bun – du brauchst bloß zu fragen.«

Er hatte wirklich ein sehr nettes Lächeln, gestand sich Imogen widerwillig ein. Außerdem, dachte sie, während sie ihm und ihrem Hund zusah, sprach es ganz bestimmt für ihn, dass Monty, der größte Snob der Weltgeschichte, ihn anscheinend gut leiden konnte.

»Und weil er schon das ganze letzte Jahr da war, kennt er auch jede Menge andere Leute in Paris«, fuhr Everett fort. »Kuratoren, Galeristen … könnte von Nutzen sein.«

Unvermittelt hörte Imogen eine sehr leise Stimme ihren Namen sagen. Es war Buddy, der wissen wollte, was sie von dem Essen hielt. Höflich lauschte er ihrer begeisterten, detaillierten Antwort über die technischen Komplexitäten bei der Herstellung des perfekten *jus, nag* und *oursinade*. Dann erklärte er mit aufrichtiger Melancholie, er vermisse allmählich das Essen zu Hause und würde im Moment alles für einen Schlag gute alte Maisgrütze geben. Imogen lächelte mitfühlend und wandte sich wieder Bunny zu.

»Pascale hat gestern mein ›Pole Dancing Chicken‹ verkauft. Ist das nicht toll?«, sagte diese gerade.

»Wer hat es denn gekauft?«, erkundigte sich Imogen und verkniff sich den Zusatz: *Irgendein durchgeknallter Spinner?*

»Cheyenne.«

»Ich wusste gar nicht, dass der sich für zeitgenössische Kunst interessiert«, meinte Imogen und fügte dann halblaut hinzu: »Aber Pole Dancing, na ja …«

»Er war sehr angetan, hat Pascale gesagt«, berichtete Bunny weiter. »Aber von Madame Ponceau bin ich wirklich enttäuscht. Ich habe sie zu der Ausstellung eingeladen, weil man doch annehmen könnte, dass sie Interesse an Hühnern hat, nicht wahr? Und ich dachte, sie würde vielleicht ein oder zwei Schaukästen erwerben, um sie in ihrer Metzgerei aufzuhängen.«

Imogen nickte mit möglichst neutraler Miene. »Und was hat sie gesagt?«

»Sie hat *sehr viel* gesagt und sehr schnell, so dass ich überhaupt nichts verstanden habe. Aber Pascale hat zugehört und mir erklärt, dass Madame Ponceau findet, meine ganze Ausstellung sei einfach nur eine schreckliche Verschwendung von gutem Hühnerfleisch.«

Als sie Bunny ins Gesicht sah, platzte Imogen laut heraus, und bald fiel die ganze Runde ein; mit Ausnahme von Bunny, die sittsam dasaß und nach ihrem Weinglas griff. »Also, ich freue mich einfach über die Besprechung *und* über den Verkauf. Das ist doch ein Anfang, oder?«

»Ja«, bestätigte Imogen und fing sich wieder. »Das ist toll, und ich bin echt beeindruckt.« Da ihr bewusst war, dass sie sich nicht besonders an der Unterhaltung beteiligt hatte, beschloss sie, das jetzt wiedergutzumachen, während sie auf ihre Desserts warteten. »Ich habe mich ja immer gefragt, was ...« – instinktiv vermied sie die Worte *jemanden wie dich, zu dem das eigentlich doch gar nicht passt* – »... dich an dieser Art Kunst fasziniert.«

»Ach, sie war schon immer ein seltsames kleines Mädchen«, erwiderte Everett liebevoll, »dem es Spaß gemacht hat, Fliegen die Flügel auszureißen.«

Bunny schnappte nach Luft, die Hand an der Kehle. »Everett Wade Hampton Doucet! Ich muss mich doch *sehr* über dich wundern! Das ist eine schamlose Lüge, und das weißt du ganz genau! Eine tote Fliege sieht doch mit Flügeln *viel* hübscher aus!«

»Na, und was war mit den Ameisen?«, meldete sich Buddy zu Wort.

»Das war etwas vollkommen anderes, Buddy.«

»Als Bunny zehn war«, sagte Everett, an Imogen gewandt, »hatten wir eine Ameisenplage im Haus, also hat sie dem Hausmädchen geholfen, sie alle totzumachen, und sie hat mit den toten Ameisen eine Collage-Serie angefangen.«

»Entzückend!«, meinte Amaury und sah Bunny bewundernd an. »Du warst bestimmt ein bemerkenswertes Kind.«

»Mama hat die Sachen in meinem Zimmer gefunden«, meinte Bunny. »Und sie war *schockiert.*«

»Na ja, ihre Technik war damals noch sehr unausgereift«, bemerkte Everett und grinste Imogen an. »Also habe ich als guter Bruder behauptet, ich wär's gewesen. Danach hat Bun eine Zeitlang ständig Tierskulpturen aus Kaninchendraht gemacht, und wir haben sie in meinem Zimmer versteckt. Und dann, ab dreizehn, hat sie mit der Wachteljagd angefangen, und sie ist richtig gut geworden. Damit hat ihre Vogelkunst angefangen – du weißt schon, erst mal im kleinen Maßstab. Sie hat sich von Ole Crazy Pete zeigen lassen, wie das mit dem Einbalsamieren geht, und jetzt … sitzen wir hier.«

Obwohl sie ihn immer noch erschreckend adrett fand (sein Seitenscheitel sah aus, als wäre er mit dem Lineal gezogen worden), war Everett ziemlich witzig, entschied Imogen. Jetzt war sie sich einer zögerlichen unterschwelligen Erregung bewusst. Denn schließlich, was war, wenn … Aber nein, es war einfach zu unwahrscheinlich. Sie wandte den Blick von Bunnys Bruder ab und begegnete dem von Amaury, der sie freundlich ansah.

Seltsam aufgewühlt schaute sie abermals Bunny an und sagte fröhlich: »Ehrlich gesagt hatte ich auch jemanden wie Ole Crazy Pete. Meine Nachbarin Di – die Schwester von Daphne Blanding. Sie hat mir das Kochen beigebracht, ohne dass meine Mutter je davon erfahren hätte.«

»Ach, Imogen«, meinte Bunny, und ein schelmisches Lächeln spielte um ihre Lippen. »Du hast wirklich gern Geheimnisse, nicht wahr?«

Imogen ließ diese Bemerkung mit einem Achselzucken an sich abgleiten und widmete sich dem Teller mit Vanille-Risotto und salzigem Karamelleis, der vor sie hingestellt worden war.

»Wie ist das?«, wollte Everett wissen und beugte sich ein ganz klein wenig näher zu ihr.

»Ehrlich gesagt göttlich«, antwortete sie inbrünstig. »Ich habe immer gedacht, in einer perfekten Welt würde das Meer schmecken wie *caramel au beurre salé*.«

»Darf ich mal kosten?«

»Natürlich«, sagte sie und sah zu, wie er sich bediente und dann mit einem kurzen, ausdrucksvollen Stirnrunzeln Genuss kundtat.

»Um noch mal auf Imogen zurückzukommen«, fing Bunny zum Entsetzen ihrer Freundin von Neuem an, »und auf ihre Vorliebe für Geheimnisse. Du hältst alles gern geheim, wegen deiner

Vorgeschichte mit dem Kochen. Und darum glaube ich auch, dass du ganz tief im Innern eigentlich gar nicht Bescheid wissen willst, über … du weißt schon was.«

»Über … was denn?« Archer stach ein Loch in die Decke seines Schokoladensoufflés und warf Imogen einen interessierten Blick zu.

»Über gar nichts«, antwortete sie knapp. »Bunny albert bloß rum.«

»Weißt du, ich finde, ich albere überhaupt nicht rum«, fuhr Bunny herausfordernd fort. »Warum erzählst du diesen Gentlemen nicht ein bisschen davon, was in deinem Leben so passiert? Bleibt doch in der Familie.«

Mit klopfendem Herzen sah Imogen Everett in die Augen. Sie waren blau und wirkten – zumindest nach außen hin – durchaus aufrichtig.

»Wir brennen bestimmt alle vor Neugier«, meinte er ruhig.

*Ach, was soll's,* dachte Imogen und errötete ein wenig. »Okay. Ihr wisst doch, die Sache mit diesem Kuss auf der Party, also … ich weiß immer noch nicht, wer das war.«

»Das ist ja eine interessante Situation«, bemerkte Archer und sah ihr zum allerersten Mal direkt in die Augen. »Du hast wirklich überhaupt keine Ahnung?«

Imogen starrte ihn an, dann schaute sie weg, eingeschüchtert von seinem eindringlichen Blick.

»Na ja, äh …«, brachte sie heraus.

»Wir haben ein paar Leute in Betracht gezogen, und es ist immer noch ein absolutes Mysterium«, meinte Bunny. »Aber wir wissen, dass er noch hier ist, denn er war wieder da und hat sie noch einmal geküsst.«

»Wirklich?«, stieß Everett hervor.

»Im Dunkeln.«

»*Wirklich?*«

»Und er hat ihr Nachrichten geschickt und E-Mails und Blumen...«

Everett wandte sich an Imogen; ein Grinsen lag auf seinem hübschen Gesicht. »Hört sich ja nach einem Mordsaufwand an. Macht's Spaß?«

»Ja«, erwiderte sie und lächelte zurück.

»Gut.« Einen Augenblick lang sah er sie schweigend an, dann fragte er: »Möchtest du mal von meinen gerösteten Birnen mit Lebkuchen probieren?«

»Ja, gern«, antwortete sie dankbar und spießte ein Stückchen Birne mit der Gabel auf.

»*Alors*, verzeih mir, liebe Imogen«, sagte Amaury mit geschmeidiger Weltgewandtheit, »aber ich frage mich, ob du vielleicht auch ein bisschen Angst davor hast herauszufinden, wer er ist?«

»Oh, sie hat Angst«, meinte Bunny. »Denn was ist, wenn sich herausstellt, dass er grottenhässlich ist? So wie Everett, zum Beispiel.«

Mit dem Mund voll saftiger Birne kalt erwischt schüttelte Imogen vehement den Kopf. »Ich habe keine Angst«, verkündete sie mit fester Stimme.

»Na, das freut mich aber«, bemerkte Everett, ehe er sich wieder seinem Nachtisch zuwandte.

Nach dem Mittagessen brachten die Doucet-Brüder Amaury zurück nach Montpellier und setzten Archer unterwegs am Bahnhof ab, während Imogen, Monty und Bunny nach Saint-Jean-les-Cassis zurückfuhren. Nur ein einziges Mal brach Bunny das freundschaftliche, ein wenig benommene Verdauungsschweigen, das im Auto herrschte. »Trotzdem, es wäre toll, Schwägerin.«

Imogen lächelte und erwiderte nichts. Beim Mittagessen hatte sie festgestellt, dass sie Everett wirklich gern mochte, und jetzt, ganz leicht beschwipst, ließ sie zu, dass Bunnys Idee sich in ihrem Kopf festsetzte, nur ein kleines bisschen.

»Na, jedenfalls«, fuhr Bunny fort und nickte vor sich hin, »finden wir es bestimmt bald raus. Dieses Mysterium kann ja nicht ewig dauern. Ich rechne jeden Tag mit einem Zeichen.«

Als Bunny vor dem Paperback Wonderland hielt, bemerkte Imogen eine vertraute Gestalt, schlank und braun gebrannt und mit dem üblichen Piratenkopftuch, die mit dem Rücken zum Schaufenster vor dem Laden stand. Sobald er sie erblickte, schaltete Cheyenne seinen iPod aus und stürzte vor, um Bunny die Wagentür aufzuhalten.

»Hey, *la belle Américaine!*« Der DJ küsste sie und ging dann um das Auto herum. »Hey, kleine Meerjungfrau.«

»*Salut*«, antwortete Imogen, während seine Lippen ihr Gesicht streiften. Irgendetwas daran fühlte sich anders an, doch sie konnte nicht genau sagen, was.

»Ich habe am Samstag einen Set im Koud'Soleil. Möchtet ihr mich vielleicht mit eurer Anwesenheit beehren, Ladys?«

»Samstag … ja, warum nicht?«, antwortete Imogen langsam, während Bunny mit zusammengekniffenen Augen nickte.

»Du schaust mein Hemd an«, stellte Cheyenne mit offenkundiger Befriedigung fest.

»Stimmt«, gab Imogen zu.

»Ich weiß. Ist das Teil nicht voll abgefahren? Hab ich in London gekauft, als ich das letzte Mal da war.«

Cheyennes T-Shirt war mit dem grellgrünen Schriftzug »Doctor Love« bedruckt. Darunter stand in kleineren Lettern: »Ich bin kein Gynäkologe, aber ich schau gern mal nach.«

Der Spielraum für Kommentare schien sehr begrenzt, also blieben Imogen und Bunny stumm. Ganz plötzlich ergriff Cheyenne Imogens Hand und hielt dabei ihren Blick mit dem seinen fest. Dann fragte er: »Also, kleine Meerjungfrau … hast du meine Blumen gekriegt?«

# 37

»Ihr dürft dann auch gern jederzeit wieder mit Lachen *aufhören*«, knurrte Imogen verdrossen und musterte ihre Freunde.

»Dein *Gesicht!*« Bunny japste nach Luft, Tränen rannen ihr über die Wangen. »Unbezahlbar!«

»Ja, das hast du schon gesagt. Es war bestimmt saukomisch.«

»Und was hat er noch gesagt?«, wollte Faustina wissen und gab sich alle Mühe, ernst zu bleiben.

»Es war gar nicht so sehr das, was er gesagt hat …«, setzte Imogen an.

*»Es waren seine Haare!«*, kreischte Bunny, bevor ein weiterer hysterischer Kicheranfall sie übermannte. »Er hat sich die Extensions rausmachen lassen.«

Das war es, was sich anders angefühlt hatte – das Fehlen von statischem Knistern, als er sie geküsst hatte.

»Ich weiß, es war mein Markenzeichen, aber es war einfach zu aufwändig«, hatte Cheyenne ausführlich erläutert. »Im Ernst! Ich bin mir allmählich vorgekommen wie 'ne Frau!« Dann hatte er auf Bunnys gezielte Frage hin bestätigt, dass der Frisurenwechsel wenige Tage nach ihrer Valentinstags-Party stattgefunden hatte, während einer Minitour durch verschiedene Clubs der Region.

»Also war sein Haar damals schon kurz, so dass er ohne Weiteres bei dem Blackout im Boustifaille mit dir hätte rumknutschen können«, warf Mitch ein.

»Die richtige Größe hat er jedenfalls«, setzte Faustina hinzu.

»Und eigentlich ist er ja auch ganz niedlich«, meinte Bunny lässig. »Für einen schon etwas älteren Knaben.«

»Ja, ich weiß«, antwortete Imogen zittrig. »Aber ich kann's mir trotzdem nicht vorstellen.«

»Verdammt, nein.« Mitch strich sich den Schnurrbart. »Ich meine, er ist einfach zu vertrottelt, stimmt's?«

»Ja. Diese Blumen sind ja dämlich genug – typisch Cheyenne. Aber die E-Mails?«

»Da ist was dran.«

»Und, tut mir leid, aber ich kann mir nicht vorstellen, dass er so küssen kann.«

»Um ehrlich zu sein, ich muss euch sagen, dass Cheyenne ganz ausgezeichnet küsst.«

Alle starrten Faustina an, die sie mit einem gelassenen Katzenlächeln bedachte. »Das war letzten Sommer, als ich gerade von Enzo getrennt war und er eine Weile ins Dorf zurückgefahren ist. Ich war allein beim Tanzen und bin dann mit Cheyenne nach Hause gegangen.«

Mitch ließ einen schrillen Pfiff hören, dann sagte er *sotto voce:* »Du meinst, du hast das wirklich … durchgezogen? Deine kleine Flagge gehisst und all das?«

»Ja. Und er ist ein guter Lover – vielleicht sieben von zehn Punkten. Ein paar Sachen musste ich ihm natürlich zeigen. Aber geküsst hat er sehr gut, das weiß ich noch.«

Mitch drehte sich wieder zu Imogen um, die Brauen bis zum Anschlag hochgezogen. »Na also, da hast du's. Küsst gut, sieben von zehn Punkten, braucht im Bett nur ein bisschen Anleitung – komm schon, Schätzchen! Was gibt's denn daran auszusetzen?«

Imogen schüttelte den Kopf. »Er versteht sicher sehr viel davon, wie man richtig Spaß haben kann, aber … er ist doch kein ernst zu nehmender Kandidat, oder?«

Und doch hatte er ihr die Blumen geschickt. Das reichte, um sie ein wenig durcheinanderzubringen.

»Er hätte dir durchaus diese E-Mails schicken können – wieso denn nicht?«, meinte Faustina kühl. »Vielleicht hat er ja eine verborgene Seite, mit allen möglichen tiefschürfenden Gefühlen, die er nicht mit aller Welt teilen möchte.«

Imogen kniff die Augen zusammen und versuchte sich vorzustellen, dass sie tatsächlich von Cheyenne geküsst worden war. Nicht völlig unmöglich ... tatsächlich sogar durchaus denkbar. Trotzdem, es würde etwas dauern, sich an diese neue Theorie zu gewöhnen. Und außerdem machte sie ihr Wunschdenken in Sachen Everett als Hauptverdächtiger einigermaßen zunichte. Sie und Bunny wechselten einen Blick, und Bunny zuckte die Achseln.

»Diese dämliche Weiberheld-Nummer wäre 'ne tolle Tarnung«, bemerkte Mitch scharfsichtig.

»Du wirst es jedenfalls bald rausfinden«, meinte Bunny. »Wenn du dir am Samstag seinen Set anhörst.«

Spät an diesem Abend fand Imogen eine E-Mail von Valentinskuss, mit dem kryptischen Betreff »OÙ ça?«. Sie enthielt ein Foto von einem taufeuchten Jasminzweig. Noch mehr Blumen! Kam das hier von Cheyenne? Sie versuchte, ihn sich vor seinem Laptop vorzustellen. Trug er immer noch sein Piratentuch mit der Feder, oder nahm er das ab, wenn er zu Hause ausspannte? Imogen kicherte. Um einiges schwerer vorstellbar war, dass sie körperlich so auf jemanden reagiert haben sollte, den sie nie besonders ernst genommen hatte. Allerdings traf es auch zu, dass ihre Erfahrung mit derlei Dingen äußerst begrenzt war. Sie war schließlich noch Anfängerin.

»Wie meinst du das – wo?«, tippte sie, ebenfalls auf Französisch und hoffte, dass der Absender gleich antworten würde. Dem war auch so.

*»Find's raus, und du weißt, wo du hinmusst.«*

Das klang ja interessant.

»Wirst du dort sein?«

*»Das kann ich nicht versprechen.«*

»Warum nicht?«

*»Du wirst sehen, der Ausflug lohnt sich.«*

»Moment«, antwortete Imogen und tippte »Südfrankreich« und »Jasmin« in ihre Suchmaschine. Inmitten eines Wusts aus Werbeanzeigen für Ferienwohnungen tauchte etwas über Chanel N°5 und die Jasminfelder von Grasse auf. Grasse – der Name war ihr schon früher auf der Straßenkarte aufgefallen. Eine weitere Suche ergab, dass Grasse *»la capitale mondiale des parfums«* war – die Welthauptstadt des Parfums –, wegen des günstigen Mikroklimas, das der Blumenzucht sehr zuträglich war. Dazu gehörte anscheinend auch tonnenweise Jasmin.

Inzwischen war es Imogen, deren Fantasie auf Hochtouren lief, eigentlich egal, ob es sich bei dem Absender der Mails um Cheyenne, Everett oder um irgendjemand anderen handelte. Sie wollte nur, dass der Austausch weiterging, und sie wollte wissen, was es mit dem Jasmin auf sich hatte.

Hätte sie innegehalten, um ihre Gefühle zu analysieren, so hätte sie gesagt, dass die Nachforschungen, die sie und ihre Freunde anstellten, nichts mit jener wunderbaren Welt zu tun hatten, die nur sie mit Wer-immer-er-auch-war teilte.

»Muss ich nach Grasse?«, tippte sie.

Sehr bald traf eine weitere Foto-Mail ein – wieder Fragonards *Der heimliche Kuss* – mit dem Betreff »KOMM AM MITTWOCH NACH HAUSE.« Also wusste er, dass Mittwoch ihr freier Tag war. Imogen furchte kurz die Stirn, dann tippte sie: »Ich nehme doch an, du meinst das Zuhause hier – nicht in London?«

*»Ich meine sein Zuhause.«*

Eine neuerliche rasche Suche ergab, dass Fragonard in Grasse geboren und das Haus der Familie in ein Museum umgewandelt worden war. Sie lächelte und tippte: »Nach was/wem soll ich Ausschau halten, wenn ich dort ankomme?«

*»Erfreu dich an den Bildern. Sei früh da. Ich melde mich.«*

Am nächsten Morgen zog Imogen die eng anliegende Jacke in Puderrosa und die dunkelblauen Caprihosen an, die sie sich vor Kurzem gekauft hatte und in denen sie laut Faustina zwei Nummern schlanker aussah als in ihren alten Sachen. Darunter trug sie zarte *broderie anglaise*-Unterwäsche. Das Ritual, wunderschöne, frivole Kleidungsstücke auszusuchen, die sie direkt auf der Haut trug, war wichtig für sie geworden, als Zeichen des Respekts sich selbst und ihrem Körper gegenüber. Das, begriff sie allmählich, war einer der Schlüssel zu dem Selbstbewusstsein, das Französinnen an den Tag legten. Sie liebten ihren Körper, hielten ihn in Ehren und hatten Freude daran, ihn zu verwöhnen.

Während sie mit Monty nach Grasse fuhr und sich eine CD mit Bossanova-Songs anhörte – genau der richtige Soundtrack für die mediterrane Landschaft –, sann Imogen darüber nach, dass ihre neue Umgebung, kombiniert mit dem belebenden Einfluss des Valentin-Mysteriums, eine Art Metamorphose in ihr ausgelöst hatte: Es war, als verwandele sie sich langsam in eine andere Imogen, in die südländische Version ihrer selbst.

Sie erreichte die Villa-Musée Jean Honoré Fragonard – ein großes, elegantes Haus zwischen hohen Palmen – gerade, als es öffnete. Als sie und Monty eintraten, blickte ein silberhaariger Mann am Empfang auf, betrachtete das Bild, das sie zusammen abgaben, und nickte fast unmerklich. Dann sagte er freundlich: »Guten Morgen. Hätten Sie gern eine Führung?«

Imogen sah sich um. Sie war die erste und bis jetzt auch die einzige Besucherin. »Sollten wir nicht warten, bis mehr Leute da sind?«, fragte sie.

»Keine Sorge«, erwiderte der Führer lächelnd. »Fangen wir an – die anderen können sich uns jederzeit anschließen. Ich nehme doch an, Sie möchten *Les jeux de l'amour* sehen?«

Als sie ihn verständnislos ansah, erklärte er: »Die von Fragonard bemalten Wandpaneele – sie heißen so: *Die Liebesspiele.*«

»Oh, ja.«

Während sie mit einem Ohr zuhörte, was der Mann erzählte – *Les jeux de l'amour* war von der Mätresse von Louis XV. in Auftrag gegeben worden, der schönen Madame du Barry –, betrachtete Imogen die vier Gemälde eingehend: *La poursuite, Le rendez-vous, Le billet* und *L'amant couronné – Die Verfolgung, Das Stelldichein, Der Liebesbrief* und *Der gekrönte Liebhaber.* Ganz kurz riss sie sich von dem Bann der Gemälde los, die sich in ihren Gedanken mit den Erinnerungen an jene Küsse im Dunkeln vermischten, und zwang sich, an Cheyenne zu denken. Konnte es sein, dass Mitch und Faustina recht hatten und Cheyenne sein wahres, romantisches Ich hinter dieser »vertrottelten Frauenheld«-Nummer verbarg? Dass er sie hierher geschickt hatte – nun ja, so weit hergeholt war das gar nicht. Cheyenne war Franzose und stammte obendrein noch aus der Gegend. Es war doch logisch, dass er das Museum kannte.

Sie wandte ihre Aufmerksamkeit wieder den Bildern zu und geriet abermals in ihren Bann. Da die dargestellte Zeit just die war, die Bunny für ihre Party ausgesucht hatte, fiel es Imogen beängstigend leicht, sich in das Mädchen im blassgelben Kleid hineinzuversetzen. Auf einem der Bilder saß sie in einem Zustand höchster Erregung wartend da, schaute in die eine Richtung und bemerkte daher nicht, dass auf der anderen Seite einer imposanten Statue von Amor und Psyche ihr Geliebter auf einer Leiter stand und sich anschickte herabzuspringen, um sich auf der Terrasse zu ihr zu gesellen.

»Und auf dem letzten setzt sie ihm eine Krone aus Blumen auf«, schloss der Führer gerade seinen Vortrag ab. »Er hat ihr Herz erobert. Wirklich reizende Szenen, nicht wahr?«

»Ja, hinreißend«, murmelte Imogen halblaut. Tränen waren ihr in die Augen gestiegen, und sie schaute zur Decke hinauf, in der Hoffnung, ihnen Einhalt zu gebieten.

»Ihnen ist doch gewiss klar, dass das hier nur Kopien sind? Die Originale wurden vor langer Zeit von einem amerikanischen Kunstsammler gekauft. Jetzt hängen sie in der Frick Collection in New York. *Oh, là, là,* diese Amerikaner!« Der Mann rümpfte zierlich die Nase, dann lächelte er sie an. »Verstehen Sie mich nicht falsch – ich habe nichts gegen die Amerikaner persönlich! *Au contraire!* Trotzdem, es ist sehr schade, dass die Paneele nicht mehr hier sind, aber was können wir machen?«

Imogen nickte höflich. In ihrem Verstand wirbelte es, und es fiel ihr schwer, sich darauf zu konzentrieren, was ihr Begleiter sagte. Langsam ging ihr auf, dass selbst wenn ein Teil ihres Verstandes sich auf Cheyenne fokussierte, ein anderer an dem Mysterium des unsichtbaren Liebhabers festhielt und nicht davon lassen wollte. Außerdem war sie auf höchst widersprüchliche Weise enttäuscht, dass er – Cheyenne? Oder jemand anderes? – sie nicht hier erwartet hatte. Natürlich hatte er ihr nichts versprochen, doch jetzt wurde ihr klar, wie sehr sie gehofft hatte, dass er auftauchen würde, um sie zu überraschen.

»Und jetzt«, sagte ihr Führer, »sollte ich Ihnen wohl das hier geben, glaube ich.« Er hielt ihr einen Briefumschlag hin, auf dem ihr Name stand. »Sie sind doch die Richtige?«

»Ja«, beteuerte Imogen erstaunt und entzückt. »Wer hat das für mich hinterlegt? Wie hat er ausgesehen?« Während sie auf eine Antwort wartete, riss sie den Umschlag auf. Er enthielt eine Karte der Altstadt von Grasse; eine Route war mit roter Tinte darauf eingezeichnet und endete mit einem Kreuz, wie bei der Schatzkarte eines Piraten. War das der Ort, wo er auf sie warten würde?

Der Mann lächelte sie an. »Ich fürchte, das kann ich Ihnen nicht sagen.«

»Hat er sonst noch mit irgendjemandem gesprochen? Vielleicht mit einem von Ihren Kollegen?«

»Nein, ich meine, wir wurden sehr eindringlich gebeten, Ihnen nichts zu verraten. Der Betreffende hat gesagt, das sei Teil eines Spiels – so einer Art Schatzsuche.«

Mit wild hämmerndem Herzen starrte Imogen ihn an. »Ja – eine Schatzsuche«, wiederholte sie. Einen Augenblick dachte sie darüber nach, ob sie dem Museumsangestellten vielleicht doch noch weitere Informationen entlocken könnte, dann überlegte sie es sich anders und erkundigte sich: »Wie komme ich in die Altstadt?«

# 38

Außer Atem wand Imogen sich durch das verschlungene Gewirr schmaler Straßen, so schnell ihre Espadrilles sie trugen. Sie eilte von Innenhof zu Innenhof, von Platz zu Platz und gab sich alle Mühe, sich nicht zu verirren. Monty, von ihrem Gemütszustand angesteckt, wuselte aufgeregt voraus. Ab und zu schaute sie über die Schulter und hoffte, einen flüchtigen Blick auf *ihn* zu erhaschen, doch sie sah jedes Mal nur Touristen und die Bewohner von Grasse, die ihren Geschäften nachgingen: eine Mutter mit kleinen Kindern, ein alter Mann mit Einkaufstaschen. Schließlich kamen sie zu dem Platz, der auf der Karte mit einem Kreuz markiert war. Ein sprudelnder Brunnen stand dort, gekrönt von einem Obelisken.

Imogens Herz hüpfte vor freudiger Erwartung. Würden sie sich endlich von Angesicht zu Angesicht gegenüberstehen? Doch ... es war niemand zu sehen. Langsam ging sie um den Brunnen herum, und gerade als sie einen Gegenstand erblickte, der auf einer schmalen Steinkante am Fuß des Monuments lag, bellte Monty triumphierend auf. Es war ein in rotes Papier gewickeltes Päckchen, mit einem Zettel daran. In einer Handschrift, die sie wiedererkannte, stand darauf: *»MACH DIE AUGEN ZU UND STELL DIR VOR, ICH WÄRE BEI DIR.«*

Sie blickte sich um und schaute nach oben, schirmte die Augen gegen die Sonne ab. Wo war er? In einem der hübschen gelben Häuser rund um den Platz? War es möglich, dass er tatsächlich hier wohnte? Prüfend betrachtete sie jeden einzelnen Balkon – dort war niemand. Oder war er in Wirklichkeit die ganze Zeit über da gewesen? War nicht hinter ihr gegangen, sondern ihr ein paar Schritte voraus gewesen und hatte im allerletzten Moment das Päckchen hingelegt? Womöglich erst, als er sie um die Ecke hatte biegen sehen? Sie biss sich auf die Unterlippe. Der Gedanke, dass er so nahe und doch nicht zu sehen war, machte sie wahnsinnig.

Imogen strich sich das Haar aus dem Gesicht, setzte sich auf den Rand des Brunnens und wickelte das Päckchen aus. Eine kleine schwarze Schachtel öffnete sich in ihren Händen wie ein Buch. Darin lag ein Fläschchen mit goldenem Parfum. Nur ein einziges Wort war darauf eingraviert – ihr Name. Hier war sie also endlich, dachte sie atemlos, die Überraschung, die sich auf ihren Geruchssinn bezog! Imogens Augen wurden schmal: Hieß das, dass Cheyennes Blumen in Wirklichkeit gar nichts mit dem Valentinsmysterium zu tun hatten? Sie drehte die Schachtel um und entdeckte ein diskretes Firmenetikett der Parfumerie Madeleine, mit einer Adresse hier in Grasse. Entschlossen entfaltete sie ihre Karte und suchte nach der Straße. Eine kurze Nachfrage lohnte sich doch wohl auf jeden Fall?

»Ah ja, das ist eine von unseren Bestellkompositionen«, bestätigte eine vollendet geschminkte junge Frau mit tiefschwarzem Haar, als Imogen ihr das Fläschchen zeigte. Sie duftete himmlisch, wie alles und jeder in der Parfumerie Madeleine.

»Wissen Sie, wer sie bestellt hat?«, fragte Imogen, obgleich sie sich ziemlich sicher war, wie die Antwort lauten würde.

Die junge Frau zuckte mit spitzbübischem Lächeln die Schultern. »Solche Informationen dürfen wir nicht weitergeben«, rezitierte sie bedachtsam wie ein Kind, das etwas auswendig Gelerntes aufsagt. »Das ist vertraulich.«

»Ich verstehe«, erwiderte Imogen seufzend; dann lächelte sie ein wenig. Ihr Bewunderer, wer immer er auch war, gab sich allergrößte Mühe, seine Spuren zu verwischen. »Können Sie mir überhaupt etwas sagen? Hat er – der Betreffende – das hier selbst ausgesucht?«

»Also, das funktioniert so, der Kunde kommt ins Labor und spricht mit einer von unseren ›Nasen‹. Der Kunde liefert so viel Informationen wie möglich, und wir helfen ihm, die perfekte Komposition zu finden. Was ich Ihnen verraten *kann*«, fuhr sie fort, warf einen Blick auf ihren Computerbildschirm und drehte ihn dann so, dass Imogen ihn auch sehen konnte, »ist ein Teil der Inhaltsstoffe für ›Imogen‹. Sie haben da unter anderem Jasmin, Rosen, Orangenblüten, Sandelholz und Zimt in Ihrem Parfum. Ein sehr schöner Duft, sehr feminin. Und jetzt, wo ich Sie sehe, finde ich, der Kunde hatte völlig recht mit dem, was er gesagt hat.«

»Was hat er denn gesagt?«, wollte Imogen wissen, deren Gesicht wärmer wurde.

»Das darf ich Ihnen nicht verraten. Ist vertraulich, schon vergessen?« Die junge Frau kicherte. »Aber wir fanden es alle *unheimlich* nett.«

# 39

Am nächsten Abend, als der Service gerade anfing, stand Imogen an ihrem Posten und dachte darüber nach, dass es doch eine Menge für sich hatte, das Objekt eines romantischen Liebeswerbens zu sein. Nicht nur war es herrlich aufregend – es wirkte auch Wunder, was ihr Selbstbewusstsein anging. Warum also nicht entsprechend handeln?

Nachdenklich betrachtete sie ihren Boss. Boudin war nur noch ein Schatten seiner selbst; er sah aus, als könne er kaum aufrecht stehen. Sie straffte die Schultern, dann ging sie zu ihm hinüber und erbot sich, ehe der Mut sie verließ, mehr von der eigentlichen Kocharbeit zu übernehmen. Als er sich zu ihr umdrehte und sie sah, wie grau sein Gesicht war, kam es ihr fast so vor, als nutze sie seine missliche Lage aus. Andererseits musste das Boustifaille weiterlaufen, und sie wusste, wie nützlich sie sein konnte, wenn man ihr die Chance gab.

»Okay, *petite,* wenn du unbedingt willst«, sagte Boudin müde. »Versuch's mal mit dem *crumble de foie gras.*«

Imogen nickte und schluckte dann heftig. Der *crumble de foie gras* war genau jenes Gericht, dass Boudin ihr in ihrem Albtraum mit der trötenden Gans zu machen befohlen hatte – per Hand. War das ein böses Omen? Sie schüttelte den Kopf und verscheuchte sämtlichen abergläubischen Blödsinn. Als sie wieder an ihrem Arbeitsplatz angekommen war, lächelte sie in sich hinein. Ihr war der Gedanke gekommen, dass es eigentlich großen Spaß machen würde, Dimitri, der für dieses Gericht zuständig war, ein wenig auf den Arm zu nehmen. Und was für ein Triumph, wenn es ihr gelang!

»Der *Chef* möchte, dass ich dein Foie-gras-Gericht übernehme«, ließ sie Dimitri wissen, ohne ihn direkt anzusehen. »Okay?«

»Na, super«, knurrte er ungnädig. »Das hat mir gerade noch gefehlt.«

»Wie weit bist du damit? Hast du die Äpfel schon fertig?«

»Nein, tut mir leid.« Mit verkniffenem Gesicht zuckte er die Achseln. »Na, dann mach mal. Viel Glück.«

»*Vielen* Dank«, antwortete Imogen zuckersüß.

»Dimitri, viermal provenzalische Hühnerroulade. Und fünf *crumbles de foie gras!*«, rief Larissa, die zu ihrem Posten herübergekommen war.

»Für die ist sie zuständig«, brummte Dimitri und deutete mit einem knappen Kopfnicken auf Imogen. Dann ging er in Richtung Speisekammer davon.

Imogen bestätigte die Bestellung – *ihre* Bestellung! Hurra! Jetzt die Äpfel herbeischaffen, die in Butter gedünstet werden mussten, bis sie schön weich und goldgelb waren. Zurück an ihrem Posten schälte sie sie gerade, so schnell sie konnte, als ihr die Teigmischung einfiel. Verdammt! Die hatte sie ganz vergessen. Genau in diesem Moment griff Dimitri, ohne sich wie sonst zu entschuldigen, über sie hinweg und schnappte sich eine Pfanne von einem Haken über ihrem Posten. Sein Arm streifte ihre Brüste. Er bedachte sie mit einem raschen, unverschämten Lächeln, und sie schnitt ihm eine Grimasse. Dann rührte sie hastig die Teigzutaten zusammen und verteilte die Mischung auf einem Backblech. Dimitri nervte gewaltig. Vielleicht, dachte sie, funktionierten Berufsküchen ja *wirklich* am besten, wenn man die Geschlechter trennte.

»Was ist mit der Sauce, du dumme Gans?«, fauchte Dimitri sie plötzlich an.

Imogen fluchte herzhaft auf Französisch vor sich hin und bemerkte dabei ganz nebenbei, dass ihre Fremdsprachenkenntnisse unter Druck tatsächlich besser wurden.

»Du musst die Bergamottekonfitüre karamellisieren«, fuhr Dimitri fort. »Na los doch!«

»Ich weiß, *ich weiß!*«

Imogen suchte ihren und Dimitris Posten mit den Blicken ab.

»Wo ist denn die Konfitüre?«, fragte sie. »Hast du sie weggestellt?«

»Nein«, antwortete er, während er geschickt an seinen *ballotines de volaille au beurre de lavande* arbeitete. »Die steht da. Guck doch hin.«

»Tut sie nicht«, entgegnete Imogen und wühlte nervös hinter Töpfen und Behältern herum.

Gereizt blickte Dimitri auf. »*Eben* war sie noch da. Geh und hol ein neues Glas aus der Speisekammer.«

Imogen ging in die Speisekammer und suchte sorgfältig auf den Regalen. Mit wachsender Panik bemerkte sie die vollständige Abwesenheit jeglicher Bergamottekonfitüre. Sie rannte zurück zu Dimitri.

»Es ist keine mehr da. Soll ich das Karamell ohne machen?«

Dimitri sah sie finster an. »Das Gericht heißt *à la bergamotte*, Imogen. Was glaubst du?« Rasch richtete er seine *ballotines* fertig an und bedeutete der hinter ihnen wartenden Larissa, sie mitzunehmen. »Okay«, sagte er zu Imogen und wischte sich die Hände ab. »Ich schau mich mal nach der Konfitüre um. Mach mit dem Rest weiter.«

Nachdem sie wie durch ein Wunder ihre Teigmischung vor dem Verbrennen bewahrt hatte, dünstete Imogen die Äpfel und hielt dabei ein hoffnungsvolles Auge auf Dimitris umherwandernde Gestalt und seine Suche nach Bergamottekonfitüre gerichtet. Und jetzt die *foie gras*, das Wichtigste, die Gänseleber, die man mit äußerster Behutsamkeit behandeln musste. Sie musste sie so gleichmäßig wie möglich schneiden, wies Imogen sich entschlossen selbst an, und die Stücke dann ganz vorsichtig in der Pfanne kurz anbraten. Es war entscheidend, dass sie rosa blieben, sonst waren sie ruiniert. *Okay. Alles klar. Konzentrier dich.* Imogen schaute in den Kühlschrank und summte dabei nervös vor sich hin: »Foie gras, Foie gras, wo bist du?« Nach einer fruchtlosen Suche jedoch musste sie sich eingestehen, dass die Gänseleber nirgends zu sehen war. Sie biss die Zähne zusammen. So langsam wurde es lächerlich. Was zum Teufel lief hier mit ihren Zutaten ab? Dann leuchtete in ihrem Kopf eine Glühbirne auf. *Dimitri!* Natürlich! *Er* steckte dahinter, er versuchte, sie zu sabotieren, weil er das Gefühl hatte, dass sie in der Küche allmählich zu einer Bedrohung für ihn wurde. Sie machte auf dem Absatz kehrt und marschierte auf ihn zu, bereit, ihn zur Rede zu stellen.

»Wo ist das Problem, *petite assistante?*«, ertönte es plötzlich neben ihr. Ihr erschrockener Blick begegnete dem unerbittlichen Zornesfunkeln Monsieur Boudins. »Was ist mit den *crumbles?* Larissa fragt danach.«

»Tut mir leid, *Chef*, aber …« Ehe sie es erklären konnte, sah sie Dimitri mit wilder Dringlichkeit winken und hastete zu ihm.

»Alles in Ordnung, *Chef*«, rief er und fügte hinzu: »Imogen, komm in die Gänge. Hier ist die Konfitüre. Ich hab sie bei Pierrots Sachen gefunden, keine Ahnung, wie sie da hingekommen ist. Und die Foie gras war oben im Reservekühlschrank. Hast du sie da hingetan?«

»Ganz bestimmt nicht«, gab Imogen wütend zurück, packte die Foie gras und schnitt sie so schnell sie konnte in Scheiben. »Ich weiß *genau*, dass du das warst«, zischte sie. »Das ist echt billig, sogar nach deinen Maßstäben.«

»Ich habe keine Ahnung, wovon du redest«, sagte Dimitri kopfschüttelnd. »Schau, ich hab schon mal dein Karamell angefangen, okay? Schaffst du den Rest?«

»Äh, danke«, antwortete Imogen verdattert.

In fliegender Hast veredelte sie ihr Karamell mit einem Schuss

Enten*jus*, bedeckte die Foie gras mit dem ausgebackenen Krümelteig und schob die Teller in den Ofen. Endlich war sie so weit, dass sie ihre Portionen anrichten konnte. Dimitri kostete und gab ihr dann mit einem kurzen Nicken zu verstehen, dass alles in Ordnung sei.

»Du bist reichlich spät dran«, seufzte Monsieur Boudin, als sie mit laut klopfendem Herzen auf die Durchreiche zustrebte. Schweigend begutachtete er ihr Werk. Dann winkte er es durch. Als Larissa die Teller nahm, sah Imogen ihr in die Augen, die glitzernd und triumphierend zurückstarrten. Dann begriff sie.

*»Du?«*, formte Imogen ungläubig mit den Lippen. »Du hast meine Zutaten versteckt.«

Larissa schob ihr Gesicht sehr nahe an das von Imogen heran. »Beweise es, *l'Anglaise!*«, zischte sie, dann kehrte sie ihr den Rücken und verschwand mit den *crumbles* im Speisesaal.

Also war Larissa ihre Feindin hier in der Küche, nicht Dimitri. Als sie zurückdachte, wurde Imogen klar, dass die Kellnerin ihr schon immer feindselig begegnet war – sie hatte Bastien von der Geschichte mit Dimitri erzählt und hatte sich alle Mühe gegeben, sie glauben zu machen, ihr Pflaster sei auf einem Gästeteller gelandet. Aber warum, fragte Imogen sich betrübt, warum hasste das andere Mädchen sie so?

# 40

»Das Ganze hat etwas mit Urinstinkten zu tun«, hatte Faustina am nächsten Morgen entschieden, als sie mit den Hunden spazieren gingen. »Wie die beiden da«, fuhr sie fort und deutete mit einem Kopfnicken auf Monty und Cristiana. »Das ist das Natürlichste der Welt. Zwischen dir und diesem Typen besteht eine starke Anziehungskraft – das ist doch nicht weiter kompliziert.«

»Das mit der Anziehungskraft stimmt«, hatte Imogen lächelnd zugegeben.

»Eben.«

Nachdenklich sah Imogen ihre Freundin an und schwieg. Faustina wirkte heute ein bisschen anders als sonst, merkte sie. Zum einen war ihr Haar natürlicher; es war zu einem weichen Pferdeschwanz zurückgebunden, nicht zu einem kunstvollen Lockenwust gestylt. Und obwohl sie Hotpants und hohe Absätze trug – eines ihrer Standardoutfits –, fehlte heute das trägerlose Glitzertop. Stattdessen hatte sie eine geknotete Bluse an. Faustina erwiderte ihren Blick, ehe sie mit typischer Unverblümtheit fragte: »Willst du mir etwa erzählen, du willst nicht mit ihm schlafen?«

»Äh … nein … ich …«

Faustina verdrehte die Augen. »Willst du nun oder nicht?«

»Mit ihm schlafen?« Imogen lief rot an. Sie war es noch immer nicht ganz gewohnt, die Dinge beim Namen zu nennen und sich ganz offen zu … na ja, zu Sex zu bekennen, auf Faustinas unkomplizierte Art. »Ja-aa, schon, aber –«

»Dann tu's doch«, fiel Faustina ihr forsch ins Wort und schnippte mit den Fingern. »Wenn du ihm das nächste Mal begegnest, sag einfach: ›Komm, lass uns Sex haben, sofort.‹ Ich glaube, anders kommst du bei dieser Geschichte nicht weiter.«

Unwillkürlich musste Imogen über diesen Vorschlag lachen, dann wurde ihr Gesicht ernst. »Ich glaube, ich bin in ihn verliebt«, platzte sie heraus und starrte Faustina mit weit aufgerissenen Augen an.

»Sei doch nicht albern«, wehrte ihre Freundin schroff ab. »Du kannst gar nicht in ihn verliebt sein. Du weißt doch noch nicht mal, wer er ist.«

»Ich weiß.« Imogen atmete tief durch, bevor sie versuchte, ihre Gefühle in Worte zu fassen. Worte, die jemand, der nicht an ihrer Stelle war, vielleicht verstehen konnte. »Die Sache ist die … weißt du noch, was du gerade über meinen Urinstinkt gesagt hast? Also, ich habe instinktiv das Gefühl, ich würde ihn kennen, als hätte ich ihn immer schon gekannt. Ich vertraue ihm«, schloss sie schlicht.

Faustina blieb wie angewurzelt stehen. »Jetzt sei mal einen Moment vernünftig! Du weißt doch genau, wie das abläuft, wenn man sich verliebt! Man schaut sich stundenlang tief in die Augen, man kann einfach nicht aufhören, ihn anzusehen – als würde man versuchen, sich jede kleinste Kleinigkeit einzuprägen, du weißt schon.«

»Mmm.« Bei Adrian war es jedenfalls so gewesen. Und es hatte sich ja gezeigt, wie toll das gelaufen war. Sowohl ihre Zuneigung zu Bastien als auch ihr Flirt mit Dimitri hatten ebenfalls mit langen Blicken und ausgiebigem Lächeln angefangen. Und doch hatte nichts davon ihr auch nur annähernd jenen elektrischen Schlag versetzt, den sie bei den kurzen Zusammentreffen mit ihrem Unsichtbaren bekommen hatte. Mit einiger Mühe beschwor Imogen Cheyennes Gesicht herauf, dann Everetts und dann zu ihrer gelinden Überraschung das von Amaury. Denn wenn man es recht bedachte, war sein Verhalten am Tag des Ausflugs nach Saint-Paul-de-Vence … verblüffend gewesen – er hatte ihr sehr viel Aufmerksamkeit geschenkt. Doch natürlich konnte da nichts dran sein, denn Amaury interessierte sich doch für Bunny, oder?

»Und außerdem kann Sex auch sofort passieren«, sagte Faustina gerade sehr entschieden. »Das ist ja das Tolle daran – aber Liebe braucht Zeit. Und selbst bei Liebe auf den ersten Blick muss es doch einen ersten Blick geben, oder nicht?«

»Na ja, Blinde verlieben sich doch auch, oder?«, gab Imogen zurück. »Und vielleicht habe ich ihn ja tatsächlich schon mal gesehen. Wer weiß!«

»Wenn du dich nicht daran erinnern kannst, ihm begegnet zu sein, dann war's keine Liebe auf den ersten Blick.«

»Wieso denn nicht?«, erwiderte Imogen. Plötzlich war sie sich ihrer Sache ziemlich sicher. »Allmählich glaube ich, dass man jemandem begegnen und sehr tief von ihm beeindruckt werden kann, ohne dass es einem ganz bewusst ist. Und als er mich geküsst hat, hat sich dieser Eindruck … eingeprägt. Und ihm auch. Es war Liebe auf … das erste Schmecken.« Sie kicherte. »Ich weiß, das hört sich seltsam an.«

Faustina sah sie besorgt an. »Total verrückt, ehrlich gesagt. Du hast völlig den Bezug zur Realität verloren. Ich meine, du hattest doch erst zweimal direkten Kontakt mit diesem Typen.«

»Ich *weiß*. Aber die E-Mails –«

»Oh, *bitte*.«

»Die E-Mails«, fuhr Imogen entschlossen fort, »vermitteln mir ein Gefühl für seine Stimme, für seine ganze Persönlichkeit. Und es ist ja nicht nur das. Es ist das ganze Drumrum … mich so nach Grasse zu schicken … Es ist aufregend, und zugleich fühle ich mich bei ihm auch geborgen. Er ist kein Fremder für mich.«

»*Sex!*«, rief Faustina mit verzweifelter Eindringlichkeit, woraufhin sich etliche Hundehalter umdrehten. »Darauf kommt es an! Mehr nicht!«

Als sie an diesem Abend ins Bett ging, sprühte Imogen ein paar Tropfen des Parfums auf ihr Kissen, bevor sie sich hinlegte. Ein Duft von Blumen und Gewürzen stieg auf, und sie schloss die Augen und drehte langsam den Kopf von einer Seite zur anderen.

Schläfrig dachte sie an *Die Liebesspiele* – die *er* ihr hatte zeigen wollen. »Sind Sie verliebt?«, hatte dieser schlaue Amerikaner sie in Saint-Paul-de-Vence im Labyrinth gefragt. Obwohl sie ihm vorher noch nie begegnet war, hatte er Bescheid gewusst – hatte es deutlich in ihrem Gesicht lesen können. Liebe – das Gefüge ihres Lebens war mit einem Mal ganz anders geworden. Darauf hatte Georgette Heyer sie nicht vorbereitet. Ihre Gedanken wandten sich dem zu, was Mitch gesagt hatte, als sie von ihrem Ausflug erzählt hatte. Es ging um das Jasmin-Fest in Grasse.

»Laut, fantastisch – die reine, dreiste mediterrane Tuntennummer. Es gibt eine Parade – Mädchen aus dem Ort im Bikini, die einem von diesen aufgemotzten Wagen aus zuwinken, jeder mit haufenweise Blumen drauf. Und ein Feuerwerk. Aber am tollsten finde ich dieses komische heidnische Ritual, wenn alle Wasser mit Jasminduft über den Kopf gekippt kriegen. Normalerweise machen die Mädchen das, aber letztes Jahr hat der Bürgermeister die Feuerwehr überredet, den Job zu übernehmen – *mit ihren Schläuchen!*« Inbrünstig faltete Mitch die Hände. »Mann! Das war die beste Party, auf der ich je gewesen bin.«

Imogen hatte ihm lächelnd zugehört. Eigentlich hatte sie sich bisher nie besonders für Parfum interessiert. Manchmal hatte sie eine winzige Menge aus einem Probefläschchen aufgetupft, das Hildegard ihr vor ein paar Jahren als Dreingabe zu Weihnachten geschenkt hatte, aber sie hatte eigentlich nichts damit anfangen können.

Jetzt jedoch … Sie drehte sich herum, vergrub das Gesicht im Kissen und atmete tief ein. Oh, jetzt war ihr, als habe man ihr eine Art Droge verabreicht. Natürlich trug sie den Duft nicht bei der

Arbeit. Danach jedoch war sie nach Hause geeilt, um sich etwas davon ins Haar zu sprühen, auf die Hände, zwischen die Brüste. Sie hatte gerade noch dem Drang widerstehen können, die ganze Flasche über sich auszugießen.

Wenn Faustina recht hatte und das, was Imogen empfand, keine Liebe war, was war dann dieses unbändige Sehnen danach, wieder in seinen Armen zu liegen, wieder geküsst zu werden, die Augen zu öffnen und ihn endlich zu erblicken? Es war nicht einfach nur Neugier, das Verlangen, das Geheimnis seiner Identität zu lüften, überlegte Imogen, und es ging auch nicht nur um Sex. An alldem war noch mehr dran: das starke Gefühl, dass sie selbst nach so kurzem Werben eng mit ihm verknüpft und an ihn gebunden war, dass sie zusammengehörten.

In dieser Nacht träumte sie von dem Jasmin-Fest. Sie konnte Musik hören, den Lärm der Menge, das Knistern des Feuerwerks am Himmel. Die Duftwasserflut durchnässte sie von Kopf bis Fuß. Seine Arme schlossen sich um sie. »Ich liebe dich«, sagte sie leise. Sie drehte den Kopf und fand seinen Mund.

# 41

»Oh, wow, du riechst echt klasse«, meinte Cheyenne, als er Imogen fest umarmte und sie auf den Scheitel küsste.

»Danke«, antwortete sie automatisch und nahm neben ihm in einer der mit Bambus ausgekleideten Nischen des Koud'Soleil Platz.

Sie hatte es erst sehr spät in den Club geschafft, lange nachdem der DJ seinen Set beendet hatte. Jetzt wurde für ein dankbares Samstagabend-Publikum eine stete Folge unwiderstehlicher Disko-Hymnen gespielt.

Als sich ihre Augen an den überreichlichen Stroboskop-Einsatz in dem Club gewöhnt hatten und sie ihren Begleiter betrachtete, hatte Imogen das Gefühl, nach der traumhaften Entrücktheit der Episode in Grasse plötzlich mit einem heftigen Plumps wieder auf der Erde gelandet zu sein. Objektiv gesehen war der DJ durchaus ein recht ansprechendes Exemplar. Da saß er mit seinem üblichen freundlichen, leicht weggetretenen Gesichtsausdruck und sang passenderweise den Text von »Boogie Wonderland« mit. Doch sie hatte noch immer erhebliche Schwierigkeiten dabei, dieses welpenähnliche Individuum mit dem Menschen in Einklang zu bringen, nach dem sie seit Bunnys Party suchte. Sie tauchte aus ihren Träumereien auf und bemerkte, dass Cheyenne sie erwartungsvoll ansah. Bestimmt hatte er sie etwas gefragt und wartete jetzt auf ihre Antwort.

»Verzeihung, was?«

»Ich habe gesagt: ›Willkommen im Universum von Cheyenne, kleine Meerjungfrau.‹« Er malte mit seinem Leuchtstab blitzschnelle Achten in die Luft.

»Danke«, antwortete Imogen trocken. »Übrigens, warum nennst du mich eigentlich so?«

Der DJ lehnte sich zurück und lächelte sie an. »Die erste Zeit warst du immer so still, wenn ich dich gesehen habe, hier und im La Sirène. Und ich dachte, sie ist wie dieses Mädchen in dem Märchen, weißt du?«

Imogen, die das Märchen von der kleinen Meerjungfrau als Kind heiß und innig geliebt hatte und sich gut daran erinnerte, hatte noch immer Mühe, eine Verbindung zu erkennen. »Inwiefern?«, fragte sie geduldig.

»Die kleine Meerjungfrau möchte doch gern Beine haben statt eines Fischschwanzes, nicht?«, erwiderte Cheyenne und kniff die Augen zusammen. »Weil sie in diesen Prinzen da verliebt ist? Also geht sie zu einer Hexe, und die Hexe verpasst ihr Beine, aber dafür schneidet sie ihr die Zunge ab. Ich meine, *wow!*« Er schüttelte staunend den Kopf, dann fuhr er lächelnd fort: »Deswegen hast du mich an sie erinnert, weil du nie ein Wort gesagt hast. Und außerdem hast du große traurige Augen, genau wie sie.«

»Große traurige Augen?«, fragte Imogen peinlich berührt. »Wirklich?«

Cheyenne ergriff ihre Hand und drückte sie freundlich. »*Ah ouais, tu avais le blues*. Aber jetzt ist der Blues weg, glaube ich – *wuuusch!*« Er zeichnete mit seinem Leuchtstab eine Aufwärts-Arabeske. »Hab ich recht?«

»Vielleicht«, gestand Imogen und lächelte ein bisschen

»Du erinnerst mich immer noch an eine Meerjungfrau, doch jetzt siehst du aus, als ob du Spaß hast. Diese Gegend hier, das tut dir gut. Du bist geküsst worden ...«

Imogen fuhr ganz leicht zusammen.

»... und zwar von der Sonne«, beendete Cheyenne seinen Vortrag, ehe er ein wenig näher an sie heranrückte. »Und ich hoffe, es liegt auch ein kleines bisschen an mir, dass du besser drauf bist.«

Wie vom Donner gerührt starrte Imogen ihn an. War dies das Geständnis, auf das sie gewartet hatte? »Ich weiß nicht«, erwiderte sie vorsichtig. »Was glaubst *du?*«

»*Ah, voilà*«, sagte Cheyenne mit ausholender Geste, als ihnen eine Kellnerin eine Flasche Champagner brachte. Er lächelte die junge Frau strahlend an, die das Lächeln erwiderte. Imogen wartete nervös, während er einschenkte, dann stieß sie mit ihm an.

»Das ist doch super, *hein?* Wir beide, endlich vereint.«

»Mmm. Aber ich dachte, du und Larissa ...«

»Oh nein. Larissa ist der Hammer, aber sie liebt jemand anderen.«

»Wirklich?«, fragte Imogen fasziniert. »Wen denn?«

»Darf ich nicht sagen«, antwortete Cheyenne und schüttelte den Kopf. »Es ist ja so was von traurig. Da hat er sie genau vor der Nase und hat sie noch nicht mal bemerkt. Jedenfalls, ich habe mir alle Mühe gegeben, sie abzulenken, aber es hat nicht geklappt! Also gehöre ich ganz dir! Steig in die Limousine deines Lebens, entspann dich und genieß die Fahrt.«

»Ja«, sagte Imogen und meinte eigentlich *Nein!* »Was das betrifft, da gibt's ein paar Sachen, die ich dich fragen muss.«

»Oh, klar. Was willst du denn wissen?«

Imogen zwang sich, ihn direkt anzusehen. Cheyenne zwinkerte ihr zu, während seine Finger den Popsong mittrommelten, der gerade lief – ein Klimperstück, das alle dazu aufrief, im tropischen Sonnenschein zu tanzen. Ganz kurz starrte Imogen das Federbüschel an, das im Kopftuch ihres Begleiters steckte. Die »Vertrottelter Frauenheld«-Nummer war heute Abend sehr präsent. Aber – nur um den Unglauben mal einen Moment lang außen vor zu lassen – wenn das nun tatsächlich bloß eine ausgeklügelte Tarnung für sein wahres Ich war? Wenn »Cheyenne« nun eine erfundene Figur war und sonst nichts? Wenn sie es recht bedachte, war das doch noch nicht einmal sein richtiger Name, oder?

»Okay.« Imogen stellte ihr Glas zur Seite. »Hör mal, äh, Stéphane.«

»Moment mal, wer ist denn Stéphane? Ich kenne keinen Stéphane«, wehrte er ab, und sein Leuchtstab tanzte heftig durch die Luft. »So nennt mich keiner, außer meiner Mutter.«

»Na gut, dann eben Cheyenne.« Imogen räusperte sich. »Weißt du, auf Bunnys Party …«

»*Ah, la belle Américaine*«, unterbrach Cheyenne sie schwärmerisch. »Wie geht's ihr denn so?«

»Gut. Auf ihrer Party, hast du da …«

»Weißt du, an dem Abend wurde mir klar, dass du ein *echt* cooles Chick bist. Dieses Kleid, das du da anhattest, das war echt –«

»Vielen Dank. Aber hast du … äh … mich an dem Abend geküsst?«

Cheyenne schob sein Gesicht ganz nahe an ihres heran. *Also dann,* dachte Imogen und schluckte mit einiger Mühe, *meine Stunde hat geschlagen.*

»Du warst auch total hin und weg, nicht wahr?«, fragte er und starrte sie begeistert an. »War das nicht toll? Ich glaube, ich hab an dem Abend alle geküsst!«

»Alle? Dann meinst du also … nicht ganz gezielt mich?«

»Gezielt? Ich weiß nicht genau, kleine Meerjungfrau. Das ist alles ein bisschen … *wuuusch,* verstehst du?« Er fuchtelte mit dem Leuchtstab über seinem Kopf durch die Luft.

»Dann erinnerst du dich also zum Beispiel nicht ans Blindekuhspielen?«

»Nein.« Angestrengt kniff Cheyenne die Augen zu. »Aber vielleicht hab ich das ja gemacht? Hab ich?«

Imogen beschloss, es mit einem anderen Ansatz zu versuchen. »Und was ist mit … E-Mails?«, fragte sie und versuchte, ihn dazu zu bringen, sich zu konzentrieren. »Hast du mir irgendwelche Mails geschickt, an die du dich erinnern kannst?«

»Kommt drauf an. Stehst du auf der Mailingliste für Cheyennes Newsletter? Du weißt schon, um dich auf dem Laufenden zu halten, was in Cheyennes Universum so abgeht?«

Wieder ein Ausweichmanöver! Wollte er sie ärgern? Allerdings erinnerte Imogen sich daran, die besagten Newsletter bekommen und ungelesen gelöscht zu haben. »Ja, ich stehe auf deiner Mailingliste«, sagte sie und fügte etwas spitz hinzu, »obwohl ich ja nicht genau weiß, wie ich da überhaupt drauf gekommen bin, ich kann mich nämlich nicht erinnern, dir meine E-Mail-Adresse gegeben zu haben.«

»Oh, ganz einfach«, erwiderte Cheyenne mit einem freundlichen Lächeln. »Als mich *la belle Américaine* wegen ihrer Party angeschrieben hat, hab ich einfach die Liste mit den anderen Empfängern kopiert.«

»Wirklich?«

*Was natürlich bedeutete, dass auch jeder andere auf diese Weise an ihre Adresse gekommen sein konnte.*

»Ja. Ich hab nicht gedacht, dass irgendjemand was dagegen haben würde.«

»Cheyenne«, sagte Imogen und packte den Stier bei den Hörnern, »das Parfum, das ich heute trage – war das ein Geschenk von dir?«

Als er anfing, mit dem Kopf zu nicken – im Takt der Musik, die gerade lief –, drohte Imogens Herz in Streik zu treten und das Schlagen einzustellen. Doch fast augenblicklich zog er die Brauen zusammen und schüttelte den Kopf. »Nein, kleine Meerjungfrau.«

»Hab ich auch nicht gedacht«, erwiderte Imogen und unterdrückte einen Seufzer der Erleichterung. »Hör mal«, fuhr sie fort und rückte Stückchen für Stückchen von ihm weg, »ich wollte mich noch für die Blumen bedanken. Das war echt süß von dir.«

»Kein Problem.«

»Aber ich bin im Moment nicht auf der Suche nach einer Beziehung. Tut mir leid.«

»Ach, das geht schon klar«, versicherte Cheyenne gutmütig. »Cheyennes Universum ist auch ein echt heftiges Erlebnis, weißt du? Vielleicht bist du ja noch nicht so weit.«

»Vielleicht nicht«, stimmte Imogen zu und glitt aus der Sitznische. »Vielen Dank für den Champagner. *Salut.*«

»*Salut.* Aber vergiss nicht, du stehst auf meiner ganz besonderen, persönlichen und exklusiven Gästeliste. Wenn du es dir also anders überlegst, brauchst du dich nicht hinten anzustellen. Wir könnten eine Menge Spaß haben – 'ne echt tolle Zeit, weißt du?«

Wie aufs Stichwort ertönte »Good Times« und ließ abermals alle auf die Tanzfläche stürmen. Cheyenne grinste und zeigte mit beiden Händen auf seinen Kopf, um anzudeuten, dass er telepathische Fähigkeiten besitze. Imogen lächelte zurück, bevor sie sich in die tanzenden Massen stürzte und auf den Ausgang zustrebte. Als sie einen Blick über die Schulter warf, sah sie die hübsche Kellnerin, die ihnen ihre Getränke gebracht hatte, dicht bei Cheyennes Tisch stehen. Als hätte er ihre Gegenwart gespürt, schaute der DJ auf und fing sofort ein Gespräch mit ihr an. *Pas de souci,* mach dir bloß keine Gedanken – wie der vertrottelte Frauenheld es vielleicht ausgedrückt hätte.

# 42

»Cheyenne ist es also nicht, wie?«, meinte Mitch. Er und Imogen saßen auf dem Sofa, während Monty sich zwischen ihnen räkelte und angelegentlich einen französischen Zeichentrickfilm über Kaninchen und Maulwürfe verfolgte. »Kann nicht behaupten, dass mich das sonderlich überrascht.«

»Nein – mich auch nicht.«

»Und … bist du schon am Durchdrehen? Ich meine, wünschst du dir nicht, du könntest ihn einfach … ich weiß nicht, ihn anrufen, wie in einer ganz normalen Beziehung?«

»Hm.« Imogen musste über ihr ungewöhnliches Dilemma lächeln. »Manchmal frage ich mich, ob ich ihn wohl jemals auf ganz gewöhnliche Weise kennenlerne werde – du weißt schon, bei Tageslicht. Aber selbst so, wie es jetzt ist, fühle ich mich ihm sehr nahe. Alles ist so intensiv, ich kann nichts gegen das Gefühl machen.«

»Mm-hm, okay. Klingt nicht gerade schäbig.«

»Ist es auch nicht. Aber das bedeutet eben auch, dass es keine alltägliche Beziehung ist, wo –«

»Ihr abwechselnd den Müll rausbringt und all so was?«

»Genau.«

»Hm.« Nachdenklich strich Mitch sich den Schnurrbart. »Aber weißt du, genau das ist es ja. Es ist *keine* Alltagsbeziehung oder wenigstens noch nicht. Im Augenblick ist es *Theater.* Und das wird extra für dich aufgeführt, du kleines Dummchen – Gott allein weiß, wieso.« Mit herzerwärmender Strenge betrachtete er sie finster.

»Du glaubst, das ist der Grund, warum er sich nicht öfter meldet? Und warum er sich noch nicht zu erkennen gegeben hat?«

Mitch nickte. »Na ja, diese ganze komische Valentinstagsidee ist doch ein Ratespiel, nicht wahr? Vielleicht wartet er ja darauf, dass du ihn outest. Und außerdem, also, ich kann keine Gedanken lesen, aber ich glaube, er versucht, das Ganze rein und unverfälscht zu halten – nichts mit alltäglichem Geschwätz zu verwässern. So kriegst du die volle Ladung Romantik ab. Wenn du ihn küsst, geht's ja nicht wirklich um einen Schmatzer auf die Wange. Ist das irgendwie logisch?«

»Ja.« Imogen seufzte.

»Was denn? Hast du genug von all diesen tollen Nummern? Willst du zum Müllrausbringen übergehen?«

»Nein – ich finde die tollen Nummern wunderbar«, erwiderte sie lachend. »Aber vielleicht hätte ich ganz gern hin und wieder auch mal einen Wangenschmatzer.«

Mitch schaute kurz weg, dann sagte er kalt: »Na ja, da bin ich als Berater vielleicht nicht der Richtige. Du kennst ja meine Vorgeschichte, nicht wahr?«

# 43

Monsieur Boudin war in tiefer Schwermut versunken; er saß jetzt die meiste Zeit in einer Ecke der Küche und starrte die Wand an. Seine Angestellten glaubten, dass er sich früher oder später wieder fangen würde. In der Zwischenzeit jedoch musste jemand das Ruder übernehmen und dafür sorgen, dass der Service glatt über die Bühne ging. Darüber wurde abgestimmt, und Bastien wurde mit großer Mehrheit zum vorläufigen Stellvertreter des Bosses gewählt.

»Ist doch nur für ein paar Tage«, versicherte er dem mürrischen Dimitri, der keinen Hehl daraus gemacht hatte, dass er selbst scharf auf diese Position war. Imogen stand ganz in der Nähe und brachte das Gemüseschälen hinter sich. »Aber das heißt natürlich, dass irgendjemand meinen Posten übernehmen muss.«

»*Was?*«, fauchte Dimitri. »Glaubst du vielleicht, ich habe mit meiner eigenen Arbeit nicht genug zu tun?«

»Ehrlich gesagt«, erwiderte Bastien gelassen, »hatte ich vor, das an dich zu delegieren, Imogen.« Als Dimitri empört den Mund öffnete, fuhr er rasch fort: »Dimitri wird ein Auge auf dich haben und dir natürlich mit allem helfen, was du wissen willst. Nicht wahr, Dimitri? Imogen wird es sich bestimmt zweimal überlegen, bevor sie dich mit irgendwelchem Kleinkram behelligt«, betonte er und lächelte sie an.

Imogen lächelte zurück und widerstand dem Drang, Dimitri die Zunge herauszustrecken. Dann platzte sie heraus: »Aber ich dachte … als ich das mit der Gänseleber vermasselt habe …«

Bastien nickte. »Ah ja, Larissa hat mir gebeichtet, dass sie deine Zutaten durcheinandergebracht hat.«

Als sie das Wort »gebeichtet« hörte, fragte Imogen sich im Stillen, ob »damit angegeben« möglicherweise eine bessere Beschreibung für Larissas Schuldeingeständnis gewesen wäre.

»Das können wir also abhaken«, fuhr Bastien fort. »Ich zweifele nicht daran, dass du damit bestens zurechtkommst, genau wie mit all meinen anderen Gerichten. Wenn du also einverstanden bist, dann musst du wieder mittags arbeiten, wegen dieser ganzen« – Bastien deutete mit einem Kopfnicken auf Monsieur Boudin, der zusammengesunken auf seinem Stuhl saß – »Situation. Hilfst du uns?«

»Ja, natürlich!«

»Okay«, sagte Bastien, schüttelte ihr die Hand und verpasste Dimitri einen spielerischen, wenngleich reichlich harten Knuff in die Magengrube. Eine gewisse Rivalität schwelte noch immer zwischen den beiden, und sie war nicht nur beruflicher Natur. Trotz der »Einfach nur Freunde«-Beziehung, die sie aufgebaut hatten, waren Bastiens wahren Gefühle für Imogen manchmal noch erkennbar, während Dimitri andererseits keine Gelegenheit ausließ, sie wissen zu lassen, dass sie irgendwann zwangsläufig seinem Charme erliegen würde.

»Imogen«, fuhr Bastien fort, »du weißt ja Bescheid – *mousseuse de sardines, fleur d'écrevisse, courgette niçoise à ma façon … ça va aller, oui?*«

»*Oui. Merci, Chef.*«

»War mir ein Vergnügen«, antwortete Bastien, ehe er davonging, um Manu, Pierrot und Régis vor dem Dienst noch ein paar aufmunternde Worte zu sagen.

Obwohl Bastien es nicht erwähnt hatte, wusste Imogen sehr gut, dass man von ihr erwartete, neben ihren neuen, kreativeren Aufgaben auch ihren alten Aushilfe-Pflichten nachzukommen. Doch es war keine Zeit, sich deswegen den Kopf zu zerbrechen. *Fang einfach an*, dachte sie. Um sie herum war die Küche ein wüstes Gewimmel hektisch umherhastender Leiber, gebrüllter Anweisungen und um klappernde Pfannen herum auflodernder Flammenwände. Inmitten dieses Chaos erinnerte sie sich mit einer Art visionärer Deutlichkeit an die Flasche mit dem goldenen Parfum auf ihrem Nachttisch, und ein belebender Energieschwall durchflutete sie.

Gut. Nutze das. Es war ganz simpel: einfach dafür sorgen, dass jedes Gericht am Ende ebenso vollendet ist wie dieser Duft. Hätte sie innegehalten, um es sich bildlich vorzustellen, so hätte sie das, was während des Kochens in ihrem Verstand ablief, mit denselben Begriffen erklärt wie jenes halluzinatorische Telefonzentralen-Gefühl, das mit dem ersten Kuss auf Bunnys Party einhergegangen war: Imaginäre Hände hantierten mit übermenschlicher Geschwindigkeit und sorgten dafür, dass sämtliche Verbindungen gleichzeitig hergestellt wurden, hypereffizient, ohne einen Augenblick des Zögerns oder der Untätigkeit.

*Spargel – erledigt, Sardinenfilets – erledigt, Klößchen in den Topf – erledigt,* dachte sie und ließ den Blick über ihr entstehendes Werk wandern, während sie Kartoffelschalen in einen Eimer fegte. Dann begannen purpurfarbene rote Beete zu abstrakten Mustern zu erblühen, während Zucchini-Blüten, die gelben Blätter noch fest über ihrer nach Anchovis duftenden Füllung geschlossen, aus dem heißen Ölbad hüpften. Teller um Teller fügte sich zu einem Ganzen, kaleidoskopische Farben und Formen harmonierten perfekt miteinander. Obgleich sie auf Bastien und Larissa lauschte, die Bestellungen riefen, blockte Imogen alles ab, bis nach zwei Stunden Dimitris Stimme sehr deutlich sagte: »Schon gut, schon gut, *schon gut*. Ich weiß, wann ich aufhören muss.«

»Was denn?«, schnappte sie, ohne aufzublicken. Jetzt, wo sie endlich den Bogen raushatte, ihre blonden Zucchiniblüten mit einem kunstvollen, eleganten Spritzer Basilikumöl zu vollenden, hatte sie nicht die Absicht, Mist zu bauen. Sie war, wie Cheyenne es vielleicht ausgedrückt hätte, voll drauf.

Dimitri brach in Gelächter aus. Da sie fürs Erste mit Anrichten fertig war, sah Imogen ihn an.

»Weißt du, wie das ist?« Er verschränkte die Arme und lächelte sie ohne jede Feindseligkeit an.

»Nein. Wie ist das?«, fragte Imogen trocken und räumte ihren Posten auf, bevor die nächste Bestellung hereinkam.

»Wie in den Spiegel schauen.«

»Wie meinst du das?«

»Ich stehe schon seit einer Ewigkeit hier und piesacke dich, Imogen. Ich war echt unheimlich kreativ, hab alles Mögliche versucht. Bemerkungen über deine Technik, über die Präsentation, sogar über deinen Körper. Aber du hast auf nichts reagiert.«

»Tut mir leid, aber ehrlich gesagt habe ich dich gar nicht gehört«, antwortete Imogen. Sie richtete sich auf und schenkte ihm ein schiefes Lächeln.

Dimitri nickte und lächelte zurück. Dann kam er um den Tresen herum und umarmte sie kurz. »Du bist gut«, sagte er, als er sie losließ. »Nicht so gut wie ich, versteht sich, aber ziemlich gut. Ich bin stolz auf dich.«

»Danke. Heißt das, wir sind Freunde?«

»Du weißt doch sehr gut, dass Männer und Frauen keine Freunde sein können«, wehrte Dimitri entschieden ab. »Aber wenn du möchtest, nennen wir's eben so.«

»Okay. Also … kann ich mir mal deine Messer ausleihen?«

»Übertreib's nicht.«

# 44

Imogen saß im goldenen Sand, die Arme um die Knie geschlungen, und schaute aufs Meer hinaus. Sie hatte eine Weile mit ihren Gedanken allein sein wollen, bevor sie sich im Boustifaille zum Dienst meldete, und war zu einer kleinen felsigen Bucht ein Stück außerhalb des Ortes gefahren. Es war noch viel zu früh am Morgen für hartgesottene Sonnenanbeter, und die Temperatur, wenngleich mild für den Vorfrühling, würde dafür wohl auch nicht weit genug ansteigen. Es waren nur wenige Touristen in Saint-Jean-les-Cassis, allerdings würden die Leute aus dem Ort – jene Unverwüstlichen, die selbst im Januar schwimmen gingen – sicher später noch eintrudeln. Imogen hatte sich dieses Stück Strand auch deshalb ausgesucht, weil der schwierige Zugang – ein reizvoller, aber steiler Pfad aus unregelmäßigen, in den Felsen gehauenen Stufen – garantiert jeden abschrecken würde, der sofort am Wasser sein wollte.

Sie saß schon seit einer ganzen Weile hier und hatte ein paarmal dem zwanghaften Verlangen nachgegeben, sich umzudrehen und die Straße hinaufzublicken, für den Fall, dass *er* wie durch ein Wunder dort stand. Doch alles, was sie bisher gesehen hatte, waren gelegentlich vorbeifahrende Autos gewesen.

Irgendetwas in ihrem Inneren hatte sich verändert, war nach ihrer Schatzsuche in Grasse deutlich intensiver geworden. Die verschiedenen Sinneseindrücke, die sie auf Bunnys Party nur ganz kurz wahrgenommen hatte – wie er schmeckte, sein betörender Geruch (der Geruch süßer, warmer Haut in der Sonne), wie sich sein Gesicht anfühlte, wenn sie sich küssten, die Zärtlichkeit seiner Berührung –, waren während des Blackout-Zusammentreffens nur noch klarer geworden, und jetzt konnte sie sie nach Belieben heraufbeschwören. Anstatt langsam nachzulassen, pulsierte weiterhin ein Prickeln durch sie hindurch – wie eine beständige Unterströmung, die kaum von ihrem eigenen Herzschlag zu unterscheiden war.

Ihre E-Mail-Kontakte waren zwar noch immer herausfordernd knapp im Telegrammstil gehalten und Lichtjahre vom »Wer bringt den Müll raus?«-Stadium alltäglicher Normalität entfernt, doch nichtsdestotrotz waren sie häufiger und vergleichsweise direkter geworden – fast so, als bekäme man hin und wieder einen Schmatzer auf die Wange.

»Vielen Dank für das Geschenk«, hatte sie kurz nach ihrem Ausflug nach Grasse geschrieben.

*»Wo trägst du es?«*

»Überall«, hatte sie lächelnd zurückgetippt. »Wo es dir gefällt.«

*»Imogen, mir gefällt alles an dir. Übrigens, du fragst gar nicht mehr, wer ich bin. Ich bin neugierig – warum?«*

»Woher willst du wissen, dass ich es nicht rausgekriegt habe?«

*»Du bluffst.«*

»Vielleicht.«

Jetzt, als sie am Strand saß, gestattete sie sich einen weiteren raschen Blick zur Straße. Immer noch nichts. Es war albern, enttäuscht zu sein. Und doch hatte sie seit damals in Grasse fast ständig das Gefühl – ein sinnliches, berauschendes und ein ganz klein wenig beängstigendes Gefühl –, dass er irgendwo war, überall, nur eben außer Sicht. Er kam immer näher, dessen war sie sich sicher. Und bald, sehr bald, würde sie alles wissen.

Imogen befand sich in einem Zustand wundervoller Ambivalenz. Natürlich wollte sie es *wissen*. Und sie konnte es in der Luft spüren, zwischen den Zeilen, das stumme Versprechen einer noch vollkommeneren, hemmungsloseren Umarmung – diesmal im Hellen. Sie sehnte sich danach. Gleichzeitig jedoch hatte sie es eigentlich nicht eilig, diese Geschichte mit ihrer gemächlichen Atmosphäre und ihren ungelösten Geheimnissen zu einem Schluss zu bringen.

Sie stand auf, grub die Zehen in den Sand und zog sich das Kleid über den Kopf. Zeit fürs Schwimmen. Sie pfiff nach Monty, der hocherhobenen Hauptes angetrottet kam, sich neben die Habseligkeiten seiner Herrin setzte und sie streng bewachte. Dies war eine der Aufgaben, die ihm am meisten Freude machten.

Das Wasser fühlte sich anfangs kalt an, also watete sie langsam voran, ließ das Meer höher an ihren Beinen hinauflecken, bis zu den Oberschenkeln. Sie spritzte ihre Schultern nass, hockte sich plötzlich hin und genoss das harsche Prickeln des Wassers auf der Kopfhaut, als sie untertauchte. Als sie wieder an die Oberfläche kam, kniff sie die Augen zusammen und betrachtete ein hölzernes Badefloß, das ungefähr hundert Meter vom Strand entfernt vertäut war. Vielleicht konnte sie ja dorthin- und wieder zurückschwimmen.

Eine Weile vergaß sie alles, als sie auf das Floß zuhielt, nahm nur das Gefühl des Wassers auf ihrer Haut wahr, ihre eigene Schwerelosigkeit und wie blass ihre Gliedmaßen in der grünlichen See aussahen. Nachdem sie sich umgesehen hatte, ob auch keine anderen Schwimmer in der Nähe waren, griff sie versuchsweise hinter sich und hakte ihr Bikinioberteil auf. Sie stopfte es in die Bikinihose und schwamm weiter. Unwillkürlich lachte sie bei diesem Gefühl auf; ihre im Wasser treibenden Brüste fühlten sich an wie zwei separate Wesen – unglaublich befreiend nach einem Leben des Eingesperrtseins. Sie drehte sich auf den Rücken und trat kräftig aus. Jetzt war es nicht mehr weit.

Vorsichtig stieg sie die glitschige Leiter hinauf, setzte sich mit untergeschlagenen Beinen hin und strich sich das Haar glatt, das jetzt nass und dunkel wie Seetang über ihren Nacken und eine Schulter hing. Eine Zeitlang sah sie zu, wie die See gegen die Felsen brandete. Die Wucht des Aufpralls, die ständige Wiederholung, hatte etwas Beruhigendes, sogar Hypnotisierendes an sich. Allmählich wurde es wärmer. Der Strand war noch immer menschenleer, doch sie konnte Montys kleine schwarze Silhouette ausmachen. Selbst aus dieser Entfernung sah er würdevoll und entschlossen aus.

Imogen schloss die Augen und leckte sich das Salz von den Lippen. Wie würde es sich wohl anfühlen, überlegte sie, zur Abwechslung mal am helllichten Tag mit *ihm* zusammen zu sein? Langsam legte sie sich hin und streckte Arme und Beine aus. Wie wäre es zum Beispiel, sich hier auf diesem Floß zu lieben, in der Sonne, während sie ihm in die Augen sah?

Es war wahnsinnig frustrierend zu wissen, dass er irgendwo dort draußen war, gar nicht weit weg, dass sie jedoch keine Möglichkeit hatte, an ihn heranzukommen. Vielleicht sollte sie versuchen, ihn herbeizurufen, ihn mit schierer Willenskraft dazu zu bringen, zum Strand zu kommen und zu ihr zu schwimmen. Sie legte die gekreuzten Arme übers Gesicht und wünschte ihn mit aller Kraft herbei. Plötzlich schaukelte das Floß ein wenig heftiger. Es war fast so, als ob jemand ... Imogen öffnete ein Auge: Sie war immer noch allein.

Sie drehte sich auf den Bauch, legte das Gesicht auf die verschränkten Arme und lauschte dem Dröhnen der Wellen. Tu doch mal so, tu einfach mal so, als wäre er wirklich gekommen. Was würde er tun? Träge schüttelte sie den Kopf. Darum ging es nicht. Die Frage war, was würde *sie* tun? Natürlich ihn mit offenen Augen küssen. Oh ja – und was für Bilder konnte sie auf dem Bildschirm ihrer Fantasie heraufbeschwören? Ein Gewirr wunderschöner Schemen, genau das.

Sie atmete den Geruch des Floßes ein – salzgetränktes Holz.

Wirklich, mit geschlossenen Augen war sie besser dran. So wäre die Illusion vollkommener. Geduldig richtete sie ihren Fokus nach innen. Während sie mit den Lippen an den kalten Innenseiten ihrer Arme entlangtastete, versuchte sie, seine Haut aus der ihren erstehen zu lassen. Nach ein paar Atemzügen wurde ihr bewusst, wie sich etwas verschob und sich nach außen öffnete – wie eine Kameralinse. *Ja*. Ihr Körper spannte sich lustvoll. Vor ihrem inneren Auge war er hier, hier bei ihr auf dem Floß. Sie könnte spüren, wie sein Mund von ihrem Nacken bis in die Kreuzgegend hinunterwanderte. Dann schaukelte das Floß abermals, als er sich neben ihr ausstreckte. Sie streckte die Hand aus und streichelte seine Brust, dann beugte sie sich vor, um den Kopf auf seinen warmen Bauch zu legen, und er lachte. Sie rollte sich herum, stützte sich auf den Ellenbogen und zeichnete mit den Fingerspitzen seinen Hüftknochen nach. Dann senkte sie den Kopf, und ihre Zunge zuckte hervor und berührte ihn den Bruchteil einer Sekunde lang, und dann viel, viel länger. Jetzt gab es nichts anderes mehr als seine Liebkosung, das Geräusch seines Atmens, seine Finger in ihrem Haar. Nach einer Weile fühlte sie, wie seine Hüften sich bewegten, und sie schloss abermals die Augen, gerade als er ihren Mund überflutete – so unwiderstehlich wie die Gezeiten.

# 45

Etwas später bestrich sie geschäftig Blätterteigplatten mit Olivenöl und schmolz Butter für ihr *croustillant d'agneau au thym en feuille de brik* (eine provenzalische Abwandlung von Lamm-Samosa). Sie hatte dieses neue Gericht zu Hause perfektioniert, und Bastien war einverstanden gewesen, es auf die Speisekarte des Boustifaille zu setzen. Doch während des Kochens kehrte Imogens Verstand immer wieder zu ihrem lebhaften Tagtraum auf dem Floß zurück. Jedes Mal, wenn das geschah, lächelte sie und schüttelte belustigt und ungläubig den Kopf.

Solange sie sich erinnern konnte, war Sex nichts anderes als peinlich, enttäuschend und langweilig gewesen. Und jetzt … nun, sie entwickelte auf jeden Fall ein lebhaftes Interesse daran. Und das, überlegte sie weiter, kam daher, dass ihr Körper wie befreit war; ein Gefühl, das sie bisher nicht kannte. Seit es Frühling geworden war, war sie viel im Meer geschwommen und zeigte auch sonst mehr Haut. Heute fühlte sich die Luft besonders zärtlich an, wie ein köstliches Bad. Doch noch etwas anderes war in ihr zugange – ein Gefühl, als wären alle ihre Sinne geweckt worden, das von einem … nun ja … einem intensiven körperlichen Verlangen herrührte und von dem Wissen, dass *er* ebenfalls an sie dachte. Oh, sie wollte ihn *sehen*. Jetzt gleich.

Während sie den durchscheinenden Teig über eine mundgerechte Menge aromatischer Lammfleisch-Füllung faltete, sann Imogen darüber nach, dass sie fast schon vergessen hatte, wie kurz sie erst auf Bastiens Posten arbeitete. Seit ihrer Beförderung waren nur wenige Tage vergangen. Gerade wollte sie die Beschaffenheit des Tomatensorbets prüfen, das als Beilage gereicht wurde – ein köstlicher, fruchtiger Kontrapunkt zu dem gehaltvollen Fleisch –, als der sichtlich verstörte Jean-Jacques zu ihrem Arbeitstisch gehuscht kam.

Nachdem er sich über die Schulter hinweg nach Monsieur Boudin umgesehen hatte, verkündete er im lauten Bühnenflüsterton: »Weißt du noch, dieser Fleck da, den wir gestern bemerkt haben, an der Wand im Restaurant? Also, der ist viel schlimmer geworden. Anscheinend ist im Obergeschoss irgendwas undicht. Ich habe den Klempner angerufen. Aber in der Zwischenzeit können wir das eine Ende vom Speisesaal nicht benutzen, als hätten wir nicht schon genug um die Ohren. Der Teppich an der Wand ist völlig hinüber. Der muss runter.«

Nun, das war möglicherweise Glück im Unglück, dachte Imogen insgeheim. Sie war noch nie ein Fan des Restaurantdekors gewesen, und Nadine Picore hatte sich in ihrem Artikel ja auch ziemlich abfällig darüber ausgelassen.

Als der Mittagsservice vorbei war, diagnostizierte der herbeigerufene Spezialist in der Tat eine Art massiven Sanitär-Infarkt und verkündete, dass eine Generalüberholung unumgänglich sei. Die Wände müssten neu verputzt werden. Während dieser Zeit würde das Restaurant geschlossen bleiben müssen.

Als man Monsieur Boudin diese widrigen Neuigkeiten überbrachte, marschierte der Küchenchef in den Speisesaal.

In vorsichtigem Abstand folgten ihm seine Mitarbeiter. In seiner weißen Kluft sah Monsieur Boudin aus wie ein breitschultriger Eisbär. Er stand vor der schadhaften Wand, von der der ochsenblutfarbene Spannteppich abgelöst worden war, und begann zu weinen.

Während Bastien zu ihm eilte, um ihm gut zuzureden, und Larissa ihn dazu brachte, eine Tasse Kaffee anzunehmen, nahm Imogen die Wand in Augenschein. Der Teppich war ziemlich schlampig direkt auf die frühere Verkleidung geklebt worden: Kacheln in Grün- und Blautönen glänzten hier und dort darunter.

»Was machst du denn da, *petite?*«

Imogen fuhr zusammen. Monsieur Boudin stand neben ihr und starrte sie aus rotgeränderten Augen an.

»Ich wollte mir nur die Kacheln da ansehen. Das sind hübsche Farben.«

»Ja, sie sind hübsch. Als kleiner Junge habe ich diese Kacheln geliebt.«

Monsieur Boudin nahm seine Kochmütze ab, knüllte sie geistesabwesend mit einer Hand zusammen und benutzte sie dann, um sich das fleckige Gesicht abzuwischen. »Weißt du, *petite,* das hier ist mein Zuhause. Ich bin fast in der Küche geboren worden.« Er lächelte und schaute über die Schulter. »Damals war die Küche natürlich viel kleiner, und sie war da drüben, wo jetzt die Bar ist. Aber ich langweile dich.«

»Nein, nein, bitte erzählen Sie weiter.«

»Mein Großvater hat einst das Restaurant eröffnet«, fuhr Boudin fort und betrachtete mit offenkundiger Überraschung seine zerknüllte Kochmütze, ehe er sie in die Tasche seiner Schürze stopfte. »Viel schlichter als das Boustifaille – wir haben nur *fruits de mer* und Fisch serviert. Es war wunderbar. Damals haben wir im Obergeschoss gewohnt, und ich habe mit meinem Bruder Marcel hier unten gespielt.«

Als der Name jenes abtrünnigen Bruders fiel, der Boudin die Frau ausgespannt hatte, zuckte Imogen innerlich zusammen, doch ihr Arbeitgeber erzählte unbeirrt weiter.

»Und dann habe ich angefangen, in der Küche zu helfen. Ich war ein sehr arroganter Bengel, ich dachte, ich könnte das alles viel besser.« Er schnaubte; es hörte sich an wie ein zorniges Nashorn. »Also habe ich hier alles verändert, als ich das Restaurant übernommen habe. Ich habe eine moderne Speisekarte eingeführt.

Ich habe die Kacheln überkleben lassen und die schäbige Terrasse abgeschafft, auf der die Fischer aus dem Ort immer alle gesessen haben«, berichtete er und zeigte auf die zum Hafen hin gelegene Wand, »weil ich wollte, dass das Boustifaille ein *restaurant gastronomique* wird – ein Schatzkästchen, *chic et elegant*, und kein ordinäres Café.«

Ein elegantes Schatzkästchen?, dachte Imogen ungläubig und ließ den Blick über die trübsinnigen Teppichwände wandern, über die grässlichen Clownbilder. Grundgütiger, Monsieur Boudin mochte ja ein großartiger Küchenchef sein, aber wenn es um Inneneinrichtung ging, hatte er einen grauenvoll schlechten Geschmack. Nun ja, niemand war vollkommen, sagte sie sich. Aus den Augenwinkeln sah sie, dass der Rest der Boustifaille-Mannschaft sich nach und nach zurückgezogen hatte und sich jetzt um die Bar scharte und ihr das Feld überließ. Na schön. Aus einem plötzlichen Impuls heraus sagte sie: »Ich bringe Sie nach Hause, *Chef*. Okay?«

Boudin nickte. »Danke, *petite*. Ich bin sehr müde.«

Als sie auf die Straße hinaustraten, behielt Imogen den unsicheren Gang ihres bulligen Begleiters genau im Auge und sorgte dafür, dass er nicht auf die Straße tappte. »Sie sind ein hervorragender Koch, Monsieur«, sagte sie entschieden. »Sie wissen doch, Restaurantkritiker kommen und gehen. Was zählt, ist das Essen, das Sie zubereiten.«

Boudin nickte und antwortete dann betrübt: »Vielleicht haben die Kritiker ja recht. Vielleicht habe ich wirklich nicht mehr das nötige Fingerspitzengefühl. Mein Restaurant, ich habe es so geliebt, aber jetzt ist es zu einem Ungeheuer geworden. Es fordert so viel Energie, und ich muss *ständig* mit neuen Ideen aufwarten und mir neue Gerichte ausdenken.« Er blieb unter einem blinkenden Neonschriftzug stehen, der sein erschöpftes Gesicht erst blau, dann rot aufleuchten ließ, als er verkündete: »Ich bin müde und deprimiert, Imogen. Ich habe das alles satt.«

»Vielleicht brauchen Sie ja mal eine Pause – einen Urlaub.«

Monsieur Boudin schüttelte den Kopf. »Oh nein. Im Urlaub fühle ich mich nicht wohl – das macht mich immer müde und deprimiert mich.«

»Ich verstehe.« Sie biss auf ihrer Lippe herum. »Was möchten Sie denn dann, Monsieur?« Wenn es darum ging, dass sich die gesamte Küchenbesatzung am Riemen reißen sollte, ließe sich da wahrscheinlich etwas machen. Monsieur Boudin stieß einen herzzerreißenden Seufzer aus. »Ich möchte geliebt werden.«

»Mmm«, erwiderte Imogen unverbindlich. Das war ein etwas größerer Wunsch, als sie sich vorgestellt hatte. Im Moment konnte sie sich nicht mehr erinnern, ob er Kinder hatte. »Haben Sie … Familie?«, erkundigte sie sich behutsam.

»Nein. Nur das Boustifaille.«

»Na ja, das haben Sie ja immerhin noch.«

»Ich weiß nicht mehr, was ich habe«, brummte Boudin. Imogen machte versuchsweise einen Schritt und war erleichtert, als er ihr folgte. »Ich habe mich verirrt, *petite*. Keine Karte, kein Kompass – verloren.«

»Aber Sie haben doch bestimmt viele Freunde«, wandte Imogen hartnäckig ein. »Ich meine, Sie kennen doch jeden in Saint-Jean, und alle kennen Sie.«

»Ja, das stimmt. Aber Boudin ist auch ein Mann, verstehst du?« Er wandte sich ihr zu; sein Gesicht war eine Maske der Verzweiflung.

»Mmm«, sagte Imogen abermals. Sie war sich nicht ganz sicher, worauf das hier hinauslief.

»Und ein Mann braucht eine Frau in seinem Leben.«

In einem Aufblitzen paranoiden Erschreckens fiel Imogen Mitchs flapsige Bemerkung ein, dass Boudin doch ein möglicher Kandidat für die Stromausfall-Episode sein könnte. Nein – doch wohl ganz bestimmt nicht? Oh Gott. Denn wenn das stimmte, hatte sie Monsieur Boudin, den sie ungemein bewunderte, zu dem sie sich jedoch nicht im Mindesten hingezogen fühlte, im Laufe ihres E-Mail-Austauschs eröffnet, dass sie ihn liebte. Das war ja nun ziemlich peinlich. Und wenn er sich plötzlich auf sie stürzte?, überlegte sie nervös. Sollte sie sich dann ducken? Oder einfach davonlaufen?

»Aber sie ist doch so *wunderschön!*«, brüllte Monsieur Boudin plötzlich und raufte sich die Haare. »Sie ist wie eine Erscheinung! Und natürlich liebt sie mich nicht! Niemand liebt Boudin! *Niemand!*«

»Wer? Wer liebt Sie nicht?«, wollte Imogen erleichtert und aufrichtig interessiert wissen.

Wortlos und kläglich schaute Boudin in die Höhe. Imogen folgte seinem Blick. Sie standen vor dem Le Puits d'Amour, Daphne Blandings Konditorei, und Boudin starrte zu den erleuchteten Wohnungsfenstern der *pâtissière* hinauf.

»Ooooh …«, sagte Imogen langsam und dachte daran, was für ein glaubhaftes Paar sie auf Bunnys Party abgegeben hatten und wie seine Miene jedes Mal sanfter geworden war, wenn Daphnes Name fiel.

»Ich sollte lieber nach Hause gehen«, sagte ihr Boss mit erstickter Stimme. »Es ist spät.«

Nachdem sie Monsieur Boudin sicher wieder in seine Villa zurückgebracht hatte, ging Imogen denselben Weg zurück und fand sich abermals vor dem Le Puits d'Amour wieder. Bei Daphne brannte immer noch Licht. Imogen schaute auf die Uhr: Mitternacht. Zu spät? Wahrscheinlich, aber andererseits … Sie drückte auf die Klingel.

»Das ist ja eine erstaunliche Geschichte, Imogen.« Daphne saß in ihrem rosa Morgenrock auf einer Chaiselongue und rauchte gemächlich eine Zigarette. »Bist du sicher, dass du da nicht etwas falsch verstanden hast?«

»Ziemlich sicher. Er hat mal zu mir gesagt, Sie wären eine bemerkenswerte Frau. Und vorhin … eine Erscheinung.«

»Eine Erscheinung? Ich? Ach, der liebe Michel! Er ist wirklich ein Kindskopf.« Doch sie lächelte, bemerkte Imogen.

»Darf ich fragen, ob Sie … seine Gefühle erwidern?«

»Ich weiß nicht recht, Imogen«, meinte Daphne kokett. »Das kommt alles ziemlich plötzlich.«

»Wie lange kennen Sie sich schon?«

»Nun ja, du weißt doch, ich bin vor zwölf Jahren hergezogen. Michel hat kurz nachdem wir uns kennengelernt haben das Restaurant seines Vaters übernommen.«

»*Zwölf Jahre!*«, stieß Imogen hervor. »Und er hat nie etwas gesagt?«

Daphne fuhr sich mit den Fingern durchs Haar. »Nun ja … nein. Verstehst du, wir waren doch so gute Freunde. Obwohl ich mir ja vielleicht manchmal schon Gedanken gemacht habe. Aber andererseits ist Michel so ein *grand timide* – eigentlich ist er furchtbar schüchtern. Das sind diese großen, kräftigen Kerle doch oft, nicht wahr, unter all dem Gehabe? Und außerdem war er verheiratet.«

»Natürlich.« Ganz kurz fragte Imogen sich, ob Monsieur Boudins Verliebtheit vielleicht bei der Fahnenflucht seiner Frau eine Rolle gespielt haben könnte. »Wie war seine Frau denn so?«, fragte sie.

»Honorine? Nun ja …« Daphne setzte sich auf und sah Imogen unverwandt an. »Honorine war ja ganz nett, aber Michel war ihr gleichgültig und sie war in seinen Bruder verliebt. So etwas kommt vor. Es war für alle ganz offensichtlich, außer für Michel; er ist der anständigste Mann, den ich jemals gekannt habe. Und so waren wir eben Freunde, und damit hatte es sich.« Sie lächelte und schüttelte den Kopf. »Weißt du, ich hatte im Laufe der Jahre ein paar Männer. Aber irgendwie hat das nie richtig geklappt, und wenn es vorbei war, dann habe ich mich wohl immer ziemlich auf Michel gestützt und mich von ihm trösten lassen, fürchte ich. Er war so ein Fels in der Brandung, Imogen, so wunderbar verlässlich und weise. Er hat mir zugehört.«

Imogen platzte laut heraus. »Zwölf Jahre lang! Der Arme. Kein Wunder, dass er durchdreht.«

»Wenn man es so erzählt, hört sich das Ganze wirklich ziemlich albern an, nicht wahr?« Daphne lächelte. »Ich … ich habe es wohl genossen, verehrt zu werden. Ja, das war es. Und noch dazu ohne die ganzen Gewöhnlichkeiten einer Beziehung, ohne all diese öde Vertrautheit. Michel hat mich nie ohne Make-up gesehen.« Als sie Imogens überraschte, ungläubige Miene sah, sagte sie wehmütig: »Du bist noch so jung, Imogen. Du brauchst dir keine Gedanken darum zu machen, das Geheimnisvolle an dir zu bewahren. Später wird das für eine Frau sehr viel wichtiger.« Daphne legte den Kopf schief und lächelte abermals. »Ich muss sagen, du siehst unglaublich glücklich aus, Liebes. Dein Gesicht leuchtet richtig.«

»Bin ich auch«, gestand Imogen. »Sehr glücklich.«

»Es ist dieser geheimnisvolle junge Mann, nicht wahr?«, fragte Daphne, während sie sich vorbeugte, um ihre Zigarette auszudrücken. »Mitch hat mir von seinem letzten Coup erzählt – in Grasse. Wie ungeheuer stilvoll! Ein Mann ganz nach meinem Herzen. Aber wie seltsam das sein muss«, fuhr sie fort, »nicht zu wissen, wer er ist – wenn er dir schon so viel bedeutet.«

Imogen lächelte sie an. Vor ihrem geistigen Auge sah sie den gekrönten Liebhaber in Fragonards Gemälde. *Er hat ihr Herz erobert*, hatte der Führer im Museum gesagt.

»Ja, das ist seltsam«, gab sie zu. »Und zugleich auch toll.«

»Aber ehrlich, ganz tief in deinem Herzen«, bohrte Daphne mit einem mädchenhaften Grinsen nach, das sie wie siebzehn aussehen ließ, »du musst doch eine Ahnung haben. Was glaubst du, wer er ist? Sag schon.«

»Na ja …«, antwortete Imogen und errötete hilflos, »da ist Bunnys Bruder Everett, allerdings ist das eigentlich eher Bunnys Theorie als meine.«

»Dieser große, dunkelhaarige junge Mann? Oh ja, ich weiß – reizende Umgangsformen. Diese Amerikaner aus den Südstaaten verstehen wirklich etwas von Ritterlichkeit.«

»Und … dann vielleicht auch ihr Cousin Amaury. Aber ich weiß wirklich nicht … weil, ich glaube, der ist möglicherweise in Bunny verliebt.«

»Amaury d'Oussey?« Daphne zwinkerte ein wenig. »Ein *charmanter* junger Mann – so schöne Augen. Und auf seine Art auch eine recht gute Partie. Und was ist mit deinen Küchenkumpels, mit Bastien und Dimitri?«

»Na ja, zuerst war ich ja überzeugt, dass es einer von den beiden sein müsste«, antwortete Imogen, »und dann habe ich gedacht, doch nicht, weil sich das Küssen so anders angefühlt hat. Aber jetzt …« Sie zuckte die Achseln. »Ich weiß es nicht.«

»Nun, du wirst es bestimmt bald herausfinden, Liebes. Und dann«, fuhr Daphne ernst fort, »wirst du vielleicht aus meiner Erfahrung etwas lernen. Warte nicht zwölf Jahre. Wenn du ihn findest, halt ihn fest – ganz gleich, wer er ist.«

Stunden später riss das Telefon Imogen aus dem Schlaf. Es war Bastien; er klang völlig verstört.

»Boudin hat versucht, sich umzubringen«, kam er sofort zur Sache. »Hat den Kopf in den Ofen gesteckt. Zum Glück hat er es sich anscheinend auf halbem Weg doch noch mal überlegt. Er hat's geschafft, vom Ofen wegzukriechen und mich anzurufen, bevor er ohnmächtig geworden ist. Es ist ein Wunder, dass er sich nicht in die Luft gesprengt hat.«

# 46

Nachdem er nach einer Woche im Krankenhaus – wo bei dem Küchenchef ein akuter Erschöpfungszustand diagnostiziert worden war – mit Imogen und Bastien heimkehrte, hatte Michel Boudin sich zunächst dafür entschuldigt, dass er sich wie ein sentimentaler Idiot aufgeführt habe. Doch dann verkündete er mit Grabesstimme, dass sich an seiner misslichen Lage rein gar nichts geändert habe. Dies sei das Ende – das Ende aller Dinge. Alles, was er wolle, sei, in Ruhe gelassen zu werden, damit er im Dunkeln daliegen und dahinsiechen könne. Nein, er hätte *keinen* Hunger. Tatsächlich habe er nicht vor, jemals wieder etwas zu essen oder zu kochen. Und ebenso wenig würde das Boustifaille jemals wieder den Betrieb aufnehmen. Man könne es genauso gut gleich abreißen. Was Boudin selbst betraf, er sei *une épave*, ein Wrack, und man solle ihn einfach auf den Meeresgrund sinken lassen, wo er zu Fischfutter zerfallen würde – ein passendes Beispiel für poetische Gerechtigkeit.

Daraufhin war er in die Küche geschlurft und hatte dort Daphne Blanding vorgefunden, die elegant auf einer Tischkante hockte und eine Zigarette rauchte. »Hallo, Michel«, hatte sie fröhlich gesagt. »Ich ziehe für eine Weile bei dir ein. Du hast doch bestimmt nichts dagegen, oder? Möchtest du ein bisschen Brathuhn? Es ist von Ponceau.«

Von dort, wo sie auf der Türschwelle standen, hatten Imogen und Bastien Monsieur Boudins Gesichtsausdruck nicht sehen können, doch seine Ohren hatten ein wenig gezuckt – er lächelte.

Nach der eiligen Schließung des Boustifaille hatte Imogen Daphne ihre Dienste angeboten. Es würde nicht schaden, hatte sie gedacht, ein bisschen Geld zu verdienen und ihre Backkünste zu festigen, während sie darauf wartete, dass das Restaurant wieder öffnete – denn unter Daphnes Einfluss hatte sich Michel Boudins apokalyptische Weltanschauung etwas abgeschwächt.

Jetzt stand sie da und füllte unter den wachsamen Augen der Konditoreibesitzerin Reihe um Reihe von »Liebesbrunnen« aus Blätterteig mit vanillegesprenkelter *crème pâtissière*.

»Ausgezeichnet«, lobte Daphne. »Du hast eine sehr ruhige Hand. Als Nächstes muss man sie mit einem Bunsenbrenner oben karamellisieren. Kriegst du das hin?«

»Na klar. Immer her damit.«

Daphne begutachtete Imogens selbstbewusste Handgriffe mit Wohlgefallen, ehe sie sich daran machte, goldene Brandteigkugeln anzustechen, die darauf warteten, in *religieuses* verwandelt zu werden.

»Wie läuft's übrigens so?«, fragte Imogen ihre Freundin. »Leisten Sie Monsieur Boudin noch immer Gesellschaft in seiner Villa?«

»Ja«, antwortete die *pâtissière* knapp, während sie einen Behälter mit Schokoladenguss aus dem Kühlschrank nahm, »sozusagen«. Eine Pause entstand, während sie eine Tülle auf eine Spritztüte steckte, dann sagte sie: »Wir haben vor zu heiraten.«

»Daphne!«, juchzte Imogen und stürzte herbei, um sie zu umarmen. »Wann denn?«

»In einem Monat. Im Juni.«

»Oh, Sie weinen ja. Nicht doch! Sonst fange ich auch noch an.«

»Du findest das bestimmt lächerlich, so überstürzt zu heiraten«, meinte Daphne und tupfte sich die Augen ab.

»Also, überstürzt würde ich das nicht gerade nennen«, antwortete Imogen und lachte durch ihre Tränen.

»Oh, Imogen, wir sind doch so *alt*!«

»Ach, nein – überhaupt nicht! Ich freue mich wirklich unheimlich für Sie. Weiß Di es schon?«

»Noch nicht. Wir haben es erst heute Morgen beschlossen. Glaubst du, sie kommt zur Hochzeit? Mit dem Reisen hat sie es ja nie so gehabt.«

»Wir können sie bestimmt überreden – ich helfe Ihnen.«

»Ja, bitte. Und das ist noch nicht alles, Liebes. Ich brauche auch noch bei etwas anderem deine Hilfe. Michel geht es viel besser, aber mit dem Restaurant will er immer noch nichts zu tun haben. Ich musste die Aufsicht über die Reparaturarbeiten übernehmen.«

Imogen nickte.

»Komm mit«, sagte Daphne und zog sich die Schürze über den Kopf. »Die Bauarbeiter sind jetzt bestimmt schon weg, und wir haben das ganze Restaurant für uns.«

»Also, ich weiß wirklich nicht recht«, sagte Michel Boudin am nächsten Tag, während er sich widerstrebend von Imogen und Daphne in den Speisesaal des Boustifaille führen ließ und dabei die Augen fest geschlossen hielt.

*Eins ist sicher,* dachte Imogen, *wenn er die Augen aufmacht, fällt er aus allen Wolken.* Sie war wirklich nicht sehr zuversichtlich, ungeachtet Daphnes Beteuerungen, dass er der Typ sei, der Überraschungen schätzte.

Im Restaurant herrschte ein grauenvolles Durcheinander – selbstverständlich ein notwendiges Übel. Um an die kaputten Leitungen heranzukommen, hatten die Bauarbeiter die Wände aufstemmen müssen. Eine große Plane schottete den gesamten Raum ab. Es sah ziemlich wüst aus.

»Kann ich jetzt die Augen aufmachen?«

»Ja, Michel«, antwortete Daphne. »Aber erwarte nicht zu viel. Es ist immer noch eine Art … unbeschriebenes Blatt.«

Boudin sah sich im Saal um und seufzte verzweifelt. »Das ist ja furchtbar«, meinte er kopfschüttelnd.

»Also, *Chef*«, sagte Imogen tapfer und hakte sich bei ihm unter – eine Geste, die fast ebenso beängstigend war, als lege man den Kopf in den Rachen eines Löwen. »Wir haben eine Überraschung für Sie.«

»Ach ja?«, grollte Michel Boudin, und sein ganzes Wesen strahlte plötzlich eine unbestimmte Bedrohung aus.

*Zeig keine Angst,* dachte Imogen. Sie löste ihren Arm, so natürlich sie konnte, aus seinem und zwang sich, ihm weiter in die Augen zu sehen. »Ich weiß, Sie haben sich noch keine großen Gedanken über die Zukunft des Restaurants gemacht«, setzte sie vorsichtig an, »aber Daphne und ich, wir haben uns gefragt, was für eine Inneneinrichtung Ihnen wohl vorschwebt.«

Michel Boudin war verwirrt. »Inneneinrichtung? Was spielt das für eine Rolle? Das hier ist ein Restaurant. Oder es war früher mal eins.«

»Lass uns einfach mal einen Vorschlag machen«, warf Daphne fröhlich ein. »Nur zum Spaß.«

Michel Boudin sah seine Verlobte an, und seine Miene wurde merklich weicher.

»Zum Beispiel«, nahm Imogen den Faden wieder auf, wobei ihr klar war, dass sie sich hier in einem Minenfeld befand, »wollten Sie so etwas wie das, was Sie hier vorher hatten? Sie wissen schon ... den dunklen Teppich an den Wänden und all die ... äh ... Kunstwerke?«

»Oh, nein, nein. Das würde mich nur daran erinnern, wie deprimiert ich früher im Boustifaille war. Und jetzt bin ich *nicht* deprimiert. Denn jetzt«, brüllte er beglückt, »*heirate* ich!«

»Jawohl«, bestätigte Daphne und umarmte ihn. »Michel, mein Schatz, weißt du noch, wie wir uns damals zum ersten Mal begegnet sind, vor all den Jahren?«

»Natürlich, *chérie*. Als wäre es gestern gewesen.«

»Also, ich glaube, ich habe das Restaurant vor der Eröffnung nicht gesehen, aber irgendwann muss es doch so ausgesehen haben wie jetzt – unfertig.«

»Das ist wahr, Daphne. Es hat genauso ausgesehen wie das hier …«, antwortete Michel Boudin nachdenklich. »Bevor ich diesen Riesenfehler gemacht habe.«

»Was denn für einen Fehler?«, erkundigte sich Imogen und hielt insgeheim die Luft an.

»Erinnerst du dich noch an die blau-grünen Kacheln an der Wand, *petite?* Die sind dir damals aufgefallen.«

Imogen nickte.

»Also, ich wünschte, ich hätte sie nicht so zugeklebt. Das war dumm.«

»Dann wünsch dir was«, sagte Daphne und bedachte Imogen mit einem entzückten Verschwörerlächeln. »Und schau, was passiert.«

»Alles in Ordnung mit dir, Daphne?«, fragte der Küchenchef und sah sie besorgt an. »Warst du zu lange in der Sonne?«

»Nein, keine Angst. Wünsch dir was, Liebling. Du brauchst es nicht laut zu sagen, wenn du nicht möchtest.«

»Vielleicht hilft es, wenn Sie noch mal die Augen zumachen, *Chef*«, schlug Imogen vor. »Nur ganz kurz.«

Michel Boudin schnaubte ungeduldig, dann tat er wie geheißen. So schnell sie konnte, rannte Imogen rund um den Speisesaal und zog die Laken herunter, bis jede einzelne Kachelwand freilag, nunmehr gründlich gereinigt. Die Kacheln waren Anfang des 20. Jahrhunderts angebracht worden; eine ungemein attraktive Darstellung der Fauna am Grund des Mittelmeeres. Boudin öffnete die Augen und betrachtete stumm die anmutigen Fischschwärme und die juwelenbunten Krustentiere, die vor dem leuchtenden aquamarinblauen Hintergrund schimmerten. Er nickte ein paarmal, dann lächelte er.

»Schöne Überraschung?«, fragte Daphne leise.

»Ja – sehr schöne Überraschung«, antwortete er und küsste ihr die Hand.

»Weißt du, eigentlich war das hier Imogens Idee. Mir gefallen die Kacheln aber auch, sehr sogar. Man hat das Gefühl, auf dem Meeresgrund zu stehen. Auf dem Grund eines wunderschönen Meeres.«

»Eines wunderschönen Meeres …«, wiederholte Michel Boudin träumerisch. »Und dazu all die Früchte des Meeres – die Austern, die Muscheln, die Krabben und die Krebse. Und …«

»Ja?«, stupste Imogen behutsam; sie wollte den Bann nicht brechen.

»Und ein gegrillter Fisch, ganz schlicht mit einem Stück Zitrone serviert. Vielleicht noch mit einem bisschen Spinat und ein paar *pommes frites* als Beilage.«

»Genau das ist es.«

»Was, *petite?*«

»Ihr Restaurant. Kritiker kommen und gehen, wissen Sie noch?« Als er sie scharf musterte, grinste Imogen. »Was zählt, ist das Essen, das man macht.«

»Nun ja … ich weiß nicht …«, meinte der Küchenchef und betrachtete die Meereskacheln.

»Dabei ginge es nicht darum, den nächsten Goldenen Löffel abzugreifen oder so etwas«, fuhr Imogen vorsichtig fort. Sie hatte Angst, dass er wieder loslamentierte. »Aber die Ansprüche müssten sehr hoch sein. Köstliche Austern – exzellenter Fisch …«

»Selbstverständlich …« Allmählich erwärmte sich Michel Boudin für das Thema. »Simpel und perfekt. Von jetzt an geht es hier um das Meer – nur das, aber mit absoluter Schönheit und Schlichtheit. Direkt aus dem Meer!«

»Direkt aus dem Meer«, wiederholte Imogen. »Und was ist damit?«, fragte sie dann und zeigte auf die vierte Wand – die Frontseite des Restaurants.

Boudin zuckte die Achseln. »Ich weiß nicht. Wahrscheinlich werden sie sie wieder so aufbauen wie vorher, wenn sie die Rohre repariert haben.«

»Dann werden die Gäste also um das Gebäude herumgehen und durch den kleinen Gang hereinkommen, so wie bisher?«

»Ja, ich denke schon. Ich wollte immer«, rezitierte Monsieur Boudin ziemlich steif und auswendig gelernt, »dass das Boustifaille ein geheimer, exklusiver Ort ist, wo man sich abschottet, um sich ausschließlich aufs Essen zu konzentrieren.«

»Oh, aber dieses Restaurant sollte nicht geheim gehalten werden, *Chef*. Jeder sollte sehen, wie schön es ist, und außerdem, warum es genau hier ist – und nirgendwo anders.« Mit beiden Händen packte Imogen die letzte Plane und zog sie wie einen Theatervorhang zurück. Von Gerüststangen eingerahmt kam eine Glaswand zum Vorschein, und dahinter die flimmernde Hafenkulisse mit ihren Fischerbooten, der glitzernden Bucht und dem freien Himmel. Die warme Brise vom Meer wehte in den Saal.

»Ich finde, so ist es *viel* besser«, verkündete sie und lächelte ihren Boss an. »Was meinen Sie, Monsieur?«

# 47

Zwei Tage später berief Michel Boudin im Boustifaille einen »Familienrat« ein, um seine Mitarbeiter von seinen Plänen in Kenntnis zu setzen. Diese kamen pflichtschuldig von nah und fern zusammen: Jean-Jacques und Sidonie aus dem jeweiligen Familienurlaub, Larissa und Bastien nahmen sich von ihren Aushilfsjobs frei – Barkeeping im La Sirène und in der Küche des Koud'Soleil Fisch nach kreolischer Art frittieren –, und sogar Dimitri riss sich von dem italienischen Restaurant in Nizza los, zu dem er abgewandert war und in dem zufällig demnächst eine leitende Stelle in der Küche frei wurde.

Bald wurde klar, dass Boudin wieder ganz und gar der Alte war, als Régis nämlich auf eine beklommene Anfrage die beruhigend empörte Antwort bekam: »*Natürlich* machen wir das Boustifaille nicht zu! Hältst du Boudin etwa für eine *Memme?*«

Sämtliche Angestellte taten ihre Absicht kund, im neuen Boustifaille weiterzuarbeiten, das im Sommer wiederöffnen sollte, rechtzeitig zur Hochsaison. Das heißt, mit Ausnahme von Dimitri, der erklärte, es sei ja gut und schön, wenn sein Boss sich verkleinern wolle, *er* jedoch mache sich sehr wohl etwas aus Goldenen Löffeln und sei fest entschlossen, sich selbst einen zu verdienen.

»Aber das verstehe ich doch *vollkommen,* mein lieber Dimitri!«, versicherte Boudin und schaffte es gleichzeitig, seinen ehemaligen *sous-chef* mit einem zermalmenden Händedruck in die Schranken zu weisen. »Und glaub mir, ich kann es kaum *erwarten,* in deinem eigenen Restaurant deine Goldlöffel-Gerichte zu essen.«

Nach diesem Macho-Wortwechsel hatte sich die Atmosphäre

nachhaltig entspannt, und sie hatten alle auf Boudins Verlobung getrunken, während der Küchenchef voller Begeisterung immer abwechselnd eine neue Speisekarte für das Chez Michel entwarf und Loblieder auf seine künftige Ehefrau sang.

Eine Hochzeit…, dachte Imogen verträumt, als sie am frühen Morgen mit Monty am Meer entlangschlenderte und automatisch die freundliche Begrüßung Dutzender anderer Hundebesitzer erwiderte. *Eine Hochzeit…* Doisneaus *Kuss vor dem Rathaus* blitzte in ihren Gedanken auf. Aber warum? Das Pariser Rathaus, das war es. Dieser nette Amerikaner, dem sie in Saint-Paul-de-Vence begegnet war, hatte ihr einen Besuch im Rathaus von Menton empfohlen, um sich den Hochzeitssaal anzusehen. Nun, warum nicht heute? Mittags würde sie zwischen ihren Einsätzen in der Konditorei ein paar Stunden freihaben – genau richtig für einen kleinen Ausflug mit Monty.

Später, als sie dastand und Cocteaus Gemälde von Orpheus und Eurydike betrachtete, die einander an ihrem Hochzeitstag gegenüberstanden – in mediterranen Schattierungen von Blau, Weiß, Gelb und Orange gehalten –, hatte Imogen plötzlich das komische Gefühl, dass sie beobachtet wurde. Sie schaute zu einer Gruppe anderer Besucher hinüber, die alle damit beschäftigt waren, den Saal zu inspizieren und in ihren Reiseführern zu lesen. Keiner von ihnen beachtete sie.

Sie schüttelte den Kopf und wandte sich wieder dem Bild zu. Orpheus, bemerkte sie, trug einen Fischerhut und Eurydike die Haube einer Bäuerin. Obwohl sich um die beiden eine Legende rankte, war es schön, sie als ganz gewöhnliches Paar dargestellt zu sehen. Schließlich war dieser Saal für jeden da. Sie setzte sich in einen roten Samtsessel, strich ihren Jeans-Minirock glatt und fragte sich, wie es wohl wäre, hier zu heiraten, diesen Mittelgang hinunterzuschreiten, über einen Teppich mit Leopardenmuster.

Dieser extravagante Saal war wirklich nicht das, was man in einem Behördengebäude erwarten würde. Ganz kurz fragte sie sich, ob Mitch wohl jemals hier gewesen war – es wäre genau seine Kragenweite.

Als sie gleich darauf die Wand zur Linken ansah, fielen ihr zwei Sätze ins Auge, die geschickt in ein weiteres Fresko eingearbeitet worden waren. »Als Orpheus sich umsah, verlor er seine Gemahlin und seine Lieder. Die Menschen wurden zu Ungeheuern, und die Tiere wurden grausam.« Zum ersten Mal fragte sie sich, warum sich der Künstler ausgerechnet dieses Motiv für einen so glücksbetonten Ort wie einen Hochzeitssaal ausgesucht hatte. *Man verliert eine Sekunde lang den Glauben, und schon ist die Liebe für alle Zeit dahin,* hatte der Amerikaner im Labyrinth zu ihr gesagt. *Mehr ist nicht nötig.* Darum ging es also in der Geschichte von Orpheus – um unerschütterlichen Glauben.

Außerdem kam ihr der Gedanke, dass der Orpheus-Mythos seltsame Parallelen mit ihrer eigenen Situation aufwies – romantische Begegnungen im Dunkeln mit jemandem, dessen Gesicht sie nicht kannte. Doch das stimmte natürlich nicht ganz, sagte Imogen sich. Sie kannte sein Gesicht, sie musste es kennen – nur konnte sie es nicht zuordnen. Da war das Gefühl wieder, ihr Nacken prickelte! Langsam setzte Imogen sich in ihrem roten Samtsessel auf und drehte sich um. War das nur Einbildung, oder hatte sich eine Tür, die in der bemalten Wand des Hochzeitssaales fast nicht zu sehen war, gerade eben fest und leise geschlossen? Noch während sie den Entschluss fasste, hinzugehen und nachzusehen, hörte sie ein freundliches *»Ah, tiens! Bonjour!«* Sie schaute auf und erblickte Amaury d'Oussey, der neben ihr Platz nahm.

*»Bonjour«*, sagte sie überrascht. »Was machst du denn hier?«

»Ach, ich bin hier in der Stadt zum Mittagessen verabredet«, erwiderte Amaury. »Und ich war ein bisschen früh dran, deswegen dachte ich, ich schaue kurz hier vorbei. Mir gefällt dieser Saal.«

Bestimmt ein Geschäftsessen, dachte Imogen bei sich, und wahrscheinlich irgendetwas sehr Edles. Amaury, das wusste sie, hatte beruflich mit dem Erhalt von historisch bedeutsamen Gebäuden zu tun und traf sich oft mit Denkmalschützern und ähnlichen Experten.

»Noch mehr Michelin-Sterne«, platzte sie heraus. »Du Glückspilz. Ich beneide dich glühend.«

Amaury lächelte sie an. Er sah, stellte sie fest, zugleich gedankenverloren und glücklich aus.

»Ehrlich gesagt mache ich mir im Moment keine Gedanken um *la cuisine*«, antwortete er. »Sag mir, Imogen, hattest du schon einmal das Gefühl, dass dein ganzes Leben im Begriff ist, sich vollkommen zu verändern? Als ... als wenn ein Schleier zerreißt und man sieht plötzlich eine Welt voller Farben, Feuer und Musik, von der man gar nicht wusste, dass sie existiert? Und man braucht bloß einen Schritt vorwärts zu machen, und diese Welt kann einem gehören?«

Mit zusammengekniffenen Augen betrachtete Imogen ihn. Wovon redete er da? Traf er sich am Ende mit Bunny zum Essen? Vielleicht ein erstes Date? Das würde jedenfalls erklären, warum er so aussah, als habe er Schmetterlinge im Bauch. Sie dachte an Faustina, die die Absicht geäußert hatte, sich ein bisschen umzuhören; sie musste sie unbedingt fragen, was sie über Amaury herausgefunden hatte.

»Ich weiß, was du meinst, ja«, sagte sie und lächelte ihn aufmunternd an.

»Und du? Bist du vielleicht hier, um deine Hochzeit zu planen?«

Imogen lachte laut heraus. »*Meine* Hochzeit? Oh nein!«

»Dafür ist dieser Saal gedacht, weißt du? Ich dachte, dein geheimnisvoller Verehrer hätte dich am Ende gebeten, ihn zu heiraten.« Er bedachte sie mit einem gewinnenden Lächeln und fügte hinzu: »Ich bin sehr für die Ehe.«

»Wirklich?«, fragte Imogen kichernd. »Also – nein, er hat mich noch nicht gefragt. Ich würde aber doch gern wissen, wer er ist, bevor wir zu so etwas übergehen. Ich weiß ja noch nicht mal, ob er der Typ fürs Heiraten ist!«

»Oh, wer würde dich denn nicht heiraten wollen?«, entgegnete Amaury galant.

Imogen errötete bei diesem Kompliment ein wenig, während Bunnys Cousin fortfuhr: »Dein Verehrer könnte sich doch durchaus als ausgesprochen konventionell erweisen. Und ich glaube, wenn du weißt, wer er ist, wirst du feststellen, dass er genau das will, was jeder will, wenn er verliebt ist.«

»Klingt toll«, meinte Imogen. »Aber ich hoffe, er ist nicht *zu* konventionell.«

»Nein, natürlich nicht.«

Sie lächelten einander an, und Imogen sah sich verleitet, sich ein wenig zu öffnen, zu versuchen, ihre Gefühle zu ergründen.

»Weißt du, ich habe mal vor Jahren mit meiner Schwester einen alten französischen Schwarzweißfilm gesehen«, fing sie an und faltete die Hände im Schoß. »Die Geschichte von der Schönen und dem Biest.«

»Den kenne ich«, sagte Amaury. »Der ist von Jean Cocteau, der übrigens auch diesen Saal ausgemalt hat.«

»Wirklich? Mann, das ist ja fast wie … Schicksal, nicht wahr?«

»Ein bisschen vielleicht.« Amaury lächelte. »Weiter.«

»Okay.« Imogen lächelte ebenfalls. »Weißt du noch, am Schluss verliebt sich das Mädchen in das Biest.«

Amaury nickte.

»Und dann«, fuhr Imogen fort, »ist der Fluch gebrochen, und er verwandelt sich in einen Prinzen. Und dann nimmt er sie in die Arme und sagt ihr, dass sie jetzt in sein Königreich fliegen und …«

»Und was?«, fragte Amaury sanft.

»Na ja.« Imogen warf ihm einen raschen Blick zu, ehe sie wegschaute. »Er sagt zu ihr: ›Du hast doch keine Angst?‹ und sie antwortet: ›Oh, aber ich habe *gerne* Angst … *mit dir.*‹« Sie kicherte. »Also, genauso fühle ich mich – so ähnlich jedenfalls. Ich weiß, das klingt total albern.«

»Überhaupt nicht«, wehrte Amaury ab und sah sie nachdenklich an. »Mir gefällt deine Vorstellung von Liebe. Ich glaube, es ist sehr klug, sich ein kleines bisschen *frisson* zu erhalten – ganz gleich, wie konventionell man ist.«

Eine längere Pause entstand, während der Imogen ganz schwummerig wurde. Was, wenn Amaury der Mann war, nach dem sie seit Bunnys Party suchte? Ihr fiel ein, dass ihr geheimnisvoller Verehrer stets sehr eloquent auf Französisch kommuniziert hatte – und Amaury war so französisch, wie man überhaupt nur sein konnte.

»Eine Liebesgeschichte, die mit einem Blindekuhspiel anfängt, kann niemals *zu* konventionell sein«, hörte sie ihn sagen. »Ich mag dieses Spiel sehr gern. Weißt du, es war meine Idee, das auf Bunnys Party zu spielen«, fuhr er fort, während Imogen sich mit pochendem Herzen zu ihm umwandte. »Bevor wir uns persönlich kennengelernt haben, hat Bunny mir eine E-Mail geschrieben und um ein paar historische Tipps gebeten, um ihre Party aufzupeppen. Und ich habe erwähnt, dass sie solche Spiele in *Les Liaisons Dangereuses* gespielt haben. Ich glaube, das ist genau das, wonach sie gesucht hat.«

Während Imogen diese Enthüllung verarbeitete, nahm Amaury ihre Hand in die seine und sagte: »*Enfin,* wenn er dich bittet, ihn zu heiraten und du die Trauung gern hier abhalten möchtest, weißt du, was du dann tun solltest?«

Imogen schüttelte den Kopf und starrte ihn an. Ihr Herz hämmerte. Was würde er jetzt sagen?

Amaury öffnete den Mund, dann warf er einen Blick auf die Uhr. »*Ah mon Dieu!*«, stieß er hervor und ließ ihre Hand los. »Ich muss dich bitten, mich zu entschuldigen, Imogen. Ich möchte meinen Gast nicht warten lassen.« Dann küsste er sie rasch auf die Wange und eilte hinaus.

»Was ich nicht verstehe«, sagte Imogen an diesem Abend zu Mitch, während sie ihm half, eine Bücherlieferung auszupacken, »ist diese ganze Geschichte, dass Orpheus sich nicht umdrehen durfte. Was bringt es, seine tote Ehefrau zurückzubekommen, wenn man sie nicht mal ansehen darf?«

Mitch sog zwischen den Zähnen hindurch den Atem ein und ließ einen Stapel Bücher auf den Ladentisch plumpsen. Obgleich er seine dunkle Sonnenbrille nicht aufhatte – das übliche Kürzel für »Bleib mir vom Hals, sonst passiert was!« –, hatte er seit ihrer Rückkehr sehr in sich gekehrt gewirkt, und sie hatte nicht viel Glück bei ihren Versuchen, ihn aus der Reserve zu locken. Daher war sie angenehm überrascht, ihn etwas sagen zu hören, wenn auch mit seltsam gepresster Stimme. »Der Knackpunkt ist, dass er sie nicht hätte ansehen sollen, *während* sie aus der Unterwelt emporgestiegen sind. Das war der Bock, den er geschossen hat.« Finster sah er sie an. »Wenn sie erst wieder im Licht gewesen wären, hätte er sie ansehen können, so lange er wollte. Aber er hat es zu früh getan, und die Götter haben ihn bestraft, weil er gezeigt hat, dass er nicht genug an sie glaubte. Kapiert? Oder bin ich zu schnell für dich?«

»Nein, nein«, versicherte Imogen ruhig. »Ich verstehe.«

»Na super.«

Nachdenklich sah Imogen ihn an. Sie hatte gelernt, jene kritischen Momente zu erkennen, wenn er an Gene dachte.

»Kannst du mir eine Cola holen?«, bat Mitch und richtete sich auf, nachdem er den letzten Karton ausgepackt hatte. »Liebende auf ewig, so ein Scheiß. Gott, komme ich mir heute alt vor.«

# 48

»Raus aus den Federn«, hörte Imogen, als sie sich wie ein jäh zum Leben erweckter Zombie im Bett aufsetzte und ihr klingelndes Handy ans Ohr klatschte. Es war Hildegards unverwechselbare melodiöse Stimme, mitsamt der typischen stählernen Schärfe. »Ich hoffe doch, ich störe nicht bei irgendetwas Wichtigem.«

»Nein, nein«, antwortete Imogen benommen. »Hi, Hil.« Sie richtete sich ganz auf und sah auf die Uhr. Es war sechs Uhr morgens, fünf Uhr in London. Also ein klein wenig früh.

»Ich wollte nur fragen«, fuhr Hildegard fort, »ob du weißt, wo Mum ist.«

»Nein.« Imogen rieb sich die Augen. »Wieso, ist sie euch abhandengekommen?«

»Sehr witzig. Wir glauben, dass sie seit zwei Tagen weg ist. Aber mach dir bitte keine Sorgen um uns. Amüsier dich nur weiter schön in der Sonne.«

»Mach ich, danke«, erwiderte Imogen und genoss das verdutzte Schweigen, das daraufhin am anderen Ende der Leitung herrschte. »Und jetzt erklär das Ganze mal ein bisschen genauer. Ich habe keine Ahnung, wovon du redest.«

Wie sich herausstellte, hatte Hildegard an weiteren Informationen lediglich zu bieten, dass sich ihre Mutter »schon seit Wochen komisch benommen hätte« und das Haus verlassen habe, wobei sie ihre Wasserfarben, ihren grünen Seidenmantel, ihren chinesischen Sonnenschirm und all ihren Schmuck mitgenommen hatte.

»Komisch benommen – was meinst du damit?«

»Irgendwie, als ob sie ein schlechtes Gewissen hätte. Sie hat uns mit Tränen in den Augen angeschaut und den Kopf geschüttelt. Hör zu, Imo, du musst so schnell wie möglich nach Hause kommen.«

Nachdem Imogen das Gespräch mit Hildegard beendet hatte, hatte sie abermals einen Blick auf die Uhr geworfen. Di, das wusste sie, war eine Frühaufsteherin; bestimmt saß sie jetzt am Küchentisch, aß einen Vollkornkeks und hörte den Seewetterbericht.

»Weißt du, Liebes, ich wäre ja nicht im Mindesten überrascht«, meinte Di, nachdem sie von Hildegards Anruf in Kenntnis gesetzt worden war, »zu erfahren, dass deine Mutter mit einem Mann unterwegs ist. Und ganz ehrlich, schön für sie. Wird auch langsam Zeit.«

Imogens Augenbrauen klommen empor. Elsa Peach hatte die Gesellschaft von Männern seit ihrer Scheidung weitgehend gemieden. War es möglich, dass sie einen Sinneswandel durchgemacht hatte? Am anderen Ende der Leitung war leises Keksknirschen zu hören, dann fuhr Di fort: »Sie sah schon seit Wochen so was von glücklich aus.«

»Hil sagt, sie hätte merkwürdig ausgesehen, so, als ob sie ein schlechtes Gewissen hätte.«

»Das eine schließt das andere nicht aus. Und natürlich war da auch noch die Nachricht, die sie hinterlassen hat.«

»Ach? Von einer Nachricht hat Hildegard nichts gesagt.«

»Nein, Liebes…« Di seufzte müde. »Du kennst doch deine Schwester. Es war wirklich gar nicht nett von ihr, dich so früh am Morgen anzurufen.«

»Mir stehen immer noch die Haare zu Berge.«

»Genau. Sie dagegen amüsiert sich königlich – bleibt die ganze Nacht auf, tigert auf und ab. Ein wunderbares Drama. Sie hat sogar deinen armen Vater angerufen, um es ihm zu erzählen.«

»Wirklich? Und wie geht's Dad?«

»Er ist in Florida, Liebes. Mit seiner…«

»Frau?«, schlug Imogen vor.

»Ja … na, jedenfalls mit diesem jungen Ding. Ich glaube, Hildegard hat es darauf angelegt, ihn mitten in der Nacht zu wecken. Sie behauptet, sie habe das mit dem Zeitunterschied durcheinandergebracht.« Di lachte trocken und fügte hinzu: »Geschieht ihm recht.«

Imogen lächelte. Ihre Freundin verzieh das, was sie geschmackloses Fehlverhalten nannte, nicht so schnell.

»Ich habe versucht, Hildegard klarzumachen, wie eindeutig die Situation doch eigentlich ist. Aber sie wollte nicht hören. Und natürlich vermisst sie dich wirklich …«

Angenehm überrascht gab Imogen ein leises »Aaah« von sich.

»… als Mädchen für alles«, schloss Di.

»Ich verstehe. Und wie lautete Mums Nachricht?«

»Sie lautete: ›Liebe Kinder, ich fahre für eine Woche weg, um im Licht des Südens nach Schönheit zu streben. Alles Liebe, Mummy.‹«

»Sie kommt *in einer Woche* zurück?«

»Ja, Liebes. Man könnte das Ganze als Sturm im Wasserglas bezeichnen, nicht wahr? Komm bloß nicht auf die Idee, nach Hause zu kommen, Imogen. Du bleibst, wo du bist. Ich helfe Hildegard mit den Kleinen. Und in ein paar Wochen sehen wir uns auf Daphnes Hochzeit! Viel Glück mit der Torte – lass mich wissen, wie es damit vorangeht, ja?«

»Hil? Ich bin's noch mal.«

»Ja«, kam die gelangweilte Antwort: »Also, wann kommst du zurück?«

»Ich fürchte, ich kann nicht nach Hause kommen.«

»Was? Wir kannst du nur so egoistisch sein.«

»Ich habe hier einfach zu viel zu tun.« Imogen vermied es, das Thema Restaurant anzusprechen, und fuhr fort: »Ich muss Daphne mit ihrem Hochzeitsempfang helfen.«

»Also, ich denke doch, das schafft sie in ihrem Alter gerade noch allein«, erwiderte Hildegard gereizt. »Der springende Punkt ist, *ich* brauche dich hier. Wir sind hier völlig aufgeschmissen.«

»Eine Woche lang.«

Hildegard schwieg einen Augenblick, dann sagte sie: »Das tut doch überhaupt nichts zur Sache. Theas neuer Ballettanzug muss abgenäht werden, und ich habe keine blasse Ahnung, wie man so was macht.«

»Na, dann find's raus. Schau bei Google nach oder so was.«

»Was?«

»Hil, hör zu. Mum hat sich ein bisschen Urlaub genommen, das ist alles. Ich finde auch, sie hätte euch Bescheid sagen sollen, aber wahrscheinlich ist ihr der Gedanke gar nicht gekommen. Du weißt doch, wie sie ist. Im Haushalt hat sie ja sowieso nie viel geholfen. Und Di bringt doch alle zur Schule, holt sie nachmittags wieder ab und kocht ihnen Abendessen.«

Ein revolutionärer Aspekt von Dis Teilhabe am Peach-Haushalt war die Einführung selbst gekochter Mahlzeiten gewesen.

»J-a …«

»Du kannst also ganz normal arbeiten.«

»Ja, schon …«

»Hast du irgendwelche Proben versäumt?«

»*Nein,* aber … Im Haus ist *jede Menge* zu tun. Ich meine, hier ist alles total *verdreckt*. Und alle unsere Schuhe müssen dringend geputzt werden.«

Daraufhin verlor Imogen auf höchst untypische Weise die Beherrschung und brüllte aus vollem Hals: »*Hildegard, würdest du bitte aufhören, so eine Zicke zu sein!*« Am anderen Ende der Leitung war ein deutliches Japsen der Entrüstung zu vernehmen. Dann brachte Imogen, die das Gefühl hatte, dass gerade ein ganz neues, wunderbares Kapitel der Familiengeschichte vor ihr aufgeschlagen wurde, das Gespräch geschickt auf das gegenwärtige

Bühnenprojekt ihrer Schwester *(Avatar: Das Musical)*. Sie nahm völlig korrekt an, dass Hildegard, die von Kopf bis Fuß schlumpfblau angemalt die Hauptrolle spielte, dem Vergnügen nicht würde widerstehen können, eine Zeitlang über sich zu reden.

# 49

Wenig später führte Monty Imogen am Ende ihres Morgenspaziergangs forschen Schrittes zum La Sirène. Suchend ließ sie den Blick über die Terrasse schweifen und hielt Ausschau nach ihren Freundinnen. Faustina und Bunny waren noch nicht da, allerdings fiel ihr jemand anderes auf. Der alte Mann da, der ganz allein am anderen Ende der Terrasse saß und Zeitung las, kam ihr bekannt vor. Imogen nahm einen Tisch in Beschlag und bestellte einen *orange pressée,* und während sie zusah, wie Monty sein Wasser schlabberte, kam ihr plötzlich die Erleuchtung. Ein neuerlicher verstohlener Blick bestätigte, dass es sich bei dem fraglichen Mann um den Amerikaner handelte, dem sie mit Amaury und Bunny in Saint-Paul-de-Vence begegnet war. Wie merkwürdig.

Während Imogen noch überlegte, ob sie ihn begrüßen oder ihn in Ruhe seine Zeitung lesen lassen sollte, tauchte Faustina mit Cristiana auf. Monty blickte von seiner Schüssel auf, und die beiden Hunde begannen eine enthusiastische Schnüffelrunde. Faustina sah irgendwie aus, als hätte sie sich in aller Eile angezogen; ihr Haar war hastig hochgesteckt worden und ihr Gesicht – eine absolute Premiere – vollkommen ungeschminkt.

»So leger habe ich dich noch nie gesehen«, bemerkte Imogen besorgt. »Du siehst aus, als wärst du gerade erst aufgestanden.«

»Weißt du«, erwiderte Faustina ungerührt, »manche Leute finden ja, ohne Make-up sehe ich gar nicht so übel aus.«

»Faustina, du bist wunderschön. Du brauchst eigentlich überhaupt kein Make-up. Aber du trägst es doch *gern,* oder?«

»Vielleicht ist das ja auch bloß eine Angewohnheit«, meinte Faustina nachdenklich. »Hast du gewusst, dass es Männer gibt, die eigentlich gar nicht so auf Solariumbräune stehen?«

»Darüber habe ich nie besonders nachgedacht«, antwortete Imogen mit gefurchter Stirn. »Aber du hast bestimmt recht.«

»Da, wo ich herkomme, ist es so wichtig, immer toll auszusehen. Korsische Männer bestehen darauf. Zumindest bis man verheiratet ist, und dann … ändert sich das.« Faustina zuckte die Achseln, holte ein Döschen mit Rouge aus ihrer Handtasche und bestäubte ihre Wangen damit. Dann sah sie Imogen an und lächelte. »Nur ein bisschen Farbe – sieht gesünder aus.«

Imogen lächelte zurück.

Faustina betrachtete sich in dem kleinen Spiegel, zog einen Schmollmund und sagte: »So langsam glaube ich, ich bin altmodischer, als ich dachte.«

»Altmodischer?«

»Ja. Keine Angst«, fügte sie mit einem schiefen Blick auf ihre Freundin hinzu, »ich glaube trotzdem nicht an Märchen, aber … ich glaube, ich finde so was wie Höflichkeit und Ritterlichkeit eigentlich richtig toll.«

»Ritterlichkeit – wirklich?«, fragte Imogen erheitert. Es hörte sich an, als hätte Faustina beschlossen, ihren Freund auf Herz und Nieren zu prüfen. »Und was hält Enzo davon?«

Faustina lächelte und senkte den Blick. Ein kurzes Schweigen entstand.

»Bevor Bunny aufkreuzt«, wechselte Imogen das Thema, »ich wollte dich noch fragen, wie du mit deinen Nachforschungen über Amaury weiterkommst. Gestern habe ich ihn in Menton getroffen.«

Faustina schaute abrupt auf. »Wirklich? Hast du mit ihm gesprochen? War er … allein?«

»Ja, aber er war zum Mittagessen verabredet und musste gleich los. Ich bin mir ziemlich sicher, dass er sich mit Bunny treffen wollte.«

Faustina kaute auf ihrer Unterlippe, ehe sie kühl verkündete: »Also, es scheint, als wäre er tatsächlich der, als der er sich ausgibt. Er wohnt unter seinem richtigen Namen in Montpellier. Er steht auf der Website der Gesellschaft für historische Architektur – ich habe nachgesehen, da ist sogar ein Foto von ihm drauf.«

»Das ist doch toll, oder?«, meinte Imogen und gab Monty einen Hundekuchen. »Weil, ich meine, Bunny mag ihn wirklich gern.«

»Ja. Natürlich ist das toll.«

Als sie an das gestrige Zusammentreffen zurückdachte, sagte Imogen sich im Stillen, dass sie sich unter dem romantischen Bann des Hochzeitssaales bestimmt nur eingebildet hatte, er könnte ihr Valentin sein. Nun, egal. Das Wichtigste war, dass Bunny anscheinend nicht in Gefahr war, übers Ohr gehauen zu werden. Und dann, gerade als sie den Mund öffnete, um Elsa Peachs mysteriöses Verschwinden zur Sprache zu bringen, spürte sie eine Hand auf ihrer Schulter, und Bunny schob sich an ihr vorbei und ließ sich in einen leeren Korbstuhl fallen.

»Entschuldigt, dass ich so spät komme«, sagte sie atemlos und warf Faustina von der Seite her einen Blick zu. »Ich musste noch etwas fertig machen, bevor ich aus dem Haus gehen konnte.«

Wie Imogen wusste, war Bunny im Moment mit diversen maritimen Kunstwerken beschäftigt und balsamierte voller Begeisterung Fische und Krustentiere ein. Einen Augenblick lang sagte niemand etwas, und Imogen stellte verblüfft fest, dass Bunnys Gesicht gerötet war und dass zwischen ihren beiden Freundinnen eine seltsame Spannung herrschte.

»Bunny«, sagte sie in dem Versuch, die Situation zu entschärfen, »siehst du den Mann da mit dem Hut, ein paar Tische hinter mir?«

Bunny starrte einen Moment lang schweigend hinüber, dann lächelte sie. »Aber das ist doch dieser nette Yankee-Gentleman aus dem Museum!«

Faustina, die mit ihrem widerspenstigen Feuerzeug gekämpft hatte, schaute träge über die Schulter, um zu sehen, um was es ging. Augenblicklich fuhr sie mit weit aufgerissenen Augen wieder herum und drückte ihre ungerauchte Zigarette aus. »Oh Gott!«, flüsterte sie. »Das ist ja nicht zu glauben.«

»Was?«, fragte Imogen und starrte sie an. »Kennst du ihn etwa?«

»Nein, aber ich kenne jemanden, der ihn kennt.«

»Wen denn?«

»Glaubst du, sie wollen sich endlich treffen? Nach all der Zeit?«

»Wovon redest du eigentlich?«, erkundigte sich Bunny vage und versuchte, den Kellner auf sich aufmerksam zu machen.

»Der Mann, der da drüben sitzt«, sagte Faustina und schaute von Imogen zu Bunny, »ist *Gene*. Ich erkenne ihn von den Fotos her.«

»Gene! Wirklich? Bist du sicher?«

»Absolut. Er hat sich nicht sehr verändert.« Faustina holte ihr Handy hervor. »Ich rufe Mitch an.«

»Oh ja!«, stimmte Bunny inbrünstig zu. »Und dann kann er angerannt kommen, in Zeitlupe. Wie im Kino!«

Mitten im Wählen hielt Faustina plötzlich inne. »Moment. Könnt ihr euch vorstellen, wie wütend Mitch sein wird? Er sagt doch immer, er will nichts mehr davon hören.«

»Mmm ...« Imogen dachte scharf nach. »Ja, das *sagt* er. Aber in letzter Zeit redet er ziemlich viel vom Älterwerden und davon, dass das Leben kurz ist. Ich weiß nicht.« Sie stockte, als die beiden separaten Unterhaltungen, die sie mit Mitch und Gene über den Hochzeitssaal von Menton geführt hatte, sich plötzlich zusammenfügten und einen Sinn ergaben: *»Ich habe einmal mit jemandem darin gestanden, den ich sehr geliebt habe, vor langer Zeit«*, hatte Gene ihr erzählt, *»und wir haben gesagt: ›Lass uns so tun, als wären wir verheiratet.‹«* Sie rieb sich das Gesicht, dann blickte sie zu ihren Freundinnen auf. »Ich glaube, wir müssen Mitch durch eine Schocktherapie zum Handeln zwingen. Du hast recht, ruf ihn nicht an. Ich habe eine bessere Idee.«

# 50

»Guten Morgen, Sir«, sagte Bunny mit ihrem allerreizendsten Lächeln zu der aufgeklappten Ausgabe des *Herald Tribune*, hinter der Gene verborgen war. Raschelnd senkte sich die Zeitung, und er erwiderte ihr Lächeln ohne jegliche Überraschung.

»Oh, wie nett«, sagte er, stand auf und nahm den Hut ab, heute ein angemessen sommerlicher Panamahut. Er trug einen elegant zerknitterten Leinenanzug in blassestem Buttergelb. »Ich *dachte* mir doch, dass ich Sie wiedererkenne.« Feierlich schüttelte er Bunny die Hand und streckte Imogen, die jetzt vortrat, die freie Hand entgegen. »Hier bin ich wieder, wie Sie sehen«, verkündete er und sah sie mit verschmitzten Augen an.

»Ja, und hier sind wir. Ich heiße übrigens Imogen.«

»Ein wunderschöner Name. Hallo, Imogen. Die Welt ist klein, nicht wahr?«

»Ja, das finde ich auch«, erwiderte sie und drückte ihm die Hand. »Waren Sie schon bei ihm?«

Nicht einen Augenblick gab Gene vor, nicht zu wissen, wen sie meinte. Er runzelte lediglich die Stirn und schüttelte den Kopf. »Oh nein! Das steht überhaupt nicht zur Debatte. Ich wollte nur das Paperback Wonderland wiedersehen, wissen Sie, von außen, das ist alles. Ich musste ständig daran denken, seit wir uns damals begegnet sind und Sie mir erzählt haben, dass Sie dort wohnen.« Schweigend nahmen die beiden jungen Frauen rechts und links von ihm Platz. »Das ist das erste Mal, dass ich wieder hier bin«, fuhr Gene fort und blickte starr geradeaus. »Aber ich habe gewusst, dass er noch hier ist. Ich musste immer wissen, wo er ist.

Solange er noch in Frankreich war, konnte ich mir einreden, er hätte *mich* nicht wirklich verlassen.«

»Ich glaube, das hat er ehrlich gesagt auch nicht«, sagte Imogen. »Ob es Mitch nun klar ist oder nicht. Es hat sehr wohl mit Ihnen zu tun, dass er noch hier ist.«

»Aber ich fasse es nicht, dass Sie nie versucht haben, Kontakt zu ihm aufzunehmen«, bemerkte Bunny sanft.

»Am Anfang habe ich das getan, mein liebes Kind, sehr oft sogar, und er hat mir klar zu verstehen gegeben, dass er mich nicht sehen wollte. Er hat meine Briefe *ungeöffnet* zurückgeschickt. Haben Sie schon mal so etwas Seltsames gehört? Ich wusste gar nicht, dass die Leute so was machen, außer in Hollywood-Melodramen aus den Fünfzigern, aber *er* hat's getan. Wenn man Mitch kennt, ist das natürlich vollkommen logisch – wir haben uns diese Filme immer zusammen angeschaut. Wir konnten jede Dialogzeile auswendig.«

»Das fehlt ihm bestimmt unheimlich«, meinte Imogen nachdenklich. »Jemand, der seine Anspielungen versteht. Er hat versucht, mir auf diesem Feld etwas beizubringen, aber ich weiß, dass er manchmal verzweifelt. Wenn ich zum Beispiel Joan Crawford und Bette Davis verwechsle – das macht ihn wahnsinnig.«

»Der arme Mitch«, sagte Gene zärtlich. »Irgendwann hatte ich es aufgegeben, ihm zu schreiben«, fuhr er dann fort. »Jahrelang habe ich nichts von mir hören lassen, aber dieser Valentinstag hat sich irgendwie angefühlt wie ein Jahrestag – unsere Trennung war zwanzig Jahre her –, also habe ich ihm eine Karte geschickt. Und wissen Sie was? Er hat sie nicht zurückgeschickt. Und seitdem frage ich mich, ob er es sich vielleicht anders überlegt hat. Sie verstehen, die Hoffnung stirbt zuletzt.«

Als ihr die weggeworfene Valentinskarte einfiel, die sie in Mitchs Küche im Mülleimer gefunden hatte, fragte Imogen sich, ob Genes Instinkte ihn vielleicht nicht trogen. Ja, Mitch hatte die

Karte weggeworfen, zuerst aber hatte er den Umschlag geöffnet und die Karte gelesen, und das musste doch irgendetwas bedeuten. Sie musterte Gene und fragte kokett: »Aber ich dachte, Sie wollten bloß einen Blick auf die Buchhandlung werfen, sonst nichts.«

»Bin ich wirklich so leicht zu durchschauen?«, fragte Gene und lächelte sie an. »Ich würde lügen, wenn ich behaupten würde, ich hätte nicht hier Position bezogen – hinter meiner Zeitung –, weil ich gehofft habe, ihn zu Gesicht zu bekommen. Wie ein Teenager.« Wehmütig fuhr er sich mit den Fingern durch das weiße Haar. »Albern, nicht wahr?«

»Ich finde das überhaupt nicht albern«, erwiderte Bunny grinsend. »Sie sollten sich mal Imogens Liebesleben anhören. Also, *verrückter* geht es gar nicht.«

»Je verrückter, desto besser, meine Liebe. Wer ist denn der junge Mann?«

»Ehrlich gesagt weiß ich das nicht«, antwortete Imogen.

Gene starrte sie an, ehe er in aufrichtig entzücktes Gelächter ausbrach.

»Sie sind sich immer nur im Dunkeln begegnet«, erklärte Bunny atemlos. »Finden Sie das nicht wunderbar romantisch? *Und* höchst seltsam? Hach, ich finde, das ist richtige *Performance Art*. Genau das ist er, Imogen – ein Künstler, und du weißt, dass ich diesen Begriff *niemals* leichtfertig verwenden würde.«

Imogen schüttelte lächelnd den Kopf. Während sie sich aus den Augenwinkeln vergewisserte, dass Faustina sich davongemacht hatte, um herauszufinden, wo Mitch sich aufhielt, wandte sie sich an Gene und sagte: »Wo wir gerade von Kunst reden, ich war gestern in Menton, um mir den Hochzeitssaal anzuschauen, von dem Sie erzählt haben. Und Sie hatten recht – er ist sehr interessant. Mir hat er sehr gefallen; er hat mich zum Nachdenken gebracht.«

Als sie und Gene einander anlächelten, rief Bunny plötzlich:

»Oh, der Hochzeitssaal! Ich wusste gar nicht, dass du dort warst. Hey, hast du zufällig ...«

»Ja, ja, ich bin Amaury begegnet. Und ...« Imogen hatte gerade fragen wollen: »Wie war das Mittagessen mit ihm?«, als ihr Handy piepste. Sie hob eine Hand, während sie Faustinas SMS las – Mitch war im Laden. Es konnte losgehen.

»Gene«, sagte sie resolut, »ich werde Sie jetzt bitten, etwas total Abgefahrenes zu tun.«

»Ach ja?«

»Ja!« Imogen nahm seinen Hut und stülpte ihn ihm auf den Kopf. Dann erhob sie sich, und Bunny folgte ihrem Beispiel.

»*Wie* abgefahren?«, wollte Gene wissen und stand ebenfalls auf.

»*Unglaublich* abgefahren«, antwortete sie und hielt seinen Blick mit dem ihren fest.

»Aber Sie wissen ja, wer nicht wagt, der nicht gewinnt«, warf Bunny ein.

»Genau«, bekräftigte Imogen kichernd. »Und außerdem dürfen Sie nicht Nein sagen.«

»Ach, mein liebes Kind«, erwiderte er und hakte sich bei ihr ein, »ich habe ja so lange darauf gewartet, dass jemand das zu mir sagt.«

Imogen betrat das Paperback Wonderland als Erste und ließ die Tür offen stehen, während Bunny und Gene draußen warteten. Als die Türglocke Mitch anscheinend nicht auf den Plan rief, nahm sie an, dass er kurz in die Wohnung hochgegangen war. Dann erblickte sie ihn; er stand ganz oben auf einer seiner Bibliotheksleitern an der Wand gegenüber und räumte emsig Bücher um. Dabei brummelte er vor sich hin und drehte sich nicht um. Seine Leiter befand sich ganz in der einen Ecke, eine zweite in der anderen. Imogen räusperte sich versuchsweise. Keine Reaktion. Prima. Auf Zehenspitzen schlich sie zurück zur Tür und winkte die beiden anderen herein.

Dann schob sich das Trio seitwärts auf die freie Leiter zu und hielt inne, sobald Mitch sich auch nur rührte und seine Leiter knarrte. Imogen sah, wie er ein Buch aus dem Regal zog. Er begann, einzelne Passagen zu lesen, nicht wirklich laut; gelegentlich kicherte er hämisch. *Los*, dachte sie, zeigte Gene die freie Leiter und gab ihm zu verstehen, dass er hinaufsteigen sollte. Der arme Gene, der ziemlich blass aussah, schüttelte flehend den Kopf. Imogen, die sich des fürchterlichen Kicheranfalls nur allzu bewusst war, der sich in ihr zusammenbraute, starrte ihn so eindringlich an, wie sie nur konnte. Bunny, die ein wenig dichter neben ihrem Landsmann stand, stupste ihn sachte ins Kreuz. Sehr langsam machte Gene sich an den Aufstieg, verzweifelt bemüht, nur ja kein Geräusch zu machen, während Bunny und Imogen zusahen. Als er fast oben angelangt war, nickte Imogen, und Bunny gab Genes Leiter einen kleinen Schubs, so dass sie auf unvermeidlichem Kollisionskurs an der Wand entlangglitt. Die beiden Mädchen hielten sich an den Händen und wagten nicht emporzuschauen, als sie hörten, wie die Leitern mit einem Klacken zusammenstießen.

Zuerst herrschte völlige Stille, gefolgt von einem herzzerreißenden Laut erschrockenen Entzückens – und dann wieder Schweigen, allerdings von ganz anderer Art. Das Buch, das Mitch in der Hand gehalten hatte, fiel zu Boden, gefolgt von Genes flatterndem Hut. Bunny und Imogen schlichen auf Zehenspitzen hinaus und drehten dabei das Schild an der Tür auf »Geschlossen.«

# 51

»Was für eine schöne Farbe, Imogen«, meinte Gene und stieß mit ihr an, während er wohlgefällig ihr Nackenträger-Kleid mit dem Tellerrock musterte. »Teerose, würde ich dazu sagen, allerdings glaube ich, die Franzosen nennen das *cuisse-de-nymphe* – wie der Schenkel einer Nymphe. Darin sehen deine Augen aus wie geheimnisvolle Teiche«, fuhr er mit lediglich einem Hauch von Ironie fort, »und deine Haut bekommt einen ganz reizenden Goldton.«

»Vielen Dank.« Imogen lächelte. »Dein weißer Smoking gefällt mir auch gut. Da komme ich mir vor, als wären wir alle auf einem Kreuzfahrtschiff mitten auf dem Ozean.«

Selbst im Dunkeln war der träge Puls der See draußen vor den großen Fenstern des Hôtel de la Plage zu spüren, wo sie Genes Rückkehr in Mitchs Leben im kleinen Rahmen feierten.

»Das hier ist ein ganz tolles Hotel«, meinte Gene und lehnte sich auf dem hübschen kleinen blauen Sofa zurück, auf dem sie beide saßen. »Da lohnt sich die haarsträubende Fahrt an der Steilklippe entlang. F. Scott Fitzgerald war oft mit seiner schönen, verrückten Frau hier, weißt du? Amerikaner im Ausland – das ist vielleicht eine seltsame Bande!«

Mittlerweile waren sie alle angenehm beschwipst. Imogen nippte an ihrem Champagnercocktail und schaute zu Bunny hinüber, die ganz in der Nähe an der Bar lehnte und gemächlich mit einem Mint Julep beschäftigt war. Ihr blondes Haar bildete unter der goldenen Beleuchtung einen diffusen Heiligenschein, und ihre Augen waren halb geschlossen. Neben ihr trank Mitch Bourbon mit Soda und starrte hingerissen Gene an, wenn er glaubte, dass niemand ihn beobachtete.

Die eher schmale, wie eine Galeere geformte Bar mit ihrer hohen gewölbten Decke und den hoch aufragenden runden Säulen war reine Art-déco-Pracht; die fröhlich-mediterranen Terracotta- und Kobaltblautöne bewahrten sie vor übertriebener Feierlichkeit. Als sie den Blick durch den langgestreckten Raum schweifen ließ, konnte Imogen Amaury nicht entdecken, das letzte Mitglied ihrer Truppe. Ohne Zweifel würde er bald wieder auftauchen, und sei es nur, um den frisch gemixten Old Fashioned – was auch sonst? – an sich zu nehmen, der ihn jetzt auf der Bar erwartete.

»Weißt du, Gene, es ist erstaunlich, wie sehr sich Imogens Geschmack gewandelt hat, seit ich sie kenne«, sagte Faustina, die in einem sehr eleganten trägerlosen schwarzen Kleid auf Genes anderer Seite saß. Imogen kam der Gedanke, dass man genau dasselbe auch über ihre korsische Freundin sagen könnte. Faustina hatte – unter welchem geheimnisvollen Einfluss wohl? – ihr äußeres Erscheinungsbild nach und nach heruntergefahren und das frühere Übermaß an Rüschen und Glitzerkram abgelegt und war so zu dem geworden, was sie darunter immer schon gewesen war: eine wahre Schönheit.

»Sie ist richtig aufgeblüht«, fuhr Faustina fort. »Und sie hat *endlich* diese grauenvollen Sport-BHs abgeschafft.«

»Du bist echt unglaublich!« Unwillkürlich kreuzte Imogen die Arme vor der Brust. »*Woher* weißt du das?«

»Jetzt hast du einen tollen Busen. Sieht richtig frech aus. Und Mylène hat mir erzählt, dass du noch ein paarmal im Ultradonna warst.«

»Ja, ja, schon gut. *Ça va comme ça?* Können wir jetzt über was anderes reden als über meine Unterwäsche?«

Faustina hatte natürlich recht, dachte Imogen bei sich. So viele neue Kleidungsstücke hatte sie sich eigentlich gar nicht gekauft, seit sie nach Saint-Jean gekommen war, entscheidend aber war, dass sie ihre alten Sachen abgelegt hatte, sie ein für alle Mal abgestreift hatte wie eine alte Haut. Ihr Körper, dem es nie zuvor gestattet gewesen war, sich in der Sonne und in der Brandung zu tummeln, hatte es ihr mit einem solchen Selbstvertrauensschub gedankt, dass sie das Gefühl hatte, keine Tarnkleidung mehr zu brauchen. Tatsächlich fühlte sie sich einfach wunderbar. Zum ersten Mal in ihrem Leben war sie verliebt, und bald, oh, sehr bald würde sie ihrem Angebeteten das von Angesicht zu Angesicht sagen können.

»Hey.« Bunny blickte auf und wedelte träge mit den Fingern einer Hand in Richtung Tür. »*Hey*. Weißt du, *das da* ist auch eine ganz tolle Farbe. Dieser Grünton da drüben. Chartreuse? *So was* von wunderschön. Komm her und schau dir das an.«

Neugierig stand Imogen auf. »Chartreuse? Wo?«

»Die Lady da drüben – siehst du?«

Imogen folgte dem Blick ihrer Freundin. Durch einen Bogengang am anderen Ende der Lobby konnte man einen Teil des Speisesaals sehen, ein in zartem Beige gehaltener ledergepolsterter Raum, der Ähnlichkeit mit dem Inneren einer teuren Handtasche hatte. Als dramatischer Zusatz ergossen sich funkelnde Strasssteinchen von der Decke. An einem der am nächsten gelegenen Tische saß ein Paar. Der Mann, der der Bar zugewandt saß, wurde von seiner Begleiterin fast verdeckt, die ihnen den grün gewandeten Rücken zukehrte. An ihrem Stuhl, stellte Imogen fest, während jäh das Blut aus ihrem Gesicht wich, hing an einer Seidenkordel ein fest zusammengerollter chinesischer Sonnenschirm von der Farbe sehr starken Tees. Also wirklich, es war typisch für Elsa Peach, mit etwas so Unpraktischem herumzulaufen, nur weil es hübsch war.

»Oh Gott«, stieß Imogen entsetzt hervor. »Meine Mutter!«

Bunny Augen wurden riesengroß. »Die Lady da ist deine *Mutter?*«

Hilflos sah Imogen zu, wie Elsa sich von ihrem Stuhl erhob und gefolgt von ihrem Begleiter das Restaurant verließ. Glücklicherweise wandten sie sich von ihnen ab, der Straße zu. »Ist schon gut, sie gehen«, sagte sie und stieß einen tiefen Seufzer aus. »Na, wenigstens wissen wir jetzt, wo sie abgeblieben ist. Ich sollte wohl lieber Hildegard anrufen. Und Di, um ihr zu sagen, dass sie recht hatte und dass Mum wirklich mit einem Freund unterwegs ist.«

Faustina, die zu ihnen getreten war, starrte zu ihr auf. »Entschuldige, Imogen, aber das ist deine Mutter. Willst du nicht mal Hallo sagen?«

»Sie ist doch nicht hier, um mich zu besuchen.«

»Also, das weißt du doch gar nicht«, protestierte Gene.

»Doch. Ihr habt ja keine Ahnung, wie egozentrisch sie ist. Wir waren uns nie sehr nahe. Sie macht Urlaub, und ich lebe hier mein eigenes Leben. Das ist in Ordnung. Bunny, hör auf, mich so anzusehen – es ist wirklich absolut in Ordnung.«

»Wer ist denn der Kerl da bei ihr?«, wollte Mitch wissen und kam angeschlichen.

»Keine Ahnung. Den habe ich noch nie gesehen.«

»Deine Mutter hat einen Neuen, und du bist nicht mal neugierig?«, fragte Mitch mit vielsagend hochgezogenen Brauen. »Was geht denn hier ab?«

»Mitch, du solltest der Sache unbedingt nachgehen«, bemerkte Faustina mit heiterer Gelassenheit, als Elsa, kühl und elegant in ihrem bodenlangen Seidenmantel, mit ihrem Gefährten in die Bar trat, dicht gefolgt von Amaury, der die ganze Episode verpasst hatte. Bunny legte ihm die Hand auf den Arm und flüsterte ihm ins Ohr: »Imogens Mutter!« Elsa war kurz vor der Gruppe stehen geblieben und so sehr in das Gespräch mit ihrem Begleiter vertieft, dass sie nicht einmal einen Blick in Richtung ihrer Tochter geworfen hatte.

Amaury, der Bunnys Worte als Aufforderung missverstand, den

Gastgeber zu spielen, marschierte auf das Paar zu und sagte: »Guten Abend, Madame«, während er sich formvollendet über Elsas Hand beugte. »Monsieur«, fügte er dann hinzu, wandte sich dem Mann an ihrer Seite zu und schlug gerade eben nicht die Hacken zusammen.

»Guten Abend«, antwortete Elsa und musterte ihn zerstreut. »Kennen wir uns?«

»Nein, Madame. Verzeihen Sie. Mein Name ist Amaury d'Oussey. Ich bin entzückt, Ihre Bekanntschaft zu machen.«

»Ja?«, sagte Elsa verhalten und wartete darauf, dass er sein Anliegen vorbrachte.

»Darf ich Ihnen ein Glas Champagner anbieten?«

»Sind Sie der Barkeeper?«, fragte Elsa mit gefurchter Stirn.

Amaury warf den Kopf zurück und lachte lange und laut über das, was er für ein urkomisches *bon mot* hielt. Dann lotste er Elsa mit der Hand unter ihrem Ellenbogen geschickt zu der versammelten Gruppe hinüber. Imogen hatte sich instinktiv ganz nach hinten verzogen und klammerte sich mit beiden Händen an der Bar fest.

Amaury stellte alle vor und achtete sorgsam darauf, Elsa ein wenig Kontext zu liefern – so charakterisierte er Bunny als »eine furchtlose Tochter Amerikas, die durch die Kunst den Schlüssel zum ewigen Leben in Händen hält«, den bolzengerade dastehenden und fast hörbar knurrenden Mitch als »einen versierten Universalgelehrten, der Benjamin Franklin alle Ehre machen würde«, Gene, der Antiquitätenhändler war, als »einen Kenner der verschlungenen Wege der Vergangenheit« und Faustina, deren Hand er an die Lippen zog, als »die flinkfingrige Königin des Hundeformschnitts«. Und dann endete er mit grauenvoller Unausweichlichkeit mit Imogen, die sich umdrehte, als sie ihn sagen hörte: »Und selbstverständlich kennen Sie …«

»Imogen?«, entfuhr es Elsa.

»Hallo, Mum.«

»Oh, aber natürlich …« Elsa küsste die Luft neben der Wange ihrer Tochter. »Wohnst du hier, Liebes? In diesem kleinen Dorf?«

»Nicht direkt hier. In einem Ort in der Nähe.«

»In Saint-Jean-les-Cassis«, fügte Faustina mit einem Hauch von Schärfe hinzu. »Da wohnt sie. Zusammen mit uns, ihren Freunden.«

»Saint-Jean-les-Cassis«, wiederholte Elsa. »Ja, das kommt mir bekannt vor, jetzt, wo du es erwähnst. Mmm … ja-a … Wie komisch, dir so zu begegnen, Liebling.« Sie wandte sich dem Mann mittleren Alters im dunklen Anzug zu, der die ganze Zeit fügsam neben ihr gestanden hatte. »Paul, Schatz, das ist meine Tochter Imogen. Liebling, das ist Paul Sterling.«

»Sie sind also die brillante, einfallsreiche Schauspielerin«, meinte Paul Sterling und lächelte Imogen voller Wärme an. »Hallo.«

»Hallo«, erwiderte Imogen und gab ihm die Hand. »Nein, ich bin nicht die Schauspielerin.«

»Ah. Dann also die talentierte Ballerina?«

»Nein.«

»Nein, nein, nein, Paul, mein Schatz. Sei doch nicht so schwer von Begriff. Konzentrier dich. Imogen ist meine mittlere Tochter. Du weißt schon, die, die …« Sie verstummte, ehe sie die Stimme zum Bühnenflüstern senkte. »Habe ich denn nie … Gar nicht? Ach, wie dumm von mir.«

»Mum«, bemerkte Imogen deutlich und trocken, »dir ist schon klar, dass ich jedes Wort hören kann, das du sagst? Ich meine, das hier passiert nicht alles nur in deinem Kopf.«

Elsa warf ihrer Tochter mit verwirrt gerunzelter Stirn einen raschen Blick zu, dann wandte sie sich abermals an Paul. »Imogen verbringt gerade ein bisschen Zeit in Frankreich, also, eigentlich um zu entscheiden, was sie als Nächstes tun soll, und sie hat all diese fantastischen Leute kennengelernt. Ach, und …« Sie schnippte mit den Fingern. »Hilf mir schnell, Liebling ... Wie geht es Wie-heißt-sie-gleich-noch?«

»Dis Schwester Daphne«, antwortete Imogen ruhig.

»Ach ja. Es ist ja so reizend von ihr, dass sie sich um dich kümmert.« Elsas Blick blieb einen Augenblick lang an ihrer Tochter haften. Dann stellte sie verblüfft fest: »Du siehst entzückend aus, Liebling.«

»Danke«, erwiderte Imogen. »Du siehst toll aus, Mum – wie immer.«

»Paul ist ein Freund aus dem Aktzeichnen-Kurs«, verkündete Elsa strahlend.

»Ich wusste gar nicht, dass du wieder damit angefangen hast.«

»Ach, weißt du, Liebling, völlige Abstraktion kann einem eben nur begrenzt etwas geben. Nach einer Weile kommt einem das alles allmählich leer und ... kalt vor.«

Imogen dachte an die riesigen Leinwände aus der ausgedehnten Weißen Periode ihrer Mutter und nickte verständnisvoll.

»Ich hatte das Gefühl, ich müsste mich wieder mehr ...« Sie hielt inne, um Paul anzulächeln und die Hand in die seine zu schieben. »... an Fleisch und Blut annähern.«

*Also, dem habe ich mich auch angenähert,* dachte Imogen und lächelte ein wenig.

»Oh, wissen Sie, wo wir gerade von Fleisch sprechen«, mischte Bunny sich mit so sonnigem Enthusiasmus ein, dass Elsa automatisch in ihren Bannkreis gezogen wurde, »ich würde mich wirklich zu gern einmal mit Ihnen über meine Arbeiten unterhalten.«

»Meine Cousine macht Kunstwerke. Aus Geflügel«, erläuterte Amaury wohlwollend.

»Tatsächlich?«, fragte Elsa neugierig.

»Ja, ich balsamiere die Tiere ein, und dann verkleide ich sie.«

»Tuntenfummel für Hühner«, warf Mitch ein.

»Und übrigens, Ihr Mantel ist hinreißend«, bemerkte Bunny

und befingerte Elsas Ärmel. »Absolut *hinreißend*. Sagen Sie, arbeiten Sie auch, während Sie hier sind?«

»Ich habe Meeresbilder gemalt«, antwortete Elsa und lächelte die junge Amerikanerin an. »Aber wir sind nur noch ein paar Tage hier – das hier ist ein kurzes Abenteuer.«

Während sie zusah, wie Amaury ihrer Mutter ein Glas Champagner reichte, entspannte Imogen sich allmählich ein wenig. Das heißt, bis der arme Gene, dem ihre besondere Situation noch immer unbekannt war, unschuldig bemerkte: »Sie sind bestimmt ungeheuer stolz auf Ihre Tochter – so eine wundervolle junge Frau. *Und* eine wunderbare Köchin.«

Imogen seufzte und schaute zur Decke hoch, die, wie sie jetzt erst bemerkte, mit einem komplizierten geometrischen Fries aus den 30er-Jahren bemalt war. Gefährlich spitze Dreiecke, die Ähnlichkeit mit Reihen scharfer Zähne hatten.

»Eine *was?*«, fragte Elsa eisig. »Eine wunderbare *was?*«

»Köchin!«, wiederholte Gene strahlend. »Erst heute Morgen hat sie uns ein tolles englisches Frühstück gemacht – *typisch* britisch, nicht wahr, Mitch?«

»Ja, war echt lecker.«

»Mir hat es hervorragend geschmeckt«, fuhr Gene mit jener Sorte kindlicher Begeisterung fort, die Imogen unter sämtlichen anderen Umständen herzerwärmend gefunden hätte. »Das hätte wirklich dem allerbesten … wie hieß das damals noch … *Greasy Spoon* im alten London Ehre gemacht!«, beendete er den Satz triumphierend und schlang den Arm um Imogens Schultern.

*Aaaarrrrgh!*, dachte Imogen und schloss die Augen, während um sie herum die bislang festen Mauern des Hôtel de la Plage in tödlicher Horrorfilm-Stille zu einer Masse Staub und Krach zusammenstürzten. Das Wort Greasy Spoon ließ an ein schmuddeliges kleines Billiglokal denken – Volltreffer sozusagen! Elsa würde daran ganz bestimmt Anstoß nehmen, obgleich natürlich immer noch die schwache Hoffnung bestand, dass ihrer Mutter ganz einfach niemals etwas Derartiges begegnet war.

»*Imogen?* Liebling? Englisches Frühstück? Greasy Spoon? Wovon zum Teufel redet dieser Mann?«

»Nicht unterkriegen lassen, Babe«, zischte Mitch Imogen ins Ohr wie eine grantige übergroße Version von Jiminy Grille. »Du bist doch ein großes Mädchen.«

»Liebling! Will er etwa andeuten, dass du … *Köchin* bist? Nun?«

Imogen stand schwankend da; ihr wurde abwechselnd sehr kalt und sehr heiß. Vor ihrem geistigen Auge konnte sie sich Berge von Kartoffeln schälen sehen, sah sich Monsieur Boudin Gänsefett auf die Schuhe kippen, mit roten Beeten kämpfen, letzte Hand an vollendet knusprige Zucchini-Blüten legen, ein Blech mit lecker aufgeblähten Lamm-Thymian-*croustillants* aus dem Ofen holen und als jüngste Erinnerung Bastien in Mitchs Küche die Seeigelsuppe vorsetzen, die sie nach ihrem Besuch im Le Petit Merlu kreiert hatte. Und sie sah, wie er sie mit vollem Mund anlächelte.

Sie blickte ihrer Mutter unverwandt in die Augen und antwortete entschlossen: »Ja! Ja – ich bin Köchin.«

# 52

Nach ein paar Regentagen hatte sich das Wetter wieder beruhigt, und der Himmel hinter den Orangenbäumen strahlte in sommerlichem Blau. Bald würde Imogens sechsmonatiges Abenteuer zu Ende gehen. Sie setzte sich in dem hauchdünnen smaragdgrünen Spitzen-Unterkleid auf, das sie kürzlich im Ultradonna erstanden hatte. Es galt, eine Entscheidung zu treffen: ob sie nach Hause zurückkehren oder die feste Stelle im Chez Michel annehmen sollte, die Monsieur Boudin ihr angeboten hatte.

Eine schwarze Pfote zerrte an ihrem Knie. Monty bedachte sie mit einem Blick, der das hündische Äquivalent eines zugleich respektvollen und bedeutsamen Räusperns darstellte. Sie lächelte und kraulte ihm den Kopf. »Ja, Monty – Gassi!« Nachdem sie sich angezogen hatte, schlich sie mit ihrem Hund auf dem Arm auf Zehenspitzen die Treppe hinunter. Mitch und Gene schliefen noch.

Sie waren schon fast an der Promenade, als sie am La Couronne d'Or vorbeikamen – der Bäckerei, die morgens als erste aufmachte und vor der stets vom nächtlichen Clubleben ausgehungerte Koud'Soleil-Stammgäste Schlange standen. Ein himmlischer Geruch drang aus dem Laden. Imogen blieb stehen und überlegte, wie schön es doch wäre, eine Freundin mit warmen Croissants fürs Frühstück zu überraschen. Für Faustina war es noch ein bisschen zu früh, also schickte sie stattdessen Bunny eine SMS und bekam eine typisch atemlose Antwort: »Ja, komm her, hab gerade was in Arbeit. Everett hier, isst mehr Croissants als jeder, den ich kenne, also reichlich mitbringen.«

Bunny war mit Schutzbrille und ellenbogenlangen Handschuhen in ihrem Studio zugange und schuf aus Hummern und Formaldehyd eine anspruchsvolle Komposition, die als Einweihungsgeschenk für das Chez Michel gedacht war. Nachdem Imogen ihre Freundin begrüßt hatte, folgte sie Everett ins Wohnzimmer. Dort lümmelten sie sich in trautem Einvernehmen mit Monty zwischen sich auf einem der Sofas.

»Die Dinger werden mir wirklich fehlen«, verkündete Bunnys Bruder, nachdem er sein drittes Croissant verdrückt hatte. »Du weißt ja, Buddy und ich fahren bald nach Hause. Unser Urlaub ist zu Ende.«

»Oh, das ist aber schade.«

»Stimmt«, meinte er und lächelte sie an. »Aber hör mal, komm uns doch nächsten Sommer besuchen. Wenn du möchtest, gehe ich mit dir angeln.«

»Vielleicht«, erwiderte Imogen, gerührt von seiner Freundlichkeit. »Und was ist mit Bunny, Everett? Denkt sie daran, irgendwann wieder nach Hause zurückzukehren?«

»Na ja, weißt du, das ist komisch.« Everett furchte die Stirn. »Eigentlich hatte sie das vor, aber anscheinend hat sie es sich ganz plötzlich anders überlegt.«

»Wirklich?«

»Das ist mal wieder typisch Bunny. Wie eine Wetterfahne.« Everett hielt kurz inne, dann fügte er hinzu: »Ich weiß nicht, Imogen. In letzter Zeit ist sie besonders zerstreut, sogar für ihre Verhältnisse. Verschwindet stundenlang, geht nicht ans Handy.« Mit gerunzelter Stirn sah er sie an. »Du bist doch ihre Freundin. Weißt du, was da los ist?«

»Ich überlege gerade«, meinte Imogen mit verschmitztem Lächeln, »ob sie sich vielleicht verliebt hat – in jemanden von hier.«

»Oh.« Everett sah sie ernst an. »Möglich ist das schon. Und in wen?«

»Na ja, ich dachte da an euren französischen Cousin, an Amaury.«

Everett nickte nachdenklich. »Könnte sein. Obwohl es gar nicht zu ihr passt, nicht darüber zu reden. Normalerweise hängt sie so etwas an die große Glocke.« Er schüttelte den Kopf, dann grinste er sie an. »Na, jedenfalls – was ist mit dir? Du bleibst doch auch noch ein bisschen, oder?«

»Ich weiß nicht genau. Kommt auf die Arbeit an. Und dann noch auf … andere Sachen.«

»Ach ja, natürlich – deine geheimnisvolle Romanze.« Everett lächelte sie träge an und reckte die Arme über den Kopf. »Wie läuft die denn so?«

Imogen schaute geradeaus und sah ihn nicht an. Seit jenem Mittagessen in Saint-Paul-de-Vence hatte sie Everett ein paarmal getroffen, und er war immer genauso freundlich gewesen wie sonst auch. Mehr aber auch nicht, daher glaubte sie eigentlich nicht mehr, dass er ihr geheimnisvoller Verehrer sein könnte, trotz Bunnys häufigen Frotzeleien. Und jetzt würde er abreisen.

»Es ist ganz schön schwierig«, sagte sie schließlich. Zu ihrer Überraschung wurde ihr die Kehle ein klein wenig eng. »Verstehst du, eine Weile hat es mir wirklich Spaß gemacht, nicht Bescheid zu wissen. Es war lustig. Aber jetzt … ich glaube, ich kann wirklich nicht …« Sie zwang sich innezuhalten und ein paarmal durchzuatmen, bis sich ihre Kehle etwas lockerte und die drohenden Tränen versiegten. »Ich kann nicht mehr lange so weitermachen.«

Everett nickte. »Du willst bestimmt unbedingt wissen, wer er ist.«

»Stimmt«, erwiderte sie und sah ihn offen an. »Plötzlich will ich es *unbedingt* wissen.« Sie lachte ein wenig über ihren melodramatischen Tonfall. »Ich glaube nämlich, ich liebe ihn«, platzte sie dann heraus.

»Du liebst ihn also, wie?« Everett streckte die Hand aus und drückte ihren Arm. »Ihm geht's bestimmt genauso. Und er will dich bestimmt auch *unbedingt* bei sich haben. Also lass den Kopf nicht hängen.«

Imogen lachte. »Ich weiß, ich stelle mich total dämlich an. Es ist nur ... meine Mutter ist hier aufgetaucht, und sie ist stinkwütend wegen der Sache mit dem Kochen.«

»Weißt du, Bunny hat mich gebeten, unseren Eltern das mit ihrer Künstlerkarriere beizubringen, wenn ich nach Hause komme. Ich habe immer auf sie aufgepasst, also habe ich natürlich Ja gesagt, aber das ist ein Gespräch, auf das ich mich nicht gerade besonders freue. Ich glaube, ihr ist nicht klar, was es heißen würde, plötzlich kein Geld mehr zu haben, und dazu könnte es durchaus kommen.«

»Au weia«, sagte Imogen und dachte im Stillen, dass sie zumindest *solche* Sorgen nicht hatte. »Manchmal ist einfach ein sauberer Schnitt notwendig«, fuhr sie fort. Dabei dachte sie an Bunny, aber auch an sich selbst. »Wenn ich ehrlich sein soll, gibt es Momente, da kann ich mir nicht vorstellen, jemals wieder nach Hause zurückzufahren.«

Schweigend sah er sie an, dann sagte er langsam: »Und auf Dauer hierbleiben? Das ist ein Riesenschritt.«

»Manche Leute machen so was doch, oder? Mitch und Gene, und Daphne.«

»Stimmt. Und, weißt du, da ist auch noch ...« Jäh hielt er inne und schien sich bezüglich dessen, was er hatte sagen wollen, eines Besseren zu entsinnen. Er lächelte sie an. »Entschuldige mich mal einen Moment, ja? Ich muss nur ganz kurz jemanden anrufen, bevor ich es vergesse.«

»Klar«, antwortete Imogen milde und dachte bei sich, dass Bunnys Bruder ihr kompliziertes Privatleben bestimmt allmählich langweilig fand – eine verständliche Reaktion. Allein im Wohnzimmer schaute sie sich um und dachte daran, wie sie am Tag von

Bunnys Party hier hereingekommen war und die Sofas voller beängstigend selbstbewusster Hochglanzamerikaner vorgefunden hatte, die ihr nicht ganz wie richtige Menschen erschienen waren. Everett war natürlich auch darunter gewesen, genauso erschreckend wie der Rest, obwohl sie sich jetzt, wo sie ihn besser kannte, in seiner Gegenwart vollkommen wohlfühlte. Wie sich die Dinge doch geändert hatten.

Ihr Blick fiel auf ein zerlesenes Taschenbuch, das auf dem Couchtisch lag, und aus reiner Neugier nahm sie es zur Hand. Es war ein Reiseführer für Rom, eines der Ziele der Doucet-Brüder während ihres Europa-Urlaubes.

Imogen blätterte ein paar Seiten um, betrachtete flüchtig Fotos von Kirchen und Statuen und dachte vage, dass sie auch sehr gern irgendwann einmal nach Italien reisen würde. Es gab da ein paar regionale Spezialitäten, die sie gern einmal probieren würde – Spaghetti mit Tintenfischtinte in Venedig zum Beispiel oder dieses Gericht aus gekochten Zitronen, das man in Capri aß, und das sich so lecker anhörte …

Müßig blätterte sie das Buch durch, als etwas vor ihren Augen aufblitzte und sie abrupt hochfahren ließ. Sie schüttelte den Kopf. *Nein.* Das konnte nicht sein. Wahrscheinlich war es eine Art optische Täuschung oder eine flüchtige Ähnlichkeit. Monty, der ihre Erregung bemerkte, kläffte auf. Sehr langsam begann Imogen, wieder in dem Reiseführer zu blättern, diesmal in die andere Richtung. Dann packte sie das Buch ungeduldig am Rücken und schüttelte es: zwei Postkarten fielen heraus. Sie legte sie Seite an Seite auf den Couchtisch und starrte sie an. Selbst durch den Schleier vor ihren Augen konnte sie genau sehen, um was es sich handelte – Reproduktionen von Fragonards *Der heimliche Kuss* und von Doisneaus *Kuss vor dem Rathaus.*

Everett kam wieder herein. »Entschuldige«, sagte er fröhlich, ehe er sich über die Sofalehne schwang und sich wieder zu ihr gesellte. Erst als er neben Monty landete, sah er, was auf dem Tisch lag. Mit laut pochendem Herzen drehte Imogen sich zu ihm um und sah fasziniert, wie eine ganz leichte Röte über sein gut geschnittenes Gesicht zog.

»Äh. Hör zu, Imogen«, setzte er an und biss sich auf die Lippe.

»Monty! Runter!«, befahl sie, ehe sie vorschnellte und die Arme um Everetts Hals schlang. Nach einem Augenblick des Zögerns legte er die Hände auf ihre Schultern und drückte diese freundlich. »Imogen, Schatz, hör mir zu.«

»Ja«, stieß sie hervor, das Gesicht gegen seine Schulter gepresst, während glückselige Verwirrung in ihrem Kopf tobte. »Ja, ich höre ja zu.«

»Es tut mir leid, aber es ist *nicht* so, wie du denkst«, sagte Everett sanft. Mit einem Gefühl, als hätte er sie soeben mit Eiswasser übergossen, wich sie zurück. »Die Sache ist so«, fuhr er behutsam fort, »ich weiß von den E-Mails, die du gekriegt hast, weil Bunny davon gesprochen hat. Aber ich habe sie nicht geschickt. Und wie diese Postkarten in meinen Reiseführer kommen … das kann ich nicht erklären.«

»Dann warst du es also nicht?« Imogens Nase kündete juckend unmittelbar bevorstehende Tränen an, aber sie würde *nicht* heulen.

»Nein. Es tut mir leid.«

*»Beweise es.«*

»Das ist logisch gesehen unmöglich, das weißt du doch«, wandte Everett vernünftig ein und strich ihr übers Haar, um sie zu beruhigen, denn er hatte die Mischung aus Verlegenheit und Wut in ihren Augen gesehen. »Man kann nichts beweisen, was man *nicht* getan hat.«

»Ich wüsste schon wie. Du wirst mich küssen.«

»Ach, Imogen.«

*»Jetzt gleich.«*

»Das ist keine gute Idee.«

»Und ich sage, es *ist* eine gute Idee. Ich will es wissen, und ich will sicher sein.«

»Das wird nichts bringen.«

»Ach, komm! Tu's doch einfach, Herrgott noch mal«, fuhr Imogen ihn gereizt an. »Mann oder Memme?«

Daraufhin lachte Everett. Er drückte Daumen und Zeigefinger auf die Augenlider, dann brummte er halblaut: »Na, dann wohl Mann«, beugte sich zu ihr und küsste sie.

Nach ungefähr einer Minute war es Imogen, die sich von ihm löste.

»Falsch verbunden?«, wollte Everett wissen.

»Ja«, gestand sie. »Everett, dürfte ich dich darum bitten, dass du niemandem …«

»Selbstverständlich. Würde mir nicht im Traum einfallen.«

»Danke.« Ein wenig reumütig lächelten sie einander an. »Also, wie erklärst du dann …« Sie deutete auf die Postkarten.

»Ich weiß es nicht. Der Reiseführer liegt schon seit Wochen hier rum, seit wir von unserer Reise zurückgekommen sind.«

»Aber die Postkarten waren noch nicht da drin, als ihr ihn benutzt habt?«

»Nein.«

»Also muss irgendjemand, der hier war, sie aus irgendeinem komischen Grund da reingeschoben haben.«

»Ja, oder es hätte auch irgendwann zwischendrin passieren können. Wir sind nach der Reise nicht gleich wieder hierhergekommen, weißt du?«

»Ach, ich bin so was von durcheinander«, jammerte Imogen.

»Weißt du«, meinte Everett und sah sie mitfühlend an, »ich glaube, es wird darauf ankommen, dass du zur richtigen Zeit mit dem richtigen Menschen am richtigen Ort bist. Dann ergibt sich alles von selbst, du wirst sehen.«

# 53

An diesem Abend saß Imogen an ihrem Computer, die Parfumflasche in der Hand und die Karte von Grasse sowie die Nachricht aus dem Boustifaille vor sich. Unverwandt starrte sie auf die Abbildungen von *Der heimliche Kuss* und *Der Kuss vor dem Rathaus* auf dem Bildschirm. Everett hatte recht, dachte sie, sie würde zur richtigen Zeit mit dem richtigen Menschen am richtigen Ort sein müssen. Anscheinend hatte sie an sämtliche verkehrte Türen geklopft und immer am falschen Ort gesucht. Jetzt wollte sie die Wahrheit wissen.

Sie strich sich das Haar aus dem Gesicht, konzentrierte sich wieder auf den Bildschirm und klickte zum hundertsten Mal an diesem Abend den Posteingang an. Ein enttäuschendes elektronisches *Boing!* meldete Fehlanzeige.

»Also«, sagte sie laut, »es hat ja wirklich Spaß gemacht, aber die Verwechslungskomödie hat jetzt lange genug gedauert.«

Monty, der ihre Erregung spürte, saß schweigend und tröstlich dicht neben ihr. Sie küsste ihn auf den Kopf und fragte: »Sollen wir's mal versuchen, Monty? Was meinst du?«

Monty bellte und leckte ihr die Hand.

»Na, okay, wenn du wirklich meinst«, sagte Imogen und gab die Valentinskuss-Adresse ein. »Denn«, fügte sie hinzu, »wenn wir uns nicht bald treffen, dann gehe ich spontan in Flammen auf oder so was, glaube ich, und was wird dann aus dir?« Nach kurzem Überlegen gab sie »ENFIN FACE À FACE?« (Endlich von Angesicht zu Angesicht?) in die Betreffzeile ein. Sie hatte beschlossen, sich kurz und präzise zu fassen.

Dann zwang sie sich, das Zimmer zu verlassen, um vor dem Schlafengehen noch kurz mit Monty Gassi zu gehen. Als sie zurückkam, ging sie geradewegs in die Küche und machte sich eine Tasse Pfefferminztee, tat einen Löffel Honig hinein und ließ ihn zergehen. Sie räumte die Geschirrspülmaschine aus, stellte die sauberen Sachen so methodisch wie möglich weg und lud das in der Spüle gestapelte schmutzige Geschirr in die Maschine. Sie gab Monty einen Hundekuchen, und dann noch einen. Sie schaute aus dem Fenster in die Nacht hinaus. An den Küchentresen gelehnt trank sie langsam und bewusst mit kleinen Schlucken ihren Tee.

Als sie wieder in ihr Zimmer kam, konnte sie schon von Weitem sehen, dass ihr bescheidener Voodoo-Versuch gefruchtet hatte. Eine Antwort war eingetroffen. Hastig eilte sie zum Schreibtisch und öffnete die Nachricht; sie lautete: *»Also kein Küssen im Dunkeln mehr?«*

Imogen lächelte, dann tippte sie: »Man soll ja nie nie sagen, aber …«

*»Aber du würdest gern ein wenig Licht in das Ganze bringen?«*

»Ja.« Oh, *jede Menge* Licht, dachte sie. Ihr ganzer Körper kribbelte. »Ich will dich mit offenen Augen küssen«, sagte sie halblaut und voller Sehnsucht. »Ich will dich stundenlang küssen. Ich will …« Sie seufzte, lehnte sich auf ihrem Stuhl zurück und schlang die Arme fest um den Oberkörper. Sag ihm noch nichts von alldem, dachte sie und riss sich mühsam zusammen. Warte, bis ihr zusammen seid.

Nach einer kurzen Pause antwortete er: *»Imogen, ich habe mich in dich verliebt.«*

Ungläubig starrte sie den Bildschirm an. Fast augenblicklich folgte eine weitere Mail. *»Wahrscheinlich findest du es total verrückt, so was zu diesem Zeitpunkt zu sagen, aber so empfinde ich nun mal.«*

Mit einem Gefühl unglaublicher Erleichterung tippte sie: »Ich habe mich auch in dich verliebt«, und fügte dann hinzu: »Wo bist du gerade? Können wir uns nicht jetzt gleich treffen?«

*»Ich habe eine bessere Idee. Du wolltest doch Licht. Kommst du mit zu einem Picknick im Sonnenschein? Ich glaube, jetzt bin ich an der Reihe, dir etwas zu essen vorzusetzen.«*

»Wann und wo?«, tippte Imogen lächelnd.

*»Bald. Versprochen. Gib mir nur Zeit, den perfekten Picknickplatz für uns zu finden. Gute Nacht, Imogen.«*

# 54

Imogen brauchte nicht lang auf ihre Einladung zu warten. Jetzt, wo sie ihre Gefühle offen kundgetan hatte, schien es kein gemächliches Mäandern seitens ihres Valentin mehr zu geben, sondern mehr Tempo und einen konkreten Plan. Am nächsten Abend kam eine weitere E-Mail mit einer Karte, die den Weg zu einer wunderschönen Stelle in den Hügeln oberhalb von Saint-Jean wies und einen spezifischen Treffpunkt anzeigte. Sogar ein Foto davon war dabei: eine sonnige Lichtung in einem Kiefernwäldchen, in deren Mitte eine majestätische Schirmkiefer aufragte. Ein leuchtend rot-weißes Tuch war um den Stamm geknotet. Am Fuß des Baumes lag eine Decke; ein großer Picknickkorb stand darauf, und auf einem Teller, wie süß, lag ein Knochen für Monty. Während sie das Foto hingerissen betrachtete, dachte Imogen, dass ihr dieser Augenblick vollkommenen Glücks sehr lange in Erinnerung bleiben würde. Der Begleittext enthielt nur das absolute Minimum an Informationen: ein Datum und eine Uhrzeit – morgen – und endete mit einem Fragezeichen.

*Deswegen* waren E-Mails besser als Telefonieren, dachte Imogen, während sie ein gefasstes »Wir sehen uns dann dort« tippte. Die Freudenquietscher, die sie von sich gegeben hatte, als sie seine Nachricht vorgefunden hatte, würden ihr und Montys Geheimnis bleiben.

Am nächsten Tag umarmte Bunny Imogen und hüpfte vor Aufregung. »Endlich! Ich freu mich ja so für dich! Du wirst herausfinden, wer er ist!«

Faustina war weniger enthusiastisch. »Ich finde, es ist ziemlich bescheuert, einfach loszuziehen und sich mitten im Nirgendwo mit einem Typen zu treffen, den man gar nicht kennt«, bemerkte sie. »Liest du denn keine Zeitung?«

»Aber es ist doch unheimlich romantisch, sich in den Hügeln zu treffen«, wandte Bunny ein. »Genau wie in *Sturmhöhe.*«

»*Romantique?* Pfff!« Faustina verdrehte abfällig die Augen. »Wenn du so willst, ja. Ich sage ja nicht, dass das Ganze bis jetzt nicht lustig war«, fuhr sie an Imogen gewandt fort. »Es stimmt, seit diese Geschichte angefangen hat, siehst du aus wie ein vollkommen anderer Mensch, und ich freue mich für dich. Aber ich mache mir ein bisschen Sorgen, weil dieser Mann die Kontrolle über alles gehabt hat, was zwischen euch passiert ist. Das kannst du nicht leugnen.«

»So sollte es doch auch sein!«, protestierte Bunny. »Der Mann muss doch um die Frau werben!«

»Alles, was ich sage«, fuhr Faustina geduldig fort, »ist, dass du dich vorsehen musst. Wir reden hier schließlich von einem Fremden.«

»Das ist doch dummes Gerede.« Bunny zog finster die Brauen zusammen. »Er ist doch gar kein Fremder. Sie ist ihm doch schon begegnet.«

»Genau!«, bekräftigte Imogen.

»Wahrscheinlich kennt sie ihn sehr gut.«

»Wahrscheinlich!«, gab Imogen das Echo.

»Ich wette, wir kennen ihn alle«, beharrte Bunny störrisch.

»Möglich«, entgegnete Faustina. »Aber der Knackpunkt ist, wir wissen nicht genau, wer er ist. Und deshalb finde ich, solltest du nicht hingehen.«

»Was?«, stieß Bunny hervor.

»Arrangier etwas Neues. Tu so, als wäre es ein ganz normales Blind Date, und triff dich irgendwo mit ihm, wo viel los ist und wo jede Menge Leute sind. Im La Sirène, im Koud'Soleil, am Strand – such dir was aus. Oder ich kann mitkommen, wenn du magst. Ehrlich gesagt denke ich, das sollte ich auch tun.«

»Faustina, ich weiß, du meinst es gut«, erwiderte Imogen so gefasst sie konnte, »aber ich bin kein kleines Kind und ich brauche kein Kindermädchen.«

»Hört, hört«, ließ sich Bunny vernehmen.

»Ich vertraue ihm«, setzte Imogen energisch hinzu. »Und außerdem weiß ich *ganz genau*, was ich tue.«

Später jedoch, nur wenige Minuten von ihrem Rendezvous entfernt, als sie am Rand des Naturschutzgebietes in ihrem Auto saß, ging Imogen allmählich auf, dass sie ihren Freundinnen und auch sich selbst gegenüber nicht ganz ehrlich gewesen war. Sie hatte behauptet, sie wisse ganz genau, was sie tue, doch das war einfach nicht wahr.

Ja, sie fühlte wirklich, wie sie bei der Aussicht, *ihn* endlich zu Gesicht zu bekommen, wilde Erregung durchlief. Gleichzeitig jedoch, bemerkte sie, als sie auf die Uhr sah, saß sie jetzt schon seit zwanzig Minuten hier, ohne die geringsten Anstalten zu machen auszusteigen. Sie vernahm ein leises Winseln, drehte sich um und begegnete Montys flehendem Blick.

Sie ließ ihn hinaus und sah zu, wie er die Nase zum Boden senkte, gebannt von einer neuen Fülle exotischer Gerüche. Die Hügel erstreckten sich vor ihren Augen, von gelb blühendem Ginster bedeckt. Sie atmete tief durch, dann schaute sie zum Himmel hinauf. Er war von einem blassen Grau, das Regen zu verheißen schien. Nicht ganz das strahlende Sommerwetter, das sie sich für ihren großen Tag vorgestellt hatte. War das ein Omen, ein Zeichen, dass das mit dem Picknick doch keine so gute Idee war?

Sie holte die Karte aus dem Handschuhfach und zwang sich, sie mit so etwas Ähnlichem wie Konzentration zu studieren. Dann blickte sie auf das tiefe Tal, das sich vor ihr erstreckte. In der Ferne sahen die Berge aus wie eine gemalte Filmkulisse, so intensiv waren ihre vielfältigen Blau- und Violettschattierungen. Um einiges näher, gleich hinter dem nächsten Hügel, konnte sie den Anfang eines ausgedehnten Kiefernwäldchens ausmachen. Das war der verabredete Treffpunkt. Und je eher sie die Lichtung erreichte, desto eher würden sie zusammen sein. Als sie daran dachte, schlug ihr Herz so schnell, dass es sich anfühlte, als würde es ihr tatsächlich gleich aus der Brust springen.

Monty kläffte fröhlich und bedachte sie mit einem aufmunternden Blick. Seine Botschaft war eindeutig: Komm, geh mit mir auf diesem aufregenden neuen Planeten spazieren! »Ja, in Ordnung«, sagte Imogen und suchte Tasche, Regenmantel und Schirm zusammen. Dabei warf sie zufällig einen Blick in den Rückspiegel und hielt jäh inne. Sie wusste wirklich nicht recht, ob sie diese verträume, rotwangige junge Frau wiedererkannte, die ihr mit leuchtenden Augen entgegenblickte. Urplötzlich konnte sie die Stimme ihrer Mutter hören, die kalt und kristallklar fragte: »Was ist bloß los mit dir? Du bist nicht du selbst, Imogen.«

Sie schüttelte diese imaginäre Warnung ab, stieg aus, schlug die Tür zu und pfiff nach Monty, der in die der Lichtung entgegengesetzte Richtung davongetrottet war. Dann zog sie den Regenmantel über ihr Trägerkleid und sah noch einmal auf die Uhr. Sie würde sich beeilen müssen, wenn sie nicht zu spät kommen wollte. Doch das Problem war, dass es ihr schwerfiel, auch nur ein kleines Stück vom Auto fortzugehen. Es erschien ihr übermenschlich und sogar übernatürlich – wie Fliegen. Ihr war schwindlig – es fühlte sich an, als sei sie vollkommen betrunken. Imogen stützte beide Hände auf den Wagen und schloss die Augen. Was war das? Freudige Erregung? Eine Panikattacke? Oder ein bisschen von beidem?

Widerstrebend dachte Imogen, dass Faustina gar nicht so unrecht gehabt hatte. Vielleicht war es dumm gewesen, einem Treffen hier mitten in der Natur zuzustimmen – wenn auch nicht gerade aus den Gründen, die ihre Freundin angeführt hatte. Nein, sie fürchtete sich vor etwas anderem. Vor etwas in ihr selbst.

*Ach, Herrgott noch mal, jetzt sei nicht so ein Weichei,* schalt sie sich. *Man könnte meinen, du hättest noch nie ein Date gehabt.* Ja, aber ... das hier war doch nicht einfach nur ein Date, oder? Es war *das* Date, der flammende Moment der Erkenntnis, der durchaus auch für den Anfang ... vom Rest ihres Lebens stehen könnte. Oder – wenn es nicht klappte – für die niederschmetterndste Enttäuschung, die sie jemals erlebt hatte. Ungeduldig schüttelte sie den Kopf, während sie Montys Leine an seinem karierten Halsband festhakte. *Du übertreibst total,* sagte sie sich. *Es ist ein Picknick, keine Abschlussprüfung, schon vergessen? Also los! Er ist dort drüben, er wartet auf dich! Geh zu ihm!* Sie zwang sich, den Abhang hinunterzugehen und unter dem immer düsterer werdenden Himmel auf das Kiefernwäldchen zuzuhalten.

Bald fand sie sich zwischen den Bäumen wieder, zerdrückte Kiefernnadeln unter den Füßen. *Moment,* dachte sie erschrocken. War da ein Geräusch hinter ihr? Das Verlangen, einen Blick über die Schulter zu werfen, war überwältigend. Genau wie bei Orpheus, dachte sie. Sie biss sich auf die Lippe, wartete und lauschte angespannt, ob er ihren Namen rufen würde. Kein Laut. Als sie sich schließlich umdrehte, war niemand zu sehen. Die verabredete Stunde war jetzt da, und er wartete bestimmt auf der Lichtung auf sie.

Ein wahnsinniger Puls begann in ihrem Magen zu hämmern. Lauf! Lauf zu ihm, jetzt gleich! Sie wusste, was sie wollte: wieder geküsst werden, zu fühlen, wie seine Arme sie umschlangen, und den liebkosenden Druck seines Gesichts an dem ihren zu spüren, ihn ganz fest zu halten und ihre Hände unter seine Jacke zu schieben, um an seinen warmen Körper zu kommen, an die Unverrückbarkeit seiner Gegenwart.

Ja, aber wenn nun … wenn sich nun seine Identität, einmal enthüllt, als Schock erwies, als unwillkommene Überraschung? Lächerliche, kindische Ängste begannen sie von allen Seiten zu bedrängen. Sie dachte an die Schöne und das Biest, und auch an Georgette Heyers Venetia, deren Damerel zuerst eine erschreckende Gestalt war – ein grässlicher Mann, der zu allem fähig war. Ja, okay, beide Geschichten endeten ganz wunderbar, aber das waren ja auch bloß Geschichten, in denen die Heldinnen blutrünstige Bestien durch Zauberei in Prinzen verwandelten, und verkommene Verführer in liebevolle Ehemänner. Wohingegen sie, Imogen, sich hier in einer sehr realen Lage befand, einer, von der sie im Moment nicht wusste, wie sie damit umgehen sollte.

Sie machte noch ein paar Schritte, dann sah sie sich nach Monty um, den sie von der Leine gelassen hatte. Er spielte ganz in der Nähe, wetzte im Kreis um einen Baum herum und schaffte es dabei irgendwie, eine Aura feierlicher Würde zu wahren. Ihre Beine fühlten sich ziemlich wackelig an. Sie ging direkt auf den Baum zu und hielt sich daran fest, drückte die Wange an die kratzige Rinde. Jetzt galt es, eine Entscheidung zu treffen.

Plötzlich kam sie sich ungeheuer verwundbar vor. Ihr Herz zog sich schmerzhaft zusammen. Sie liebte ihn. Sie hatte Angst davor, ihn zu sehen. Oh, das alles ergab überhaupt keinen Sinn.

Sie hatten ihre Handynummern nicht ausgetauscht, dachte sie bei sich, weil eine Art unausgesprochene Übereinkunft bestanden hatte, dass sie selbstverständlich beide da sein würden. Also hatte sie keine Möglichkeit, ihn zu erreichen, falls sie sich entschließen sollte …

Monty machte sich zu ihren Füßen mit einem Kläffen bemerkbar, und als Imogen sich bückte und ihn an sich drückte, gelang es dem kleinen Hund, gleichzeitig sowohl seine unverbrüchliche Zuneigung als auch seine Verwirrtheit über ihren ungewöhnlich erregten Gemütszustand zum Ausdruck zu bringen.

»Monty«, sagte sie und küsste seine borstige Nase. »Ich habe Angst. Ich dachte, ich bin bereit, aber das stimmt nicht.«

Monty noch immer fest in den Armen blickte sie auf und hörte ein jähes Prasselgeräusch von oben, zuerst nur vereinzelt. Und dann sah sie fast augenblicklich unbarmherzige Regenwogen im Wind wallen. Jetzt schüttete es wie aus Kübeln. Sie machte kehrt und lief zurück zum Auto.

# 55

Im strömenden Regen bergauf zu gehen war anstrengend, und es dauerte eine ganze Weile, doch Imogen betrachtete den Wetterumschwung als Gottesgeschenk: Er half ihr, sich wieder zu fangen. Der Wind war so stark, dass er ihren Regenschirm umstülpte, ehe er ihn ihr aus der Hand riss und ihn davonwehte. Als sie schließlich das Auto erreichte, waren sie und Monty beide klatschnass. Eine Weile saßen sie Seite an Seite da, ohne sich zu rühren, während Imogen, noch immer in einer Art Trance, sich fragte, ob sie eigentlich noch wusste, wie man ein Auto steuert.

Sie drehte die Heizung auf und suchte im Radio nach einem Sender, der beruhigende, wohlbekannte Songs spielte. Dann rubbelte sie Monty ab, so gut sie konnte, und gab ihm ein paar Leckerli, während sie eine ganze Flasche Wasser trank. Danach fühlte sie sich besser. Sie legte die Hände aufs Lenkrad, blinkte vorsichtig und fuhr auf die Straße hinaus. Als sie allmählich schneller wurde, stellte sie zu ihrer Erleichterung fest, dass alles in Ordnung war – ihr Körper und zumindest ein Teil ihres Gehirns wussten genau, was zu tun war. Nichtsdestotrotz fuhr sie ungeheuer vorsichtig nach Hause, wie eine Anfängerin.

Als sie Saint-Jean-les-Cassis erreichte, war der Regen zu einem stetigen Nieseln geworden. An der Promenade warf sie einen Blick aufs Meer und war sich eines völlig irrationalen Impulses bewusst, der in ihr aufstieg. Obgleich sie beschlossen hatte, vernünftig vorzugehen – direkt nach Hause zu fahren und ein heißes Bad zu nehmen –, meinte ein wilderer Teil ihres Ichs – die junge Frau, die sie im Rückspiegel erblickt hatte? –, dass es doch viel mehr Spaß machen würde anzuhalten, sich auszuziehen, geradewegs ins Wasser zu rennen und im Regen zu schwimmen.

Doch sie ließ davon ab und fuhr stattdessen nach Hause. Als sie mit Monty auf dem Arm das Paperback Wonderland betrat, schaute Mitch hinter dem Ladentisch auf, schnaubte angesichts ihres Aussehens mitleidig und meinte dann: »Du bist aber früh zurück.«

»Ich bin doch nicht hingegangen«, gestand Imogen mit ganz kleiner, verzagter Stimme. »Ich habe mich nicht getraut. Ich weiß, es ist lächerlich, aber bitte lach mich nicht aus.«

»Ich lache dich nicht aus, Babe«, versicherte Mitch, während seine Augen in ihrem Gesicht forschten. »Alles okay?«

»Eigentlich nicht, nein.«

»Willst du drüber reden?«

Imogen seufzte. »Also, ich zieh mir wohl lieber erst mal was Trockenes an. Und schick ihm eine Mail, um das Ganze zu erklären. Ich sause nur schnell rauf und erledige das.«

»Alles klar«, erwiderte Mitch, »aber da ist jemand in deinem Zimmer. Und wartet auf dich.«

»Wer denn?«

»Kann ich dir wirklich nicht sagen.« Und den Blick fest auf den Lieferschein geheftet, den er in der Hand hielt, verschwand er im Lager.

Ein Gedanke, nur ein Einziger, schoss Imogen durch den Kopf, begleitet von einer Woge der Erleichterung. *Er* war es. Sie war nicht am Treffpunkt in den Hügeln aufgetaucht, also hatte er beschlossen, stattdessen herzukommen. Und jetzt war er oben und wartete auf sie. Oh, Gott sei Dank – sie würde sich entschuldigen und ihm alles erklären können. Und hier, in ihrem trauten Heim, würde sie herausfinden, wer er war. Ein köstliches Schaudern der Erregung durchlief sie. Sie setzte Monty ab und eilte die Treppe hinauf, immer vier Stufen auf einmal.

Als sie die Tür aufstieß, saß nicht ihr geheimnisvoller Verehrer auf ihrem Bett, sondern ihre Mutter. Elsa Peach hielt Imogens zerfleddertes und mit unzähligen Randbemerkungen versehenes Exemplar von Elizabeth Davids *French Provincial Cooking* in der Hand.

»*Mum*«, stieß Imogen grauenhaft enttäuscht hervor. »Was machst *du* denn hier?«

»Nun ja, Liebling, ich wollte wohl mal sehen, wo meine Tochter wohnt. Ist das so unverständlich? Deine Adresse habe ich allein herausgefunden. Clever, nicht wahr? Paul und ich haben einfach nur herumgefragt – anscheinend kennt dich jeder hier. Und Monty auch. Wir haben auch deine Freundin Daphne kennengelernt.« Wohlgefällig blickte Elsa sich um. »Und … das hier ist ganz und gar nicht das, was ich mir vorgestellt habe. Ein Zimmer über einer Buchhandlung … wirklich, Liebling, was für ein unkonventionelles Arrangement! Gefällt mir sehr.«

»Na, das freut mich aber. Wo ist übrigens Paul?«

»Er ist mit Gene etwas trinken gegangen, in einem Laden namens Die Sirene oder so ähnlich. Taktvoll von ihm – er will uns ein bisschen Zeit für Mutter-und-Tochter-Gespräche lassen. Das ist doch reizend von ihm, findest du nicht?«

Es war verlockend, etwas Mitch-artiges zu erwidern, wie etwa »Mutter-und-Tochter-Gespräche, so'n Scheiß«, doch was brachte es schon, sauer zu werden? Stattdessen setzte Imogen sich und zog ihre schlammigen Gummistiefel aus.

»Warst du wandern, Imogen? Im Regen?«

»So etwas in der Art, ja.«

»Wie *zünftig* du bist, Liebes«, bemerkte Elsa und rümpfte unbewusst die elegante Nase. »Und außerdem wollte ich mir dieses Restaurant ansehen, wo du arbeitest. Es scheint geschlossen zu sein, Paul meinte jedoch, es ist ungeheuer elegant und berühmt – überhaupt nicht schmuddelig und billig!«

»Großer Gott, du bist *so* ein Snob«, seufzte Imogen müde.

»Na schön, ich geb's zu.« Ernst sah Elsa sie mit ihren großen, hellen Augen an. »Aber kannst du mir sagen, warum es *so* verkehrt ist zu wollen, dass meine Kinder von Schönheit –«

»Wahrheit und Kreativität umgeben sind, ich weiß, ich weiß.«

»Du machst dich ja vielleicht darüber lustig, Liebling«, sagte Elsa mit einem selbstzufriedenen kleinen Lächeln, »aber mir scheint, dass du auch auf der Suche danach warst – und dass du es hier gefunden hast.«

Stumm starrte Imogen ihre Mutter an, dann brach sie in Gelächter aus. »Wahrscheinlich hast du recht«, gab sie zu, »allerdings …« *Allerdings fehlt mir in Sachen Wahrheit immer noch ein ziemlich entscheidendes Detail,* fügte sie im Stillen hinzu. *Und das nur, weil ich im letzten Moment kalte Füße gekriegt habe.*

Während sie an ihrem Schreibtisch saß, um ihre Entschuldigungs-Mail zu verfassen, plapperte ihre Mutter munter weiter. Imogen achtete nicht besonders auf sie – sie versuchte, die richtigen Worte zu finden, um zu erklären, wieso sie letzten Endes *vor ihm davongelaufen* war, vor dem Mann, nach dem sie sich sehnte, der ihre Träume heimsuchte und der sich durchaus als ihre große Liebe erweisen könnte. Sie endete damit, dass sie ein neuerliches Treffen vorschlug, am folgenden Abend im La Sirène, und dann, gerade als sie auf »Senden« klickte, hörte sie Elsa etwas noch nie Dagewesenes sagen.

»Ich bin ungeheuer stolz auf dich, Liebling.«

Mit tellerrunden Augen fuhr Imogen herum. Ihre Mutter lächelte sie an.

»Ich will ja gar nicht abstreiten, dass ich mich jahrelang gefragt habe, was ich bloß mit dir anstellen soll«, fuhr Elsa unbekümmert fort, »aber jetzt, wo ich hier bin, bin ich unheimlich beeindruckt. Du bist doch tatsächlich eine erfolgreiche Köchin geworden, in einem Edelrestaurant an der Riviera. Jede Familie braucht einen Rebellen – und jetzt haben wir auch einen. Gut gemacht, Schatz!«

»Danke, Mum«, antwortete Imogen tief gerührt. Sie stand auf und setzte sich neben Elsa, die ihr die Arme entgegenstreckte. Imogen drückte die Stirn gegen die Schulter ihrer Mutter und sagte halblaut: »Es tut mir wirklich leid, dass ich dich angelogen habe.«

»Ach, na ja…« Elsa tätschelte ihr die Wange. »Dann hast du eben ein bisschen gelogen. Du musstest ausbrechen. Das verstehe ich vollkommen. Ich weiß noch, wie es ist, jung zu sein, Liebes.« Strahlend lächelte sie ihre Tochter an. »Und so *chic* siehst du jetzt aus – ich erkenne dich kaum wieder. Eine richtige mediterrane *jeune fille.*«

Beide lachten ein bisschen, dann sagte Imogen: »Mum, ich nehme schnell ein Bad. Warum holst du dir nicht einen Tee aus der Küche?«

»Vielen Dank, Liebes«, erwiderte Elsa, ohne sich von der Stelle zu rühren. »Nur Milch, bitte, keinen Zucker.«

# 56

Als sie an diesem Abend im Bett saß und ein Buch über Marie-Antoine Carême las, einen Gastronom des 19. Jahrhunderts, schaute Imogen in regelmäßigen Abständen zu ihrem Computer hinüber. Jeden Augenblick rechnete sie damit, jenes himmlische *Pling!* zu vernehmen, das verkündete, dass eine E-Mail eingegangen war.

Carême war der Meister extrem barocker Torten gewesen, *pièces montées* genannt. Aufmerksam betrachtete Imogen die Illustrationen des Buches: Da gab es Torten in Gestalt reich verzierter Ruinen, eine goldene Harfe, eine chinesische Pagode, ein Füllhorn voller Früchte, einen Wasserfall …

Vielleicht wäre das Füllhorn ja etwas, was sie als Hochzeitstorte für Daphne versuchen könnte? Aber andererseits sah die Harfe so toll aus. Morgen früh würde sie Di anrufen und sie um Rat fragen.

Imogen lächelte vor sich hin. Ihre Mutter war in bester Stimmung nach Hause gefahren, und in ein paar Wochen würde ihre geliebte Di eintreffen, um bei der Hochzeit von Daphne dabei zu sein. Und dann gab es da noch etwas, worauf sie sich freuen konnte – ihren Geburtstag.

Bunny hatte vorgeschlagen, eine Party in ihrer Villa zu feiern, und Andeutungen über eine Drei-Tages-Orgie mit Essen, Trinken und Tanzen gemacht. Amaury, Mitch, Gene, Enzo und Faustina würden ebenfalls kommen. Noch nie hatte jemand viel Aufhebens wegen Imogens Geburtstag gemacht. Es war nett von Bunny, so einen Wirbel veranstalten zu wollen, und Imogen sann beglückt darüber nach, dass ihre amerikanische Freundin und der Rest der Saint-Jean-Gang ihr allmählich wie eine zweite Familie vorkamen. Und das Sahnehäubchen auf dem Kuchen war der zusätzliche Gast, den Imogen zu Bunny mitzubringen gedachte. Weil sie nämlich jeden Moment eine Nachricht von *ihm* erwartete, in der er das morgige Treffen bestätigte. Und diesmal würde sie ganz bestimmt nicht davon weglaufen.

Mittlerweile war es nach Mitternacht. Sie war so in das Buch vertieft gewesen – vielleicht hatte sie das Mailsignal ja nicht gehört. Imogen stand auf, um ihren Posteingangsorder zu überprüfen: Noch immer nichts von Valentinskuss.

Das war ein bisschen verblüffend. Bestimmt hatte er doch ihre Mail inzwischen erhalten? Doch Imogen machte sich keine Sorgen – bestimmt hatte er zu tun; er würde später antworten. Abgesehen von ihren geheimnisvollen Begegnungen oder ihren Tagträumen war er schließlich keine mystische Märchengestalt; ganz bestimmt hatte er einen Beruf, ein ganz normales Leben. Zum ersten Mal ertappte sie sich dabei, dass sie sich darüber Gedanken machte – darüber, was er wohl jeden Tag so machte. Sie schickte ihm eine *sehr* kokette Nachricht und schlief in dem sicheren Wissen ein, dass er bis morgen früh geantwortet haben würde.

Doch das war nicht der Fall.

Jetzt wurde Imogen allmählich unruhig. Als sie mit Monty spazieren ging, bemerkte sie einen dramatischen Wetterumschwung. Es war, als wäre das ganze Riviera-Licht schlagartig aus der Atmosphäre gesaugt worden. Der Sommerregen machte mit pladdernder Hartnäckigkeit Ernst. Die Palmen auf der Promenade wirkten geschunden und müde vor dem bleigrauen Himmel. Die Bewohner von Saint-Jean zogen sich in ihre Behausungen zurück, mit Ausnahme der pflichtbewussten Hundebesitzer des Ortes, die ihre in elegante Regenmäntelchen gehüllten und oft auch gestiefelten Schützlinge weiterhin vorführten und einander trotz des schlechten Wetters fröhlich grüßten.

Als Imogen und Monty am Chez Michel vorbeikamen, schaute sie durchs Fenster: Unter Daphnes Aufsicht wurde neues Bistro-Mobiliar im Speisesaal aufgestellt. Die *pâtissière* winkte ihr zu und formte mit den Lippen die Worte *»bis nachher«*. Imogen winkte zurück und gab sich alle Mühe, heiter und unbeschwert zu wirken.

Im Laufe des Tages schickte sie weitere Nachrichten, fragte, wo er sei und wieso er nicht antworte – ohne dass ihr auch nur eine einzige E-Mail zuteilwurde. Trotzdem ging sie am Abend ins La Sirène und wartete vergeblich auf ihn. Während des nächsten Tages und der darauffolgenden Nacht versuchte sie mit wachsender Beklommenheit immer wieder, ihn per Mail zu erreichen. Nichts. Tödliche Funkstille.

Es gab nur eine einzige mögliche Erklärung, dachte sie verzweifelt. Er hatte ihr nicht verziehen. Er würde ihr niemals verzeihen. Sie hatte alles ruiniert, indem sie ihn versetzt hatte, und ihn für immer verloren.

Am Ende dieser qualvollen Woche war der Schmerz, der in ihrer Brust nagte, unerträglich, und wenn die Tränen kamen, dann mit einer Gewalt, wie sie es noch nie zuvor erlebt hatte. In einem dichten Vorhang strömten sie ihr aus den Augen, und wenn sie gelegentlich versiegten, war ihr Gesicht verquollen und tat weh.

Mitch und Gene waren sehr lieb gewesen, waren nachts in ihr Zimmer gekommen, wenn sie sie im Schlaf schluchzen hörten, um bei ihr zu sitzen und ihre Hand zu halten.

Als sie von der Lage ihrer jungen Freundin erfuhr, umarmte Daphne Imogen fest und schlug vor, dass sie sich vielleicht ein paar Tage freinehmen sollte; des Weiteren bot sie an, sie von sämtlichen Verpflichtungen hinsichtlich der Hochzeit zu entbinden. Doch Imogen war wild entschlossen weiterzuarbeiten und wie versprochen die Hochzeitstorte zu backen, und nach einer Weile gab Daphne nach.

»Hey, weißt du was – wegen deiner Geburtstagsfeier?«, fragte Bunny fröhlich, während Imogen auf Mitchs Sofa saß, den Arm um Monty geschlungen, und so tat, als folge sie einer ganz besonders dümmlichen Varietévorstellung im Fernsehen.

Doch Bunny ließ nicht locker. »Ich hatte ja eigentlich geplant, dass wir bei mir feiern, aber würdest du lieber ausgehen? Wir können gehen, wohin du willst. Gibt's irgendein fantastisches *restaurant gastronomique*, das du gern mal ausprobieren möchtest? Oder soll ich uns irgendwo einen Tisch reservieren und geheim halten, wo?«

»Nein, danke – bloß keine Überraschungen«, antwortete Imogen mit gewaltiger Anstrengung. »Mach dir keine Mühe, Bunny.« In Wahrheit hätte Imogen die Party am liebsten ganz und gar abgesagt, doch sie brachte es nicht über sich, ihre Freundin zu enttäuschen. »Ich freue mich drauf, bei dir zu feiern«, fuhr sie resolut und definitiv nicht der Wahrheit entsprechend fort. »Und ich koche wirklich gern etwas für uns alle. Aber ich bin nicht in Stimmung für eine Riesenfete.«

In der Hoffnung, ihre Freundin per Schocktherapie aus ihrer Melancholie herauszuholen, versuchte Faustina es am nächsten Nachmittag mit einer anderen Methode. »Ich habe dich ja vor Märchenprinzen gewarnt«, meinte sie, als sie mit den Hunden spazieren gingen. »Weißt du noch?«

»Ja, das weiß ich noch«, gab Imogen zu.

»Du tust mir wirklich leid«, verkündete Faustina. Sie blieb jäh stehen und stellte sich Imogen in den Weg. »Aber irgendjemand muss dir die Wahrheit sagen.«

»Und was ist die Wahrheit?«

»Er hatte eine Zeitlang seinen Spaß mit dir, und jetzt ist es vorbei.«

Schweigend starrte Imogen ihre Freundin finster an.

»Das hier ist das *richtige Leben*, okay?«, fuhr Faustina gelassen fort. »Und *so* verhalten die Menschen sich nun mal im richtigen Leben. Hab ich auch schon gemacht, genau dasselbe. Manchmal wird's einem eben langweilig.«

»Er hat gesagt, dass er mich liebt«, sagte Imogen und schaute aufs Meer hinaus.

»Oh, bitte! Das ist doch der älteste Trick…«

»*Nein!* So war es nicht!«

»So viele Menschen sagen das ganz automatisch, wie Hallo und Danke schön. Nur um höflich zu sein.«

»Okay.« Imogen wandte sich wieder zu ihrer Freundin um. »Danke schön für… was immer das war. Wollen wir weitergehen? Es ist kalt.«

Das Leben ging weiter, fand Imogen, und ließ sie hinterherstolpern. Bastien zum Beispiel hatte als Schulter zum Ausweinen nicht zur Verfügung gestanden. Vor Kurzem war er zur Vernunft gekommen und hatte, als sie beide als Aushilfen im Koud'Soleil gearbeitet hatten, einen genauen Blick auf Larissa geworfen, die schon lange vor Imogens Ankunft in ihn verliebt gewesen war. Jetzt war klar, warum sie *l'Anglaise* so feindselig begegnet war. Das Ganze hatte sich rapide entwickelt, und im Augenblick waren sie damit beschäftigt, eine gemeinsame Wohnung zu suchen. Und Larissa, nunmehr glücklich verliebt, war reizend zu Imogen – eine willkommene Veränderung nach Monaten des kalten Krieges.

Und was Cheyenne betraf, dessen unkomplizierte Gutmütigkeit und aufmunternde Musikauswahl ein willkommenes Gegenmittel gewesen wären, der hatte sich vorübergehend mit einer neuen Freundin auf die Malediven abgesetzt.

Eins heiterte sie jedoch ein wenig auf: Dimitris Namen auf dem Display ihres klingelnden Handy zu erblicken. Da er nach Nizza gezogen war, hatte er keine Ahnung, was sie gerade durchmachte, und als sie mit ihm sprach, gelang es ihr sogar, ein wenig Pep in ihre

Stimme zu legen, anstatt sich so matt und elend anzuhören, wie ihr zumute war. Zum Glück war Dimitris Selbstbewusstsein so ausgeprägt, dass er sich für ihr Privatleben nicht weiter interessierte.

»Ich fahre ein paar Tage nach Hause in die Bretagne, bevor die Saison richtig losgeht«, sagte er. »Wollen wir uns vorher vielleicht noch mal treffen? Komm und schau dir das Restaurant an. Ich koche dir was zum Mittagessen.«

»Wirklich?« Imogen fühlte, wie sich ihre Züge entspannten, zum ersten Mal seit Tagen. »Was denn? Überrede mich.«

»Linguine mit Jakobsmuscheln und Orangensauce?«

»Okay. Und dann?«

»*Ossobuco?*«

»Ja. Nachtisch?«

Er schwieg einen Moment, dann meinte er bedächtig: »Du solltest mal diesen unglaublichen Parmesan probieren, den einer von den Köchen aus Italien mitgebracht hat. Imogen?«

»Ich bin noch da.«

»Vielleicht mit *vin santo* und ein paar von meinen Rosmarincrackern. Du weißt schon, zum Dippen.«

»Sehr gut. Weiter.«

»So langsam fühlt sich das hier an wie Telefonsex. Ich sollte dich öfter anrufen.«

»Idiot«, erwiderte Imogen nicht ohne Zuneigung.

»Also, kommst du?«

Sie würde sich für ein paar Stunden aus ihrer schmerzlichen Zwangslage lösen, würde in eine einfachere, hellere Realität eintreten, wo sich die Gespräche um Dimitris berufliche Aussichten und die Feinheiten der italienischen Küche drehten. Warum nicht?

»Ja«, antwortete sie entschieden. »Kann ich Freitag kommen? Das ist mein Geburtstag.«

»Dein Geburtstag, wirklich? Ich warne dich, wenn das so ist, dann werde ich dich ordentlich abfüllen.«

# 57

Als Imogen, die Arme um Monty geschlungen, in ihrem ungewohnten Schlafzimmer in Bunnys Villa lag, wurden ihr nach und nach Anzeichen von regem Treiben vor ihrer Tür bewusst. Es hörte sich an, als wären Bunny und ihre anderen Gäste – Amaury, Faustina, Enzo, Mitch und Gene – allesamt hellwach. Zum einen klingelte andauernd das Telefon, und alle möglichen Leute liefen die Treppe hinauf und hinunter und eilten in die Zimmer der anderen und wieder hinaus. Was war denn da los?

Sie setzte sich auf, rieb sich das Gesicht und überlegte, ob es vielleicht eine gute Idee wäre, sich die Haare zu waschen und sich heute ganz allgemein ein bisschen Mühe zu geben. Schließlich hatte sie Geburtstag. Und außerdem wollte sie, obwohl sie es ganz bestimmt nicht auf Dimitri abgesehen hatte, nicht unbedingt wie eine ertrunkene Ratte aussehen, wenn sie in Nizza auftauchte. Das war der Eindruck gewesen, den sie gestern Abend gehabt hatte, als sie sich zum ersten Mal seit Tagen im Spiegel betrachtet hatte.

Später, als sie zum Frühstück herunterkam, hörte sie Gelächter und fand Bunny und Faustina in der Küche vor, wo sich beide in einem spektakulären Lachanfall aneinanderklammerten. Eine Weile starrte Imogen sie an und war froh, dass die Spannungen, die sie seit einer Weile zwischen ihren beiden Freundinnen bemerkt hatte, anscheinend verflogen waren. Doch sie fragte sich auch, was hier eigentlich vorging.

»*Imogen*«, gelang es Bunny schließlich zu kreischen, nachdem sie sich verzweifelt bemüht hatte, zu Atem zu kommen.

»Ja. Hi.«

»Oh … Gott … ich … gehe … nur … mal … kurz … Luft … schnappen«, japste Faustina und wischte sich die Augen, ehe sie eilig den Raum verließ.

»Alles okay?«, erkundigte sich Imogen nach einiger Zeit.

Bunny saß am Tisch, den Kopf in die Hände gestützt. Sie gab fast keinen Laut von sich, aber ihre Schultern bebten noch immer. Endlich blickte Imogens Freundin zu ihr auf, schluckte eine letzte Lachblase hinunter und sagte: »Alles super.«

»Schön.«

Ohne Vorwarnung schlang Bunny plötzlich die Arme um Imogen und drückte sie heftig. »Oh, heute ist wirklich ein *toller* Tag!« Strahlend sackte sie auf ihren Stuhl zurück. »*Mann!* Und eine *tolle* Nacht.«

»Wieso?«, wollte Imogen wissen und schüttete ohne große Begeisterung Cornflakes in eine Schale. »Was war denn gestern Nacht?«

»Na ja, ich war mit Faustina im Bett.«

»Wirklich?« Imogen legte den Löffel hin. »Da bin ich ja schon ein bisschen überrascht.«

»Nicht so überrascht, wie ich es war, Schätzchen, das kann ich dir sagen.«

Sie sahen sich an, und Bunny grinste.

»Dann ist das also kein Witz«, stellte Imogen fest und kniff die Augen zusammen. »Es ist wirklich passiert.«

»Jawohl.«

»Also …«, setzte Imogen behutsam an. Ihre Cornflakes waren inzwischen vollständig in Vergessenheit geraten. »Wer von euch beiden hat denn den Anfang gemacht?«

»Oh *Mann*, nein!« Bunny kicherte, und ihre Hände fuchtelten wild in der Gegend herum. »Doch nicht *so*.«

»Nein?«

»Nein. Sie hat gedacht, ich wäre jemand anderes, und ich auch.«

»Wie meinst du das?«

»Na ja, verstehst du…«, begann Bunny kokett. »Ich wollte mich mitten in der Nacht mit einem gewissen Jemand in seinem Zimmer treffen…«

Imogen nickte und hatte das Gefühl, wieder in der Spur zu sein. Amaury. Natürlich.

»Verstehst du, mit einem *Mann*«, betonte Bunny geduldig.

»Ja, Bunny. Ich weiß.«

»Du meinst, du hast es dir schon gedacht?«

»So schwer war das nun auch wieder nicht. Ich habe doch gesehen, wie ihr euch angeschaut habt.«

»Wirklich?« Bunny war verdutzt. »Und ich dachte, wir wären unheimlich diskret gewesen. Eigentlich sollte es noch ein bisschen länger geheim bleiben.«

Irgendetwas an dieser Formulierung ließ es ganz hinten in Imogens Gedächtnis klingeln, doch im Moment wusste sie nicht mehr, wo sie das schon einmal gehört hatte. »Warum denn?«, fragte sie. »Warum musste es geheim bleiben?«

»Ach, komm schon, Imogen. Das kannst du dir doch wohl denken, bei *der* Vorgeschichte.«

Imogen blinzelte. Vielleicht hatte sie hier ja etwas falsch verstanden, aber laut Bunny waren sie und ihr Cousin doch nur entfernt miteinander verwandt.

»Es war so etwas, wogegen man einfach *überhaupt* nichts machen kann.« Bunny schlang die Arme um den Körper. »Verstehst du, er ist einfach so *unheimlich* männlich.« Sie errötete und schlug die Hände vors Gesicht.

Erstaunt starrte Imogen sie an. *Männlich?*

»Die Sache ist die, er ist *genau* wie Rhett Butler«, fuhr Bunny mit einer Art verblendeter Dringlichkeit fort, »nur dass er auch noch Französisch spricht.«

Imogens Augenbrauen klommen stirnwärts. Sie hatte *Vom*

*Winde verweht* nie gesehen und auch den Roman nicht gelesen, doch schien ihr Amaury mit Rhett Butler auf den ersten Blick wirklich *nichts* gemeinsam zu haben. Das zeigte mal wieder, dass man keine voreiligen Schlüsse ziehen sollte.

Bunny biss sich auf die Lippe. »Es ist wie, oh, du kennst doch diese Szene in dem Film, wo er sich total besäuft, weil er sie so fürchterlich liebt und sie nicht mit ihm ins Bett gehen will, und dann lässt sie ihn abblitzen, und er *hebt sie einfach hoch* und trägt sie die Treppe rauf.«

»Ich kann's mir ungefähr vorstellen.«

»Hach, ist das *toll*. Das ist meine *absolute* Lieblingsszene in dem ganzen Film«, meinte Bunny träumerisch. »Also, es war jedenfalls irgendwie so ähnlich.« Sie reckte sich katzenhaft und lächelte. »Aber er ist auch ein richtiger Gentleman«, fuhr sie fort, während ihre Züge eine erheiternde Kehrtwendung in Richtung große Augen und sittsame Tugend machten. »Und wir haben auch noch jede Menge andere Gemeinsamkeiten.«

»Na ja, natürlich«, tastete Imogen sich zurück auf vertrautes Terrain. »Zum Beispiel sein Interesse an deiner Kunst.«

»Ja! Weißt du, für ihn ist das eine völlig neue Welt – es ist echt süß.«

»Und dass er so viel über das 18. Jahrhundert weiß. Und dass er so ein Weinliebhaber ist und eine Vorliebe für die *haute cuisine* hat.«

»Also, ich weiß nicht so recht, Imogen«, erwiderte Bunny und furchte die Stirn. »Normalerweise ist er mit einer Schale Maronenmus vollkommen zufrieden. So ähnlich wie Buddy und seine Maisgrütze, weißt du?«

»Maronenmus? Isst man das nicht –«

»In Korsika, ja. Er sagt, das erinnert ihn an zu Hause.«

»Dann redest du also *nicht* von Amaury«, stellte Imogen nach einer kurzen Pause fest. Sie kam sich ziemlich blöd vor.

»Amaury! Nein! Großer Gott, an den habe ich *nie* so gedacht, und außerdem …« Sie stockte und sah Imogen eindringlich ins Gesicht. »*Hey*, ich dachte, du hast das alles mitgekriegt.«

»Ehrlich gesagt wohl doch nicht«, gestand Imogen. »Aber ich glaube, *jetzt* hab ich's kapiert. Du warst mitten in der Nacht auf dem Weg in *Enzos* Zimmer.«

»Genau.«

Als sie an ihr Gespräch mit Enzo über die Party zurückdachte, begriff Imogen plötzlich, dass er von Bunny geredet hatte. Sie, nicht Faustina, und natürlich auch nicht sie selbst, war seine »Liebste«. Also hatte er, als er von einem Spiel gesprochen hatte …

»Bunny – auf deiner Party, hat Enzo da eigentlich beim Limbotanzen mitgemacht?«

»Oh, natürlich! Da hat ja alles angefangen. Er hat das so toll gemacht, und ich habe bloß dagestanden und ihn angeglotzt, verstehst du, seinen Körper … Und dann hat er mir am nächsten Tag eine E-Mail geschrieben, und wir haben angefangen, uns heimlich zu treffen, weil wir uns solche Sorgen gemacht haben, wie Faustina wohl reagiert.«

»Ich verstehe. Also, was ist gestern Nacht passiert?«

»Na ja, Faustina war gerade unterwegs, um sich –«

»Auch mit Enzo zu treffen?«, entfuhr es Imogen, die auf der äußersten Stuhlkante hockte. Also hatte die arme Faustina die beiden bestimmt *in flagranti* überrascht.

»Nein, nein, Schätzchen.« Bunny strahlte sie an. »Nicht Enzo. Mit Amaury.«

Was? Noch mehr bizarre Verwechslungskomödien? Allmählich kam Imogen sich vor, als sei sie versehentlich auf den Set von *C'est compliqué, la vie!* geraten. Damals hatte sie den Film als reine gallische Fantasievorstellung abgetan, jetzt jedoch erschien er ihr wie ein Meisterwerk des Realismus. Amaury und Faustina? *Tatsächlich?* Ungläubig zog sie die Brauen zusammen, und dann fiel ihr wieder ein, wie der anscheinend völlig betörte Amaury ihr im Hochzeitssaal etwas von einer neuen Welt voller Farben, Feuer und Musik vorgeschwafelt hatte, die auf ihn wartete. Und dann dieser allmähliche Wandel in Faustinas Kleidungsstil und ihre sehnsüchtigen Ausführungen über den altmodischen Charme der Ritterlichkeit. Und wie Amaury in der Bar des Hôtel de la Plage Faustinas Hand an seine Lippen gezogen hatte, und zwar ohne jene steife Förmlichkeit, die er sich für offizielle Anlässe vorbehielt. Weil, ging es Imogen jetzt auf, sie einander damals schon so nahegekommen waren, dass es für ihn ein unbewusster Reflex war, ihre Berührung zu suchen.

»Guten Morgen, Gentlemen«, sagte Bunny, als Gene und Mitch im Bademantel in die Küche geschlurft kamen. Imogen lächelte sie an, und beide kamen zu ihr und drückten kurz ihre Schultern.

»Verstehst du, Imogen, das hat alles angefangen, weil Faustina Amaury beschattet hat, so ähnlich wie ein Detektiv«, nahm Bunny den Gesprächsfaden wieder auf.

»Ja«, warf Imogen ein, »sie hat sich Sorgen gemacht, dass er vielleicht in Wirklichkeit gar nicht dein Cousin ist.«

»Sie hat's mir erklärt. Jedenfalls hat er nach einer Weile mitbekommen, dass sie ihm durch ganz Montpellier nachgespürt hat, also hat er hinter einer Straßenecke auf sie gewartet und sie erwischt!«

»Das war bestimmt peinlich«, bemerkte Imogen.

»Gar nicht mal so sehr. Sie hat ihn mit ihrem Verdacht konfrontiert, und er fand sie einfach unheimlich süß, er hat sich gar nicht mehr eingekriegt vor Lachen. Also hat er sie zum Mittagessen eingeladen, und eins hat zum anderen geführt. Amaury könnte offenbar sogar einen Eiszapfen bezirzen, aber Charme liegt bei uns natürlich auch in der Familie«, schloss sie mit entwaffnendem Strahlelächeln.

»Unverkennbar.« Imogen lächelte ebenfalls. »Also … gestern Nacht?«

»Ach ja. Also, verstehst du, was Faustina und ich *nicht* wussten, war, dass Enzo und Amaury hier unten gerade ein Von-Mann-zu-Mann-Gespräch hatten und alles geklärt haben. Ist das nicht süß? Sind Männer und wie sie das Leben anpacken nicht einfach toll? Also, ich bin jedenfalls zuerst in Enzos Zimmer geschlichen und sie in Amaurys, aber sie waren nicht da. Und dann hat Faustina gedacht, sie hätte das falsche Zimmer erwischt, weil sie sich ja hier im Haus nicht so gut auskennt, verstehst du? Also ist sie in Enzos Zimmer, und da war natürlich *ich* und hab mäuschenstill in seinem Bett gelegen und auf ihn gewartet.«

»Und dann …«

»Und dann hab ich mich umgedreht und sie ganz leidenschaftlich umarmt, und es war natürlich vollkommen klar, dass ich die falsche Person erwischt hatte. Erst mal ist sie ja ziemlich klein, also ist sie fast erstickt. Und, du meine Güte, hab ich vielleicht einen *Schreck* gekriegt! Am liebsten hätte ich das ganze Haus zusammengeschrien, aber ich konnte mich gerade noch bremsen. Irgendwie ja ironisch, wenn man bedenkt, dass Faustina diejenige war, die ich auf keinen Fall aufwecken wollte. Jedenfalls …«

Gene, der am Küchentresen stand und Kaffee kochte, gluckste und sah Imogen über die Schulter hinweg an. »Unbezahlbar, nicht wahr?«

»Babe«, stellte Mitch fest und beäugte sie unverwandt, »du hast dich ja richtig hübsch gemacht.«

»Ja«, antwortete Imogen und lächelte ihn an. »Ich wollte nach Nizza fahren.«

»Du fährst nach Nizza?«, stieß Bunny hervor und sah unerklärlich entgeistert aus. »Was denn, *jetzt?* An deinem Geburtstag?«

»Aber … was ist mit Daphnes Hochzeit?«, fragte Gene.

»Na, das ist doch noch eine ganze Weile hin«, erwiderte Imogen verwirrt.

»Oh, aber du hast doch bestimmt noch jede Menge vorzubereiten!«, legte Bunny nach. »Du solltest hierbleiben. Den ganzen Tag.«

»Das ist es ja gerade«, gab Imogen zurück, der der panische Gesichtsausdruck ihrer Freundin auffiel. »Ich habe alles vorbereitet. Also nehme ich mir den Tag frei. Gott sei Dank ist mit der Torte alles geregelt. Ich weiß gar nicht, was ich mir dabei gedacht habe, mir etwas so Kompliziertes auszusuchen.«

Imogen hatte mehrere Torten-Testdurchläufe durchgeführt und war sich jetzt sicher, dass sie sie am Vorabend der Feier fehlerlos hinbekommen würde. Es war ein übergroßer *puits d'amour*, ein tiefer Liebesbrunnen aus Brandteig, gefüllt mit übereinander geschichteter Vanillecreme und knackigem Nougat. Das Ganze thronte auf einem reich verzierten und mit Baisermasse umhüllten neoklassizistischen Sockel, an dem eine Leiter aus goldenen Zuckerfäden lehnte. Ganz oben drauf stand eine stämmige Figur, anhand der weißen Kochkluft leicht zu identifizieren, und starrte mit einem Hummer in der einen und einem Strauß Marzipanblumen in der anderen Hand schmachtend zur anderen Seite des Brunnens hinüber. Dort hockte ein ungemein glamouröses Marzipan-Ebenbild von Daphne Blanding in einer exakten Replik ihres Strandoutfits – ein großer weißer Strohhut und ein sündhaft teurer, wunderschön geschnittener schwarzer Badeanzug – auf dem Teigrand und tauchte einen Zeh in die Vanillecreme.

Für Imogen war die Herstellung dieses Meisterwerkes an Kitsch eine willkommene Fluchtmöglichkeit gewesen. Stundenlang hatte sie die Arbeit von ihrem schmerzhaften Verlassensein abgelenkt.

»Es war eine Menge Arbeit«, stellte sie jetzt entschlossen fest. »Ich könnte einen Tapetenwechsel brauchen. Also fahre ich heute nach Nizza und esse mit Dimitri zu Mittag.«

»Dimitri? Gute Idee«, verkündete Faustina, die gelassen wie immer in die Küche geschwebt kam. »Ein bisschen Sex, dann geht's dir bestimmt besser.«

Wie in einem Theaterstück bedachten Gene, Mitch und Bunny Faustina alle gleichzeitig mit einem höchst merkwürdigen warnenden Blick, den Imogen nicht zu deuten wusste.

»Natürlich hat sie *keinen* Sex mit ihm!«, zischte Bunny. »Was für ein schrecklicher Gedanke!«

»Oh. *Oh!*« Faustina schüttelte den Kopf wie ein Pony, als wäre ihr gerade etwas eingefallen. »Hör bloß nicht auf mich, ich bin noch halb im Tiefschlaf.«

»Ich habe nicht vor, mit ihm zu schlafen«, versicherte Imogen und fragte sich, was eigentlich mit den anderen los war. »Wir sind einfach nur befreundet. Er will mir Linguine kochen – mit Jakobsmuscheln. Ehrlich gesagt freue ich mich darauf. Ich mag Jakobsmuscheln unheimlich gern.«

»Ja, klar doch«, schnaubte Mitch und schraubte den Deckel eines Marmeladenglases auf. »Als ob du davon auch nur einen Bissen zu essen kriegst. Der legt dich doch flach, bevor du eine Chance hattest, die Vorspeise zu probieren.«

Imogen lachte laut heraus. »Wir werden in einem Restaurant sein. Ich glaube, da besteht wenig Gefahr.«

»Imogen, hör zu«, sagte Faustina ernst, »vergiss nicht, du bist immer noch angeschlagen, und Männer, na ja, die sind ein bisschen wie Haie. Die können Blut riechen.«

»Heute ist einfach *kein* guter Tag, um nach Nizza zu fahren.« Gene sah ziemlich aufgewühlt aus. »Um diese Jahreszeit ist es da immer so voll.«

»Ihr seid alle total dagegen, dass ich nach Nizza fahre«, stellte Imogen bedächtig fest. »Warum?«

»*Hé, les filles!*«, krakeelte Amaury und kam mit Enzo im Schlepptau in die Küche gestürmt. »Ist sie schon auf? Wollt ihr sie vorwarnen, oder …« Als er Imogen erblickte, hielt er abrupt inne, dann fing er sich, sagte höflich: »Guten Morgen«, und ging um den Tisch herum zu Faustina.

»Was *läuft* hier eigentlich?«, fuhr Imogen ihre Freunde an und erhob sich. »Wieso benehmt ihr euch alle so komisch?«

Nach kurzem Schweigen antwortete Bunny mit forschem Lächeln: »Na schön, du hast uns durchschaut. Wir hatten heute Abend eine Überraschungsparty für dich geplant. Ich weiß, du hast gesagt, du willst keine, aber ich gebe dir mein Wort, es ist eine ganz schlichte, stilvolle Angelegenheit. Wir *können* deinen Geburtstag einfach nicht ohne eine kleine Feier vorbeigehen lassen – das wäre nicht anständig.«

»Danke«, sagte Imogen und drückte sie. »Keine Angst, ich bin rechtzeitig wieder da. Ist doch nur ein kleines Mittagessen«, fügte sie beruhigend hinzu und verschwieg Dimitris Pläne, sie mit Alkohol abzufüllen. Es schien nicht sehr sinnvoll, das zu erwähnen.

# 58

Als Imogens Auto quietschend vor dem Bahnhof zum Stehen kam, sagte sie verdrossen: »Jetzt schau dir das an, Monty – ich erledige Botengänge für andere. Super, nicht wahr? Und noch dazu an meinem Geburtstag.«

Sie war kaum zu der Fahrt nach Nizza aufgebrochen, als ihr Handy zu klingeln begonnen hatte. Zuerst hatte sie es ignoriert, woraufhin es sich beharrlich alle zwei Minuten von Neuem gemeldet hatte. Sie hielt an, sobald sie konnte, und ihr Telefon gab abermals Laut.

»Ja, Bunny«, knurrte sie unwirsch, »was gibt's denn?«

»Imogen! Oh mein Gott, ich bin ja *so* froh, dass ich dich erwische. Hör zu, ich muss dich um einen klitzekleinen Gefallen bitten. Bist du schon aus Saint-Jean raus?«

»Ja, warum?«

»Ach, wirklich? Also, bist du schon sehr weit?«

»Eigentlich nicht. Kurz hinter Antibes.«

»Oh, prima! Hör zu, ich weiß, ich nerve, aber die Sache ist die, würde es dir *sehr* viel ausmachen, jemanden dort vom Bahnhof abzuholen und dann umzudrehen und schnell wieder herzukommen? Bloß das – es geht ganz fix.«

Imogen seufzte. »Bunny, ich will nach Nizza. Wieso kannst du das nicht selbst tun?«

»Ich *kann* nun mal nicht, und außerdem, weißt du, es geht auch gar nicht um mich«, fuhr Bunny mit ungewohnter Eindringlichkeit fort. »Es ist für *Gene!* Eigentlich wollte er den Betreffenden abholen, er hat es aber vergessen! Es ist ihm eben gerade erst wieder eingefallen. Und es ist so, dieser Typ wollte etwas *unheimlich Wichtiges* mit Gene besprechen, und jetzt steht er da am Bahnhof und wartet, und keiner von uns kann hinfahren, verstehst du, und wir würden es ja auch gar nicht mehr rechtzeitig schaffen. Aber du bist ja fast *da*, und deine Fahrt würde dadurch doch nur eine halbe Stunde länger dauern. *Bitte*, Imogen!«

Sie hatte Bunny noch nie so wirres Zeug reden hören, dachte Imogen mit gefurchter Stirn. Ihre Freundin klang, als wäre sie den Tränen nahe. Diese Geschichte musste ja ziemlich wichtig sein.

»Na schön«, sagte sie energisch. »Beruhige dich. Ich denke, ich kann Dimitri anrufen und ihm sagen, dass er eine Stunde später mit mir rechnen soll.«

»Oh, *danke*, Schätzchen. Aber *beeil dich!*«

»Weiß dieser Mann, dass ich komme?«

»*Ja*«, antwortete Bunny atemlos.

»Und wie heißt er?«

»Oh, äh –« Plötzlich brach die Verbindung ab. Imogen schüttelte den Kopf. Bunny drückte ständig an allen möglichen Geräten auf die falschen Knöpfe, löschte ganze Dateien von ihrem Computer und dergleichen. Es hatte keinen Sinn zu versuchen, sie zurückzurufen. Das würde nur noch mehr von ihrer Zeit kosten. Der Bahnhof von Antibes war klein, und um diese Vormittagszeit würde dort wohl nicht viel los sein. Wahrscheinlich konnte sie Genes Bekannten ohne Hilfe ausfindig machen – oder Bunny vom Bahnhof aus anrufen.

Bevor sie losfuhr, schickte sie Dimitri schnell eine Entschuldigungs-SMS. Es dauerte eine Ewigkeit, bis er antwortete, und als er es schließlich tat, las sie verwundert: »Wieder ein Kleinmädchendrama. Du bist ein hoffnungsloser Fall. Wir sehen uns irgendwann. Alles Gute zum Geburtstag. D.« Was? Aber sie hatte doch gar nicht absagen wollen! Also hatte Mitchs Prophezeiung am Ende doch voll und ganz gestimmt, dachte sie, während sie verdrossen mit den Fingern aufs Lenkrad trommelte. Sie würde von diesen köstlichen Jakobsmuscheln nicht mal einen Bissen abbekommen. Na super. Absolut fantastisch.

Nachdem sie vor dem Bahnhof angehalten hatte, beugte sie sich über Monty hinweg, um sich umzusehen. Es standen nur ein paar Leute da: eine Gruppe Rucksacktouristen, eine Frau mit einem kleinen Baby und ein älteres Paar.

Dann hörte sie, wie eine Männerstimme ihren Namen sagte, und drehte sich herum, um aus dem Fenster zu schauen. Zuerst konnte sie nur ein Stückchen weißes Hemd und dunklen Jeansstoff ausmachen – seine Körpermitte –, dann beugte er sich herab und schaute in den Wagen.

»Hi, Imogen.« Es war Everetts Freund Archer. »Danke, dass du mich abholst.«

»Oh, hi.« Verwirrt runzelte Imogen die Stirn: *Er* war also Genes Bekannter? »Mir war nicht klar, dass ich *dich* abhole.«

Sie griff hinüber, um die hintere Tür zu entriegeln. »Macht es dir etwas aus, hinten zu sitzen?«, fragte sie. »Monty sitzt beim Fahren gern neben mir.«

»Kein Problem«, sagte er und stieg ein.

Imogen ließ den Motor an. Als sie in Richtung Saint-Jean losfuhren, beugte Archer sich zwischen den Sitzen hindurch, um Monty zu betrachten.

»Hey, Kleiner«, sagte er leise und streckte der borstigen Schnauze eine Hand entgegen.

Imogen warf einen kurzen Blick auf den kleinen Hund, während dieser die Finger ihres Beifahrers ableckte. »Er erinnert sich an dich«, bemerkte sie und trat aufs Gas. Der Verkehr wurde allmählich schneller.

»Wir sind uns schon ein paarmal begegnet.«

»Ja, natürlich«, meinte sie kühl, den Blick auf die Straße geheftet. »Das letzte Mal in Saint-Paul-de-Vence, bei diesem tollen Essen.«

Sie konnte seinen Blick auf sich ruhen fühlen, und nach und nach wurde ihr seine Gegenwart in ihrem Auto deutlicher bewusst, seine Nähe. Das Ganze hatte etwas sonderbar Vertrautes.

»Ich erinnere mich an das Mittagessen damals.« Er hielt inne, dann meinte er: »Aber wir sind uns auch bei anderen Gelegenheiten begegnet.«

Imogen schüttelte den Kopf, während sie diese Aussage verarbeitete. Sie warf einen Blick auf Monty. Anstatt wie gewohnt ernst aus dem Fenster zu schauen, betrachtete der kleine Hund ihren Fahrgast mit wohlwollendem Interesse. Verdutzt über dieses untypische Verhalten richtete sie ihre Aufmerksamkeit wieder auf den Verkehr.

Währenddessen begannen leuchtend bunte Fragmente sich in ihrem Kopf wie ein Mosaik zu einem Bild zusammenzufügen. Archer war Everetts bester Freund. Er war damals mit ihm zu Bunnys Vernissage in der Galerie Provençale gekommen, und die Doucet-Brüder hatten eine Weile bei ihm gewohnt – seltsamerweise in Menton, wo sich dieser prunkvolle Hochzeitssaal befand. Und wo er, Archer, in einem Museum arbeitete. Was außerdem bedeutete, dass er der Einzige aus Bunnys amerikanischer Gang war, der die ganze Zeit hier an der Riviera gewesen war.

Als sie abermals einen raschen Blick in den Rückspiegel warf, bemerkte sie, dass er jetzt sie ansah. Plötzlich wurde es sehr hell im Auto, wie in einer rasant beschleunigten Version der Morgendämmerung. Sie merkte, wie sie in eine Seitenstraße abbog, wo sie am Straßenrand halten konnte. Dann schaltete sie den Motor aus, drehte sich um und blickte ihrem Fahrgast unverwandt ins Gesicht. Betrachtete die grünbraunen Augen, das zerzauste Haar und die goldbraune Haut, den großzügig geschnittenen Mund, die gebrochene Nase.

Langsam zeigte sie auf Letztere. »Wie … ist das passiert?«

»Das erste Mal beim Lacrosse«, sagte er und begegnete ihrem

eindringlichen Blick mit einem Ernst, der dem ihren in nichts nachstand. »Beim zweiten Mal habe ich eine verdorbene Auster gegessen, bin ohnmächtig geworden und mit dem Gesicht im Teller gelandet. Da ist sie richtig gebrochen.«

Imogen lachte. »Im Ernst?«

»Ja, im Ernst.«

»Heißt das, du kannst Austern nicht ausstehen?«

»Ich kann sie ausstehen«, versicherte er und fügte dann hinzu: »Ich habe gehört, dass das Boustifaille jetzt ein Fischrestaurant wird. Tolle Idee.«

Einen Augenblick lang starrte Imogen seine Hand an – goldene Haut, lange Finger, eckige Nägel –, die auf seinem Knie lag. Dann sah sie ihre eigenen Hände, und ihr fiel auf, wie braun sie geworden waren und dass der leuchtend rote Nagellack abzublättern begann. Sie konnte keine Geräusche von draußen mehr hören, nur das wilde Hämmern ihres eigenen Herzens. Sie schaute wieder auf. Er lächelte sie an. Sie lächelte zurück. *Du,* dachte sie. *Du bist es, endlich.*

»Ich weiß«, sagte sie, und ihre Stimme klang überhaupt nicht wie ihre Stimme. »Ich weiß genau, wer du bist.«

Dann wandte sie sich ab, um ihren Sicherheitsgurt zu lösen, und hatte dabei das Gefühl, sie würde möglicherweise in die Luft emporschweben, wenn sie sich erst einmal losgemacht hatte. Sie zwängte sich zwischen den Vordersitzen hindurch, um an ihn heranzukommen. Sekunden später fühlte sie seine Hände um ihre Taille, als er sie ohne ein Wort zu sagen auf seinen Schoß zog. Sie sahen einander an. Imogen bemerkte wunderschöne grüne und graue Sprenkel in seinen Augen, und dass seine Wimpern nur an den äußersten Spitzen dunkel waren. Er hob die Hand an ihr Gesicht, und seine Fingerspitzen liebkosten ihre Wange, strichen dann über ihr Haar. *Ja,* dachte Imogen und zitterte ein wenig. *Daran erinnere ich mich sehr gut.* Sie erkannte seine Berührung mit beinahe absoluter Sicherheit wieder. Trotzdem …

»Ich hoffe, du hast nichts dagegen«, sagte sie halblaut dicht an seinem Mund, »aber ich muss da noch etwas überprüfen …«

Innerlich wappnete sie sich gegen eine Enttäuschung, falls sie sich abermals geirrt hatte. Doch es war kein Irrtum: Als sich seine Lippen unter den ihren öffneten, fühlte sie sich augenblicklich auf den zertrampelten Rasen in Bunnys Garten zurückversetzt, stand im Kreis der maskierten Partygäste und in der dunklen Küche des Boustifaille, wo, wie sie sich mit flammender Deutlichkeit erinnerte, dieser Mann, den sie kaum kannte, seinen Mund auf ihre Brüste gepresst hatte und … Mit brennenden Wangen wich Imogen zurück. Es war unmöglich, ihm in die Augen zu sehen. Sie machte sich los und versuchte, so weit wie möglich von ihm fortzurücken, ohne dabei den Rücksitz zu verlassen. Als Monty das sah, kletterte er zwischen den Vordersitzen hindurch, um zwei mitfühlende Pfoten in den Schoß seiner Herrin zu legen.

»Imogen.« Archer griff über ihn hinweg nach ihrer Hand. Sie ließ es zu und warf ihm von der Seite her einen Blick zu. »Ich nehme an«, meinte er, und sein Mund zuckte belustigt, »du denkst daran, was alles bei dem Blackout passiert ist.«

Sie nickte und sah zum Fenster hinaus. Archer wandte sich Monty zu, und nach einem Augenblick des Schweigens, während dem sie abermals verstohlen zu ihm hinüberschielte und ihr Blick an seinem Hals hinabwanderte, über Schultern und Brust, seine Hüften, seine langen Beine – über jenen Körper, mit dem ihr eigener bereits Freundschaft geschlossen hatte, fragte er leise: »Ist es okay, dass das mit mir passiert ist?«

Ihre Blicke begegneten sich, und Imogen lächelte. »Ich glaube schon«, erwiderte sie. »Entschuldige, ich weiß, das klingt ein bisschen zögerlich, aber ich versuche gerade, mich … darauf einzustellen. Für dich ist es leichter; du hast ja die ganze Zeit gewusst, wer ich war.«

»Stimmt.« Er hielt kurz inne, ehe er hinzusetzte: »Aber ich

sollte dir wohl sagen, dass mich mein eigenes Verhalten auch einigermaßen überrascht hat.« Er zog eine Braue hoch und lächelte sie an.

Als sie zurücklächelte, spürte sie seine streichelnde Hand in ihrem Rücken. Wieder zog er sie in seine Arme, und sie schmiegte sich an ihn. Es war schön, sagte sie sich und rieb das Gesicht an seiner Schulter. Tatsächlich war es sogar besser als schön – es war wundervoll, in seinen Armen gehalten zu werden.

»Ach, meine Süße, es ist so lange her«, sagte er und beugte sich vor, um sie von Neuem zu küssen. »Es tut mir so leid.«

Das weckte Imogen mit einem Ruck aus ihrer Trance. Sie versteifte sich, und ihre Augen füllten sich mit Tränen. »Kannst du mir erklären«, sagte sie und wischte sich zornig die Wangen, »warum du einfach so verschwunden bist? Weißt du, wie ich mich dabei gefühlt habe? Was für ein Spielchen hast du da eigentlich gespielt?«

»Das war kein Spielchen«, beteuerte er und nahm ihre Hände in die seinen. »Ich wollte das nicht, ganz bestimmt nicht.« Er hielt inne, um tief Luft zu holen, dann fuhr er fort: »Nach unserem verpassten Treffen habe ich mich im Regen verfranst und war schließlich die ganze Nacht draußen.«

»Wirklich? Es war doch gar nicht so weit bis zur Straße«, entgegnete Imogen.

»Nein, da hast du recht. Trotzdem … das wird sich jetzt vielleicht komisch anhören, aber ich war in einer ganz seltsamen Verfassung, körperlich und seelisch. Das kam bestimmt von der ganzen Warterei und von der Aufregung. Und dann, als du nicht gekommen bist …«

»Archer.« Als sie seinen Namen aussprach, wurde Imogen bewusst, dass sie es zum ersten Mal tat. »Es tut mir wirklich leid. Ich habe doch in meiner E-Mail versucht, dir alles zu erklären. Ich weiß auch nicht, was mit mir los war … Ich habe plötzlich Panik gekriegt …«

»Natürlich«, antwortete er und legte ihr beide Hände auf die Schultern. »Als ich die Mail gelesen habe, habe ich das auch vollkommen verstanden. Aber damals, als mir klar wurde, dass du nicht kommst, da konnte ich einfach nicht klar sehen. Ich glaube, ich habe gar nicht daran gedacht, die Straße zu finden oder zu meinem Auto zurückzukommen, überhaupt nicht. Ich bin einfach immer weiter über die Hügel gelaufen. Und dann dieser Regen. Mein Gott. Damals hat's mir gar nicht so viel ausgemacht – ich bin einfach weitergegangen. Dann ist es plötzlich dunkel geworden, und mir wurde klar, dass ich keine Ahnung hatte, wo ich war.

Es ist nämlich so, Imogen«, fuhr er lächelnd fort, »ich bin in Manhattan aufgewachsen, und da haben wir ein Gittersystem, und die Straßen sind *gerade*. Also war ich in einer schwierigen Lage. Ich hatte keine Taschenlampe dabei. Mein Handy hatte keinen Empfang, ich konnte niemanden anrufen. Außerdem hatte ich meine Jacke im Auto gelassen – keine besonders schlaue Idee. Denn der Regen hat zwar irgendwann aufgehört, aber dann ist es sehr kalt geworden. Das war eine grässliche Nacht, ich bin ständig eingedämmert und wieder aufgewacht und habe meine eigene Blödheit verflucht.

Als es hell wurde, habe ich es zu einem Dorf geschafft und einen Abschleppdienst angerufen, der mein Auto abholen sollte, das war nämlich meilenweit weg. Mir ging's miserabel, aber erst als ich wieder in Menton war, wurde mir klar, wie schlimm es war. Ich bin in voller Montur auf meinem Bett zusammengeklappt, und es war ein Glück, dass mein Vermieter mich am nächsten Tag gefunden hat. Es war Samstag, und das Museum ist am Wochenende geschlossen. Ich glaube, er hat gedacht, ich wäre einfach bloß betrunken, also hat er mir nur die Schuhe ausgezogen und mich ausschlafen lassen, ohne sich allzu sehr einzumischen.

Am Montag hat dann schließlich meine Chefin angerufen, und die hat einen einzigen Blick auf mich geworfen und mich ins Krankenhaus geschafft. Inzwischen war ich richtig im Delirium – Lungenentzündung. Ich habe immer wieder nach dir gefragt. Anscheinend war ich dabei ziemlich rabiat und habe sogar einem Arzt eine geknallt, weil ich dachte, er will mir nicht helfen, aber natürlich hatte niemand einen Schimmer, wer du warst. Ich hatte einen ziemlich schweren Infekt, der offenbar Anstalten machte, sich richtig in der Lunge auszubreiten. Nein, keine Angst«, beschwichtigte er, als er die Furcht in ihren Augen sah. »Jetzt ist alles okay. Allerdings bin ich wohl nicht besonders scharf auf noch so ein *Blair Witch Project*-Erlebnis in der Wildnis.«

»Wäre ich doch nur nicht so ein Feigling gewesen«, stieß Imogen hilflos hervor, »dann wäre das alles nicht passiert. Du hättest mit mir nach Hause kommen können, anstatt dich zu verirren.«

Archer bedachte sie mit einem langen Blick und einem Lächeln, das sich anfühlte wie eine ungemein intime Berührung. Er küsste ihre Hände, und Imogen konnte nur schwer der Versuchung widerstehen, ihn zu umarmen. Zuerst wollte sie die ganze Geschichte hören. »Und was ist dann passiert?«

»Im Krankenhaus haben sie mich ziemlich mit Medikamenten zugedröhnt, wegen der Schmerzen, und ich hatte wirklich keine Ahnung, was los war. Mein Französisch ist ganz gut, aber es war mir irgendwie abhandengekommen, und weil da niemand Englisch konnte, haben sie meistens mit meiner Chefin geredet und nicht mit mir.«

Daraufhin fiel Imogen etwas ein, das Bunny einmal gesagt hatte. »Du sprichst doch perfekt Französisch. Bist du …?«

»Ja, ich bin Halbfranzose, mütterlicherseits.«

»Das wusste ich«, erwiderte Imogen. »Aber ich habe nie zwei und zwei zusammengezählt. Bei dem Blackout hast du Französisch gesprochen, und deine Mails waren auch auf Französisch, also bin ich wohl immer innerlich davon ausgegangen, dass der, den ich gesucht habe, Franzose ist. An dich habe ich gar nicht gedacht.«

Archer grinste sie an. »Ah ja, der französische Touch. Ich dachte, das macht das Ganze interessanter für dich. Bloß nichts allzu Offensichtliches.«

»Weiter«, drängte sie und lächelte ein bisschen.

»Na ja, es hat fast zehn Tage gedauert, bis ich mich so weit erholt hatte, dass ich um mein Handy bitten konnte. Und zuerst konnte meine Chefin das Ding nicht finden, und als sie es dann schließlich doch gefunden und mir gebracht hat, habe ich die Nachrichten von Everett gefunden, der sich gefragt hat, wo zum Teufel ich stecke.«

»Warum hast du ihn nicht gebeten, mich anzurufen?«

»Ich hatte mir in den Kopf gesetzt, das selber zu tun. Dann habe ich auch auf deine Mail geantwortet, aber von dir ist nichts mehr gekommen.«

»Wann war das?«

»Vor drei Tagen.«

Imogen nickte. »Genau. Vor ein paar Tagen hat Mitch mir meinen Computer weggenommen. Ich habe ihn gebeten, ihn irgendwo zu verstecken, weil ich das Ding nicht mehr sehen konnte. Am liebsten hätte ich es ins Meer geschmissen. Ich dachte, du hättest mich endgültig verlassen.«

»Imogen.«

Sie sah ihn weiter an; ihr Atem ging schnell. Einen Augenblick lang schwieg er, dann sagte er ernst: »Es tut mir leid, dass ich dir so etwas Schreckliches angetan habe.« Er zog sie an sich, und sie ließ es zu, dass er sie küsste.

»Mir tut's auch leid«, sagte sie nach einer Weile. »Und du bist nicht auf die Idee gekommen, Bunny anzurufen?«

»Wenn ich ein bisschen praktischer gedacht hätte, hätte ich das getan. Gestern bin ich entlassen worden, und ich fürchte, die Idee ist mir erst sehr spät am Abend gekommen. Also habe ich Bunny heute Morgen ganz früh angerufen.«

»Und ihr habt euch zusammen diese Nummer hier ausgedacht?«

»Genau.«

Imogen sah zu ihm auf, und ganz langsam machte sich ein Lächeln auf ihrem Gesicht breit. »Ich fasse es nicht, dass ich auf diesen lächerlichen Anruf reingefallen bin. Bunny ist eine grottenschlechte Schauspielerin.«

»Wirklich?«, fragte Archer, froh, sie lachen zu sehen. »Eigentlich war geplant, dass ich einfach heute Vormittag bei ihr zu Hause aufkreuze. Ich sollte eine Geburtstagsüberraschung für dich sein.«

»Ach ja?«

»Also. Herzlichen Glückwunsch zum Geburtstag.«

»Danke«, erwiderte Imogen nach einem ausgedehnten Kuss. Sie überlegte einen Moment. »Oh … aber dann wollte ich nach Nizza fahren.«

»Richtig. Du hast kurz eine ziemliche Panik ausgelöst. Aber Bunny hat den Überblick behalten und es geschafft, dich stattdessen zu mir zu schicken.«

Imogen nickte und dankte Bunny im Stillen für alles, einschließlich der meisterlichen Art und Weise, wie sie ihre Essenspläne mit Dimitri durchkreuzt hatte. Bestimmt hatte sie ihn angerufen und ihm die ganze Geschichte erzählt – das erklärte auch den Tonfall seiner SMS.

»Also, jetzt weißt du, warum ich eine Zeitlang verschwunden war«, flüsterte Archer und drückte seine Stirn gegen ihre. »Soll ich bleiben oder wieder in den Zug steigen?«

»Du kannst gern bleiben, wenn du willst.«

»Oh, ich will. Kannst du mir verzeihen?«

»Also, *das* liegt ganz und gar bei dir«, antwortete sie und schlang die Arme um seinen Hals.

# 59

Jetzt lagen sie und Archer eng umschlungen über der leeren Buchhandlung. Sie hatten sich gesagt, dass heute Abend immer noch genug Zeit wäre, um mit Freunden zu feiern, und dass gewisse Dinge sofort erledigt werden mussten, und zwar unter Ausschluss der Öffentlichkeit. Und was für eine wunderbare Erlösung es gewesen war, dachte Imogen schläfrig, zusammen auf ihr Bett zu fallen und sich endlich dem Verlangen hinzugeben, das sich im komplizierten Verlauf ihrer Romanze bei ihnen beiden aufgestaut hatte. Ausgiebigen, hungrigen, unersättlichen Küssen war bald Gelächter und schweres Atmen gefolgt, als ihrer beider Hände an seiner Hose herumhantierten und Imogen die Beine um seine Taille schlang. Als es endlich geschah, ließ das erste Aufeinandertreffen – eine tiefe, entflammende Liebkosung – sie beide aufschreien. Als sie sich an ihn klammerte und in seinen Mund biss, während sie sich liebten, hatte Imogen wieder und wieder gedacht: *Du bist es endlich. Ich erinnere mich an dich. Ich kenne dich. Ich liebe dich.*

Jetzt lag sie in einem Zustand des absoluten inneren Friedens und der Erfüllung in seinen Armen und atmete den berauschenden Duft seiner Haut ein, während ihr Herz allmählich wieder normal schlug. Nach kurzem Schweigen fragte Archer sehr leise: »Weißt du noch, wie du gesagt hast, du wärst noch nie so richtig hin und weg gewesen?«

»Hab ich das gesagt?«, fragte Imogen verdutzt. »Zu dir?«

»Nicht zu mir. Zu Mitch. In der Küche, auf Bunnys Party.«

»Warst du da?« Sie stützte sich auf einen Ellenbogen.

»Ich war gerade wieder ins Haus gegangen. Zufällig bin ich

an der Küche vorbeigekommen, und ich habe dagestanden und dich eigentlich einfach nur angestarrt, weil du so hübsch ausgesehen hast. Und du hattest davor so verächtlich gewirkt, als du uns allen gegenübergestanden hattest, uns fürchterlichen Amerikanern.«

»Doch nicht verächtlich«, verbesserte Imogen lachend. »Total verängstigt. Ihr habt mir alle unglaublich Angst gemacht. Besonders du.«

»Ich hoffe doch, du hast jetzt keine Angst mehr vor mir«, meinte er und küsste sie.

»Na ja, vielleicht ein bisschen. Besonders wenn du ganz nahe rankommst, so wie jetzt.«

»So?«

»Ja. Das ist ganz schön unheimlich.«

Nach ein paar Minuten schweigenden Gerangels rollte Archer sich herum, so dass er neben ihr lag, und fuhr fort: »Als du *das* gesagt hast, da wollte ich etwas für dich tun, allerdings hatte ich in diesem Moment keine rechte Vorstellung, was. Ich hatte wohl vor, mich mit dir zu unterhalten, dich vielleicht zum Tanzen aufzufordern und dann zu fragen, ob wir uns mal treffen wollen.«

»Was auch ganz toll gewesen wäre.«

»Du willst ja nur nett sein. Und als dann Mary-Kate gekommen ist und dich geholt hat, da habe ich beschlossen, beim Blindekuh-Spiel mitzumachen. Ich kann eigentlich nicht so recht erklären, was da mit mir passiert ist – plötzlich bin ich einfach in den Kreis marschiert und habe dich geküsst. Das hatte ich überhaupt nicht vorgehabt. Wenn ich jetzt so zurückdenke, dann war das maskiert wohl irgendwie leichter – ich hatte nicht das Gefühl, wirklich ich selbst zu sein, und deswegen konnte ich etwas ungewöhnlich Mutiges tun. Und dann war der Kuss so viel *gewaltiger,* als ich erwartet hatte.« Lachend schüttelte er den Kopf. »Das hat mich wohl ein bisschen umgehauen, also dachte ich, ich zieh mich mal kurz zurück, um mich wieder zu fangen. Du weißt schon, bevor ich dich um ein Date bitten wollte.«

Er hielt inne und küsste sie. Danach rieb sie ihre Wange an seiner und verkündete: »Mit offenen Augen ist es genauso schön.«

»Vielen Dank.« Er grinste. »Also, jedenfalls, als ich da so hinten im Garten stand und beim Limbotanzen zugeschaut habe, da habe ich mir gedacht, dass man das Ganze doch ein bisschen in die Länge ziehen könnte. Der Valentinstag war die perfekte Ausrede, mich nicht gleich zu erkennen zu geben. Das hat mir gut in den Kram gepasst, hauptsächlich wohl aus Schüchternheit. Und außerdem hatte ich das Gefühl, völlig außer Übung zu sein. Ich weiß ja nicht, wie viel Bunny dir über meine Scheidung erzählt hat.«

»Sie hat sie erwähnt«, gab Imogen zu und küsste seine Fingerspitzen. »Sie hat gesagt, mit der Liebe wärst du fertig.«

»Genau das habe ich auch gedacht. Ich dachte … nach der Sache mit Constance habe ich mich … total ausgebrannt gefühlt. Ich war fest entschlossen, nicht wieder jemandem anderen gegenüber so verwundbar zu sein. Aber dann bist du in Bunnys Wohnzimmer gekommen, und ich habe dich einmal angeschaut und dann noch mal und habe es mir auf der Stelle anders überlegt.«

Imogen dachte an jenen Tag zurück, und an ihren Eindruck von einem distanzierten Fremden, der abseits der Gruppe in Bunnys Wohnzimmer gestanden und sie allem Anschein nach nur äußerst widerwillig zur Kenntnis genommen hatte. Sie staunte, wie falsch erste Eindrücke sein konnten.

»Ich glaube, du hast mich auch ganz schön beeindruckt«, sagte sie nachdenklich. »Ich habe das damals bloß nicht bewusst mitbekommen. Und als ich gehört habe, was dir passiert war, da ist in meinem Kopf sozusagen die Klappe gefallen – ich glaube, ich habe mir eingeredet, du wärst sowieso nicht zu haben.« Sie schüttelte den Kopf und lachte. »Also habe ich weggeschaut, dabei hätte ich sehr genau auf dich achten sollen.«

Archer lächelte und küsste sie zart auf die Lippen. Sie seufzte. »Zuerst war es ein richtiger Schock für mich, dass ich so viel für jemanden empfinde, wo ich doch wirklich gedacht hatte, dieser Teil von mir hätte für alle Zeit dichtgemacht. Als ich dich auf der Party geküsst habe, hat es sich angefühlt, als würde man nach einem langen Schlaf wieder zum Leben erwachen.

Und alles, was dann kam, also, das meiste hat sich einfach eher so ergeben, als dass es geplant gewesen wäre. Zum Beispiel das mit dem Sicherungskasten. Ich war mal mit Everett im Boustifaille, und wir sind aus Versehen in dem Innenhof gelandet, wo die Küche ist, als wir den Eingang zum Restaurant gesucht haben. Irgend so ein Typ hat an dem Sicherungskasten rumgemacht, und der hat gesagt, wir sollten außen herumgehen, zu der anderen Tür. Das ist mir dann später wieder eingefallen, als ich dich einfach nicht mehr aus meinem Kopf gekriegt habe. Ich bin nach Saint-Jean gefahren und wusste eigentlich gar nicht genau, was ich tun wollte. Dann bin ich in den Hof gegangen und habe gehofft, dass ich dich in der Küche sehe, aber es war niemand da.

Ich habe eine Weile mit deinem Hund gespielt, und dann hat er angefangen, an der Küchentür zu kratzen, und wollte rein. Also habe ich ihn reingelassen, doch dann fing er an zu bellen, und ich dachte ›Au Backe‹, und als du ganz allein in die Küche gekommen bist, bin ich die Stufen runter und stand plötzlich genau vor dem Sicherungskasten. Also habe ich mir gedacht ›Hm, warum eigentlich nicht?‹ Dann bin ich in die Küche, und da warst du. Das war echt aufregend.« Er beugte sich über sie.

»Ja, das fand ich auch. Weißt du noch, wie du mich … da geküsst hast?«

»Du meinst da?«

»Ja, genau da.«

»So?« Er demonstrierte es. »Oder so?«

»Oh, definitiv *so*, aber ich glaube, es war ein bisschen fester, mehr … *ja!*« Imogen schnappte nach Luft, lachte und strich ihm übers Haar. »Genau so.«

»Ich gehe hier nicht streng chronologisch vor«, fuhr er fort, während er auf dem Bett weiter nach unten kroch, die Hände unter ihr Hinterteil schob und sie auf den Bauch küsste, »aber ich glaube, zu einem großen Teil hat das Ganze angefangen, als mir am Tag nach der Party klar geworden ist, dass ich dank Bunny – Gott segne sie! – und ihrer absoluten Unfähigkeit, eine E-Mail-Einladung als Blindkopie zu verschicken, die Möglichkeit hatte, dich direkt zu erreichen, ganz privat, in deinem Zimmer. Und noch dazu anonym, allerdings kann ich wieder nicht behaupten, dass ich das genau geplant hätte, und ganz besonders nicht auf lange Sicht. Denn ich war überzeugt«, fuhr er fort und schielte zu ihr hinauf, »dass wir uns bei den Doucets wieder über den Weg laufen würden …«

»Und *dann* hättest du mich um ein Date gebeten.«

»Richtig«, bestätigte er und kroch schnell wieder bettaufwärts, so dass er ihren lachenden Mund küssen konnte.

»Weißt du, was ich glaube?«, fragte Imogen verschmitzt. »Ich glaube, als Valentinstags-Lover bist du ein Naturtalent. Wieso ein langweiliges Date durchziehen, wenn man eine Frau mit romantischem Mysterienkram um den Verstand bringen kann?«

»Stimmt, wieso eigentlich? Jedenfalls, als Everett und Buddy weitergereist sind, wurde mir klar, dass ich dir nicht so bald wieder über den Weg laufen würde, wie ich gedacht hatte. Irgendwie war ich erleichtert, weil … ich hatte wohl Angst, dass du von der Realität enttäuscht sein würdest.«

Wortlos küsste Imogen ihn auf die Augenbrauen, auf die Augen, den Nasenrücken, und er lächelte. »Und dann, bei Bunnys Vernissage, als ich endlich den Mut aufgebracht habe, dich anzusprechen, da bist du mir fast ins Gesicht gesprungen.«

»Ach, das«, erwiderte Imogen und krümmte sich bei der Erinnerung ein wenig. »Entschuldige. Ich hatte dich völlig falsch verstanden. Ich habe dich für einen herablassenden Schnösel gehalten.«

»Oh.« Er lachte. »Na schön. Na ja, nein – einfach nur schüchtern. Und als wir uns in Saint-Paul zum Mittagessen getroffen haben, ist wieder so was Ähnliches passiert. Und dann hat Bunny gesagt, irgendjemand hätte dir Blumen geschickt.«

»Das war Cheyenne«, meinte Imogen lächelnd. »Ich hatte die ganze Zeit das Gefühl, dass die nicht von dir sein konnten.«

»Oh, ich verstehe. Aber da habe ich in deiner Gegenwart sowieso schon kaum noch den Mund aufgekriegt, also habe ich Everett das Reden überlassen.«

»Wie lange weiß Everett schon Bescheid?«

»Als er und Buddy nach ihrer Italienreise bei mir gewohnt haben, war ich ziemlich komisch drauf. Er wusste sofort, dass irgendwas im Busch ist. Als ich ihm das Ganze erklärt habe, fand er es ziemlich witzig, allerdings glaube ich, er hatte so seine Zweifel, wie lange man das Ganze am Laufen halten könnte – sowohl deinetals auch meinetwegen. Vor nicht allzu langer Zeit hat er mich angerufen und gesagt, er hätte dich gerade getroffen, und allmählich wärst du ziemlich unglücklich.«

Imogen überlegte kurz. »Ich glaube, das könnte an dem Tag gewesen sein, als ich ganz kurz gedacht habe, Everett wäre *du*.« Sie kicherte, als sie seinen Gesichtsausdruck sah. »Oh, das hat er schnell richtiggestellt. Aber ich weiß noch, dass er kurz rausgegangen ist und ein geheimnisvolles Telefonat geführt hat.«

»War das, als du die Postkarten in dem Reiseführer gefunden hast?«

»Ja.«

»Das waren natürlich meine. Die haben bei mir rumgelegen, und ich habe sie als Lesezeichen benutzt, in diesem Fall für Everetts Rom-Reiseführer, und den hat er mitgenommen, als er abgereist ist. Du hast mich echt wahnsinnig gemacht«, fügte er träumerisch hinzu und breitete ihr Haar auf dem Kissen aus. »Nie warst du da, wo ich gedacht habe. Wie damals, als ich allein ins Boustifaille gekommen bin, um in deiner Nähe zu sein und die Nachricht zu hinterlassen. Ich konnte mein Glück kaum fassen, als ich gehört habe, wie diese Australier darum gebeten haben, die Küche besichtigen zu dürfen. Ich hatte keine Ahnung, was ich eigentlich vorhatte, wenn ich dir gegenübergestanden hätte – auf die Knie fallen, wahrscheinlich. Aber du warst nicht da. Und andererseits war da dieser irre Nachmittag, als du plötzlich vor meinen Augen im *Salle de Mariages* erschienen bist.«

»Der Hochzeitssaal?« Imogen stutzte. »Du warst da?«

»Ja, ich arbeite da – und im Cocteau-Museum.« Er lachte. »Ich mache die Tür auf, und da stehst du. Es war wie in einem Traum. Ich war total hin und weg. Du schienst auf mich gewartet zu haben.«

»In gewisser Weise schon«, sagte Imogen und drückte die Lippen auf seine Brust.

»Und dann habe ich gesehen, wie du mit diesem Franzosen Händchen gehalten hast.« Archer zog die Brauen hoch. »Mit Bunnys Cousin.«

»Mit Amaury? Oh *nein!* Ich meine, er hat ganz kurz meine Hand genommen – ehrlich gesagt, ich glaube, er wollte mir sagen, dass du dort arbeitest –, aber wir haben doch nicht …«

»Da bin ich schließlich auch draufgekommen«, meinte Archer belustigt. »Ich habe ihn gehen sehen. Und als du dann auch gegangen bist, habe ich kapiert, dass es nur eine Zufallsbegegnung war. Aber es haben sich doch so viele Dinge nur durch Zufall ergeben. Das Doisneau-Foto zum Beispiel – das hat mir schon immer gefallen. Die französische Erotik dieser Zeit hat für mich etwas ungeheuer Reizvolles. Und es war doch klar, dass es vollkommen logisch war, dir den *Heimlichen Kuss* zu schicken. Und als ich in

New York gewohnt habe, habe ich mir die *Liebesspiele* in der Frick Collection angesehen.«

»Ah ja, die Liebesspiele«, wiederholte Imogen. Sie hob die Hand und liebkoste sein Gesicht – schön, magnetisch, noch immer nicht ganz vertraut.

»Ja«, bekräftigte Archer ernst und sah ihr in die Augen. »Ab da gab's für mich kein Zurück mehr. Ich wusste absolut sicher, dass ich in dich verliebt war, als ich dich nach Grasse geschickt habe, um dein Geschenk zu suchen.« Er küsste ihre Halsgrube. »Ich wollte dir unbedingt etwas schenken, bei dem du an mich denken würdest, das dich aber auch *berührt.* Deinen Körper wirklich und intim berührt«, fuhr er fort und drängte ihre Schenkel auseinander. »So.«

»Ja.« Imogen seufzte, biss sich auf die Lippe und griff nach dem Bettgestell.

»Und hoffentlich auch bis in dein *Innerstes* vordringt«, sagte er und senkte den Mund fest auf den ihren herab. »Oh Imogen.«

# Epilog

Die Sommersaison, während der die Hauptstraße von Saint-Jean-les-Cassis voller sonnenverbrannter Touristen und von der Abenddämmerung bis zum Morgengrauen von bunten Neonreklamen hell erleuchtet war, war zu Ende. Auch Daphnes und Michel Boudins kleine Hochzeitsfeier war längst vorbei – ein wunderbares Ereignis, das nicht nur die beiden Lebensläufe des glücklichen Paares, sondern auch viele der bunten Fäden von Imogens Leben an der Riviera miteinander verknüpft hatte.

Während sie damals in dem kleinen Rathaus auf Daphnes Auftritt gewartet hatten, plauderte der Bürgermeister, eine Schärpe in den Farben der Tricolore mit Goldfransen über den dunklen Anzug drapiert, mit Michel Boudin, der von Verwandten begleitet wurde – durch die Bank groß, massig und dunkelhaarig. Außerdem stand ihm die Schwester der Braut zur Seite, die in einem flotten lavendelfarbenen Kostüm samt Hut sehr elegant aussah. Imogen saß Hand in Hand mit Archer da und warf einen Blick über die Schulter. Neben anderen Einwohnern von Saint-Jean, die sich mächtig in Schale geworfen hatten, sah sie Mitch und Gene, die den kunstvollen Deckenstuck aus dem 19. Jahrhundert betrachteten und darüber diskutierten. Daneben saßen Bunny und Enzo und sahen aus wie zwei träge, sehr zufriedene Katzen. Bunny hatte demnächst eine Ausstellung in der Saatchi Gallery in London – ein beruflicher Durchbruch, der, nachdem Everett es ihnen erklärt hatte, ihre Eltern so beeindruckt hatte, dass sie sich sogar allmählich mit dem Gedanken anfreundeten, eine Künstlerin in der Familie zu haben. Ein wenig weiter hinten saß ein blauäugiger

Franzose mit seiner bildhübschen Freundin, die mit zurückgeworfenem Kopf über irgendetwas lachte, das er ihr ins Ohr geflüstert hatte – Amaury und Faustina, soeben frisch verlobt.

Am schönsten war es gewesen, Di ein paar Tage vor der Feier auf dem Flughafen wiederzusehen. Sie schaute genau so aus wie immer und hatte sogar – praktisch wie eh und je – nur einen kleinen Rucksack als Gepäck. Dieser enthielt (zu Transportzwecken mit Folie verpackt) nicht nur ihr Kostüm nebst Hut, sondern auch ein wunderschönes Abendkleid aus dunkelblauer Spitze, das sie bei der Hochzeitsparty am Abend getragen hatte.

»Nun ja, Liebes«, hatte Di bemerkt, als sie gemeinsam zugesehen hatten, wie Daphne – ein umwerfender Anblick in ihrem kurzen austerngrauen Abendkleid – und ihr Mann in dem frisch renovierten Speisesaal des Chez Michel einen lebhaften Quickstep getanzt hatten. »Da sind wir nun. Und, hast du dein Abenteuer genossen?«

»Ja, und wie«, hatte Imogen beteuert und ihre Freundin umarmt. »Di, ich kann dir gar nicht genug danken, dass du mich hierher geschickt hast.«

»Das war *wirklich* keine schlechte Idee, das gebe ich zu. Sag, was sind deine Pläne? Bleibst du an der Riviera?«

»Ja. Ich bin auf der Suche nach einem neuen Job – ein bisschen näher bei Menton. Archer schaut sich nach einer größeren Wohnung um«, fügte sie lächelnd hinzu. »Der *Chef* – ich meine Michel – hat mir ein Wahnsinnszeugnis geschrieben. Nächste Woche habe ich ein paar Vorstellungsgespräche. Ist ein bisschen unheimlich, aber auch ganz toll.«

»Das freut mich sehr für dich.«

»Na ja, wir werden sehen«, meinte Imogen gleichmütig. »Mir geht's eigentlich nicht um Goldene Löffel. Ich möchte einfach auf eigenen Beinen stehen und –«

»Sehen, was du alles kannst«, schloss Di. »Natürlich. Oh –« Di verstummte jäh, als sie Archer erblickte, der mit Monty auf dem Arm neben der Küchentür stand und Imogen zulächelte. »Dein junger Mann da gefällt mir wirklich *sehr*, Liebes.«

»Mir auch.«

Di kicherte, und ihre Augen funkelten. »Er scheint ... das gewisse Etwas zu haben. Nicht wahr?«

»Oh ja«, antwortete Imogen lachend. »Das hat er ganz bestimmt.«

Im Juli waren Imogen und Archer in eine Dachgeschosswohnung in Mentons verschachtelter Altstadt gezogen. Sie hatten sich augenblicklich in die Räume verliebt. Sie waren hell, und obgleich im Moment nicht allzu viele Möbel darin standen, enthielt die Wohnung alles, was sie ihrer Ansicht nach wirklich brauchten: ein Bett, eine Küche und ein Sofa, das Monty genehm war und das während der warmen Sommer- und Herbstmonate auf der Terrasse gestanden hatte, wo die drei sich zusammengeräkelt und die Sterne betrachtet hatten.

Imogen hatte inzwischen als Köchin im Paradis Pour Tous angefangen, einer eleganten Brasserie in Roquebrune-Cap-Martin ganz in der Nähe, von der aus man direkt aufs Meer hinunterblickte. Die Besitzer waren freundlich, und nachdem sie die Gerichte ihrer neuen Mitarbeiterin gekostet hatten, waren sie nur allzu gern bereit, ihre Seeigelsuppe und Lamm-*croustillants* mit auf die Speisekarte zu setzen.

Gegen Ende des Mittagsservice hatte die Kellnerin Imogen vor Kurzem lächelnd gefragt, ob sie etwas dagegen hätte, kurz in den Speisesaal zu kommen – die Gäste an Tisch sechs wollten ihr unbedingt gratulieren. Als sie aus der Küche trat, sah sie sich einer Jubeltruppe gegenüber, die aus Monsieur Boudin, Daphne, Bastien, Larissa und Dimitri bestanden hatte. Es war die wundervollste Auszeichnung aller Zeiten gewesen.

Weihnachten hatten sie bei Bunny verbracht, wo Imogen, Archer und ihre Freunde sich ein paar Tage eingenistet, Karten gespielt und sich alberne DVDs angeschaut und geradezu lachhaft viel Spaß gehabt hatten. Obwohl es Imogen nichts ausmachte, Weihnachten nicht zu Hause zu sein, freute sie sich trotzdem auf Besuch von ihrer Mutter und ihren Geschwistern, und Ende Januar auch von ihrem Vater. Sie wollte, dass Archer ihre Familie kennenlernte – es würde schön sein, alle Teile ihres Lebens zusammenzubringen.

Jetzt entfaltete sich das neue Jahr unter einem blassen Winterhimmel, und es hatte während der letzten Tage geschneit – ein ziemlich ungewöhnliches Vorkommnis an der Riviera. Das Wetter hätte nicht unterschiedlicher sein können, verglichen mit vor einem Jahr, als Imogen hier angekommen war, doch es war ebenso schön. Und heute hatten die Boudins zum *galette des rois*-Essen ins Chez Michel eingeladen, um das Dreikönigsfest nach französischer Tradition zu feiern.

Daphne und Imogen hatten die *galette* heute Morgen gemeinsam gebacken und eine Schicht Mandelteig mit Orangenblütenduft zwischen Brandteigscheiben gebettet. Außerdem hatten sie mit großem Bedacht den kleinen Glücksbringer ausgewählt, der in der Mandelmasse versenkt werden würde.

»In die *galettes*, die wir im Laden verkaufen, stecke ich immer so kleine bunte Plastikglücksbringer«, hatte Daphne erklärt. »Die sind witzig. Jedes Jahr sind es andere: Disneyfiguren, Oldtimer-Autos, Dschungeltiere, Hollywoodstars, alles, was man sich nur vorstellen kann. Die gibt's in allen französischen Bäckereien. *Aber*«, hatte sie gesagt und den Kopf auf eine Art und Weise schiefgelegt, die sehr an Di erinnerte, »da dieser Kuchen ja *ausschließlich* für unsere kleine Runde bestimmt ist, finde ich, wir sollten einen traditionelleren Glücksbringer aus Porzellan nehmen. Meinst du nicht, dass das hübscher wäre? Die werden nicht mehr verwendet – wahrscheinlich zu teuer, ganz abgesehen davon, dass man sich daran den einen oder anderen Zahn abbrechen könnte. Aber ich denke, es wird schon gut gehen.«

Sie hatte eine flache Schachtel aus einem Schrank geholt und sie geöffnet. »Du siehst, ich habe eine ganz schöne Sammlung. Warum suchst du dir nicht den aus, der dir am besten gefällt?«

Imogen hatte ein surreales Sortiment aus Hufeisen, Glocken, Tauben, Gockeln, rundgesichtigen Männern im Mond, Sternen, Kronen, Herzen und vierblättrigen Kleeblättern durchwühlt und sich für eine kleine Seejungfrau entschieden. Sie hielt sie hoch, damit Daphne sie sehen konnte.

»Entzückend«, hatte die *pâtissière* festgestellt. »Immer hinein damit, Liebes. Und jetzt packst du den Teigdeckel drauf. *So.*« Sie lächelte und ritzte geschickt ein Gittermuster in den Teig. »Und ab in den Ofen damit.«

Das Mittagessen war vorüber, und es wurde Zeit für die Hauptattraktion des Tages – die *galette*. Als Daphne sie hereingetragen hatte, war Monsieur Boudins Blick auf Imogen gefallen. »Ah«, hatte er gesagt, »sie ist doch die Jüngste hier im Raum, ja? Also muss sie der Tradition nach den anderen ihr Kuchenstück zuteilen. So ist es wirklich Glückssache. Kriech unter den Tisch, Imogen, und halt dir dabei auch die Augen zu, in Ordnung? So wissen wir, dass du nicht zusehen kannst. Und dann rufst du den Namen desjenigen, der ein Stück von der *galette* bekommt. Verstehst du?«

»Ja, *Chef*«, antwortete Imogen automatisch, obgleich er gar nicht mehr ihr Boss war.

»Und für wen ist das Stück hier?«, trällerte Daphnes melodiöse Stimme.

»Für Bunny!«, rief Imogen mit zugehaltenen Augen. Monty, der neben ihr saß, tat mit enthusiastischem Kläffen seine Zustimmung kund.

Die junge Amerikanerin gab ein entzücktes Aufquietschen von

sich. »Hach, ich liebe all diese alten europäischen Traditionen. Enzo, schau dir doch bloß mal diese hübschen goldenen Kronen an. Sind die nicht hinreißend?«

Sie bekam keine Antwort, doch Imogen glaubte zu hören, wie sich zwei korsische Augenbrauen auf höchst ansprechende Art und Weise zusammenzogen.

»Und das hier?«

»Für Amaury!«

»*Merci, chère Madame.*«

»Dass mir ja keiner vergisst«, hörte Imogen plötzlich Michel Boudins Stimme donnern, »ein bisschen diskret zu sein, wenn ihr den Glücksbringer in eurem Kuchenstück findet. Posaunt es nicht in alle Welt hinaus, weil das nämlich die Spannung *völlig* zunichtemacht. Okay?«

»Immer mit der Ruhe, Schatz«, beschwichtigte Daphne fröhlich. »Das Ganze soll schließlich Spaß machen.«

Ein leises Grollen, gefolgt von den Worten: »Ja, Daphne, ich weiß, aber es macht nur Spaß, wenn wir alle das Spiel so spielen, wie es gespielt werden soll. Sonst hat das alles keinen Sinn.«

»Also gut, alle miteinander«, meinte Daphne und lachte nachsichtig. »Um Michel eine Freude zu machen, geben wir uns also alle besondere Mühe, hier alles richtig zu machen. Versucht so lange wie möglich, euch nichts anmerken zu lassen. Keiner soll wissen, wer den Glücksbringer bekommen hat. Tun wir einfach so, als würden wir Poker spielen.«

»Für wen ist dieses Stück, Imogen?«, fragte sie daraufhin in ihrer Rolle als Zeremonienmeisterin von Neuem.

Imogen zögerte. Allmählich verlor sie hier im Dunkeln die Übersicht. Also verlegte sie sich darauf, an den Fingern abzuzählen. Sie hatte versucht, den Gästen die Kuchenstücke in derselben Reihenfolge zukommen zu lassen, in der sie sie kennengelernt hatte: Daphne, Monsieur Boudin, Mitch, Faustina, Enzo, Bunny,

Amaury und Gene. Blieb also nur noch … der, auf den *sie* wartete und dessen Ankunft durch die verschneiten Straßen verzögert worden war.

»Nun, natürlich stellen wir ein Stück für den armen Bettelmann zur Seite, der vielleicht an unserer Tür klopfen könnte«, verkündete Michel Boudin. »So ist es Brauch. Und in diesem *établissement* weichen wir nicht von alten Bräuchen ab.«

»Ist schon recht, Michel«, erwiderte Daphne so völlig gelassen, dass Imogen sich nicht zum ersten Mal fragte, ob die *pâtissière* sich nicht eine Art inneren Michel-Boudin-Regler zugelegt hatte (oder sogar mit so etwas auf die Welt gekommen war), der es ihr gestattete, die Stimme ihres lautstarken Gatten nach Belieben leiser zu drehen. Wahrscheinlich war das genetisch bedingt, denn Di hatte eine ganz ähnliche Fähigkeit an den Tag gelegt, als sie ihren frisch gebackenen Schwager näher kennengelernt hatte. »Dagegen sagt ja auch niemand etwas. Trotzdem brauchen wir noch ein Stück für –«

Als sie den Mund öffnete, um seinen Namen aufzurufen, hörte Imogen, wie die Tür des Restaurants aufging. Ein Schwall reiner, kalter Luft drang herein, dann sagte eine Männerstimme: »Entschuldigen Sie, dass ich zu spät komme, *Madame*«, und ließ ein köstliches elektrisches Knistern durch ihren ganzen Körper schießen.

»Wir haben Ihre Nachricht bekommen, Archer«, erwiderte Daphne freundlich. »Es war reizend von Ihnen, uns Bescheid zu geben, dass wir nicht warten sollen. Jetzt haben wir schon zu Mittag gegessen, aber Sie kommen *gerade* rechtzeitig für ein Stück Kuchen. Schauen Sie, das hier ist für Sie. Michel, *chéri*, bitte fang jetzt nicht wieder mit dem mittelalterlichen Bettelmann an. Dieser junge Mann hat Hunger – das ist doch genauso gut.«

»Komm rein und wärm dich auf, mein lieber Junge!«, rief Gene. »Schneit es immer noch?«

»Ein bisschen«, antwortete Archer, bevor er wissen wollte: »Wo ist denn mein Mädchen?«

Imogen vernahm einen ganzen Chor an unterdrücktem Gekicher: Bestimmt zeigten alle auf ihr Versteck. Monty begann nachdrücklich zu kläffen. Das Tischtuch wurde angehoben, und Archers Gesicht erschien. Er lächelte, als er die beiden unter dem Tisch hocken sah. »Komm her«, sagte er, und sie streckte ihm die Hand hin und kroch hinaus ins Licht.

In der grünlichen Unterwasser-Atmosphäre des Restaurants, dessen schimmernde Meereskacheln um diese Tageszeit am besten zur Geltung kamen, wirkten seine grünbraunen Augen golden und durchsichtig. Zärtlich berührte sie sein von der Kälte fleckiges Gesicht und lächelte, als sie sah, dass Schneeflocken in seinem Haar und sogar in seinen Wimpern hingen.

»Du siehst toll aus«, stellte sie fest und wischte sie zart fort. »Aber nicht ganz von dieser Welt. Du musst erst mal auftauen.«

»Hey, Schneeprinz«, meinte Bunny und winkte Archer lässig zu.

»Hey, Bun.«

»Archer, mein Lieber«, wies Daphne ihn an, »geben Sie mir Ihren Mantel, nehmen Sie Platz, und ich hole Ihnen ein Glas Champagner.«

»Vielen herzlichen Dank.«

»Und Imogen, dieses letzte Stück ist natürlich für dich«, verkündete Daphne und legte es ihr auf den Teller.

»Okay«, knurrte Michel Boudin verdrossen, »wo der kleine Amerikaner jetzt da ist, können wir dann essen? Ich will meine *galette!* Das ganze Jahr habe ich mich auf diesen Moment gefreut!«

»Ja, Michel, mein Schatz. Und nicht vergessen, dass auch ja alle so lange wie möglich ein Pokerface aufsetzen.«

Die *galette* war köstlich, und bald waren sämtliche Teller – deren Rand in blauen Lettern die Worte »Chez Michel« zierten –

leer, doch kein Glücksbringer war aufgetaucht. Ein angespanntes Schweigen entstand, und alle sahen sich an.

»Okay«, sagte Monsieur Boudin in Al Capone-Manier. «Wo *ist* das Ding?«

»Ich habe es nicht.«

»Ich auch nicht.«

»Fehlanzeige.«

»Tut mir leid, nein.«

»Keiner hat es!«

»Du *bluffst* doch, nicht wahr, Michel, mein Liebling?«, schmeichelte Daphne. »Ich dachte nämlich, ich hätte da etwas Weißes aus deiner Mandelcreme hervorschauen sehen …«

»Nein.« Michel Boudins Lächeln wurde breiter, als Daphne ihn unter dem Kinn kitzelte. »Hahaha, nein, nein, hör auf!« Er wischte sich die Augen, dann wimmerte er: »Ich bluffe nicht.«

»Du hast doch nicht etwa vergessen, einen Glücksbringer in den Kuchen zu tun, Imogen?«, fragte Faustina.

Imogen schüttelte den Kopf, und Daphne beteuerte: »Ich habe es selbst gesehen. Nein, er muss hier irgendwo sein, aber wo?«

»Schaut mal«, bemerkte Amaury und lehnte sich auf seinem Stuhl zurück, einen Arm um Faustinas Schultern geschlungen. »Die Sonne kommt raus.«

Durch die verglaste Front des Restaurants war der Hafen als strahlende, heitere Winterszenerie zu sehen. Schneebedeckte Palmen glitzerten vor dem blassen Hintergrund, wo Meer und Himmel eins wurden.

Archer wandte sich von dem Anblick ab und sah Imogen an, woraufhin diese lächelte, die kleine Meerjungfrau unter ihrer Zunge hervorgleiten ließ, wo sie sie versteckt hatte, und sich vorbeugte, um sie per Kuss an ihn weiterzugeben. Lachend zog er die kleine Figur aus seinem Mund und hielt sie hoch.

»*Ah, mais non!*«, stieß Monsieur Boudin entrüstet hervor.

»Das ist aber nicht die traditionelle Art zu zeigen, dass man den Glücksbringer hat!«

»Michel«, sagte Daphne mit fester Stimme. »Sei still. Sie lieben sich eben.«

»Ja, Daphne, aber man soll den Glücksbringer doch dem anderen ins Glas werfen. *So* erwählt man seinen König.«

»Solange sie eindeutig klarmacht, wen sie erwählt«, meinte Gene und legte Michel Boudin die Hand auf den Arm, »kommt es da wirklich drauf an, wie?«

Einigermaßen besänftigt schnaubte Boudin und begann dann, mit den Händen herumzufuchteln. »Aber wenigstens brauchen wir die Kronen. Wo sind sie, die Kronen?«

»Herrgott noch mal«, zischte Mitch und strich sich gereizt mit beiden Händen den dünnen Schnurrbart. »Und ich dachte, *ich* wäre laut. Ist ja gut, ist ja gut, jetzt gebt die Dinger schon her.« Er stand auf und marschierte um den Tisch herum. »Babe«, sagte er knapp, während er Imogens Krönung vornahm, ehe er die zweite Krone in die Luft warf. Imogen schnellte empor und fing sie im Flug auf.

»Was ist das hier?«, fragte Archer gerade laut genug, dass nur sie es hören konnte, die Hände um ihre Taille gelegt. »Der gekrönte Liebhaber?«

»Wird ja auch langsam Zeit«, antwortete sie lächelnd. »Du hast es dir verdient.«

Und sie setzte ihm die Krone auf.

# Danksagung

Ich möchte meiner wunderbaren Agentin Teresa Chris danken, dass sie diese unerfahrene Seefahrerin durch die Gewässer des Mittelmeers gelotst hat. Mein Dank geht auch an meine Verlegerin Gillian Green und das Verlagsteam von Ebury für ihre unerschütterliche Geduld und Unterstützung. Dank ihres Einsatzes lief unser Schiff sicher im Hafen ein.